Christa Kanitz

Das Castello in Umbrien

Roman

Ullstein

Ich widme diese Geschichte
den Zwillingen Alice und Virginia D'Orazio
in Pesaro/Italien

Der Ullstein Taschenbuchverlag ist ein Unternehmen
der Econ Ullstein List Verlag GmbH & Co. KG, München
Originalausgabe
1. Auflage 2001

Redaktion: Birgit Schmitz
Umschlagkonzept: Lohmüller Werbeagentur GmbH & Co. KG, Berlin
Umschlaggestaltung: DYADEsign, Düsseldorf
Titelabbildung: Mauritius, Mittenwald
Gesetzt aus der Sabon, Linotype
Satz: hanseatenSatz-bremen, Bremen
Druck und Bindearbeiten: Elsnerdruck, Berlin
Printed in Germany
ISBN 3-548-25139-0

Ich danke meinen Töchtern Christine Kanitz-Lundgren,
Ulrike Kanitz und Brigitte Kanitz-D'Orazio,
die mich ermutigt und verständnisvoll unterstützt haben,
sowie Detlef Mücke und Dirk R. Meynecke,
die mir mit Rat und Tat zur Seite standen.

Viola

Kapitel 1

Wir kauerten in völliger Dunkelheit an der Wand. Im Rücken die Felsen, unter den Füßen die bebende Erde. Ich umklammerte meine Knie und bedeckte den Kopf mit beiden Armen. Ich hatte Todesangst. Gleich beim ersten, dem heftigsten Stoß waren wir gegen die Wand geschleudert worden. Dann prasselten Steine und Sandmassen herunter. Holz zerbarst. War das die schwere Eichentür, durch die wir hereingekommen waren? Die Luft war voller Staub, das Atmen fiel schwer. Auf dem Tisch hatten Kerzen gebrannt, aber wo war der Tisch jetzt? Wohin waren die Kerzen gerollt? Immer wieder glitten Flaschen aus den Gestellen und zersplitterten auf dem felsigen Boden. Manchmal trafen uns Splitter. Es roch unerträglich stark nach dem Wein, der im Boden versickerte. Und das Beben nahm kein Ende. Mir kam es vor, als seien wir seit einer Ewigkeit hier in der allerletzten Ecke der riesigen Weinkellerei eingeschlossen und immer noch folgte in wechselnden Abständen ein Erdstoß dem anderen.

»Wie lange dauert das denn noch?«, flüsterte ich.

»Nicht mehr lange, das sind Nachbeben.«

»Sind wir hier drin verschüttet?«

»Ja, aber wir kommen heraus. Der Berg hält. Es gibt ihn und die Höhlen schon seit Jahrtausenden.«

»Sind hier öfter Erdbeben?«

»Leider ja, so schlimm wie diesmal habe ich es aber noch nicht erlebt.«

»Wird man uns finden? Niemand hat uns gesehen.«

»Der Kellermeister weiß, wo wir sind. Er holt uns heraus – vorausgesetzt, er kommt bis zu uns durch. Sobald es ruhiger wird, suche ich erst mal die Kerzen.«

»Wir werden uns an den Scherben verletzen, wenn wir aufstehen.«

»Ja, aber wir brauchen Licht. Es gibt einen zweiten, wenn auch kleinen Ausgang, aber ohne Licht finde ich ihn nicht.«

»Vielleicht ist er auch verschüttet?«

»Ja, vielleicht.«

»Wie wird es draußen aussehen?«

»Ich weiß es nicht, ich mache mir große Sorgen. Dass das aber auch gerade jetzt passieren musste, wo wir die vielen Saisonarbeiter mit ihren Familien hier haben!«

Tränen liefen mir über das Gesicht.

»Nicht weinen, bitte nicht weinen.«

»Nein, ist schon in Ordnung.« Und dann begann ich zu zittern. Ich bebte am ganzen Körper, und unter mir bebte der Boden schon wieder.

»Es wird alles gut, ruhig, ganz ruhig«, sagte er. Dann nahm er mich in die Arme und hielt mich fest, bis das Zittern vorbei war.

Wir kauerten weiter am Boden, wir hofften, dass die Felsendecke über uns halten würde. Mein Gott, wie lange konnten diese Nachbeben dauern? War das Grauen dann zu Ende, oder war das alles nur ein Vorspiel? Und wie, um Himmels willen, war ich in diesen ganzen Schlamassel geraten? Alles war so schön gewesen, hatte so gut angefangen, als ich vor einigen Tagen hier in Umbrien ankam. Mühsam hatte ich mir Mitte September meinen Weg durch die Hügel gesucht. Die Straßenkarte, die ich in Hamburg gekauft hatte, war nicht sehr genau, und zypressengesäumte Feldwege waren schon gar nicht eingezeichnet. Außerdem war ich müde von der langen Fahrt seit dem nächtlichen Schlafstopp im Inntal, und die Hitze machte mir auch zu schaffen.

Ich parkte den Wagen am Rand der schmalen Straße, ich musste ein paar Schritte gehen und dann die Karte noch einmal studieren. Aber wie ich das Blatt auch drehte und wendete, ich fand mich nicht zurecht. Dabei hatte ich die richtige Autobahnausfahrt genommen und war auf die ausgeschilderte Landstraße nach Foligno eingebogen, das wusste ich genau.

Erschöpft und ratlos sah ich mich um. In einem Weinberg weiter vorn arbeiteten Männer und befestigten Reben an langen Drähten, vielleicht konnten sie helfen. Ich fuhr bis zur Feldsteinmauer, die den Berg zur Straße hin begrenzte. Ein paar anerkennende Pfiffe begrüßten mich, und als ich mich nach dem Weg erkundigte, erhob sich ein freundlich geschwätziges Durcheinander, so dass ich trotz meiner ziemlich guten Italienisch-Kenntnisse kaum verstand, was sie sagten. Es war hier in Italien genauso wie in Deutschland: Auf dem Lande sprach man Dialekt, und hätte ich als Hamburgerin in einem bayerischen Dorf nach dem Weg gefragt, hätte ich wohl auch nicht sehr viel verstanden. Aber wie sich zum Glück herausstellte, war es gar nicht mehr weit, und wenig später sah ich auch schon die Zypressenallee, die zum Castello dell' Astore der Beneventis führte. Endlich am Ziel. Ich freute mich auf ein kühles Zimmer, ein Bad und frische Kleidung.

Auch hier hatten sich die Besitzer, wie in so vielen ehemals aufwendig geführten Herrenhäusern, längst dazu entschlossen, zahlende Feriengäste aufzunehmen und das traditionsreiche Ambiente mit Fremden zu teilen. So war hier ein vornehm-rustikaler Feriensitz entstanden, den ich in meiner Zeitschrift vorstellen wollte und in dem ich zu diesem Zweck für etwa zwei Wochen wohnen und arbeiten würde. Das war jedenfalls mein Plan. Wie sehr meine Pläne sich noch ändern sollten, ahnte zu diesem Zeitpunkt niemand.

Während ich nach einem Schattenplatz für meinen Wagen suchte, kam der Hausdiener, der sich als Sandro vorstellte, und versprach, das Auto in der Tiefgarage, einem umgebauten Kellergewölbe neben dem Castello, abzustellen. Er war ein etwas rundlicher, höflicher Mann, der mit leiser Stimme sprach, aber durchaus eine seiner Stellung entsprechende angemessene Kompetenz ausstrahlte. Dann half er mir, die Fototaschen und Stative, das persönliche Gepäck und mein Notebook ins Haus zu tragen.

Dunkel und angenehm kühl war es in der großen Eingangshalle, was zweifellos an den dicken Mauern und den geschlossenen Fensterläden lag, die ringsum die Hitze und das Sonnenlicht aussperrten. Sandro passte in seiner dezenten Uniform aus weißem Hemd, schwarzer Hose mit Weste und blankgeputzten Schuhen ebenso in dieses Haus wie der große Buchara-Teppich mit den Habichtmotiven auf dem gefliesten Hallenboden und die Bodenvasen voller Herbstblumen. Er führte mich durch die Halle und über die breite Marmortreppe hinauf in mein Zimmer und öffnete die Fenster und die Holzläden, bevor er ging, um den Rest des Gepäcks zu holen.

»Gegessen wird um neun Uhr, Signora, dann lernen Sie auch die Hausherren und die anderen Gäste kennen. Ab acht Uhr treffen sich die Herrschaften zum Cocktail auf der Gartenterrasse. Wenn Sie einen Wunsch haben, erreichen Sie uns über das Telefon, die Nummern sind angegeben. Ich wünsche Ihnen einen schönen Aufenthalt, Signora.«

»Danke, Sandro, ich denke, ich komme zurecht.«

Ich sah mich um, das Zimmer war schlicht, aber geschmackvoll eingerichtet: ein harmonisches Ensemble umbrischer Bauernmöbel, die durch wenige antike Einzelstücke ergänzt wurden. Das Bad nebenan war neu, modern und komfortabel und lockte mit einem dezenten Duft von Herbstastern und frischen, an der Luft getrockneten Tüchern. Die beiden Fenster boten eine herrliche Aussicht auf die dicht bepflanzten Weinberge und die entfernten Berge des Apennin. Beugte ich mich etwas weiter hinaus, sah ich rechts vom Haus den Wirtschaftshof. Hier befand sich wohl auch die Cantina, das Herz des Weingutes, die mich besonders interessierte.

Ich ließ Wasser in die Wanne laufen und zog mich aus. Welche Wonne, die verschwitzte Kleidung und den Straßenstaub abzustreifen. Behaglich ließ ich mich in das lauwarme Wasser gleiten. Später wickelte ich mich in das Badetuch und legte mich aufs Bett, nicht ohne vorher den Wecker auf sieben Uhr zu stellen. Den Cocktail auf der Terrasse wollte ich nicht versäumen. So ein Beisammensein war immer wichtig für die ersten Kontakte, für ein zwangloses Kennenlernen und den ersten allgemeinen Eindruck.

Mir kam es vor, als seien nur Minuten vergangen, als der Wecker mich aus tiefstem Schlaf riss. Benommen sah ich mich um, dann war ich mit einem Schlag hellwach. Himmlisch. Ich war in Italien, im Castello dell' Astore, im »Haus des Habichts«, bei den Beneventis!

Schnell stand ich auf und warf einen Blick aus dem Fenster. Die Sonne stand schon weit im Westen und warf lange Schatten über die Hügel. Noch immer war es sehr warm. Ich zog ein leichtes Sommerkleid an, bürstete das inzwischen trockene Haar und zog meine Sandaletten aus dem Koffer. Mal sehen, wie es hier mit der Kleiderordnung stand: Traf man sich in zwangloser Garderobe oder hielt man viel von Etikette? Da musste ich erst einmal meine Fühler ausstrecken. Dann blickte ich in den Spiegel, und was ich sah, gefiel mir: eine große, schlanke Figur, weder zu dick noch zu dünn, ein ebenmäßiges Gesicht und ziemlich kurz geschnittenes dunkles Haar.

Es war schon recht so, wie es war. Zu dem Kleid passte die Glasperlenkette, die ich mir vor Jahren aus Murano mitgebracht hatte: schlicht, schön und einmalig! Darauf legte ich in vielen Dingen wert.

Langsam ging ich die Treppe hinunter und sah mich um. Mit den Ahnenbildern und Wappen, mit den Jahreszahlen und Jagdtrophäen würde ich mich beschäftigen, wenn ich für meine Reportage recherchierte. Dafür war ich schließlich hergekommen. Heute aber wollte ich nur genießen und mich wohl fühlen, Leute kennen lernen, den wunderschönen Spätsommerabend auf mich wirken lassen und mit den anderen fröhlich sein.

Irgendwo hörte ich Stimmen, Türen wurden geöffnet und geschlossen. Die Fenster standen jetzt weit offen und ließen das späte Sonnenlicht herein. Vor dem Haus wurde gehupt, dann war es wieder ganz still. Etwas zögernd ging ich weiter. Ein gemütliches Kaminzimmer mit Terrakottafußboden und orientalischen Teppichen grenzte an die Halle. Danach kam ich in ein Speisezimmer, in dem die Tische stilvoll für das Abendessen gedeckt waren. Eine breite Glastür führte auf die Terrasse – daher also kamen die Stimmen. Zehn, zwölf Personen standen in Gruppen zusammen, unterhielten sich, lachten, tranken sich zu.

Eine zierliche, weißhaarige Frau löste sich aus einer Gruppe und kam zu mir. Das musste Maria Beneventi sein, die Hausherrin, mit der ich ein paar Mal telefoniert hatte. Sie kam einfach auf mich zu und nahm mich in die Arme. »Herzlich willkommen, Viola, wie schön, dass Sie da sind. Ich bin Maria, das genügt. Sandro sagte mir, dass Sie recht müde gewesen seien, und da wollte ich nicht stören.« Sie war eine sehr mütterliche Frau mit Lachfältchen im Gesicht und tiefbraunen Augen, die fröhlich in die Runde blickten. Völlig ungeniert sah sie mich prüfend an, musterte mich von Kopf bis Fuß, nickte beifällig und sagte ganz ungezwungen: »Sie werden sich hier sehr wohl fühlen, ich spüre das.«

Ich war ziemlich überrascht von ihrer direkten Art, aber ihre Warmherzigkeit war so ausgeprägt, dass sie sich diese Offenheit wohl erlauben konnte. Ich dankte ihr für das freundliche Willkommen: »Ja, ich habe tief und fest geschlafen, und wenn der Wecker nicht gewesen wäre, hätte ich das alles hier verpasst.«

Ich sah mich um, man hatte uns beobachtet, winkte mir zu oder hob mir ein Glas entgegen.

»Herzlich willkommen«, hörte ich von mehreren Seiten. Dann wurde mir ein Tablett mit verschiedenen Getränken gereicht. Ich wählte einen Prosecco, sicherlich gab es zum Essen Wein, und ich wollte nicht zu viel durcheinander trinken. Maria Beneventi führte mich herum und machte mich bekannt: deutsche, englische, italienische Namen, unmöglich, sie alle zu behalten.

»Mein Mann und mein ältester Sohn sind heute in Perugia, die kann ich Ihnen erst morgen vorstellen, aber mein jüngerer Sohn wird wohl gleich kommen.«

Wir schlenderten langsam weiter, man sprach über das Wetter, vergangene und geplante Ausflüge, ein Fest in Foligno am kommenden Wochenende und über ein Habichtspaar, das jemand beobachtet hatte.

»Früher gab es hier sehr viele Habichte, daher der Name des Castellos, aber das war in grauer Vorzeit«, erklärte mir Maria. Während sie weiterging und in ihrer herzlichen Art andere Gäste begrüßte, blieb ich bei der Gruppe stehen, die sich über die Vögel unterhielt.

Und dann sah ich ihn. Er lehnte mit gekreuzten Füßen an der Terrassenbalustrade, in einer Hand ein Glas, die andere lässig in der Hosentasche. Er sah sehr gut aus, doch er wirkte überaus gelangweilt, arrogant und desinteressiert. Sein Anblick traf mich wie ein Schlag. Ich hatte ihn nicht kommen sehen, ich wusste nicht, wer er war – er stand plötzlich da und beobachtete die Menschen. Da er sehr groß war, blickte er auf fast alle herab, was den Eindruck von Hochmut noch verstärkte. Dann stand Maria neben mir.

»Lorenzo ist da, kommen Sie, ich mache Sie bekannt, mit ihm werden Sie viel zu tun haben. Er ist der Arbeiter hier bei uns, sein Bruder ist der Kaufmann.«

Wir gingen zu ihm hinüber. Er bewegte sich überhaupt nicht, nur in seinem dunklen, taubenblauen Seidenhemd und dem korrekt geschnittenen Haar spielte der Abendwind.

»Viola, das ist mein Sohn Lorenzo.« Er nahm die Hand aus der Tasche, sah mich an und verbeugte sich leicht. »Ich freue mich auf die Zusammenarbeit«, erklärte er höflich, aber die Hand reichte er mir nicht.

Wenig später wurde zu Tisch gebeten. Wir Gäste waren unter uns. Die Familie Beneventi aß in den privaten Räumen. Es wurde eine sehr lustige Mahlzeit, in deren Verlauf die etwas steife Höflichkeit, die auf der Terrasse geherrscht hatte, einer angenehmen Ungezwungenheit wich.

Die Gespräche gingen kreuz und quer von Tisch zu Tisch. Wir waren insgesamt sechzehn Gäste und für Unterhaltung sorgten vor allem zwei amerikanische Paare, die mit einer Reisegruppe herübergekommen waren, sich dann aber abgesondert hatten, um Europa allein zu entdecken.

Das Essen war vorzüglich. Es gab Antipasti und später Frascarelli, eine spätzleartige Speise, und als Hauptgericht Wildschweinrücken in umbrischer Kräuterkruste mit Maronencreme und verschiedenen Salaten. Dazu wurden zwei elegante, ausgewogene Weine aus dem Hause Beneventi gereicht. Auf die Nachspeisen verzichtete ich, zu gut hatte alles geschmeckt. Nur den abschließenden Espresso nahm ich mit Vergnügen.

Es war kurz vor zehn, als wir den Speiseraum verließen, fröhlich, satt und sehr zufrieden. Einige verabschiedeten sich und gingen zu Bett. Ein paar Gäste ließen sich im Kaminzimmer nieder, wo ein kleines Feuer gegen den kühlen Abend ankämpfte, andere wollten in der Bibliothek nach einer Bettlektüre suchen. Ich schlenderte noch einmal auf die Terrasse. Eine wunderbare, leicht herbe Luft wehte von den Bergen herunter. Es war fast dunkel, aber für einen kurzen Spaziergang auf den Gartenwegen würde das Licht noch reichen. Der Himmel war sternenklar, aber vom Mond noch nichts zu sehen. Leicht fröstelnd in meinem dünnen Kleid sah ich zum Haus zurück. Warm und gemütlich schien das Licht aus den Fenstern. Wie schön es hier war. Im nahen Wald zirpten Zikaden, ab und zu rief ein Käuzchen, in weiter Ferne läutete eine Glocke. Es war elf Uhr. Ich atmete tief ein. Diese wunderbare frische Luft mit ihren schwachen Gerüchen nach Erde und Wald und Herbst, wie gut das tat. Dann ging ich zurück, es wurde kalt, immerhin hatten wir Mitte September. In der Halle traf ich Lorenzo, und wieder empfand ich gleichzeitig Erregung und Kälte, ein seltsames Nebeneinander, das ich mir nicht erklären konnte. Über dem Seidenhemd trug er jetzt einen Pullover und in den Händen hielt er einen Stapel Papiere. Als er mich bemerkte, blieb er stehen und sah mich abschätzend an.

»Sie werden sich erkälten.«

»Ich hoffe nicht.«

»Wollen Sie morgen mit Ihrer Arbeit anfangen?«

»Ja, das wäre mir recht.«

»Gut, dann treffen wir uns morgen früh um halb sechs auf dem Wirtschaftshof. Frühstück gibt es später im Berg. Buona notte.« Und weg war er. Ich flüsterte ein »Gute Nacht« hinterher, aber das hörte er schon nicht mehr. Welch ein seltsamer Mann. Und ich spürte, dass mein Frösteln nur bedingt etwas mit der kühlen Nachtluft zu tun hatte. In meinem Zimmer legte ich mir alles zurecht, was ich morgen brauchen würde: die Fototasche mit allen Utensilien, Kugelschreiber und Stenoblock, braune Leinenhosen und derbe Schuhe, eine Bluse und einen Pulli für die Morgenstunden. Dann wurde der Wecker auf halb fünf gestellt. Das fing ja gut an!

Am nächsten Morgen betrat ich fünf Minuten vor halb sechs den Wirtschaftshof. Mit mir warteten etwa vierzig Arbeiter neben einem Traktor mit zwei Anhängern. Genau um halb sechs kam Lorenzo. In seinen blauen Jeans, seinen schwarzen Stiefeletten, einem blauweiß karierten Hemd und seinem dunkelblauen Pulli wirkte er, als sei er einem Journal für Country-Style entstiegen. Jetzt bei Tageslicht sah ich, dass er braun gebrannt war und älter, als ich gedacht hatte. Ein Hauch von Grau lag über seinem dunkelblonden Haar und ein Schatten über seinem Gesicht. Zu meiner Überraschung begrüßte er alle Arbeiter mit Handschlag und erkundigte sich bei jedem, wie es ihm ging. Zweimal lachte er laut auf, aber ich konnte nicht feststellen, ob es ein herzliches Lachen war oder nur ein aufgesetztes, mir war dieser Mann ein Rätsel. Als er mir die Hand gab, eine kühle, schlanke Hand mit festem Druck, sagte er nur: »Also dann wollen wir mal«, und ging zum Traktor hinüber.

Mit einem Kopfnicken wies er mir einen provisorischen Sitz über dem rechten Hinterrad zu, auf den ich klettern sollte. Und während die Männer sich auf die flachen Anhänger setzten, nahm er auf dem Traktor Platz und ließ den Motor an. Wir fuhren kreuz und quer durch die Weinberge immer bergauf. Fast eine halbe Stunde waren wir unterwegs, als wir ein Plateau mit einem Schuppen erreichten. Die Arbeiter stiegen ab und holten sich Arbeitsgeräte aus dem Verschlag. Lorenzo gab seine Anweisungen, aber von all den italienischen Fachausdrücken verstand ich kaum etwas. Die Männer verteilten sich und wir blieben vor dem Schuppen stehen. Lorenzo zeigte mir die wunderschöne Umgebung: die zum Teil schon mit Schnee bedeckten Gipfel des umbrischen Apennin in der Ferne, kleine, ockergelbe Ortschaften, hingewürfelt in die typischen Landfarben Grau und Grün, Hügel und Täler in der Nähe, den blauen Dunst der Ebene zur Adria hin und Kastanienwälder, Olivenhaine, Linsenfelder und natürlich die Weinberge der Umgebung, von denen die meisten zum Gut der Beneventis gehörten. Und während er mich mit offenkundigem Stolz auf die Schönheit seiner Heimat hinwies, spürte ich zum ersten Mal so etwas wie menschliche Wärme bei diesem Mann. Dann zeigte er auf einige Hügel im Süden und erklärte: »Da beginnen die Weinberge von Montefalco, unserem großen Nachbarn und größten Konkurrenten.« Die Milde in seiner Stimme hatte sich in eine geschäftsmäßige Härte verwandelt, die mich sogleich auf den Boden der Realität zurückholte. Auch während unserer Wanderung durch die zahllosen Weinrebenreihen behielt er diesen kühlen Ton bei. Ich lernte Bodenbeschaffenheiten und Felsformationen kennen, zerkrümelte Hände voller Erde und zerbröselte Ton und Lehm, ich verglich Steine und Mineralien und machte mir ständig Notizen. Dabei ging es bergauf und bergab und wieder hinauf und wieder hinunter, bis mir vor Erschöpfung die Beine zitterten und ich kaum noch schreiben konnte. Oft standen wir ganz eng beieinander, weil der Hang zu abschüssig oder die Rebenreihen so dicht waren, aber niemals berührten wir uns und niemals richtete Lorenzo ein persönliches Wort an mich. Immer war seine Stimme kühl und neutral und absolut emotionslos. Diese Distanziertheit ärgerte mich sehr, zumal er eine Anziehungskraft besaß, die mich in ziemliche Unruhe versetzte. Natürlich verbot mir mein Stolz, Gefühle zu zeigen, und so reagierte ich mit entsprechender Zurückhaltung und knappen Antworten.

Nach einem kargen Frühstück, das aus Ciabatta, Ziegenkäse und schwarzem Kaffee bestand, wollte ich die einzelnen Rebsorten kennen lernen. Und während ich durch die Reihen ging, fotografierte ich die Männer bei ihrer Arbeit und heimlich auch Lorenzo, wenn er mit ihnen sprach. Zum Mittagessen, bei dem sich alle im Schatten eines kleinen Kastanienhaines niederließen, gab es kalte Linsenpfannkuchen mit Oliven, Tomaten und eingelegten Auberginenscheiben. Einige der Männer aßen rohe Zwiebeln dazu, andere kauten auf Pfefferminzblättchen herum, die hier wild wuchsen. Diesmal gab es einen leichten Wein zum Essen, der mich sehr müde machte. Zum Glück blieben Lorenzo und ich in den nächsten zwei Stunden im Schatten des Waldes. Er führte mich an Stellen, wo im Winter die für Umbrien so typischen schwarzen Trüffel wachsen, zeigte mir den Bau eines Stachelschweines und einige Dachshöhlen und kommentierte das alles mit der trockenen Rhetorik eines Professors in einem Hörsaal voller gelangweilter Studenten. Ich kämpfte nur noch mit der Müdigkeit und war so erschöpft, dass mich sowieso nichts mehr aus meiner stumpfen Lethargie gerissen hätte. Als wir uns alle um fünf Uhr am Schuppen trafen, konnte ich mich nur noch mit Mühe auf meinen Sitz ziehen und auf eine sanfte Rückfahrt hoffen, denn Kraft zum Festklammern hatte ich nicht mehr.

Während der Fahrt sah ich an mir herunter. Ich war verstaubt und meine Kleidung trug überall Spuren der verschiedenen Erdsorten, die an diesem Tag durch meine Hände gerieselt waren. Mein Haar war zerzaust und voller Spinnweben vom Kriechen durch die Weinreben und mein Gesicht war in der Sonne knallrot geworden. Lorenzo dagegen sah perfekt aus, nicht einmal seine Stiefeletten hatten ein Körnchen Staub abbekommen. Jedenfalls kam es mir so vor. Ich hoffte inständig, mich nach der Ankunft im Castello von den anderen Gästen unbemerkt in mein Zimmer schleichen zu können.

Kapitel 2

An diesem Abend ging ich nicht zu dem Cocktail-Treff, ich war müde und alles tat mir weh. Als ich schließlich zum Essen hinunterging – darauf wollte ich nach den kargen Mahlzeiten im Berg natürlich nicht verzichten –, traf ich die Familie Beneventi in der Halle: die drei Herren im weißen Dinnerjacket, Maria in einem rustikalen Kaminkleid.

»Viola, schön, dass Sie gerade kommen. Das ist mein Mann und das ist mein Sohn Enrico.«

Beide reichten mir die Hand und lächelten. Die Ähnlichkeit zwischen Vater und Sohn war unverkennbar. Beide waren groß gewachsen, aber im Gegensatz zu dem schlanken Lorenzo von stämmiger Gestalt. Beide hatten volles, gelocktes Haar und trugen einen gepflegten Sechstagebart. Aber während beim Hausherrn Haar und Bart weiß waren, zeigten sich bei Enrico nur wenige graue Strähnen. Wir sprachen kurz über das Wetter, über Gäste, die noch erwartet wurden, und trennten uns dann mit guten Wünschen für das Abendessen.

Während die Familie in die Privaträume ging, suchte ich meinen Platz im Speisezimmer auf. Selbst das Hinsetzen tat mir weh. Meine Tischnachbarn hatten mich genau beobachtet und die Fragen blieben nicht aus.

»Wie man sieht, hatten Sie einen anstrengenden Tag.«

»Ja, das Auf und Ab in den Bergen bin ich nicht gewöhnt. Und die Sonne auch nicht.«

Während wir eine gekühlte Gemüsesuppe löffelten, schilderte ich meinen Tagesablauf und ließ auch die Rücksichtslosigkeit meines Lehrers durchblicken.

»Ja, Lorenzo ist etwas schwierig«, bestätigte Linda, eine Londonerin, die mit ihrem Mann David schon zum dritten Mal hier Urlaub machte. »Er ist sehr introvertiert und es heißt, er habe sich entschieden dagegen gewehrt, das Castello für Feriengäste zu öffnen. Wir kennen niemanden, der einen engeren Kontakt zu ihm hatte. Außer der Familie natürlich.«

»Und außer den Arbeitern, die gehen für ihn durchs Feuer«, fügte David hinzu.

»Ja, das ist mir auch aufgefallen«, bestätigte ich, »im Umgang mit ihnen war er wie ausgewechselt.«

»Und außerdem«, fügte Angela, eine korpulente, ältere Dame aus Rom, hinzu, die mit ihren leicht geröteten Wangen und den verschmitzt blitzenden schwarzen Augen sehr sympathisch wirkte, »hat er für uns Frauen hier überhaupt nichts übrig.«

»Es soll ja Frauen geben, die verbringen nur seinetwegen jedes Jahr ihre Ferien hier«, fügte ihre Tochter, eine gut aussehende junge Frau ohne Trauring hinzu.

Ich unterdrückte ein Lächeln und die Frage, ob sie auch dazugehöre. Aber Linda nahm mir die peinliche Frage ab: »Woher wissen Sie das?«

»In gewissen Kreisen spricht man darüber, und so weit weg ist Rom ja auch nicht.«

»Ach ja«, bestätigte Linda, »und seit wann kennen Sie die Beneventis?«

»Wir sind von Anfang an hier, vor fünf Jahren wurde das Castello für Gäste geöffnet«, erwiderte sie ohne zu zögern.

Mutter und Tochter nickten sich zu und ich griff nach meiner Serviette, um hinter ihr mein Lachen zu verstecken.

Verstohlen sah ich mich im Raum um, wer von den Damen mochte noch dazugehören?

Dann sah ich sie. Sie stand an der Terrassentür und unterhielt sich mit Enrico. Eine große, sehr schlanke Frau mit dem schönsten kastanienroten Haar, das ich je gesehen hatte. Hätte ihr Gesicht nicht die Blässe florentiner Marmorstatuen gehabt, hätte ich dieses Haar für gefärbt gehalten. Aber ihr Teint unterstrich die Echtheit und damit die Schönheit dieser Frau, die zudem ungemein dominierend wirkte. Sie strahlte Willenskraft, Unabhängigkeit und Kompetenz aus, und obwohl ich sie nicht kannte, wusste ich, dass ich sie nicht mochte. Eine Frau, die plötzlich da war, sehr professionell in ihren Gesten wirkte und ein fast arrogantes Desinteresse an uns Gästen zeigte.

Angela, die meinem Blick gefolgt war, zwinkerte mir zu. »Das ist Gina di Gaetano, die Schwester von Enricos Frau. Sie gehört sozusagen zur Familie.«

Ich nickte und widmete mich wieder meinem Teller. Aber Angela ließ nicht locker, und so ein bisschen Klatsch und Tratsch amüsierte mich schon.

»Gina hat sozusagen eine Option auf Lorenzo und das Castello, jedenfalls glaubt sie das.«

»Und – glaubt sie es mit Erfolg?«

»Da bin ich nicht sicher. Lorenzo ist ein harter Brocken mit einer Aversion gegen Frauen und sie kämpft schon seit Jahren.«

»Sie kämpft? Um einen Mann, der Frauen nicht ausstehen kann?«

»Um einen sehr begehrten Mann mit Castello und damit mit einem Ambiente, das sich sehen lassen kann. Gina darf man nicht unterschätzen, die weiß, was sie will.«

»Und was tut sie hier, wenn sie nicht gerade kämpft?«

»Sie versucht, sich nützlich zu machen. Zumindest soll es in den Augen von Maria so aussehen. Außerdem folgt sie Lorenzo auf Schritt und Tritt und sie malt. Sie meint, nirgendwo gebe es schönere Landschaftsmotive und besseres Licht als hier. Mehr oder weniger lebt sie hier. Und den Beneventis ist das recht. Sie bringt Freunde und Künstler her und Maria gefällt es, wenn das Haus voll ist und wenn in Rom über das Castello gesprochen wird. Sie will Bewegung hier haben und vor allem zahlende Gäste. Und das alles gegen den Willen von Lorenzo Beneventi.«

Das Gespräch hatte viele meiner Fragen geklärt. Vor allem wusste ich nun, weshalb dieser Lorenzo so kühl und distanziert war. Erstens war ich ein zahlender Feriengast, den er hier nicht haben wollte, zweitens würde meine Reportage dazu führen, das Castello weithin bei interessierten Lesern bekannt zu machen, was gegen seinen Willen geschah, und drittens war ich eine Frau. Wie sollte da eine Zusammenarbeit überhaupt funktionieren?

Während ich in den inzwischen servierten Bandnudeln mit Trüffelsoße herumstocherte, erzählten die anderen weiter: Ein paar Missernten vor einigen Jahren, erhöhte Steuerauflagen, die keine Rücksicht auf die Ernteverluste nahmen, und die durch einige Panscher ausgelöste Krise im europäischen Handel mit italienischem Wein hatten das Gut an die Grenze des Ruins gebracht. Dann waren auch noch die Weine aus der Ostregion Umbriens unpopulär geworden, denn Weinkenner bevorzugten plötzlich die Sorten, die um Orvieto und Spoleto herum angebaut wurden. Die Beneventis hatten ums Überleben kämpfen müssen, bis es Lorenzo und seinem Vater nach mühsamen und zeitintensiven Experimenten schließlich gelungen war, den »Vino Benevento« zu entwickeln, mit dem das Gut wieder bekannt und berühmt wurde. Jenen Wein, der auch in Deutschland einen ausgezeichneten Ruf genoss und der mich bewogen hatte, das Castello meinen Lesern vorzustellen.

Zwar war der »Vino Benevento« inzwischen ein Inbegriff umbrischer Weinkultur, aber aus dem finanziellen Dilemma hatte dieser Wein die Familie, die Arbeiter und die Anlagen noch nicht entlassen. Aus diesem Grund hatte man das Castello vor fünf Jahren in ein Gästehaus umgewandelt.

Während man uns gefüllte Ente mit gratinierten Kartoffeln und Salaten servierte, begann ich, Lorenzo zu verstehen. Vielleicht erklärten diese Umstände den verbitterten Ausdruck in seinem Gesicht und diesen Hauch von Trauer um die Augen, der mir aufgefallen war.

Nach dem Dessert nahm ich meinen Espresso und schlenderte auf die Terrasse. Der sanfte Abendwind, die Stille rundum würden mir gut tun. Ich setzte mich auf einen Stuhl an der Hauswand, die noch die angenehme Sonnenwärme des Tages zurückstrahlte. In kleinen Schlucken trank ich diese Winzigkeit von Kaffee und ließ den Rest mit dem Zuckersatz genüsslich im Munde zergehen.

Ich spürte ihn, bevor ich ihn sah. Dann stand er im Licht der Terrassentür, ein dunkler Umriss nur, und doch schon vertraut. »Darf ich mich zu Ihnen setzen?«, fragte er förmlich.

»Natürlich, es ist ja Ihre Terrasse, auf der wir uns befinden«, erwiderte ich so kühl wie möglich. Die Ablehnung, die ich den ganzen Tag gespürt hatte, verstimmte mich immer noch, auch wenn ich nun die Gründe dafür kannte.

»Sie sind verärgert?«

»Ja.«

»Weshalb?«

»Es war ein sehr anstrengender Tag für mich und ich denke, ganz so strapaziös hätte er nicht sein müssen.«

»Ja, das stimmt.« Er sagte das ohne eine Spur von Entschuldigung oder Verständnis.

»Ich möchte Ihnen etwas zeigen.«

»Welche Kraftanstrengung ist dafür nötig?«

»Sie müssten mit mir zur Cantina gehen.«

»Jetzt? Es geht auf Mitternacht zu.«

»Ich weiß.«

Mühsam stand ich auf und stellte meine Tasse ab. Vielleicht war das, was immer auch kommen mochte, seine Art, sich zu entschuldigen? Wir verließen die Terrasse, durchquerten einen Teil des Gartens und gingen über den Wirtschaftshof. Es war sehr dunkel, die Sterne und zwei einsame Hoflaternen spendeten kaum Licht. Dann standen wir vor der Kellerei. Lorenzo öffnete die große, massive Holztür und ließ mir den Vortritt. Auch hier drinnen spärliches Licht. Wir gingen eine breite Steintreppe mit alten, ausgetretenen Stufen hinunter und standen in einem weiten Kellergewölbe.

»Die ersten Lagerhallen hat mein Urgroßvater in den Berg schlagen lassen«, erklärte Lorenzo, »später kamen immer mehr dazu, man ist weiter und tiefer in den Berg vorgestoßen und hat auch ein paar vorhandene Höhlen mit einbezogen. Inzwischen haben wir den halben Berg unterhöhlt, bessere Lagerungsmöglichkeiten gibt es nicht. Die Luft, die Temperatur, die Feuchtigkeit, das ist alles optimal.« Er sah auf die Uhr. »Kommen Sie«, und weiter ging es. Wir kamen in eine Art Halle, bestiegen einen kleinen Elektrokarren und fuhren durch tunnelartige Gewölbe, von denen immer wieder andere Räume abgingen. So groß hatte ich mir das alles nicht vorgestellt. Schließlich hielten wir.

»Um Mitternacht fangen wir mit dem Abfüllen des vorjährigen Weines an. Für uns ist das so eine Art heilige Handlung. Alte Männer, die sich genau auskennen, bestimmen in jedem Jahr das Datum und die Zeit und ich wollte, dass Sie das miterleben. Heute um Mitternacht ist es wieder soweit. Dann kommt der Wein in die Flaschen, in denen er sieben Jahre schläft.«

»Schläft?«

»Ja, so nennen wir das.«

Wir kamen in eine weitere Halle. Hier herrschte emsige Betriebsamkeit, aber in völliger Stille. Mehrere Männer standen an den Fässern, die zu beiden Seiten des Ganges aufgereiht waren, ein paar hielten Schläuche und andere Geräte in den Händen und alle sahen immer wieder auf ihre Uhren. Leandro, der Kellermeister in Leinenkittel und grüner Arbeitsschürze kam auf uns zu. Lorenzo stellte uns einander vor. Er war ein kleiner, auf plumpe Art hübscher Mann mit einer zu großen Nase und sehr dunklen Augen. Seine Stimme war leise und liebenswürdig, aber er strahlte absolute Kompetenz aus und wusste das auch.

»Wir sind soweit.«

»Dann fangt jetzt an, Männer«, sagte Lorenzo und ich sah, dass es Mitternacht war.

Einige zündeten dicke Kerzen an, die auf Fässern standen oder in Haltern an der Wand steckten. Dann wurden die Leuchtstoffröhren an der Decke ausgeschaltet. Irgendwie feierlich ist das schon, dachte ich und sah zu, wie die Männer Spunde in die Fässer trieben, Schläuche an den Zapfen befestigten und erste Schlucke in kleine Gläser füllten. Alle kosteten, sahen sich an und beobachteten Lorenzo. Als er nickte, ging ein Aufatmen durch das Gewölbe und die Arbeit begann. Niemand sprach, es war sehr still. »Warum muss das so leise geschehen?«, fragte ich nun ebenfalls flüsternd.

»Wir wollen den Wein ja nicht erschrecken«, kam die Antwort, und zum ersten Mal sah ich ein leichtes Lächeln, das mir galt. »Probieren Sie«, Lorenzo gab mir ein Glas, und ich nahm einen Schluck. Fragend sah ich ihn an, außer Säure schmeckte ich nichts. Er hatte es sofort bemerkt.

»Macht nichts«, erklärte er, »es gehört schon jahrelange Erfahrung dazu, diesen jungen Wein richtig einzuschätzen.«

Wir gingen von Fass zu Fass weiter. Die schweren Eichenbehälter, Seite an Seite auf Gestellen gelagert, wirkten gewaltig auf mich. Über Schläuche lief der Wein nun in die bereitgehaltenen Flaschen, die von Hand verkorkt und in Regalen gelagert wurden.

»Ich dachte, diese Arbeiten würden längst maschinell gemacht.«

»Bei uns nicht«, klärte mich Lorenzo auf, »Handarbeit ist das Geheimnis eines guten Weines, zuerst im Berg, dann bei der Ernte und schließlich im Keller.«

Nun wusste ich, weshalb seine Weine allererste Klasse waren – und seine Preise auch.

Nach etwa einer Stunde verließen wir die Kellerei. Es wurde Zeit für mich, an die frische Luft zu kommen. Die Probeschlückchen, die ich immer wieder nehmen musste, und die Luft, die so wunderbar nach Wein duftete, hatten mich ganz schön schwindelig gemacht. Auf dem Hof war es kalt. Ich fröstelte, und Lorenzo legte mir sein immer noch blütenweißes Dinnerjackett um die Schultern. Eine wohlige Wärme umgab mich. Wir gingen durch einen Nebeneingang ins Haus. In der Halle verabschiedeten wir uns.

»Sind Sie um halb sechs wieder dabei?«

»Ja, wenn es mir gelingt, meine müden Beine in Bewegung zu setzen«, versuchte ich zu scherzen.

»Gut, dann bis nachher«, sagte er kurz angebunden und ging. Die alte Kruste der Reserviertheit war also wieder da. Und ich hatte schon gedacht, sie finge an zu bröckeln. Als ich in meinem Zimmer stand, merkte ich, dass ich noch immer seine Jacke trug. Zu dumm, hier musste sie ja nun nicht gerade gefunden werden. Mühsam ging ich noch einmal hinunter und hing das Jackett in der Halle auf. Der bescheidene Reiz der vergangenen Stunden mit Kerzenschein und Weinduft und der kleinen Intimität einer geliehenen Dinnerjacke waren vorbei. Es war zwei Uhr als ich endlich im Bett lag – viel Zeit zum Schlafen blieb mir nicht mehr!

Aber am Morgen stand ich pünktlich bei den Arbeitern auf dem Hof. Auf dem Traktor, so stellte ich erfreut fest, lag eine gefaltete Decke auf meinem Sitz. Wir fuhren in den gleichen Weinberg wie am Vortag. An diesem Morgen lernte ich verschiedene Bastknoten zu knüpfen, kleine wilde Triebe aus den Reben zu knipsen, den Reifegrad der Trauben zu erkennen und Ranken anzubinden. Ich musste helfen Drähte zu spannen, nach Ungeziefer zu suchen, Erde zu lockern und Pfähle zu befestigen.

Wäre ich nicht so müde gewesen, hätte es Spaß gemacht. Die Männer um mich herum lachten viel und scherzten und man spürte das Pflichtgefühl und die Liebe zur Arbeit, die sie erfüllte. Lorenzo sah ich selten. Er war mit anderen Arbeitern in einem entfernten Weinberg. Mittags kam ein Motorradfahrer und brachte in einem kleinen Anhänger unser Essen: heißes Risotto mit Salsiccie, den berühmten umbrischen Schweinswürstchen, dazu Pecorino, den klassischen italienischen Schafskäse, und natürlich Wein, der mich wieder sehr müde machte.

Und er brachte Gina di Gaetano mit. In ihrem karierten Bauernkleid mit passendem Kopftuch war sie durchaus eine attraktive Erscheinung, die von den Männern mit leisen Pfiffen begrüßt wurde. Das reservierte Gesicht von Lorenzo übersah sie und setzte sich mit Grazie auf eine Decke, die sie für ihn und sich mitgebracht und ausgebreitet hatte. Fröhlich mit den Männern scherzend und dennoch auf absolute Distanz bedacht, nahm sie Teil an unserem Essen und übersah mich voll und ganz. Während sie mit spitzen Fingern an Krumen naschte, Lorenzos Becher benutzte und jede Möglichkeit nutzte, ihn zu berühren, sprach sie ständig leise auf ihn ein, brachte ihn zum Lachen und dann dazu, mit ihr wegzufahren. Schließlich nahm er das Motorrad, ließ den Motor an, nachdem sie sich zurechtgesetzt hatte, rief mir zu: »In zwei Stunden bin ich zurück«, und fuhr davon. Mir war das recht. Ich holte die Decke vom Traktor und setzte mich in den Schatten, um mir Notizen zu machen. Aber ich konnte mich nicht konzentrieren. Immer wieder glitten mir die Gedanken davon und machten sich selbständig. Ich legte mich hin, sah hinüber auf die grünen Hügel, die blauschwarzen Wälder und in den wolkenlosen Himmel.

Als ich die Augen öffnete, weil mich jemand berührt hatte, stand die Sonne schon weit im Westen und Lorenzo vor mir.

»Ich nehme an, Sie wollen mit uns zurückfahren?«, fragte er amüsiert und reichte mir die Hand, um mir beim Aufstehen zu helfen. Meine Güte, war mir das peinlich, ich hatte den ganzen Nachmittag verschlafen! Aber ich fühlte mich wunderbar erholt. Ich sammelte meine Papiere und die Decke ein und kletterte auf den Traktor, während Lorenzo bereits den Motor anließ.

Für den Rückweg wählte er eine andere Strecke. Hin und wieder zweigten durch Brombeerhecken begrenzte Feldwege ab, die scheinbar ins Nirgendwo führten. Wir kamen an einem baufälligen alten Schuppen vorbei. In seinem Schatten saß eine alte Frau in schwarzem Kleid und schwarzen Strümpfen. Lorenzo winkte ihr zu und die Arbeiter grüßten sie mit fröhlichen Rufen. Ihre Beine ruhten auf einem zerbeulten Korb voller Grünzeug und ihre dunklen Augen funkelten, als sie die Grüße erwiderte. Sie kaute genussvoll auf einem Stück Brot und hielt nur inne, um ein paar Krümel von ihrem Kleid zu wischen. Einer der Arbeiter sprang ab und nahm ihren Korb mit auf den Hänger.

»Anna ist unsere Kräuterfrau«, erklärte Lorenzo, »ohne sie läuft in der Küche gar nichts. Ihren Korb dürfen wir mitnehmen, aber sie selbst würde nie aufsteigen, Motoren sind für sie Teufelszeug.«

»Sie haben einen guten Kontakt zu all diesen Leuten.«

»Ich bin zwischen ihnen groß geworden. Viele sehen in mir noch den Knirps von damals.«

»Aber sie respektieren Sie.«

»Das mussten sie lernen. Nicht allen ist das leicht gefallen.«

»Ich habe den Eindruck, Sie sind der Herr im Hause.«

Er sah mich eher verärgert als erstaunt an. »Einer muss die Zügel in der Hand halten.«

»Das dürfte nicht ganz einfach sein.«

»Vieles läuft nicht, wie ich will.«

»Ja, ich weiß.«

Wütend sah er mich an. »Gar nichts wissen Sie, sonst wären Sie nämlich überhaupt nicht hier.«

»Pardon, ich wollte Ihnen nicht zu nahe treten.«

»Keine Sorge, mir kommt man nicht zu nahe.«

Verärgert jagte er den Motor hoch und der Traktor zog mit einem heftigen Ruck an. Schweigend setzten wir unseren Rückweg fort. ›Arroganter Miesmacher‹, dachte ich und setzte mich aufrecht hin. Abschütteln ließ ich mich noch lange nicht.

Kapitel 3

Heute wollte ich den Abend genießen. Ich war ausgeruht und fühlte mich richtig wohl. Nachdem ich mich frisch gemacht hatte, ging ich hinunter. Noch eine Stunde bis zum Aperitif auf der Terrasse, da konnte ich mir Haus und Hof etwas genauer ansehen.

Ich lief hinaus auf den Vorplatz und sah zum Haus zurück. Die alte, von hohen Zypressen umgebene Villa stammte aus dem frühen 19. Jahrhundert und war ein zweistöckiger Bau aus gelben, für die Landschaft typischen Lehmziegeln, mit flachem Dach und klarer Gliederung. In der Mitte, zu ebener Erde, die wuchtige Eingangstür aus dunklem Holz, rechts und links davon die hohen Fenster mit den hölzernen Läden, die bis zum Boden reichten. Darüber die Reihe kleinerer Fenster der oberen Etage. Während die linke Haushälfte für die Gäste bestimmt war, bewohnten die Beneventis den rechten Teil, in dem sich auch die Büros, die Küche und die Wirtschaftsräume befanden. Wilder Wein und Efeu bedeckten große Teile der Außenmauern und milderten die strenge Form des schlichten, klar gegliederten Hauses, das als einzigen Schmuck eine zinnenartige Mauerkrone am Dachrand hatte. Sie machte die Villa zum Castello.

Während der Weg links ums Haus in den Garten und zur Terrasse auf der Rückseite führte, ging ich rechts herum, wo sich in geringer Entfernung der Wirtschaftshof anschloss. Hier gab es in einem lang gestreckten Gebäude Wohnungen für die Familien der Landarbeiter und für das Hauspersonal. Blumenkästen mit Geranien, Kapuzinerkresse und Begonien an den Fenstern leuchteten in bunter Farbenpracht und milderten die Strenge des nüchternen Gebäudes. Eine Vielzahl kleinerer Häuser gruppierte sich im Hintergrund, sie waren für die Saisonarbeiter und ihre Familien bestimmt. Im rechten Winkel zum Wohnhaus gab es ein Gebäude mit Stallungen – hier mochten früher die Pferde gestanden haben –, Scheunen und Geräteschuppen. Die dritte Seite der offenen Hofanlage nahm die Cantina mit angebauten Lagerräumen für Fässer und Flaschen, für Kisten und Gerätschaften ein. Ihre Mitte bildete die schwere Eichentür zur Kellerei, die ich von der Nacht her kannte. Auffallend war der schlechte Zustand aller Gebäude. Man sah, dass hier schon lange nichts mehr investiert worden war und dass die Beneventis noch immer in einer finanziellen Krise steckten.

Langsam bummelte ich zum Haus zurück. Auf der Terrasse sah ich die ersten Gäste. Im Garten spielten zwei kleine Kinder und eine junge Frau. Als ich näher kam, liefen die Mädchen auf mich zu, frisch, fröhlich und unbekümmert nahmen sie mich an die Hand. Zwillingsmädchen, drei oder vier Jahre alt. Ich fragte sie nach ihren Namen. »Das ist Regina und das ist Renata«, sagte die hübsche dunkelhaarige Frau, die jetzt neben mir stand und mir die Hand reichte.

»Ich bin Isabella und wir drei gehören zu Enrico Beneventi«, sagte sie mit nicht überhörbarem Stolz.

»Ich freue mich. Ich bin Viola Wagner aus Hamburg«, stellte ich mich vor.

»Ich weiß, die Redakteurin. Sie müssen mir von Ihrer Arbeit erzählen, ich wäre auch gern Journalistin geworden, aber dann lernte ich meinen Mann kennen und nun bin ich Mutter, und das ist ganz wunderbar.«

»Das freut mich für Sie«, und im Stillen rechnete ich aus, dass sie mindestens zwanzig Jahre jünger als ihr Ehemann war.

»Haben Sie schon meine Schwester Gina kennen gelernt?«

»Ich habe sie ein paar Mal gesehen.«

»Durch sie bin ich eines Tages hierher gekommen. Sie ist zehn Jahre älter und meinte immer, mich erziehen und überall herumzeigen zu müssen. Und dann hat sich Enrico in mich verliebt, das hat sie mir bis heute nicht verziehen.« Sie lächelte und zwinkerte mir zu. »Na, macht nichts, ich kann damit leben, sie tut sich schwerer damit.«

Die Kinder drängten, weiterzuspielen, und ich, ziemlich erstaunt über die Offenheit dieser sympathischen Frau, fragte, ob ich mitmachen dürfte. Sie hatten auf der Wiese eine Krocketbahn aufgebaut und versuchten, die hölzernen Kugeln durch die kleinen Tore zu schlagen. Wir bemühten uns sehr, doch der Boden war uneben und die Kugeln rollten überall hin, nur nicht durch die Tore. Wir hatten viel Spaß, und mir ging der Gedanke durch den Kopf, wie viele Kinder sich wohl heute noch bei dem Überangebot von Plastikwaren und Computerprogrammen mit so schönen alten Spielen unterhalten mochten.

Auf der Terrasse trafen die letzten Gäste ein und ich verabschiedete mich.

»Wir müssen auch Schluss machen«, Isabella sammelte die kleinen Tore ein, die Kinder nahmen die Kugeln und die Schläger und gaben mir die Hand.

»Spielst du morgen wieder mit uns?«

»Mal sehen, wenn ich Zeit habe, gern.«

»Warum hast du denn keine Zeit?«

»Ich muss arbeiten.«

»Was arbeitest du denn? Hier machen doch alle Leute Ferien.«

»Ich schreibe alles auf, was hier so los ist, und dann mache ich Fotos und zeige sie anderen Leuten, damit sie sehen, wie schön es bei euch ist.«

»Wo kommst du denn her?«

»Aus Hamburg, das ist eine sehr große Stadt, da gibt es keine Berge und keine Bäume, auf denen Kastanien wachsen, die man essen kann, und kein Castello dell' Astore.«

Lachend griff Isabella ein.

»Schluss jetzt, sonst kommen wir niemals hier weg und das Essen wird kalt.«

»Was esst ihr denn am liebsten?«

»Pasta«, kam es wie aus einem Munde, und die Frage war geklärt. Lachend gingen wir auseinander.

Auf der Terrasse kam mir Maria entgegen. »Wenn Sie morgen noch nichts vorhaben, könnte ich Ihnen das Haus zeigen und von seiner Geschichte erzählen«, erklärte sie, »meine Männer sind den ganzen Tag in Foligno.«

»Ja, gern. Immer, wenn ich durch die Halle gehe und die Bilder sehe, werde ich neugieriger.«

Wir stellten uns an die Balustrade und beobachteten die Gäste. Dann sah ich Lorenzo. Er stand mit einem gut aussehenden jungen Mann etwas entfernt von uns und diskutierte mit einem amüsierten Lächeln und dezenten Handbewegungen. Der Fremde hatte ein Blatt Papier in der Hand, auf das er immer wieder deutete. Ich beobachtete Maria, aber sie zeigte in eine andere Richtung, während sie mir die Herkunft einiger alter Bäume im Garten schilderte, die aus dem Nahen Osten stammten.

Dann verließen Lorenzo und der jüngere Mann die Terrasse. Sie waren fast gleich groß und beide sehr schlank. Jetzt sah auch Maria hinüber, in ihrem Gesicht die Andeutung eines Lächelns. Als die beiden Männer durch die Tür gingen, legte Lorenzo den Arm liebevoll um die Taille des jüngeren und drückte ihn leicht an sich. Eine Geste absoluter Vertrautheit, wie sie selbst unter engen Freunden höchst selten ist. Und bei diesem Mann bekam ich Herzklopfen und Gänsehaut? Ich blickte hinunter auf die alten, narbigen Marmorsteine zu meinen Füßen. Wohin sollte ich auch sonst sehen? Ich wusste, dass mich Maria beobachtete.

»Wir werden bald die Terrassenbeleuchtung brauchen«, lenkte sie ab, »es wird ab Mitte September doch schon zeitiger dunkel.«

Ich drehte mich um. Das Rot der untergehenden Sonne lag wie ein samtener Hauch über den Hügeln im Westen und dann merkte ich, wie tief enttäuscht ich war.

Der Gong rief uns zum Abendessen. Im Speiseraum war es warm und gemütlich. Die Kerzen auf den Tischen und in den verspiegelten Wandleuchtern brannten und es roch wunderbar nach Kerzenwachs, Kräutern, Krustentieren und Gegrilltem. Maria verabschiedete sich.

»Wir sehen uns nach dem Frühstück, wenn es Ihnen recht ist. Ich finde Sie dann schon.«

Ich nickte und reichte ihr die Hand und dann drückte ich ganz spontan einen leichten Kuss auf die faltige Wange dieser Frau. »Bis morgen!«

Ein paar der schon vertrauten Gesichter fehlten, einige fremde waren hinzugekommen. Auch an unserem Tisch gab es einen neuen Gast. Er war sehr höflich, stand auf, als ich kam, rückte meinen Stuhl zurecht und goss mir später Wein ein. Ich bedankte mich, so viel Aufmerksamkeit war selten geworden, umso mehr genoss ich sie. Als alle am Tisch saßen, stellte er sich vor.

»Ich bin Nico Scafetti aus Bari und auf dem Weg nach Mailand. Aber hier muss ich immer Zwischenstation machen. Ich liebe dieses Stückchen Land.«

Später stellte sich heraus, dass seine Familie einen Marmorbruch in Apulien besaß und über ein Mailänder Büro die kostbaren Steine in alle Welt verkaufte. So war es fast selbstverständlich, dass sich unser Tischgespräch an diesem Abend um Marmor drehte, um weißen, blauen, roten und schwarzen Marmor, um griechischen und italienischen, um solchen aus Carrara und aus Apulien, und wenn man Nico richtig zuhörte, war der von der Ferse des italienischen Stiefels bei weitem der Beste. Es war sehr amüsant und wir lachten viel; und ich wunderte mich wieder einmal, wie alle sich der englischen Mode unterwarfen, sich sofort mit dem Vornamen anzureden.

Nach dem Essen fragte mich der charmante Tischnachbar: »Wie wäre es mit einem kleinen Spaziergang – so zum Abschluss eines sehr schönen Abends?«

»Es ist stockdunkel, ich glaube kaum, dass es hier beleuchtete Wege gibt«, lachte ich, noch immer erheitert von den Gesprächen und natürlich von dem wunderbaren Wein.

»Wir könnten es doch versuchen.«

»Na schön, vielleicht kann man die Zypressenallee entlanggehen.«

Ich stand auf und nahm meine Wollstola von der Lehne. So ein bisschen frische Luft nach dem reichhaltigen Essen würde mir gut tun. Und außerdem gefiel mir der Mann. Er war geistreich, witzig und sah fabelhaft aus: groß, stark und sehr italienisch mit dem dunklen, gelockten Haar und den fast schwarzen Augen.

Wir gingen durch die Halle, und Nico legte mir das Tuch um die Schultern. Es war schön draußen, der klare Sternenhimmel versprach eine kühle Nacht und einen weiteren sonnigen Tag.

»Weiter oben in den Bergen«, Nico zeigte zum Apennin hinüber, »wird es schon Nachtfrost geben, aber hier unten dauert das noch vier Wochen.«

»Es wäre gefährlich für den Wein, die Ernte hat noch nicht einmal begonnen.«

»Ja, es ist immer ein Risiko für die Weinbauern hier in den Hügeln«, erklärte er, »einerseits wollen sie die Sonne bis zum letzten Strahl ausnützen, andererseits würde eine einzige Frostnacht die ganze Ernte verderben.«

»Dann hätte man Eiswein.«

»Die hiesigen Sorten eignen sich nicht dafür. Ich weiß, in Deutschland experimentiert man gern mit diesem Risiko.«

»Mit Erfolg.«

»Mit großen Verlusten, wenn es danebengeht.«

»Ja, das stimmt. Woher wissen Sie so viel über den Weinanbau, ich denke, Ihr Spezialgebiet ist der Marmor?«

»Ich bin sehr oft hier. Enrico ist ein Studienfreund von mir, wir haben beide in Rom Betriebswirtschaft studiert und kaufmännische Seminare besucht. Wir wollen ja beide etwas verkaufen.«

In den Tälern unter uns blinkten die Lichter einzelner Gehöfte wie Sternschnuppen. Wir hatten das Ende der Allee erreicht, als wir oben beim Haus Motorengeräusche hörten. Die Scheinwerfer kamen näher, wir traten zur Seite und ließen einen klapperigen Jeep vorbeifahren. Ich konnte nicht erkennen, wer am Steuer saß, aber Nico sagte: »Das war Francesco.«

»Und wer ist Francesco?« War es dieser junge Mann, den Lorenzo so intim an sich gedrückt hatte? Aber Nico ging nicht auf meine Frage ein. Er sagte nur: »Der hat noch einen langen Weg vor sich, er wohnt in Assisi.«

Wir drehten um, und während wir bergauf zum Haus zurückgingen, sagte er: »Ich darf doch?«, und nahm meinen

Arm. Und ich hatte ein sehr angenehmes Gefühl, was nicht nur daran lag, dass ich in meinen, für einen Spaziergang kaum geeigneten Pumps weniger stolperte.

Im Haus war es still. Nur aus dem Fernsehzimmer hörte man noch ein paar Stimmen. Wir gingen nach oben und Nico brachte mich bis vor meine Tür. Er nahm meine Hand und sagte: »Das war ein sehr schöner Abend.« Dabei sah er mich so an, dass ein Prickeln meinen ganzen Körper überzog, und dann war ich allein.

Etwas beunruhigt ging ich in mein Zimmer und setzte mich in den alten Ledersessel am Fenster. Da war Lorenzo, dieser arrogante Typ, der öffentlich seine Zuneigung zum gleichen Geschlecht bekundete, uns Frauen die kalte Schulter zeigte und der dennoch eine gewisse, unverständliche Anziehungskraft auf mich ausübte; und da war Nico, der mir so deutlich sein Interesse zeigte und dessen Nähe so gut für mich war, dass mein Körper unmittelbar darauf reagierte. Dabei war ich erst seit zwei Tagen hier! Und Alex gab es auch noch.

Der nächste Morgen begann mit einem wunderbaren Frühstück: An der Wand war ein Büfett aufgebaut und zwischen köstlichen Speisen und bunten Aufschnittplatten standen Sträuße aus Herbstblumen, Wildbeeren und gelb gefärbtem Laub. Mein erstes Frühstück hier im Haus – wenn ich da an die bescheidenen Mahlzeiten im Weinberg dachte.

Ich war fast fertig, als Maria kam. Sie sah ausgeruht und fröhlich aus und holte sich eine Tasse Kaffee, bevor sie sich zu mir setzte.

»Ehrlich gesagt genieße ich es, wenn meine Männer alle weg sind. Leider ist das nicht oft der Fall.«

»Ja, ein Mann im Haus, das bedeutet immer Unruhe, Stress und Mehrarbeit, und Sie haben gleich drei davon.«

»Sprechen Sie aus Erfahrung?«

»Nun, sagen wir mal, aus Wochenenderfahrung.«

»Dann sind Sie nicht verheiratet?«

»Nein, aber ich bin berufstätig, und das ist auch anstrengend.«

»Aber es gibt einen Mann in Ihrem Leben? Einen Wochenendmann sozusagen?«

»Ja«, lachte ich. Maria wollte mich also aushorchen. Ich tat ihr den Gefallen und sagte: »Ich bin verlobt, so richtig altmodisch verlobt, aber wir sind beide viel unterwegs, da bleiben uns nur die Wochenenden und manchmal nicht einmal die. Alex ist Sportjournalist beim Fernsehen«, fügte ich hinzu.

»Da haben Sie sich bestimmt viel zu erzählen, wenn Sie sich treffen.«

»Das stimmt, die paar gemeinsamen Stunden reichen oft nicht aus.«

»Aber Ihr Beruf macht Ihnen Spaß, das merkt man.«

»Ja, vor allem, weil ich so nette Leute kennen lerne«, damit legte ich ihr meine Hand auf den Arm, sah auf meine Uhr und beendete so die Fragestunde. Maria wusste nun genug von mir.

Während wir aufstanden, sagte sie ganz beiläufig: »Könnte es sein, dass Sie sich für Lorenzo interessieren?«

Oh, der Scharfblick einer Frau! Dummerweise gehöre ich zu den Menschen, die auch mit zweiunddreißig noch rot werden. Vorsichtig umging ich ihre Frage. »Er zeigt mir deutlich seine Abneigung und er ist ein sehr reservierter Mann, vielleicht wirkt das auf manche Frauen anziehend«, dann sah ich sie an, »auf mich nicht! Und bei allem Respekt Ihnen gegenüber, ich denke nicht daran, mich durch ihn auf ein Abstellgleis schieben zu lassen. Ich mache hier meine Arbeit und die werde ich gut machen. Im übrigen habe ich Interessen, die weiter reichen als bis nach Umbrien. Ich hoffe, Sie verstehen mich, Maria.«

Unbeeindruckt sagte sie: »Lorenzo mag Sie.«

»Dann hat er eine seltsame Art, das zu zeigen.«

»Er hat Sie mit in die Cantina genommen.«

»Das war ein Arbeitsausflug.«

Sie nickte leicht mit dem Kopf. »Mag sein.« Sie sagte es mit sehr deutlichem Zweifel in der Stimme und ich fragte mich, warum mich ihre offene Art nicht schockierte.

Dann gingen wir durch die Halle. Ich musste wirklich vorsichtig sein, die Signora hatte die Augen eines Habichts und den Instinkt einer Mutter.

Als wir in der Bibliothek waren, nahm sie meinen Arm. »Nicht böse sein, Viola, Sie sollten nur wissen, Lorenzo ist ein ganz besonderer Mensch.«

Nun ja, das hatte ich inzwischen auch bemerkt. Trotz dieser verständlichen Mutterliebe ging mir das Gespräch zu weit und ich wechselte das Thema.

»Wie gut es hier riecht: nach Leder und altem Papier und Tabak« – »und nach Staub und abgestandener Luft und einem Kamin voller Asche, die man vergessen hat, zu entfernen«, lachte sie und öffnete die Fenster und die Holzläden, so dass Licht und Luft hereinströmen konnten.

Zwei Wände des Raumes waren bis unter die Decke mit Bücherregalen bedeckt. Meist waren es alte, in Leder gebundene Bücher, aber es gab auch moderne, bunte Buchrücken und ein ganzes Regal voller Taschenbücher. Vor einem Kamin standen bequeme Sessel. Maria zeigte auf die alten Bücher: »Generationen haben sie gesammelt, manche sind über 200 Jahre alt.«

Und damit waren wir mitten in der Geschichte des Hauses und seiner Bewohner. Es war faszinierend, Maria zuzuhören, und es fiel mir schwer, ihre interessanten Erzählungen mit meinen Fragen zu unterbrechen. Aber ich war hier, um eine Reportage zu schreiben, und dazu gehörten Fragen und Notizen.

Später gingen wir in die Halle, danach über die Treppe und den oberen Flur, und ich lernte die Gesichter zu den Geschichten kennen. Ich sah ihre Trophäen und Waffen, ihre gestickten und gemalten Stammbäume, aus Holz geschnitzte Wappen, Orden hinter Glas und Urkunden in Bilderrahmen. Maria war spürbar stolz auf die Geschichte der Familie, in die sie eingeheiratet hatte und zu der sie nun seit fast fünfzig Jahren gehörte. Sie selbst kam, wie sie erzählte, aus Florenz und war als junge Rot-Kreuz-Schwester im Krieg in dieser Gegend eingesetzt worden.

»Und nach den Kämpfen bin ich hier hängen geblieben. Ich half in verschiedenen Krankenhäusern aus und hatte überhaupt keine Lust, in die konservativen Grenzen einer alten Familientradition zurückzukehren. Meine Mutter war entsetzt, weil ich mich um das körperliche Wohl fremder Männer kümmerte, und mein Vater wollte, dass ich Jura studierte und seine Mitarbeiterin wurde.« Sie lachte. »Ich habe Ernesto getroffen, und damit war meine Zukunft besiegelt.«

Unten ertönte der Gong und rief zum Lunch. »Kommen Sie, heute Nachmittag hat Marisa Zeit für Sie und weiht Sie in die Geheimnisse der umbrischen Küche ein. Ab vier dürfen Sie ihr Reich betreten.«

»Danke. Ob ich Tonband und Fotoapparat mitbringen darf?«

»Sicherlich, sie sagte, sie sei auf alles vorbereitet.«

Kapitel 4

Auch zum Lunch war ein Büfett aufgebaut. Einen großen Teil davon nahmen die Platten mit Antipasti ein, aber auch warme Speisen standen bereit und ein sehr verlockendes Angebot mit süßen Naschereien und Kuchen.

Da auch auf der Terrasse unter den Sonnenschirmen Tische gedeckt waren, nahm ich mein Essen und setzte mich nach draußen. Im Gegensatz zum Dinner am Abend waren nur sehr wenige Gäste im Haus. Angela und Carla fragten, ob sie sich zu mir setzen dürften. Wir waren die Einzigen auf der Terrasse.

Das Essen schmeckte vorzüglich, vor allem die gerösteten Brotscheiben mit Trüffelcreme hatten es mir angetan, und ich verzichtete lieber auf die Süßspeisen als auf die Bruschetta. Und im Stillen nahm ich mir vor, meine Gäste in Hamburg demnächst damit zu verwöhnen.

Während Angela und Carla begeistert von einem Ausflug nach Gubbio erzählten und den leichten Tischwein in durstigen Zügen kräftig genossen, blieb ich bei Mineralwasser und Zitronenstückchen, denn ich wusste inzwischen aus Erfahrung, was dieser Mittagswein so bei mir anrichtete! Interessiert erkundigte ich mich nach den Straßenverbindungen und Sehenswürdigkeiten dieser bekannten, alten Stadt im Nordosten Umbriens.

Dann fragten mich die beiden nach meinen Eindrücken von Land und Leuten und ich musste gestehen, dass ich davon noch nichts gesehen hatte. »Meine Erfahrungen beschränken sich auf das Haus und das Weingut.«

»Na, das ist ja nicht gerade viel«, unterbrach mich Carla. »Kommen Sie doch mal mit uns mit, wir sind fast jeden Tag unterwegs.«

»Danke für die Einladung, das ist sehr nett von Ihnen, aber ich bin hier, um zu arbeiten, und mein Thema heißt ›Castello dell' Astore‹.«

»Sie sind Journalistin, das haben wir schon gehört, was machen Sie denn so?«

»Ich schreibe Reportagen für die Zeitschrift ›Reisen und Genießen‹.«

»Ist das eine Zeitung für Reisebüros?«

»Nein«, lachte ich, »das ist eine Zeitschrift für Leute, die eine andere Art von Urlaub machen möchten, die etwas Ausgefallenes suchen, etwas wenig Bekanntes.«

»Etwas für die Superreichen, die Highsociety?«

»Nein, keineswegs, meine Reisen sind für alle gedacht. Ich stelle dieses Castello ebenso vor wie ein einsames Fischerdorf in der Bretagne oder eine Touristenherberge in einem Indianer-Reservat. Wichtig ist, dass es dort schön ist, einmalig, nicht überlaufen und dass es eine spezielle Küche gibt, die typisch für die Region und die Menschen ist.«

»Dann wird es hier aber bald voll sein.«

»Nein, das hier wird immer ein Reiseziel für wenige, am Weinbau interessierte Leute sein und für solche, die ein sprödes Land mit verhaltenem Zauber und stillen, zurückhaltenden Menschen mögen. Und für solche natürlich, die die bodenständige, umbrische Regionalküche lieben. Wenn ich an diese Küche hier denke, dann sehe ich nicht nur die bekannten Trüffel dieser Gegend vor mir, sondern auch die herzhaften

Linsengerichte, die verschiedensten Schafskäse und die unterschiedlichsten Schweinewürstchen, für die Umbrien bekannt ist.«

»Das stimmt«, bestätigte Angela nachdenklich. »Von der Seite habe ich das noch nie gesehen. Wir kennen auch kaum Leute, die nach Umbrien in Urlaub fahren. Alle reisen in die Toscana, die ist seit Jahren ›in‹.«

»Und weshalb kommen Sie hierher, so lange schon, wie Sie neulich sagten?«

»Mein Mann hat eine Weingroßhandlung in Rom und wir beziehen viele Weine von diesem Gut. Die Bestellungen verbinden wir mit ein paar Urlaubstagen. Und wir mögen die Beneventis.«

»Eine interessante Familie, ich habe heute früh viel über ihre Geschichte erfahren, ich ...«

»Und eine ziemlich geheimnisvolle Familie dazu«, unterbrach mich Carla. »Wir versuchen seit fünf Jahren herauszubekommen, weshalb ...«

In diesem Augenblick kam Nico Scafetti zu uns auf die Terrasse. »Hallo, das Haus ist ja wie ausgestorben. Wo sind denn all die Gäste?«

»Mittags ist es hier immer leer. Wer einen Ausflug machen will, muss schon den ganzen Tag einplanen, die Entfernungen sind ziemlich weit«, bemerkte Angela und stand auf: »Ich denke, ich werde jetzt ein Nickerchen machen.«

»Und ich schließe mich an«, auch Carla stand auf.

»Bis später dann«, winkte ich und sah auf die Uhr. Noch zwei Stunden bis zu meinem Küchen-Debüt. Sollte ich mich auch hinlegen? Eigentlich schade um die schöne Zeit.

Nico hatte mich beobachtet.

»Zeit für die Siesta?«

»Nein«, ich stand auf. »Ich laufe lieber ein Stück. Im Wald ist es kühl genug dafür.«

»Darf ich mich anschließen? Ich bin ein guter Führer.«

Wir gingen die Stufen hinunter, überquerten den Rasen und tauchten ein in den wohltuenden Schatten eines kleinen Kastanienwaldes.

»Kennen Sie sich hier aus?«

»Sie dürfen mir vertrauen, ich habe schon als Student mein Unwesen in diesen Hügeln getrieben.«

Es ging leicht bergab und es gab nur einen Trampelpfad. Nico ging voraus, um mir über schwierige Stellen hinwegzuhelfen. Er war ein athletischer Mann, aber seine geschmeidigen Bewegungen und die Sicherheit seiner Schritte verrieten den Sportler, der, dem Bürostuhl zum Trotz, Wert auf einen durchtrainierten Körper legte.

Der Waldboden war dicht mit Büschen und mannshohem Farn bewachsen. Je tiefer wir kamen, umso feuchter wurde der Untergrund. Nach einer Weile verließen wir den Kastanienwald und kamen in ein lichtes Pinienwäldchen. Ein alter graugesichtiger Mann mit einem zerfransten Strohhut und einem Korb voller Fische kam uns entgegen und grüßte fröhlich.

»Heute Abend gibt es Barsche für die Gäste, ganz frisch gefangen«, erklärte er und zeigte uns den Korb, in dem, von frischen Blättern bedeckt, wirkliche Prachtexemplare lagen.

»Das war Neno, der *pescatore*, der Fischer vom Castello«, erklärte Nico und zeigte auf eine spiegelnde Wasserfläche vor uns im Tal. Wir erreichten einen Teich, der von einem wilden Flüsschen durchzogen wurde und an dessen Ufer sich ein Schuppen mit zwei Booten und einem Landesteg befanden. »Das hätte ich hier nicht erwartet«, sagte ich überrascht und betrat den Steg.

»Vorsicht, ich weiß nicht, wie haltbar der noch ist, er war schon vor zwanzig Jahren einsturzgefährdet.«

Nico hielt mich am Arm fest und ich trat zurück auf den

sumpfigen Boden und ließ seine Hand, wo sie war. Er war ein Mann, der mein Herz durchaus schneller schlagen ließ. Sein Charme, seine Aufmerksamkeit und sein Aussehen gefielen mir. Er war attraktiv und er wusste es, und er war genau der Mann, den ich in diesem Augenblick gern neben mir hatte. Aber während er mir den Arm um die Schulter legte, schämte ich mich, denn mir gefiel zwar seine Nähe, aber ich wollte sie nicht wirklich, ich fühlte mich geborgen und sehnte mich doch eigentlich nach einer ganz anderen Umarmung.

Und dann trat ich zur Seite und löste die Spannung, die sich aufgebaut hatte. Ablenkend fragte ich: »Was bedeuten diese Schnüre, die so kreuz und quer über den Teich gespannt sind?«

»Sie sollen die Fischreiher abhalten, sich hier zu bedienen. Neno gibt sich viel Mühe, den Fischbestand zu erhalten und immer wieder zu erneuern, aber die Reiher sind sehr gefräßig. Und gegen Kormorane muss Neno auch kämpfen.«

»Wurde der Teich extra für die Fischzucht angelegt?«

»Ja, Neno hat ihn vor vielen Jahren aufgestaut, er wird von dem Wildbach gespeist, der da drüben hinein- und weiter unten hinausfließt. Da hat Neno ganz spezielle Siele angebracht, damit die Fische, auch die jungen, im Teich bleiben. Wenn Sie wollen, gehen wir einmal rundherum, es ist nicht weit und einen schmalen Weg gibt es auch.«

Ich sah auf meine Uhr. »Ich muss um vier in der Küche sein, schaffen wir das?«

»Nein, dazu ist es zu weit. Und der Rückweg dauert auch länger, weil es bergauf geht.«

»Dann könnten wir uns doch dort drüben noch ein bisschen hinsetzen.« Ich zeigte auf eine wackelige Bank an der Schuppenwand. »Es ist so friedlich hier.«

Nico holte aus dem Schuppen ein Stück Segeltuch und legte

es über die grün bemoosten Bretter. »Kommen Sie, so wird Ihr Kleid nicht schmutzig.«

Und ich war wieder einmal überrascht von seiner Fürsorge und davon, wie gut mir dieser Mann gefiel. Nicht nur seine liebenswerte, rücksichtsvolle Art, sondern auch seine körperliche Nähe, die bei mir Wohlbehagen auslöste, irritierten mich. Ich kannte ihn ja kaum, wusste eigentlich gar nichts von ihm, von seinem Leben, von seiner Familie. War er verheiratet? War er anderweitig gebunden? Ich wusste nur, dass er Marmor verkaufte und gern bei den Beneventis war, und das war nun wirklich nicht viel!

Und ich mit meinen Gefühlen, kannte ich mich denn noch? Durch meine langjährige Bindung an den weltgewandten, unbekümmerten und sehr selbstbewussten Alex hatte ich nicht viel Gelegenheit, Männer kennen zu lernen oder gar Vergleiche anzustellen. Und nun war ich in dieses Durcheinander von Gefühlen geraten.

Schön war es hier. Hin und wieder hörte man einen Vogel. Fische sprangen silberglänzend aus dem Wasser und hinterließen kreisrunde Wellenspuren. Nico nahm meine Hand und küsste sie behutsam. »Ich danke Ihnen für diesen schönen Nachmittag.«

Verwirrt überließ ich ihm meine Hand, die er behielt und mit seinen kräftigen Fingern umschloss.

»Ich muss mich bedanken. Ohne Sie hätte ich diesen bezaubernden Ort nie kennen gelernt.«

»Ich würde Ihnen gern noch mehr von der Umgebung zeigen.«

»Leider bin ich zum Arbeiten hier.«

»Nicht immer nur an Arbeit denken, Viola. Ich müsste längst in meinem Büro in Mailand sitzen, aber ich denke, Stunden wie diese sind wichtiger.«

»Und sie sind so selten, viel zu selten.«

Er hatte recht. Hier konnte man Stress und Probleme vergessen, hier gab es noch dieses liebliche *dolce far niente*, dieses süße Nichtstun, mit dem wir Deutschen so wenig anzufangen wissen.

Wir standen auf, es wurde Zeit für den Rückweg. Als der Pfad zum Ende hin breiter wurde, gingen wir nebeneinander und Nico legte mir den Arm um die Schulter. Es gab keinen Grund, diese behutsame Zärtlichkeit abzuschütteln, und so erreichten wir das Castello, vor dem Maria schon auf uns wartete.

Sie kam uns mit leicht amüsiertem Lächeln entgegen. »Nico, willst du etwa auch die Küche besichtigen?«

»Nein, nein, ich genieße die Küche lieber auf meinem Teller«, lachte er und verabschiedete sich. »Wir sehen uns später«, und mit einer leichten Verbeugung ging er davon.

»Ein netter Mann und ein guter Freund, ich mag ihn sehr, er gehört fast zur Familie und war auch Enricos Trauzeuge«, erklärte Maria.

Wir gingen durch die Halle und einen kleinen Flur entlang, dann waren wir im Wirtschaftstrakt und standen vor der Küche.

»Maria, ich müsste meine Sachen noch aus dem Zimmer holen, einen Augenblick bitte.«

»Ja, natürlich, ich warte hier.«

Ich lief schnell nach oben, wechselte die schmutzig gewordenen Schuhe, wusch mir Hände und Gesicht und ging mit Fototasche, Tonbandgerät, zwei Scheinwerfern und Notizblock wieder hinunter.

»Werden Sie auch in der Küche sein?«

»Nein, das ist allein Marisas Reich. Sie duldet keine Einmischung und ich respektiere das, denn sie ist eine hervorragende Köchin.«

»Das habe ich längst bemerkt«, bestätigte ich.

»Wir planen einmal in der Woche in groben Zügen den Speiseplan und rechnen einmal im Monat ab, sonst mische ich mich nicht ein. In einer so abgelegenen Gegend wie hier bekommt man schwer gutes Personal.«

Wir erreichten die Anrichte, die zugleich die Verbindung zwischen Küche und Speiseraum war, und dann die große, helle, weiß gekachelte Küche mit Herd und Arbeitstisch in der Mitte und den modernsten Geräten und Einrichtungen rundum an den Wänden. Marisa, eine große, gewichtige Frau und ganz in Weiß gekleidet, begrüßte uns und stellte mir ihre kleine Mannschaft vor. Sie arbeitete mit drei Küchenfrauen zusammen, von denen zwei auch bedienten, und hatte einen Jungkoch zur Seite, der hier seine praktische Ausbildung machte. Ich begrüßte alle und stellte meine Sachen in einer Ecke ab. Maria ließ uns allein, und eine der Frauen reichte mir einen weißen Kittel, den ich überzog.

Das Erste, was ich dann sah, waren die Fische, denen ich schon auf dem Waldweg begegnet war. Jetzt lagen sie geputzt und gewaschen, mit Kräutern und Limettenscheiben gefüllt auf Tüchern auf der Arbeitsplatte.

»Das Geheimnis unserer Küche sind die frischen Kräuter«, erklärte Marisa. »Unsere gute alte Anna ist nur damit beschäftigt, uns täglich frische Wildkräuter zu suchen. Sie glauben gar nicht, welch ein Unterschied zwischen Wild- und Gartenkräutern besteht. Zum Glück gibt es in diesem Klima hier das ganze Jahr frische Pflanzen. Und Anna ist sehr vorsichtig beim Sammeln, sie beschädigt nie das Gewächs, so dass es immer wieder nachwachsen kann.«

Ich war beeindruckt und fotografierte die appetitlich angerichteten Fische. »Sind die Kräuter Ihre Spezialität?«

»Sagen wir mal, eine von mehreren«, lachte Marisa und ging mit mir zu den Töpfen und Pfannen auf dem Herd, in denen es duftend und bunt vor sich hin brutzelte. Ich sah rote

Möhren und grüne Soße, gelbe Rübchen und weiße Wurzeln, goldgelbes Öl und braun gebratenes Fleisch.

»Und das alles ist für das heutige Abendessen bestimmt?« Ich war sehr beeindruckt und zeigte das auch und Marisa freute sich. Sie ließ mich putzen und schälen und reiben und rühren und ich hatte kaum Zeit für meine Fotos und Scheinwerfer und Notizen. Platten wurden zurechtgestellt, Schüsseln gewärmt und Dekorationen gerichtet. Die Fische waren in Folie gehüllt in einem Fischbratofen verschwunden. »Wegen des Geruchs«, erklärte Marisa und zog aus einem anderen Ofen ein Blech mit honiggelbem Kuchen heraus, der mit Mandeln, Rosinen und Ingwerstückchen verziert war. Mehrere Kochuhren tickten leise vor sich hin, während Marisa mit dem Jungkoch zusammen die Liste der verschiedenen Garzeiten verglich.

»Alles in der Zeit«, seufzte sie erleichtert. Jetzt haben wir ein paar Minuten zum Ausruhen. Wir versammelten uns um den Mitteltisch und dann gab es für alle Eiskaffee und kleine Brotscheiben mit verschiedenen Aufstrichen. Ich war froh, dass ich für ein Weilchen sitzen konnte. Die letzten drei Stunden waren wie im Fluge vergangen und mir tat der Rücken weh. Marisa, die mich beobachtete, zwinkerte mir zu: »Aber Spaß macht es trotzdem, nicht wahr?«

»Und wie«, bestätigte ich und konnte ein Gähnen nur mit Mühe unterdrücken.

Während des Abendessens kamen die Beneventis in den Speiseraum, alle, auch Isabella mit den Kindern und Gina, die sich bei Lorenzo eingehakt hatte. So ein Besuch kam so selten vor, dass die Gespräche verstummten und wir uns zu ihnen umwandten.

»Wir möchten, dass Sie alle morgen Abend unsere Gäste

sind«, sagte Maria und Ernesto fügte hinzu: »Übermorgen beginnen wir mit der Weinlese und es ist bei uns Tradition, am Abend vorher ein Fest mit allen, die daran beteiligt sind, zu feiern. Und wenn Sie Lust haben, dürfen auch Sie gern bei der Lese mithelfen.«

»Das Vergnügen beginnt um 20 Uhr auf dem Wirtschaftshof und das Abendessen hier fällt dann aus. Wir würden uns freuen, wenn Sie alle dabei sein könnten«, beendete Maria die Einladung. Wir applaudierten und dann gingen Fragen und Antworten kreuz und quer durch den kleinen Saal.

Ich musste mich anstrengen, nicht ständig Lorenzo anzusehen. Er sah umwerfend gut aus: Zu schwarzen Hosen, Schuhen und Gürtel trug er ein ganz weitgeschnittenes auberginefarbenes Hemd mit weit fallenden Ärmeln die von den Manschetten elegant zusammengehalten wurden. Er stand an einem entfernten Tisch, die Hände auf zwei Stuhllehnen gestützt, und beugte sich weit vor, um mit den Gästen zu sprechen. Und neben ihm stand Gina, einen Arm um seine Taille gelegt.

Ich bemühte mich Nico anzusehen. »Waren Sie schon einmal dabei?«

»Ja, und es war ganz großartig. Viele Arbeiter bringen ihre Familien mit – die Frauen helfen ja auch –; und die, die mit Familien von außerhalb kommen, wohnen in den kleinen Häusern, die anderen kampieren in provisorischen Schlafsälen in den ausgeräumten Schuppen. Aus Foligno kommt eine Küchenmannschaft. Die richten eine Kochstelle in einem der Wirtschaftsräume ein und versorgen die Erntehelfer während der ganzen Weinlese. Ein kolossales Aufgebot und ein großer Rummel, aber die Feriengäste merken davon nicht viel.«

»Ich dachte immer, so ein Fest feiert man nach der Ernte.«

»Die Beneventis sorgen im Voraus für gute Stimmung. Die

Arbeiter und die Küchencrew müssen sowieso morgen anreisen, warum dann nicht ein bisschen Spaß am ersten Abend? Das richtige Erntefest findet natürlich später statt.«

»Und was passiert morgen?«

»Oh, da wird gegessen und getrunken und getanzt. Eine kleine Kapelle aus einem Dorf hier in der Nähe sorgt für die Musik und um Mitternacht ist Schluss.«

»So früh schon?«

»Ja, weil es am nächsten Morgen um halb sechs in den Berg geht. Erst wird auf dem Hof eine Andacht gehalten, dazu kommt extra ein Kaplan aus Cerreto, und dann beginnt die Arbeit.«

»Das hört sich nach sehr alter Tradition an.«

»Ja, die Beneventis bemühen sich sehr, die alten Sitten beizubehalten. Und es gibt noch erstaunlich viele Weingüter, in denen es so traditionell zugeht.«

»Ich finde das schön«, gestand ich und widmete mich meiner Zabaione, dieser feinen Weinschaum-Creme, die inzwischen serviert worden war. Ich freute mich auf das Fest und die Weinlese, solche Ereignisse bereicherten meine Reportage und machten sie lebendig.

Die Gäste standen auf und Enricos Kinder kamen an unseren Tisch. Sie begrüßten mich mit wohlerzogenen Knicksen, hängten sich dann aber an Nicos Arme und bettelten: »Du erzählst uns doch heute die Geschichte vom Bär in den Abruzzen«, forderte Regina, »ja bitte, du hast es versprochen«, ergänzte Renata.

Nico sah mich Hilfe suchend an und ich bestätigte: »Versprochen ist versprochen.« Strahlend nickten mir die beiden Mädchen zu.

»Treffen wir uns später noch?«

»Mal sehen, lassen wir es darauf ankommen.«

Die Kinder zogen ihn fort.

Zögernd stand ich auf. Was sollte ich mit dem angebrochenen Abend machen? Als ich mich umdrehte und nach meiner Stola greifen wollte, stand Lorenzo hinter mir, den Umhang bereits in der Hand.

»Wollen Sie mitkommen?« Und ohne meine Antwort abzuwarten, fasste er mich am Ellenbogen und führte mich auf die Terrasse. Draußen reichte er mir das Tuch und ließ mich los. »Das ist aber hart und kratzig«, stellte er fest.

»Es ist ein Geschenk schottischer Freunde«, erklärte ich, »und Shetlandwolle ist nun mal hart. Dafür ist es schön warm.«

Wir gingen zum Wirtschaftshof. »Was haben Sie eigentlich vor?«

»Wir füllen heute die letzten Flaschen ab, ich dachte, Sie würden vielleicht gern dabei sein.«

»Danke, ja«, erwiderte ich erfreut, konnte aber mein loses Mundwerk nicht halten und sagte:

»Und wo ist Signora Gina?«

Abrupt ließ er mich los und blickte mich gereizt an: »Wollen Sie mir den Abend verderben oder was soll diese dumme Frage?«

»Na, so dumm ist meine Frage nun auch wieder nicht. Man sagte mir, die Dame gehöre sozusagen zur Familie und das zeigt sie ja auch sehr deutlich«, konterte ich fröhlich, sehr zufrieden damit, ihn geärgert zu haben. Warum sollte ich immer allein leiden?

»Hören Sie weniger auf das Geschwätz anderer Leute und gebrauchen Sie ihre Augen, dann wüssten Sie, um was es wirklich geht.«

»Das stimmt, gesehen habe ich auch ganz andere Dinge.«

»Na also – kommen Sie nun mit?«

»Aber gern, sagte ich doch schon«, erklärte ich vergnügt und stolperte über das Kopfsteinpflaster.

»Vielleicht ist es doch besser, ich halte Sie fest«, und schon hatte er meinen Arm wieder im Griff.

Inzwischen kannte ich mich hier aus. Die schwere Tür, die ausgetretenen Steinstufen, die höhlenartigen Hallen, der Elektrokarren und der Tunnel mit den Fässern. Nur wenige Männer hantierten hier noch mit Spunden, Schläuchen und Flaschen. Wir ließen sie hinter uns und kamen in eine Halle mit zahllosen Flaschengestellen, die vom Boden bis zur Decke reichten.

»Unsere Ernte der letzten zwei Jahre«, erklärte Lorenzo stolz und führte mich durch einen Teil der Anlage. Jede Gestellreihe verfügte über genaue Angaben über den Weinberg, die Weinsorten, das Datum, die Anzahl der Flaschen und über Bemerkungen, mit denen wohl nur der Kellermeister etwas anfangen konnte.

Wir kamen zurück in das Gewölbe mit den Fässern. Alle Arbeiter hatten sich um ein Fass gestellt, aus dem die letzte Flasche gefüllt wurde. Wir bekamen alle ein Glas in die Hand, und dann floss der allerletzte Rest nicht mehr in eine Flasche, sondern in unsere Gläser. Die letzten Schlucke bekam Lorenzo. Alle stießen miteinander an, es wurde geredet und gelacht und es war keineswegs mehr so still wie an jenem Abend, als die Abfüllung begann und wir den Wein nicht wecken durften. Ich freute mich sehr, dass ich dabei sein konnte.

Etwas später kamen Maria und Ernesto mit kleinen Körben voller goldbraun gebratener Polentascheiben, Käsestücke, harten Eiern und Salami, von denen man sich Stücke abschneiden konnte. Und dann wurden alte, staubige Flaschen aus einem Regal geholt und der Wein floss in Strömen. Irgendwann sah ich auf die Uhr und stellte fest, dass es weit nach Mitternacht war. Als Maria sich verabschiedete, schloss ich mich an, und gemeinsam verließen wir die fröhliche Runde.

Wir hatten die hintere Haustür fast erreicht, als sie sagte: »Ich habe Lorenzo selten so fröhlich erlebt wie heute.«

»Ja, es war eine schöne Stimmung. Die Männer haben eine Arbeit beendet, die viel Aufwand und Fingerspitzengefühl verlangte.«

»Und viel Erfahrung«, ergänzte Maria und hielt mir die Tür auf. »Trotzdem, heute war es anders als sonst.«

Ich wusste darauf keine Antwort und verabschiedete mich. Als ich fast oben auf meinem Flur war, rief sie leise hinterher: »Ich freue mich so, dass Sie da sind.«

Ich winkte kurz und ging in mein Zimmer. Was sollte ich darauf antworten? Ich wusste nicht, woran ich bei ihr war. Gestern kam es mir vor, als wollte sie verhindern, dass ich ihrem Sohn zu nahe trat, heute schien das Gegenteil der Fall zu sein. Für mich – auch heute Abend hatte ich ihn daraufhin beobachtet – stand ziemlich fest, dass Lorenzo ein introvertierter, schwieriger und vermutlich homosexueller Mann war, der keine näheren Kontakte wünschte. Sein reserviertes Benehmen, diskrete Bemerkungen der Gäste, Marias Bemerkung, er sei ein ›besonderer Mensch‹, alles deutete darauf hin. Ich war tief enttäuscht, aber das änderte nichts, aber auch gar nichts an meinen Gefühlen für ihn. Allerdings: Um meinetwillen wurde es Zeit, dass ich meine Arbeit hier beendete. Die Weinlese noch und dann: »Ciao, bella Italia!«

Der nächste Tag gehörte also meinem Notebook und dem Drucker. Ich musste endlich meine Notizen ordnen und mit dem Schreiben beginnen, bevor ich alles durcheinanderbrachte und die Hälfte vergaß.

Ich ging nur zweimal zum Essen hinunter, ließ mich von niemandem aufhalten und arbeitete diszipliniert bis gegen vier. Ich war zufrieden mit meinem Manuskriptanfang. Vielleicht musste ich später noch einiges korrigieren oder umbauen, aber erst einmal war es gut so, wie es war.

Ich sah aus dem Fenster und bemerkte, dass auf dem Wirtschaftshof emsiges Treiben herrschte. Es wurde gehämmert und geschraubt, ein kleines Podium stand schon, und von zwei Feuern flackerten die Flammen hoch bis zu den Spanferkeln, die sich an Spießen drehten. Tische und Stühle wurden aufgestellt, Weinlaubgirlanden aufgehängt und Geschirr nach draußen getragen. Eigentlich wäre ich gern dort hinunter gegangen und hätte mitgemacht, aber ich war müde, richtig ausgelaugt nach dem stundenlangen Schreiben und entschloss mich zu einer Siesta, aber nicht, ohne den Wecker zu stellen.

Gegen sieben nahm ich ein Bad und zog mich an. Ich entschied mich für meinen weiten, rustikalen Wollrock aus Finnland, zu dem auch meine Stola passte. Statt eleganter Pumps suchte ich meine derben Wanderschuhe aus dem Schrank, mit denen ich schon im Weinberg gearbeitet hatte, und statt einer Seidenbluse einen leichten Pullover.

Als ich um das Haus herum zum Hof ging, sah ich den alten Jeep wieder, der uns neulich nachts begegnet war. Also würde auch dieser Francesco an dem Fest teilnehmen. Vielleicht machte er sogar die ganze Weinlese mit?

Mindestens hundert Menschen hatten sich auf dem Hof versammelt, die Kinder, deren Eltern hier arbeiten würden, nicht mitgerechnet. Ich musste mich etwas umsehen, bevor ich andere Hausgäste fand, denen ich mich anschließen konnte. Pünktlich um acht spielte die Vier-Mann-Kapelle einen Tusch. Ernesto stellte sich auf das Podium, hielt eine kurze, witzige Ansprache und endete mit den Worten: »La festa può cominciare.« Das Fest ist eröffnet.

Der Koch und seine Helfer wetzten lautstark die Messer und nahmen Aufstellung neben den Spanferkeln und zwei Grillfeuern, über denen Schweinewürstchen wie Lianen an hohen Stangen hingen. Gelegentlich platzte eins von ihnen, und das Fett tropfte auf Hühnchenbeine und Kaninchenteile, auf Hackfleischrollen und Wildschweinstücke, die auf den Grillgittern unter ihnen vor sich hin rösteten. Es roch wunderbar, und der duftende Dunst hüllte uns ein wie hauchzarter Nebel. Meine Kleidung würde tagelang lüften müssen.

Eine Hand legte sich auf meine Schulter und schob mich zu einem Tellerstapel. »Was möchten Sie zuerst probieren?« Nico nahm Teller und Bestecke und schob mich mit dem Arm weiter.

»Ich hätte Lust auf Spanferkel«, und schon steuerten wir auf den Koch zu, dessen hohe Mütze wie ein Signal über allen Köpfen schwebte. Wir bekamen zarte rosa Fleischstückchen und frische, noch warme Ciabattascheiben auf den Teller gelegt und suchten uns einen Tisch am Rande des Geschehens, wo wir etwas entfernt vom Dunst und vom Gewühl in Ruhe essen konnten. Auf allen Tischen standen Weinflaschen und Gläser, und Nico schenkte ein und wir prosteten uns fröhlich zu.

Später wurde getanzt. Trotz der Laternen, die überall aufgestellt und aufgehängt waren, gab es nicht viel Licht, und an dem Gekicher junger Frauen merkte man, dass da so manche Männerhand Gelände erkundete, das eigentlich Tabu war. Weder Lorenzo noch Gina waren zu sehen, während alle anderen Beneventis und sogar die Kinder fröhlich mitfeierten.

Nico war ein guter Tänzer. Kraftvoll nahm er mich in die Arme und führte mich schwungvoll und sicher über die Tanzfläche aus Gras und Kopfsteinpflaster. Nicht viel größer als ich, war er ein idealer Partner, und seine dunklen Augen blitzten vor Vergnügen, wenn er mich ansah. Aber meistens tanzten wir Wange an Wange, und ich genoss den Duft eines gepflegten, sehr sympathischen Mannes, der meine Gefühle ganz schön in Wallung brachte.

Gegen elf begann die kleine Kapelle Bauerntänze zu spielen, von denen die Frauen ausgeschlossen waren. Die Männer bildeten einen großen Kreis, ähnlich wie beim griechischen Sirtaki, und die Frauen standen drum herum und klatschten zum Rhythmus. Jetzt sah ich auch Lorenzo. Er tanzte mit den anderen Männern, die sich gegenseitig an der Taille umfasst hielten. Und Seite an Seite mit ihm tanzte Francesco.

Kapitel 5

Der Tag begann herbstlich kühl und sehr neblig. Ich zog mich warm an, aber so, dass ich später, wenn die Sonne durchkam, ein paar Sachen ablegen konnte.

Wir trafen uns auf dem Wirtschaftshof, von den Hausgästen war allerdings niemand zu sehen. Nach einer kurzen Andacht zogen wir in einer langen Kolonne in den Weinberg. Der Weg begann gleich hinter der Kellerei. Seine Ränder waren dicht mit Brombeergestrüpp und wilden Feigenbäumen bewachsen. Dicke dunkelblaue Früchte hingen an den Zweigen und ich hatte große Lust, davon zu probieren.

Als wir höher kamen, wurde der Nebel dünner, und schließlich gingen wir im Sonnenschein. Die Kuppen der niedrigen Hügel schwammen unter uns wie grüne Hauben auf dem Weiß. Dann hatten wir den Weinberg erreicht, der abgelesen werden sollte. Einige Lastwagenanhänger mit Kippvorrichtungen, speziell für die Weinlese konstruiert, standen auf einem breiten Weg. Ich stellte mich in eine Reihe von wartenden Frauen und bekam einen Korb und ein rundlich gebogenes Messer. Lorenzo stand auf einen der Hänger und erteilte seine Anweisungen. Die Frauen verteilten sich an den Anfängen der einzelnen Weinreihen. Ich merkte, dass ich es mit einem eingespielten Team zu tun hatte.

Unschlüssig sah ich mich um, bis einer der Männer zu mir

kam und mich ebenfalls zu einer Reihe führte. Er zeigte mir, wie ich die Traube halten und das Messer ansetzen musste. Nach ein paar Proben konnte ich es und ließ die geernteten Trauben in den Korb fallen, den ich hinter mir herzog. Dann stürzte ich mich in die Arbeit, ich wollte schließlich Schritt halten mit den Frauen neben mir, die mit viel Gelächter und fröhlichem Geschnatter schon ein paar Meter vorgerückt waren.

Nach einiger Zeit kamen Männer und tauschten die vollen Körbe gegen leere aus und ich hatte schon den größten Teil der warmen Kleidung abgelegt. Eine Stunde später bereits spürte ich meinen Rücken, nach zwei Stunden konnte ich kaum noch die Arme heben und hatte die ersten Blasen an der Hand, die das Messer hielt. Ich wickelte ein Taschentuch darum. Das Auf und Ab an jedem Rebstock, das tiefe Bücken zu den Trauben ganz unten und das Recken nach den Früchten, die oben wuchsen, schaffte mich. Und mein Ehrgeiz, mit den Frauen Schritt zu halten, war lange vor dem Frühstück verflogen.

Ich beschloss, langsamer und planvoller zu arbeiten, und begann, hoch aufgerichtet, alle Beeren der nächsten fünf Stöcke oben abzuschneiden. Dann nahm ich die mittlere Schicht in Angriff und kroch anschließend in gebückter Haltung durch meine Reihe, um ganz unten zu ernten. Als ich mich mühsam aufrichtete, um die nächsten fünf Weinstöcke in Angriff zu nehmen, stand Lorenzo vor mir. Er zupfte ein paar Blätter aus meinem Haar, nahm mir das Messer ab und besah sich meine Handfläche.

»So geht das nicht, kommen Sie mit.« Obwohl er sehr kurz angebunden sprach, hatte ich doch den Eindruck, dass er mich in den vergangenen Stunden beobachtet hatte. Wir gingen zurück zum Weg, er winkte einen Arbeiter heran, gab ihm mein Messer und zeigte auf meine Reihe. Neben seinem Jeep angekommen, zog er den Verbandskasten heraus, streute Penicillinpuder auf die Blasen und umwickelte die Hand mit einer kleinen Mullbinde. Ich war weder beschämt, weil ich mein Pensum nicht schaffte, noch erfreut über seine Fürsorge, mir tat nur einfach alles weh.

»Ruhen Sie sich aus. In einer halben Stunde wird das Frühstück heraufgebracht, dann können Sie beim Verteilen helfen.«

Während er fortging, ließ ich mich mühsam auf den Grasrand neben dem Weg nieder. Und langsam verstand ich, weshalb ich keinen der Gäste gesehen hatte. Als der Koch mit seiner Mannschaft anrückte, half ich, Brote und Getränke in den Reihen auszuteilen, und als er wieder abrückte, fuhr ich mit.

Im Haus wartete ein Fax auf mich, und obwohl es diskret in einem Umschlag steckte, war ich doch sicher, dass es gelesen worden war. Immerhin ist ein Fax ein offenes Stück Papier und etwas Deutsch sprach man schon im Castello. Ich nahm an, dass es aus der Hamburger Redaktion kam, und ging damit nach oben. Aber es kam aus Chile, es war von Alex. Er schrieb:

Liebling, ich konnte dich telefonisch nicht erreichen, deshalb die Mitteilung per Fax. Wir fliegen heute nach Prince George/Kanada. Die Trainingsbedingungen sind hier zu schlecht. Spätestens am 22. Oktober bin ich wieder in Europa, am 24. beginnen die Abfahrtsläufe mit dem Riesenslalom in Tignes/Frankreich. Wann und wo sehen wir uns? Ich umarme dich, Alexander.

Es würde also noch mindestens vier Wochen dauern, bis wir uns wiedersahen. Und wer weiß, wo ich dann schon wieder war.

Ich setzte mich auf den Bettrand und starrte auf das Fax. Was war das eigentlich für eine Beziehung geworden? Und es würde immer so weitergehen. Selbst, wenn ich meinen Beruf aufgab, ich konnte nicht ständig mit Alex durch die Welt ziehen, ich würde zu Hause sitzen und auf ihn warten müssen, und das war unmöglich für mich. Schön, ich hatte gewusst, worauf ich mich einließ, als wir uns kennen lernten. Wir waren beide jung, voller Pläne und voller Zuversicht, dass wir die Zukunft in den Griff bekämen. Wir hatten unsere Berufe, aber wir würden unsere Freizeit zusammen verbringen, wann immer es ging, und eine glückliche Beziehung führen.

Aber so, wie wir uns das ausmalten, lief es dann doch nicht, und die ersten Enttäuschungen schlichen sich ein: die vielen Trennungen, die unterschiedlichen Freundeskreise, oft gegensätzliche Interessen. Dann das erste kleine Misstrauen, Verständnislosigkeit hier und da, Vertrauensbrüche sicherlich auch – Ängste, Eifersucht und zu viele Fragen ohne Antworten. Ich faltete das Papier, wand es um meine Finger und wusste, dass ich ein Problern hatte, ein sehr großes.

Ich zog mich aus und nahm ein Bad. Das duftende Wasser tat meinem erschöpften Körper gut. Ich wollte ... ich musste eine Lösung finden. Alles Hinauszögern half nichts. Ich war zweiunddreißig Jahre alt, seit fünf Jahren mit Alex befreundet, seit zwei Jahren mit ihm verlobt, und ein Ende dieser irgendwie vagen Verlobungszeit war nicht abzusehen. Alex musste ähnlich empfinden. Seine Nachrichten wurden immer förmlicher, seine Grüße weniger herzlich und von einem Bedauern wegen langer Trennungszeiten war schon längst keine Rede mehr. War es da nicht besser, eine klare Linie zu finden, ehrlich zu sein und ein Ende zu machen? Die Leidenschaft der ersten Jahre – wo war sie geblieben? Heute bestimmten Müdigkeit, Stress, Gedankenlosigkeit und die Probleme der nächsten Aufgaben die wenigen Stunden der Zweisamkeit. Wir waren zusammen und planten doch schon die nächsten Reisen; wir liebten uns und packten im Geist schon die Koffer, wir nahmen Abschied und hatten Angst vor einem unbefriedigenden Wiedersehen irgendwann. Und das alles schon viel zu lange. Dabei sollte es so anders sein, so wie hier, wo ich spürte, dass ich eine Frau war, dass es noch nicht zu spät für einzigartige Gefühle und wildes Herzklopfen war.

Auch hier gab es Probleme, denn der Mann, der mich interessierte, ignorierte mich und hatte ganz andere ›Vorlieben‹ – aber die kleinen Zärtlichkeiten, mit denen Nico mich verwöhnte, blieben nicht ohne Resonanz. Dieses Gefühl von Geborgenheit und Begehren, wann hatte ich das bei Alex jemals gehabt? Vielleicht waren wir zu jung damals, zu naiv, zu unerfahren und zu stürmisch. Aber jetzt, da ich diese Empfindungen erlebte, wusste ich, was mir all die Jahre gefehlt hatte: die Sicherheit einer wunderbaren Beziehung, die Zärtlichkeit einer Zuwendung, die von Herzen kommt, die Aufmerksamkeit und Fürsorge eines Mannes, der zwar bescheiden, aber offen zeigte, dass er mich mochte.

Aber bei aller Dankbarkeit für Nicos Zuneigung sah ich mich noch nicht als die Frau eines Marmorhändlers zwischen Bari und Milano hin- und herpendeln. Er hatte mir geholfen, Empfindungen zu entwickeln, die ich bisher nicht kannte, und dennoch waren es Gefühle ohne große Chancen für die Zukunft. Das alles war wirklich verwirrend!

Ich stieg aus der Wanne und zog mich an. Dann ging ich zu meinem Wagen in die Tiefgarage und suchte den Verbandskasten. Die Blasen an der Hand waren aufgeweicht und aufgeplatzt und mussten neu versorgt werden. Dann setzte ich mich kurzerhand in das Auto und ließ den Motor an. Ich hatte Zeit, ich hatte eine Straßenkarte und ich hatte Lust, die Gegend zu erkunden.

Ein schönes Land, lieblich und sanft zwischen den sonnigen Hügeln, rau und ruppig, je näher man den Bergen kam – ein Land voller Gegensätze, das die Künstler schon immer inspiriert hatte. Die Luft war erfüllt mit dem Duft von Thymian und wilder Minze.

Ich kam durch blaue Täler mit schwarzen Schatten, wo die Sonne nicht mehr hinreichte, und ich kam über lichte Höhen mit kleinen Dörfern, deren gelbe Mauern von der Sonne vergoldet wurden.

Ich traf auf Ziegen, die auf Bäume kletterten und Oliven naschten, und auf Schafherden, die selbst auf kargen Hängen noch Futter fanden und den köstlichen Pecorino lieferten. Hirtenjungen rösteten Kastanien in Pfannen an langen Stöcken über kleinen Feuern; und einmal trottete ein einsamer Esel vor mir über die Straße, mit Reisigbündeln bepackt. Die Hügel wurden karg und steinig, und nur noch selten sah ich terrassierte, den Hängen abgetrotzte Weinkulturen. Das Wispern der Zypressen, als der Wind an ihren Zweigen zerrte, erinnerte mich daran, dass der Abend kam, denn mit ihm kam immer der leichte Wind aus dem Gebirge herunter. Wollte ich pünktlich zum Essen im Castello sein, wurde es allmählich Zeit, umzukehren. Ich fuhr zurück, brachte meinen Wagen in die Garage und sah, dass der klapperige Jeep vom Vorplatz verschwunden war. Vom Fenster aus beobachtete ich das Gewimmel der Arbeiter auf dem Wirtschaftshof. Die Weinleser waren zurück. Zwei Traktoren fuhren mehrere Kipphänger voller Trauben vor die Kelterei, wo im Boden geöffnete Schächte die blaurote Fracht aufnahmen.

Später bei Tisch galt die erste Frage meiner Nachbarn meiner verbundenen Hand und ich erzählte von meinem Versuch, Wein zu ernten.

Angela sah mich nur mitleidig an: »Aber Viola, das ist doch nichts für uns.«

»Ich wollte es wenigstens versuchen, aber ich habe nicht mal bis zum Frühstück durchgehalten«, dabei sah ich neidvoll auf die gepflegten Hände der Römerinnen, die mit langen gelackten Nägeln elegant mit Messer und Gabel hantierten.

Marisa hatte sich wieder einmal selbst übertroffen und mit Genuss verzehrte ich erst die köstliche Zuppa Pavese und dann den gebratenen Schinken kleiner, nur mit Kastanien gefütterter Schweine. Dazu gab es in Butter und Käse geschwenkte Fenchelstückchen.

Ziemlich verspätet kam Nico an unseren Tisch. Er entschuldigte sich und erzählte, dass er Isabella und die Kinder nach Terni gefahren habe. Ihr Wagen sei nicht angesprungen, Enrico sei mit dem anderen unterwegs gewesen und Gina habe gemalt und sich nicht von ihren frischen Farben und dem gerade so günstigen Licht trennen können.

»Isabella wohnt bei ihren Eltern in Terni und kommt im Sommer nur besuchsweise hier herauf. In Winter lebt auch Enrico dort und macht von da aus seine Geschäfte. Er hilft ja auch seinem Schwiegervater bei der Verwaltung der großen Olivenplantagen«, erklärte er uns.

»Ist das nicht sehr umständlich? Die Familie ist dann doch oft auseinander gerissen.«

»Nein, eigentlich nicht. Man hat sich arrangiert und für Enricos Geschäfte ist es sehr günstig. Er hat dort sein komplettes Büro und ist für die Geschäftspartner viel leichter zu erreichen als in diesem abgelegenen Castello. Ab November sind die kleinen Straßen oft unpassierbar und Enrico muss nun mal viel unterwegs sein, um die Kundenkontakte zu pflegen.«

»Und warum ist Isabella jetzt schon gefahren? Es ist doch noch so schön hier oben.«

»Oh, sie kommt wieder, aber für morgen hat sie einen Arzttermin für die Kinder, einen Friseurtermin für sich und außerdem den Eltern versprochen, mit ihnen an einem Empfang teilzunehmen.«

»Der arme Enrico«, schaltete sich Carla ein, »so eine Frau auf Wanderschaft ist ja nicht gerade ideal.«

Nico nahm eine Gabel voll Fleisch in den Mund und ersparte sich die Antwort. Später sagte er: »Problematisch wird es, wenn die Kinder in die Schule kommen, aber auch das Thema haben sie besprochen und geregelt.«

Ich beendete das Gespräch. Es wurde mir zu intim und auch Nico fühlte sich unwohl.

Während er seinen Nachtisch serviert bekam, holte ich mir meinen Espresso und setzte mich wieder zu ihm. Ich fand es unhöflich, ihn so allein am Tisch sitzen zu lassen.

»Wie weit ist es bis Terni?«

»Etwas mehr als eine Stunde, wenn man gut durchkommt. Aber wenn, so wie heute, überall die Traubentransporter unterwegs sind, dann ist es eine endlose Strecke, man kann kaum überholen.«

»Hoffentlich ist Isabellas Wagen nicht ernsthaft kaputt, hier ist man ja wirklich auf die eigenen vier Räder angewiesen.«

»Ich weiß es nicht. Wir haben den ganzen Vormittag auf einen Monteur aus Foligno gewartet. Aber die haben natürlich jetzt alle Hände voll zu tun. Immer zum Anfang der Weinlese stellen die Winzer fest, welche Geräte nicht in Ordnung sind, dabei haben sie ein ganzes Jahr Zeit dafür.«

Jetzt erst bemerkte er meine verbundene Hand. »Was haben Sie denn gemacht, Viola?«

»Ich habe versucht, bei der Ernte zu helfen.«

»Und nun ist die Hand voller Blasen!« Er nahm sie und küsste die Fingerspitzen. »Wie dumm, ich habe nicht gut genug auf Sie aufgepasst«, erklärte er und sah mich mit seinen schönen braunen Augen nachdenklich an. »Müssen Sie denn alles selbst ausprobieren, um darüber schreiben zu können?«

Ich lachte. »Besser ist es auf jeden Fall.«

»Erzählen Sie, was haben Sie um der Arbeit willen sonst noch alles angestellt?«

»Nun, ich bin in einem Segelflugzeug geflogen, im Roten Meer getaucht, in Kärnten mit einem Drachen geflogen, ich habe Gold gewaschen und einen Viehtrieb in Texas begleitet. Na ja, so dies und das eben.«

»Du meine Güte«, er sah richtig erschrocken aus. »Können Sie das denn alles, ich meine reiten und fliegen und tauchen und ich weiß nicht, was noch?«

»Nur reiten, alles andere habe ich mit zusammengebissenen Zähnen und geschlossenen Augen ängstlich hinter mich gebracht«, sagte ich lachend. »Aber eigentlich war es dann doch immer schön und hat großen Spaß gemacht. Und man hat auch gut auf mich aufgepasst.«

»Mir fehlen die Worte.«

»Ach, Nico –«

»Aber reiten können Sie?«

»Seit meiner Kindheit.«

»Ich wollte Sie schon immer fragen, woher Sie so gut Italienisch können.«

»Mein Vater war Diplomat und wir haben zehn Jahre in Rom gelebt. Ich musste zwar die deutsche Schule dort besuchen, aber vom ersten Tag an auch Italienisch lernen.«

In diesem Augenblick kam Enrico an unseren Tisch. Er begrüßte mich höflich und erkundigte sich dann bei Nico nach der Fahrt und seiner Familie.

Ich stand auf und brachte meine Kaffeetasse weg. Dann ging ich zur Terrassentür und sah hinaus. Es war dunkel und kühl. Auf dem Platz, auf dem ich vor einigen Abenden gesessen hatte, saß Lorenzo. Er war noch in seiner Arbeitskleidung, hatte die Beine auf einen zweiten Stuhl gelegt und den Kopf an die Hauswand gelehnt. Seine Augen waren geschlossen und er sah erschöpft aus. Ich drehte mich um. Einen schlafenden

Mann zu beobachten, fand ich nicht sehr höflich. Aber er hatte mich bemerkt.

»Ich habe auf Sie gewartet. Sie konnten sich ja lange nicht von ihrem Abendessen trennen.«

»Sind die Zeiten hier vorgeschrieben?«

Er nahm die Beine vom Stuhl, wischte ihn ab und stellte ihn neben sich. »Setzen Sie sich – bitte.«

»Nein danke, es ist mir zu kalt und ich habe mein kratziges Tuch, wie Sie es bezeichnen, nicht bei mir.«

»Was macht Ihre Hand?«

»Alles in Ordnung, morgen mache ich den Verband wieder ab. Haben Sie nur auf mich gewartet, um nach meiner Hand zu fragen?«

»Natürlich nicht. Ich muss morgen nach Pesaro, möchten Sie mitkommen?«

»Jetzt, mitten in der Weinlese müssen Sie fort?«

»Die Arbeit läuft nun auch ohne mich.«

»Pesaro, wo ist das?«

»Zwischen Ancona und Rimini am Meer. Es gibt dort in jedem Jahr zum Ende der Touristensaison eine Konferenz zwischen Winzern und Hotelbesitzern, eine Manöverkritik, würde man in Deutschland sagen.«

»Und um was geht es dabei?«

»Die Hoteliers üben Kritik an den Weinen, den Preisen, den Lieferbedingungen, an allem, was ihnen nicht passt. Da geht es ganz schön hart zur Sache. Hin und wieder, wenn auch selten, loben sie auch mal. Ja, und wir Winzer kritisieren natürlich auch: die verspäteten Lieferaufträge, die falsche Lagerung der Weine, die verkehrte Kühlung, je nachdem, was uns so zu Ohren kommt.«

»Und Sie müssen sich die ganze Kritik gefallen lassen?«

»Wir verteidigen uns natürlich, aber wir versprechen auch Änderungen, neue Kalkulationen, wir bieten neue Sorten und bessere Lieferbedingungen an und wir lernen natürlich auch viel aus den Kritiken. Und wir nehmen neue Bestellungen an – wenn denn welche kommen. Wir sind auf die Abnahme durch die Hoteliers angewiesen, das wissen die Herren genau.«

»Aber ist das nicht eher eine Konferenz für den Kaufmann, für Ihren Bruder?«

»Es geht in der Hauptsache um die Qualität, da muss ich meinen Kopf hinhalten.«

»Und Sie meinen, ich sollte mir das anhören?«

»Ja, wenn Sie an unserer Arbeit interessiert sind. Sie könnten allerlei über diese internen Geschäfte erfahren.«

»Und weshalb findet die Konferenz in Pesaro statt?«

»Die Stadt liegt günstig für die Winzer aus dem Süden und die Hoteliers aus dem Norden. In Pesaro endet die Kette der Touristenhochburgen an der Adria.«

Ich brauchte nicht zu überlegen. »Gut, ich komme mit. Wann fahren wir?«

»Nach dem Frühstück. Die Konferenz beginnt um 14 Uhr.«

»Bis morgen dann.« Ich drehte mich um und hatte die Terrasse fast verlassen, als er sagte: »Richten Sie sich auf eine Übernachtung ein.«

Mein Herz machte einen Satz und ich musste tief durchatmen, bevor ich sehr reserviert sagte: »Ich werde daran denken.«

Um niemanden mehr sprechen zu müssen, ging ich schnell in mein Zimmer. Mit dieser Mitteilung musste ich erst einmal fertig werden. Sie konnte viel bedeuten oder auch gar nichts. Und dann überlegte ich, typisch Frau, was ziehe ich an? Unterwegs ein knitterfreies Sommerkleid, für die Konferenz mein helles Kostüm und für den Abend – wer konnte wissen, was mich da erwartete – mein kleines, dunkelblaues Cocktailkleid. Und die Stola für kühle Stunden. Ja, das würde gehen.

Ich warf noch einen prüfenden Blick auf die Sachen, aber alles war in Ordnung, und mein Kleiderbeutel, in dem man die Sachen aufhängen konnte, würde für einen knitterfreien Transport sorgen.

Kapitel 6

Am nächsten Morgen saß ich mit Angela, Carla und Nico beim Frühstück, als Lorenzo an unseren Tisch kam. Er stellte sich hinter meinen Stuhl, aber auch ohne ihn zu sehen, wusste ich, dass es Lorenzo sein musste. Ich verspürte ein wohliges Prickeln am ganzen Körper. Dann begrüßte er mit Handschlag die Tischrunde. Carla genoss es sichtlich, als er ihre Hand nahm. Sie flirtete mit ihm, schäkerte, schmeichelte und tat in wenigen Sekunden all die Dinge, von denen sie meinte, damit seine Aufmerksamkeit erregen zu können. Gleichzeitig wusste sie nicht, ob sie aufstehen oder sitzen bleiben sollte, woraus dann ein angedeuteter Knicks wurde. Und Nico, der gerade dabei war, uns in seine Pläne für den Tag einzuweihen, brummte etwas von unliebsamer Unterbrechung.

Aber Lorenzo klopfte ihm nur auf die Schulter und sagte: »Ein andermal, mein Freund.« Dann wandte er sich an mich und fragte, ob ich fertig sei. Von gegenüber blickten mich zwei große Augenpaare an und spitze Lippen formten ein lautloses ›Oh‹.

Ich trank meinen Kaffee aus, legte die Serviette zusammen und stand auf. »Wir können gehen.«

Dann legte ich Nico den Arm um die Schulter, wünschte ihm einen schönen Tag und verließ mit Lorenzo den Frühstücksraum.

»Ich hole nur meine Sachen.«

»Gut, ich warte draußen.«

Als ich auf den Vorplatz kam, stand er an ein schwarzes Rover-Cabrio älteren Baujahres gelehnt und unterhielt sich mit seinem Vater. Der helle Jeansanzug stand ihm gut und die ins Haar gerückte Sonnenbrille verlieh ihm ein flottes Aussehen.

Als er mich sah, kam er mir entgegen, nahm mein Gepäck und legte alles in den Kofferraum.

»Aufhängen können wir die Sachen im Cabrio nicht, aber ich lege sie obenauf, dann passiert nichts.«

Noch ein paar Worte zwischen Vater und Sohn, dann hielt mir der alte Herr die Tür auf und fragte, wie ich mich nach der Arbeit im Weinberg fühle. Ich überlegte kurz, ob er die Frage ironisch meinte, entschloss mich dann aber, sie als ehrliche Anteilnahme zu betrachten, und war gerührt, dass er davon wusste. Ich war erstaunt, wie gut der Informationsfluss in dieser Familie funktionierte. Dann fuhren wir ab. Ich spürte sofort, dass Lorenzo ein zügiger, couragierter, aber sicherer Autofahrer war, und genoss die Fahrt.

»Wir bleiben bis Ancona auf der Landstraße, dann nehmen wir die Autostrada bis Fano, und von dort ist es nur noch ein kurzes Stück auf der reizvollen Küstenstraße. Ich denke, dass wir unterwegs zum Mittagessen einkehren können und dann pünktlich in Pesaro sind.«

Der Wagen war bequem, der Wind spielte in meinem Haar und neben mir saß ein Mann, wie ich ihn nur einmal in meinem Leben treffen würde. Ich brauchte nur die Hand auszustrecken, um ihn zu berühren. Dieser Gedanke erschien mir äußerst verführerisch, aber natürlich streckte ich meine Hand nicht aus. Ich wusste genau, dass ich damit alles verdorben hätte – sofort und für immer, das wollte ich natürlich nicht. Immerhin betrachtete ich diese Reise als erstes kleines Zeichen von Sympathie und Entgegenkommen, und das wollte ich mir auf keinen Fall verscherzen. So saß ich steif und etwas verkrampft auf meinem Platz und sah geradeaus. Wir sprachen wenig, der Fahrtwind war so laut, dass wir hätten schreien müssen.

Vorbei an letzten erntereifen Sonnenblumenfeldern, an ersten umgepflügten Ackerflächen, an Obstplantagen voller rotbäckiger Äpfel und durch viele Weinberge führte die Straße sanft, aber stetig bergab. Kurz vor Ancona erreichten wir die Autobahn. Lorenzo hielt, um das Verdeck zu schließen. Dann schaltete er die Klimaanlage ein und weiter ging die Fahrt.

In Fano verließen wir die Schnellstraße und fuhren um die Altstadt herum zum Meer.

»Wir könnten hier essen. Mögen Sie Fisch? Ich kenne ein originelles Lokal direkt am Wasser.«

»Ja, sehr gern.«

Er parkte den Wagen vor einem alten, unscheinbaren Haus, das sich nirgends als Restaurant auswies, und führte mich in einen kleinen, rustikalen Speiseraum. Die grob gezimmerten Tische und Stühle sahen eher unbequem aus und der ganze Raum wirkte ziemlich unwirtlich auf mich. Dicke Seile unterteilten ihn und deuteten Nischen an. Lorenzo sah meine kritischen Blicke.

»Die ganze Einrichtung stammt von einem alten Adria-Schiff, das vor vierzig Jahren hier gestrandet ist. Die Tische sind aus Decksplanken und man kann davon ausgehen, dass so mancher Seemann darüber geschlingert ist.«

Ich dachte, er würde scherzen, aber er sah ganz ernsthaft aus. Wir setzten uns an einen der wenigen noch freien Tische, und zu meinem eigenen Erstaunen empfand ich die Atmosphäre in diesem kleinen Restaurant schon bald als sehr freundlich und gemütlich. Der Koch persönlich kam an unseren Tisch und empfahl eine Platte gemischter, gegrillter Fische mit Brot und Salat.

Als Vorgericht bestellte Lorenzo Scampi in Weinschaumsoße, eine Delikatesse des Hauses, wie er mir erklärte. Wir mussten noch etwas warten und sahen hinaus aufs Meer. Schiffe zogen in der Ferne vorbei, Kinder tobten mit Hunden am Strand und Lorenzo erzählte mir vom Leben der Fischer an dieser Küste der Adria. Die Scampi waren köstlich, ebenso das leicht geröstete Brot mit dem Hauch von Olivenöl. Dann kam der Koch mit einer riesigen Platte voller duftender, gegrillter Fische, mit Garnelen am Spieß und Meeresfrüchten, die ich nicht einmal dem Namen nach kannte.

Lorenzo nahm meinen Teller, legte verschiedene Fische darauf, zerteilte sie, nahm die Gräten heraus und reichte mir den Teller mit mundgerechten Stückchen. Ich hatte bewundernd seine geschickten Hände beobachtet und bedankte mich. Er mischte auch den bunten Salat und richtete ihn appetitlich auf den Tellern an. Zum Nachtisch gab es frisches Obst und auch die Früchte wurden mit Messer und Gabel geteilt, geschält und entkernt. Aber das kannte ich schon und wusste, dass man Obst in Italien nie mit den Fingern isst. Dass allerdings ein Mann mir die Stücke mundgerecht servierte, war eine neue Erfahrung.

Eine halbe Stunde später erreichten wir Pesaro. Wir fuhren immer parallel zum Meer und ich beobachtete, wie die Strandvermieter damit begannen, die Liegestühle, Sonnenschirme und Kabinen zu säubern, zu verladen und abzutransportieren. Die Saison war zu Ende. Spaziergänger, Reiter und fußballspielende Jungen nahmen ihren Strand wieder in Besitz.

Das Hotel Cruiser Congress, in dem wir angemeldet waren, lag direkt an der Promenade. Der neue Bau war ein ebenso grau-weißer Betonklotz wie all die anderen Bettenburgen, sah aber sehr gepflegt und teuer aus und bot mit seiner großen, hellen Halle einen netten Empfang. Lorenzo nannte unsere Namen und ließ sich die Zimmerschlüssel geben. Etwas enttäuscht stellte ich fest, dass unsere Zimmer weit auseinander lagen. Ein Page half mir mit meinem Gepäck und wir verabredeten uns für kurz vor zwei unten in der Halle.

Die Konferenz fand in einem Saal mit einem großen, ovalen Tisch statt, an dem etwa dreißig Personen saßen: rechts die Winzer, links die Hoteliers. Auch ein paar Frauen waren unter den Teilnehmern, die kompetent und zum Teil sehr aggressiv ihre Ansichten verteidigten.

Lorenzo setzte sich ans Kopfende des Tisches und bat mich, neben ihm Platz zu nehmen. Bei der Begrüßung hörte ich erstaunt, dass er Präsident der Vereinigung Ost-Umbrischer Weinbauern war und dass ihn die anderen respektvoll mit Dottore anredeten. Wieder einmal stellte ich fest, wie wenig ich doch über diesen Mann wusste, der mir immer geheimnisvoller und attraktiver erschien.

Die Gespräche verliefen sehr hart, temperamentvoll, laut und kontrovers. Und ich lernte diesen Dottore als einen kompromisslosen Verhandlungspartner kennen, der lebhaft, aggressiv und hartnäckig für die Belange der Winzer eintrat. So unverhohlen er seinem Ärger Luft machte, so liebenswürdig lenkte er auch ein, wenn sich zeigte, dass sein Kontrahent im Recht war.

Allein ihn so zu erleben, lohnte bereits diese Reise! Gegen 16 Uhr gab es eine kurze Pause mit Kaffee und Gebäck um 18 Uhr war alles vorbei und um 19 Uhr wollte man sich zu einem frühen Abendessen mit anschließendem Tanz treffen. Ich verließ schnell und ungesehen das Hotel, um nach den Stunden im verrauchten Konferenzsaal noch etwas frische Luft zu schnappen. Langsam ging ich die Promenade entlang und schlenderte dann durch die Seitenstraßen. Hier erlebte ich eine hübsche Überraschung: Schachbrettähnlich waren diese versteckten Straßen angelegt und zwischen ihnen befanden sich die schönsten tropischen Gärten mit kleinen, stilvollen Palazzi und alten Villen. Und ihnen hatte man eines Tages zum Meer hin die Hotelhochhäuser vor die Nase gesetzt! Drei Querstraßen weiter stand ich vor der historischen Stadtmauer, die die Altstadt noch in großen Teilen umschloss.

Schließlich musste ich umkehren. Ich wollte mich frisch machen und für den festlichen Abend umziehen. Gut, dass ich mein Cocktailkleid mit den passenden Accessoires mitgenommen hatte.

Die Stimmung beim Essen war ausgezeichnet und alle Kontroversen vergessen. Das war eben dieses ›dolce far niente‹, das ich an Italien so liebte!

Jetzt waren auch zahlreiche Damen im Saal, die Ehefrauen der Konferenzteilnehmer, die den Nachmittag mit Shopping verbracht und an der Konferenz nicht teilgenommen hatten. Nach dem Essen wurde getanzt. Eine kleine Band spielte moderne und klassische Tänze und ich genoss den Abend sehr. Lorenzo war bei weitem der bestaussehendste Mann in dieser Runde und er war ein guter Tänzer, der elegant und gefühlvoll führte, aber nie vergaß, einen kleinen, diskreten Abstand zwischen uns zu halten. Da er als Präsident auch mit den anderen Damen tanzen musste, holten mich deren Männer aufs Parkett. Da ging es dann meist recht temperamentvoll und südländisch-stürmisch zu und ich glaube, Lorenzo gefiel das nicht, denn lange vor dem Ende des Festes schlug er mir einen Abendspaziergang durch das alte Pesaro vor.

Kapitel 7

Ich fuhr mit dem Lift in mein Zimmer, um andere Schuhe anzuziehen und meine Stola zu holen. Als ich wieder in die Halle kam, ließ sich Lorenzo von dem Portier eine elegante Einkaufstüte geben und reichte sie mir.

»Bitte, Viola, nehmen Sie das.«

Neugierig nahm ich ein in Seidenpapier gewickeltes Päckchen aus der Tüte, und während ich es auswickelte, steckte Lorenzo mein Tuch in den Beutel und gab ihn dem Portier mit der Bitte, ihn bis nachher aufzuheben. Ich aber hielt eine wunderbare, federleichte Cashmerestola in den Händen, weich und wollig und warm.

»Ist die für mich?«, fragte ich ungläubig, »woher haben Sie dieses wunderbare Stück?«

»In einer reichen Stadt wie Pesaro gibt es natürlich auch Telefone, gute Geschäfte und einen schnellen Lieferservice«, lachte er und legte mir die breite, naturgraue Stola um die Schultern.

»Danke, vielen Dank.«

»Ich hoffe, sie ist nicht so kratzig wie Ihr Umhang.«

Wir gingen ein Stück am Meer, dann Richtung Innenstadt und an der alten Stadtmauer entlang. Wenig später erreichten wir die Rocca Constanza, eine mittelalterliche Festung, die später als Gefängnis diente und zur Zeit zu einem Museum umgebaut wird. Dann kamen wir an den Autobus-Bahnhof. Hier herrschte reger Betrieb und trotz der späten Stunde ein ständiges Kommen und Gehen von Bussen, Autos, Motorrädern, Fahrrädern und Fußgängern. Wir warteten einen Augenblick am Straßenrand, dann nahm mich Lorenzo an die Hand und sagte: »Es ist wohl besser, ich führe Sie durch dieses Gewühl«, und zog mich durch das Hupkonzert. Die Berührung durchfuhr mich wie ein Schlag und ich fragte mich, ob Lorenzo das auch empfunden hatte. Traf so ein Blitz gleichzeitig beide Menschen oder nur den, der besonders empfänglich dafür war? Ich würde es wohl nie erfahren.

»Halten Sie mich für so hilflos?« Ich bemühte mich, mein Gefühl zu verstecken.

Er sah mich an. »Manchmal ist es ein gutes Gefühl, einen Menschen zu beschützen. Man muss sich natürlich erst daran gewöhnen«, erklärte er und behielt meine Hand auch, als wir durch ruhige Straßen weitergingen. Dann kamen wir auf die Piazza del Popolo. Zu dieser späten Stunde war sie der Treffpunkt alter Männer. Da, wo am Tag die Ragazzi diskutierten, musizierten oder in der Sonne meditierten, trafen sich nun Greise und lamentierten und hofften wohl immer noch, die Welt verändern zu können.

Lorenzo zeigte mir das Geburtshaus Rossinis, das man am Tag als Museum besichtigen konnte, und ging dann mit mir durch eine schmale, dunkle Gasse, die gegenüber vom Rossini-Haus begann und auf einem kleinen, mit Kopfsteinen gepflasterten Platz endete. An einer Seite des Platzes standen Tische und Stühle, die zu einer Bar in einem winzigen Haus gehörten.

»Die ›Casetta Vaccai Café‹ ist das älteste noch bewohnte

Haus in Pesaro. Ich liebe diese kleine Bar, sie hat so ein ganz bestimmtes Flair, deshalb wollte ich Sie Ihnen zeigen. Möchten Sie lieber drinnen oder draußen sitzen?«

Das Häuschen war kaum breiter als die Tür, die hineinführte, und nur zwei Etagen hoch. Auf den Tischen draußen brannten Windlichter und einige Stühle waren besetzt. Ich entschied mich für draußen, es war so herrlich romantisch: die dunklen Gemäuer rundum, die wenigen alten Lampen in den Gassen, leise Stimmen von anderen Gästen, das feine Klingen von Gläsern und hin und wieder Schritte auf dem Pflaster. Ich war wie benommen vom Zauber dieser Stunde. Ob der Mann an meiner Seite auch etwas von dieser Stimmung spürte? Oder gingen ihm noch die harten Verhandlungen des Nachmittags durch den Kopf? Als der Ober kam, bestellte er eine Flasche Moet & Chandon und zusammen mit den Getränken wurden uns auf einem Tablett mehrere Schälchen mit gut gewürztem Kleingebäck angeboten. Lorenzo reichte mir ein Glas und wir stießen an.

»Auf unsere kleine Reise und danke, dass Sie mitgekommen sind.«

Doch seine nächsten Worte rissen mich aus allen Träumereien. Er fragte: »Würden Sie darauf verzichten, Ihre Reportage zu veröffentlichen?«

Eine Ohrfeige hätte mich nicht heftiger treffen können. »Haben Sie mich mitgenommen, um mir das zu sagen?«

»Wo hätte ich sonst ungestört mit Ihnen sprechen können? Im Castello etwa, wo hinter jedem Möbelstück Augen und Ohren lauern?«

»Jedes Gespräch darüber erübrigt sich. Ich habe meinen Auftrag, ich mache meine Arbeit und ich liefere sie auch ab.«

Aber er war entschlossen, zornig, zielbewusst und er war zäh. »Ich könnte die Veröffentlichung verhindern.«

»Versuchen Sie es.«

»Müssen Sie denn immer gleich so aggressiv werden? Es ist doch nur eine Bitte.«

»Wenn es um meine Arbeit geht, bin ich sehr empfindlich. Und als Bitte habe ich Ihre Aufforderung nicht verstanden, sondern eher als bereits beschlossene Sache. Ich habe viel Zeit und Geld in diese Reportage gesteckt, sie muss mir jetzt auch etwas einbringen.«

»Über Geld könnten wir reden.«

»Nicht mit mir. Meine Arbeit bedeutet mir mehr als ein gutes Honorar.«

»Sind Sie so eitel?«

»Das hat nichts mit Eitelkeit zu tun, sondern mit Verlässlichkeit und meinem guten Ruf als Mitarbeiterin, und ich denke nicht daran, den aufs Spiel zu setzen.«

»Dann muss ich meine Anwälte bitten, die Angelegenheit zu regeln.«

»Versuchen Sie es. Ich habe Verträge, die hieb- und stichfest sind und die von Ihnen mitunterschrieben wurden.«

»Wollen Sie sich nicht wenigstens die Gründe anhören, die mich zu der Bitte zwingen?«

»Nein, Ihre Gründe interessieren mich nicht. Es wird ja nicht gerade um Leben und Tod gehen, nicht wahr?«

Wütend stand ich auf. »Ich bin müde, ich gehe zurück ins Hotel.«

Aber unsicher sah ich mich um. Aus welcher Gasse waren wir gekommen? Auch Lorenzo stand auf und legte einen Geldschein auf den Tisch. Wir hatten zwar leise, fast flüsternd gesprochen, aber man hatte uns doch beobachtet, und der Kellner kam sofort, um zu kassieren und den Geldschein zu wechseln. Aber Lorenzo winkte ab, nahm meinen Arm und schob mich in die Richtung der Gasse, durch die wir gehen mussten.

»Dass Sie gleich so ausrasten müssen!«

»Wirklich wütend haben Sie mich noch gar nicht erlebt«, konterte ich und schüttelte seinen Arm ab. »Bitte, wo geht's lang?«

»Müssen wir denn immer gleich streiten?«

»Unbegründete Angriffe auf meine Arbeit regen mich eben auf.«

»Sie wollten ja keine Gründe hören.«

»Dann sagen Sie mir einen einzigen, stichhaltigen Grund.«

»Ich dulde keine Fremden in meinem Haus. Ich bin Weinbauer und mein Gut trägt sich in Zukunft durch die Qualität meiner Weine, nicht durch Menschenmassen, die durch meine Zimmer streunen. Ich hasse die Fremden und vor allem diese dreisten Frauen, die mich bis ins Bad verfolgen, wenn ich nicht aufpasse. In meinem Haus ist jetzt Schluss damit.«

Ungläubig starrte ich ihn an. »Sind Sie verrückt geworden? Mein ... mein ... mein ..., es ist doch gar nicht Ihr Haus und Ihr Gut. Sie sind doch nur ein Teil einer Familie, die ums finanzielle Überleben kämpft. Ein kleiner vierter Teil – und dann so größenwahnsinnig!«

»Nennen Sie es, wie Sie wollen. Ich bin es, der den Wein anbaut, verarbeitet und verkauft, niemand sonst, und das wissen alle. Mein Vater und Enrico sind Marionetten und froh, dass sie die Last der Verantwortung los sind, meine Mutter ist wunderbar und liebenswert und das ist alles. Ich habe zehn Jahre gebraucht, um aus der Misere herauszukommen, ich allein habe das geschafft. In so einem Betrieb kann nur einer bestimmen, und das bin ich. Ich dachte, das hätten Sie inzwischen bemerkt. Und ich will keine Fremden mehr im Castello, ist das deutlich genug?«

Himmel, was für ein arroganter Kerl. Sprachlos sah ich ihn an.

»Mir fehlen die Worte.«

»Na endlich, dann können wir ja gehen.«

Abrupt drehte ich mich um. »Ich finde allein zurück.«

Wütend ging ich los. Zum Glück hatte ich die richtige Gasse erwischt und war kurz danach auf der breiten, beleuchteten Prachtstraße, die hinunter zum Meer führt. Jetzt kannte ich mich wieder aus und ging schneller. Zu all der Wut, die sich in mir staute, kam eine tiefe Enttäuschung. Ich hatte die Einladung zu dieser Fahrt als kleine Geste der Entschuldigung für so manche Unhöflichkeit gesehen, aber ich hätte wissen müssen, dass dieser eingebildete Mensch nur eigene Interessen verfolgte, und denen stand ich mit meiner Arbeit und als Frau absolut im Weg. Ich hatte diesen Mann total unterschätzt, und diese Dummheit ärgerte mich am meisten.

Irgendwo hinter mir ging Lorenzo. Ich glaube, wenn er noch einmal versucht hätte, mich anzufassen, hätte ich ihn geohrfeigt. Aber er kam nicht näher und erreichte mich erst, als ich vor den breiten Glastüren des Hotels stehen blieb. Ich drehte mich zu ihm um und reichte ihm die Stola, die mich bis hierhin gewärmt hatte.

»Danke für das Tuch, aber jetzt brauche ich es nicht mehr.«

»Es ist ein Geschenk, und ich nehme grundsätzlich keine Geschenke zurück.«

»Von Ihren Grundsätzen habe ich für heute genug.«

Ich hielt ihm das kostbare Tuch am ausgestreckten Arm mit spitzen Fingern hin, und als er es nicht nahm, ließ ich es langsam auf seine Füße gleiten. Es tat mir in der Seele weh, aber diese Genugtuung brauchte ich jetzt.

Während ich in die Halle ging und meinen Schlüssel holte, sah ich im Spiegel der Glastüren, wie er sich bückte, die Stola aufhob, ordentlich zusammenfaltete und über den Arm legte. Als er die Halle betrat, schlossen sich hinter mir die feuerfesten Fahrstuhltüren.

Obwohl es schon drei Uhr morgens war, konnte ich nicht einschlafen, zu vieles ging mir durch den Kopf. Vor allem meine Arbeit. Sollte ich aufhören, ihm nachgeben? Eine Zusammenarbeit mit diesem Mann war nicht mehr möglich, das war ganz klar, aber einfach aufgeben? Dann musste ich auch sofort die Koffer packen und abreisen, denn ohne eine von meiner Redaktion sehr gut bezahlte Reportage konnte ich mir den Luxus des teuren Castellos nicht leisten. Als freiberufliche Journalistin bezahlte ich natürlich meine Reisen selbst. Das war auch wichtig für die Glaubwürdigkeit meiner Geschichten. Bekäme ich die Unkosten von den jeweiligen ›Gastgebern‹ bezahlt, würde jeder Leser an der Neutralität meiner Beurteilungen zweifeln. Bezahlte ich alles selbst, konnte mir niemand Bestechung nachsagen. Aber ein gutes Honorar glich diese Unkosten eben immer wieder aus. Was also sollte ich tun? Und dann siegte doch meine Empörung. Ich würde nicht nachgeben. Jetzt erst recht nicht. Beruflich konnte er mir nichts anhaben und menschlich? Das würde ich durchstehen, auch ich konnte zäh und aggressiv sein. Dieses Gefühl von Wohlbehagen in seiner Nähe und dieses Prickeln im Bauch waren vorbei, das war mir klar, aber es war auch gut so, ich musste nicht einem Mann nachlaufen, der Frauen hasste. Und dieser Abstand würde meiner Reportage nur gut tun: Emotionslose Berichterstattung war immer besser als eine gefühlsbeladene Geschichte.

Dann bin ich doch noch eingeschlafen. Als mich die Rezeption um acht Uhr weckte, schreckte ich aus konfusen, unruhigen Träumen auf.

Wir hatten bei der Ankunft vereinbart, um neun zu frühstücken und um zehn zu fahren, damit wir am frühen Nachmittag wieder im Castello waren. Als ich meine Kleidungsstücke herumliegen sah, fiel mir der gestrige Abend wieder ein: die Party, mein hübsches Cocktailkleid, die wunderbare Stola, der Spaziergang und dieser ganze verdammte Ärger.

Ich ging unter die Dusche, zog mich schnell an und packte meine Sachen. Auf keinen Fall wollte ich unpünktlich sein. Im Frühstücksraum, der sich mit seiner breiten Fensterseite zum Meer hin öffnete und die Morgensonne voll einfing, saßen schon einige der Konferenzteilnehmer mit ihren Frauen. Es gab ein fröhliches Hin und Her von Guten-Morgen-Wünschen und als der Ober fragte, was ich trinken wolle, setzte ich mich an einen Zweipersonentisch und bestellte Kaffee und frisch gepressten Grapefruitsaft. Kurz nach mir kam Lorenzo, begrüßte einige Leute mit Handschlag, winkte anderen zu und setzte sich zu mir. Er sah schlecht aus, so, als hätte er keinen Augenblick geschlafen. Müde sah er mich an. »Wie geht es Ihnen?«

»Die Nacht war ziemlich kurz, aber ein Kaffee wird mich aufrichten.«

»Ja, den kann ich jetzt auch gebrauchen«, und ohne Worte waren wir uns einig, höfliche Umgangsformen zu wahren.

Kapitel 8

Während der Rückfahrt sprachen wir nicht. Wir waren beide erschöpft und immer noch verärgert. Lorenzo hatte diesmal gleich die Autobahnauffahrt in Pesaro genommen und es ging zügig nach Süden. Er hatte eine Kassette in den Rekorder geschoben, so dass uns leise Musik begleitete. Als wir in Ancona die Autobahn verließen und auf die Landstraße nach Westen abbogen, stellte er die Musik ab. Wenig später bog er in einen Feldweg ein und machte den Motor aus. Er drehte sich zu mir hin und sagte: »Ich möchte, dass wir den Streit der letzten Nacht beenden.«

»Sie haben sich nicht gerade wie ein Kavalier benommen. Dabei könnte man das von einem Mann ihrer Herkunft doch eigentlich erwarten.«

»Die Grandezza habe ich mir vor zwanzig Jahren abgewöhnt, als ich Hals über Kopf die Ärmel aufkrempeln und ein bankrottes Weingut retten musste. Aber wie soll es jetzt mit uns weitergehen?«

»Nun, wie bisher, nehme ich an. Ich mache meine Arbeit und Sie sind weiter unhöflich. Man gewöhnt sich daran.«

»Es gefällt mir nicht, dass Sie mich für unhöflich halten.«

»Ach, wissen Sie, zwischendurch hielt ich Sie auch schon mal für einen Gentleman, wenn Sie das tröstet, Dottore.«

»Lassen Sie den Dottore weg, der gehört nicht hierher.«

»Wieso nicht?«

»Ich habe ihn in Theologie gemacht.«

»Was?«, platzte ich heraus. »Der Menschenhasser als Doktor der Theologie?«

Als er nicht antwortete, sagte ich leise: »Verzeihung.«

Erst nach einer Weile meinte er: »Es war eine verdammt harte Prüfung und sie war vollkommen unnötig.«

Als ich nichts erwiderte, stieg er aus, ging um den Wagen herum und öffnete meine Tür.

»Kommen Sie, laufen wir ein Stück, ich möchte Ihnen etwas erzählen.«

Ich zögerte. Aber was sollte ich machen, ich war auf ihn als Fahrer angewiesen, von hier aus konnte ich nicht, wütend wie in der Nacht, zu Fuß irgendwohin gehen.

»Na los, kommen Sie schon. Die Gänseblümchen am Feldrand beißen nicht.«

»Ihre Geschichten interessieren mich nicht.«

»Wir werden sehen.«

Schließlich stieg ich aus. Trotz wirkte in meinem Alter eher lächerlich. »Und? Bekomme ich jetzt die Geschichte eines Frauenhassers erzählt?«

»Mein Hass ist durchaus begründet. Ich dachte, Sie wüssten Bescheid.«

»Ich mische mich nicht in die Intimsphäre anderer Leute, noch dazu in die eines Mannes, der Frauen so vehement verachtet, wie Sie es tun.«

»Dass ich Frauen verabscheue, hat seinen Grund. Ich habe eine Erfahrung hinter mir, die mein Leben, meine Karriere und meine Selbstachtung zerstörte.«

»Von einer gestörten Selbstachtung kann bei Ihnen doch wohl kaum die Rede sein, nicht wahr?«

»Könnten Sie bitte Ihre Wut hinunterschlucken, bevor wir weitersprechen? Ich möchte Sie etwas fragen.«

»Fragen Sie.«

»Wofür halten Sie mich wirklich?«

»Für einen homosexuellen Mann, der mit seinem Problem nicht fertig wird.«

»Das war deutlich.«

»Klare Frage, klare Antwort.«

»Bei allem, was Sie von mir denken, aber das bin ich nicht.«

»Und wer ist Francesco?«

»Francesco ist mein Sohn.«

»Und warum dann diese Aversion gegen Frauen? Immerhin hat eine Frau Ihnen diesen Sohn geboren.«

»Ich sagte es doch schon, ich möchte Ihnen etwas erzählen.«

Wir gingen den Feldweg entlang. Schafgarbe und Rainfarn blühten rechts und links im vertrockneten Gras am Wegrand. In der Ferne pflügte ein Bauer sein Feld. Als er den Traktor wendete, winkte er uns zu. Wir grüßten zurück. Wir gingen nebeneinander, jeder in einer Fahrspur des staubigen Weges.

»In unserer Familie war es seit Generationen üblich, wie in vielen anderen Familien auch, dass der älteste Sohn den Hof, die Fabrik, das Geschäft, oder, wie bei uns, das Weingut übernimmt. Die anderen Söhne erlernen andere Berufe. In meiner Familie stand fest, Enrico übernimmt das Gut, ich schlage eine kirchliche Laufbahn ein. Ich hatte nichts einzuwenden, im Gegenteil, mir gefiel das Leben zusammen mit Gleichaltrigen. Ich besuchte, dem Alter entsprechend, verschiedene Klosterschulen, lebte in Internaten, machte mein Abitur, besuchte kirchlich geprägte Universitäten, machte meinen Doktor und wechselte dann in ein Priesterseminar. Ein halbes Jahr vor der Priesterweihe nutzten drei Freunde und ich die letzten Ferien zu einem Skiurlaub in den Dolomiten. Wir liefen, wie alle anderen auch, in bunten Skianzügen herum, wir waren ausgelassen und vergnügt und es gab eine ganze Reihe hübscher Mädchen, denen wir gefielen. Eine von ihnen war Franca aus Rom. Wir hatten eine Menge Spaß miteinander und wir wurden intim. Als der Urlaub zu Ende war und wir wieder in Rom lebten, blieben wir heimlich zusammen. Und als sie mir mitteilte, sie sei schwanger, stand für mich fest, wir würden heiraten und eine Familie gründen.«

Er blieb stehen und sah sich um. Ich hatte ihn mit keinem Wort unterbrochen. Vor uns lag ein kleiner Tümpel und wir setzten uns in das Gras an seinem Ufer. Rostrote und stahlblaue Libellen standen in der Luft und zuckten plötzlich davon. Ein paar Schwalben pflückten sich Insekten vom trüben Wasserspiegel.

Dann fuhr er fort: »Ich wusste natürlich, dass meine Priester-Laufbahn damit beendet war. Ich sprach mit meinem Seminardirektor und schließlich mit dem zuständigen Bischof. Man bot mir verschiedene Möglichkeiten an, als verheirateter Mann einen kirchlichen Beruf auszuüben. Aber auf Verhandlungen ließ ich mich nicht ein. Ich wollte, dass mein Kind im Castello lebte, dort, wo meine Familie seit Generationen zu Hause war.

Als diese Fragen geregelt waren, sprach ich mit meinen Eltern. Sie waren entsetzt, aber Sie machten mir keine Vorwürfe, sondern planten gemeinsam mit mir die Zukunft. Es hatte sich herausgestellt, dass Enrico zwar ein ausgezeichneter Geschäftsmann war, aber vom Weinbau nichts verstand – und vor allem, er interessierte sich auch nicht dafür. Er arbeitete lieber für den Besitzer großer Olivenplantagen bei Terni – sein späterer Schwiegervater übrigens –, als meinem Vater zu helfen, das zugrunde gehende Weingut zu retten. So stand fest, dass ich die Lücke ausfüllen würde. Ich sollte in Rom sechs Semester Weinbauingenieur studieren und in jeder freien Minute auf dem Gut arbeiten, um das Fach von der Pike auf zu lernen. Da wir so schnell wie möglich heiraten und dann während meines Studiums in Rom leben wollten, sicherte mein Vater uns finanzielle Unterstützung zu. Franca selbst wollte bis zur Geburt arbeiten. Jetzt erst ließ ich sie ins Castello kommen, um sie meinen Eltern vorzustellen. Sie war gebildet, gut erzogen, sehr hübsch, sehr reserviert und sehr anmaßend. Meine Eltern lehnten sie spontan ab und sagten mir das auch. Und Franca selbst wehrte sich sofort gegen ein Leben in dem abgeschiedenen Castello. Sie arbeitete als freiberufliche Literatur-Übersetzerin und war das Großstadtleben und die Freiheit, die damit zusammenhing, gewöhnt. Ich versuchte, diese Probleme zu ignorieren. Ich hoffte, dass das Kind und ein harmonisches Familienleben die Fragen von selbst regeln könnten. Es würde ja noch Jahre dauern, bis wir in Umbrien lebten. Jetzt stand erst einmal die Hochzeit auf dem Programm und dann das Baby. Ich war damals fünfundzwanzig Jahre alt. Francas Eltern hatte ich bis dahin noch nicht kennen gelernt.«

Lorenzo legte sich auf den Rücken, starrte in den Himmel und schloss dann die Augen, während er weitersprach. »Vierzehn Tage vor der Hochzeit und sechs Wochen vor der Geburt erhielt ich einen Brief. Franca schrieb mir, dass man ihr eine Stelle als fest angestellte Übersetzerin in den USA angeboten und dass sie diese Stelle angenommen habe, weil ein Leben im Castello für sie nie in Frage käme. Wenn ich diesen Brief erhielte, sei sie bereits unterwegs. Eine Anschrift könne sie mir noch nicht mitteilen. Ich war fassungslos. Die Nachricht hat mir einen Schock versetzt, der mein ganzes Leben veränderte. Ich fuhr natürlich sofort nach Rom und stellte Nachforschungen an, aber ihre Firma, ihre Freunde, ihre Familie ... keiner gab Auskunft. Mein Kind war entführt worden, bevor es geboren wurde.«

Er setzte sich wieder auf und sah mich an. »Kein Mensch kann nachfühlen, wie es in mir aussah, und die meisten verstehen mich bis heute nicht. Etwa zehn Wochen später bekam ich einen Brief aus Amerika. Er enthielt die Kopie einer Geburtsurkunde, die Mitteilung, dass mein Sohn Francesco heiße, und das Foto von einem Säugling. Die Geburtsurkunde stammte von einem Standesamt in Boston.

Ich nahm die nächste Maschine und flog in die USA, um meinen Sohn zu suchen. Zwei Wochen später war ich wieder hier. Man hatte mir jede Auskunft verweigert mit dem Hinweis, dass mein Sohn amerikanischer Staatsbürger und ich nicht mit der Mutter verheiratet sei. Meine Eltern und ich haben alles versucht, um das Kind zu finden. Wir haben die Botschaften in Rom und Washington eingeschaltet, Anwälte beauftragt, einen Detektiv bemüht – alles ohne Ergebnis. Etwa sechs Jahre später kam noch einmal ein Brief von Franca. In ihm befand sich das Foto eines Schulanfängers, der mir sehr ähnlich sah, die Kopie seines ersten Schulzeugnisses und die Mitteilung, dass sie geheiratet habe und mit der Familie nach Kanada übersiedeln werde. Keine Anschrift – nichts.

Ich hatte mein Studium längst beendet, ich war über dreißig und ich vergrub mich total in meine Aufgaben, um dem Konkurs entgegenzusteuern, auf den das Gut zudriftete. Ich sprach auch mit niemandem über meine Probleme, nur die Arbeiter, mit denen ich oft Tag und Nacht zusammen war, wussten, wie es in mir aussah. Ihre Freundschaft hat mich davor bewahrt, verrückt zu werden. Sie haben mir in all den Jahren wirklich geholfen. Und langsam, ganz langsam, tauchte ich auf aus dieser Verzweiflung und begann meinen Verlust und damit mein Leben wieder zu akzeptieren.

Und dann, vor vier Jahren, stand mein Sohn plötzlich vor mir. Er hatte seinen Pass bei sich, seine Geburtsurkunde ein Bild seiner Mutter, ein paar Schulzeugnisse und zwanzig Dollar, das war sein ganzes Gepäck. Am Tag seiner Volljährigkeit war er zu Hause ausgerissen.

Ich fuhr sofort mit ihm nach Rom, ließ durch Anwälte die rechtliche Lage klären und durch Mediziner die Vaterschaft. Als das alles geregelt war, teilten wir der Mutter mit, dass Francesco hier bei mir war und bleiben würde. Zum Glück gab sie ihre Zustimmung ohne jeden Einspruch. Francesco machte in Terni seinen Schulabschluss und wohnte während dieser Zeit bei Isabellas Eltern. Er ist fasziniert von italienischer Geschichte, Kultur und Kunst und wir kamen überein, dass er Kunstgeschichte studieren soll. Aber zur Zeit ist er beim Militär und leistet seinen Wehrdienst. Die Einheit ist in der Nähe von Assisi stationiert und er kommt oft, um uns zu besuchen. Das, Viola, ist meine Geschichte.«

Ich war ziemlich betroffen und entschuldigte mich.

»Es ist meine Schuld. Ich habe meine Aversion an Ihnen ausgelassen«, winkte er ab.

»Aber müssen Sie denn gleich in allen Frauen Betrügerinnen sehen, die es nur darauf abgesehen haben, Ihre Gefühle mit Füßen zu treten?«

»Ich habe noch keine getroffen, die mich vom Gegenteil überzeugt hätte.«

»Sie lassen ja niemanden an sich heran. Wie können Sie dann beurteilen, wer es gut und wer es schlecht mit Ihnen meint? Wissen Sie, Selbstmitleid steht Ihnen überhaupt nicht!«

»Das hat nichts mit Selbstmitleid zu tun, sondern mit schlechten Erfahrungen und Menschenkenntnis, und ich habe in langen Jahren gelernt, mich zu schützen.«

»Ja, durch Arroganz und Verachtung. Das, Signore, ist nicht der richtige Weg, glauben Sie mir.«

Plötzlich streifte uns ein kalter Luftzug. Wir blickten nach

Südwesten und sahen, dass eine bedrohliche, blauschwarze Schlechtwetterfront über die Hügel auf uns zukam.

Wir standen auf, gingen zum Wagen zurück und fuhren weiter. Und ich wusste, an diesem Nachmittag am Ufer eines umbrischen Tümpels mit Libellen und Gänseblümchen hatte sich etwas in mir verändert. Ich wusste nicht was, ich spürte nur, dass mein Zorn sich in Gelassenheit verwandelt hatte.

Je weiter wir in die Hügel hinauffuhren, umso stürmischer wurde es. Der Wind verdrehte die schmalen Blätter der Olivenbäume und wir kamen durch silbern schimmernde Haine, die immer heller leuchteten, je dunkler die entfernten Wolkenmassen wurden.

Ohne ihn direkt anzusehen, beobachtete ich Lorenzo. Ich war keineswegs gewillt Frieden zu schließen und meine Arbeit aufzugeben, aber ich war bereit, seine Probleme anzuerkennen. Ich wusste jetzt, dass er Schmerz und Enttäuschungen ertragen hatte, die ihn – vielleicht für sein ganzes Leben – gezeichnet hatten. Ich sah aber auch, dass er kämpfte, um damit fertig zu werden, wenn auch auf Kosten anderer. Über seinem Gesicht lag wieder jener Schatten, der mir schon mehrmals aufgefallen war; jetzt kannte ich die Ursache – oder wenigstens jenen Teil davon, den zu erzählen er bereit gewesen war.

Kurz vor Foligno hatten uns die Wolken erreicht. Die Sonne war hinter den grauen Massen verschwunden und Windböen fegten die ersten Herbstblätter über die Straße.

Lorenzo sah in die grau verhangenen Hügel. »Hoffentlich haben meine Leute den Himmel beobachtet und sind mit der ersten Weinlese fertig geworden. Wenn jetzt das Wetter umschlägt, kann es lange dauern, bis wir wieder ernten können«, sagte er besorgt, als wir den Ort durchfuhren.

Umgeben von Weinbergen, Olivenhainen und viel brachliegendem Land lag die alte Stadt, die noch von so großer Bedeutung für uns werden sollte. Die Häuser bestanden, wie mir schien, meist nur aus Ecken und Kanten, die Farbe blätterte von den Mauern und die großen, hölzernen Fensterläden waren geschlossen. Über dickbäuchigen Brüstungen hingen Wäschestücke, was zwar den malerischen Effekt verdarb, andererseits jedoch einen ganz eigenen Charme entwickelte. Wir umrundeten eine staubige Piazza, auf der alte Männer im Eingang zu einem Friseurgeschäft herumstanden und dem Wind mit Lachen trotzten.

Ab Foligno regnete es. Die Hügel zerflossen in konturenlosem Grau und die Scheibenwischer schlugen zum Rhythmus des Regens. Als wir in die Zypressenallee einbogen, sagte Lorenzo: »Ich fahre direkt in die Garage. Sandro kann Ihnen die Sachen nach oben bringen.«

Der Vorplatz des Hauses war vom Regen überspült. Ich war wieder einmal erstaunt über die Heftigkeit mediterraner Regenfälle, die in gewaltigen Massen auf die Erde prallten. Aber durch die grauen Ströme hindurch sah ich auch die erleuchteten Fenster des Castellos, die Behaglichkeit und Sicherheit versprachen.

Als wir durch eine Nebentür die Halle erreichten, empfing uns wohlige Wärme und eine angeregte Stimmung. Der Cocktailtreff war von der Terrasse ins Haus verlegt worden und alle plauderten über das Open-air-Konzert mit Pavarotti in Assisi, zu dem die meisten heute Abend fahren wollten und das nun ausfallen musste.

Nico und Maria standen zusammen und winkten uns zu. Maria beruhigte Lorenzo und versicherte ihm, dass der erste Weinberg planmäßig abgeerntet sei. Nico sah mich an. Seine Augen wurden vor Trauer ganz dunkel und sein Gesicht verlor alle Farbe. Er drehte den anderen den Rücken zu und sagte zu mir: »Er hat Sie verletzt und ich habe es nicht verhindern können. Es tut mir so leid, aber ich habe es befürchtet.«

»Ach, Nico«, ich wollte ihn nicht beunruhigen und lächelte. »Als ich hierher kam, habe ich eben nicht gewusst, was mich erwartet. Ich wollte hier einfach nur arbeiten und ein paar schöne Tage genießen – aber man macht so seine Erfahrungen und wird oft, ob man will oder nicht, sehr schnell auf den Boden der Tatsachen zurückgestoßen. Hauptsache ist doch, dass man auf die Füße fällt.«

»Und wie sind Sie gelandet?«

»Hart, aber aufrecht.«

»Lorenzo hat sich in den letzten Jahren so verändert, ich kenne ihn kaum wieder. Früher war er ein liebenswerter, hilfsbereiter Freund, heute ist er nur noch ein Kämpfer.«

»Dadurch hat er viel erreicht.«

»Ja, aber er ist außerordentlich unbeliebt geworden. Nur seine Leute, die stehen absolut hinter ihm. Sind Sie sehr enttäuscht von ihm?«

Was sollte ich darauf antworten? Ich hatte die letzten Ereignisse noch gar nicht verarbeiten können, aber ich schuldete Nico eine Antwort, weil er sich ernsthaft Sorgen zu machen schien.

»Nico, es ist einfach passiert. Wir haben uns furchtbar gestritten und wir haben keine Basis mehr für eine Zusammenarbeit. Ich weiß noch nicht, was ich machen werde. Ich möchte bleiben und arbeiten, jedem Einwand zum Trotz – und ich möchte so schnell und so weit wie möglich wegfahren.«

»Begleiten Sie mich, wir können morgen früh abreisen.«

»So einfach ist das nicht.«

»Sie lieben ihn trotz allem, nicht wahr?«

»Nein, Nico, einen solchen Mann kann man nicht lieben. Der zertritt jedes Gefühl mit den Füßen, bevor es sich entwickeln könnte, und entschuldigt sich nicht einmal dafür.«

»Was hält Sie dann noch hier?«

Wie schwer es war, etwas Nettes zu sagen, einem Freund zu erklären, dass man ihn sehr mochte, aber nicht liebte, und dass die Gefühle für eine tiefe Beziehung nicht ausreichten. Wie kann man einen Mann trösten, der das genau weiß, aber nicht wahrhaben will, der um eine Liebe kämpft, die nicht erwidert wird? Denn dass Nico tiefe Gefühle für mich hegte, daran zweifelte ich keinen Augenblick. Aber ausgerechnet jetzt war ich müde, ich war gereizt, ich wollte eigentlich nur meine Ruhe und schließlich sagte ich: »Nico, ich möchte jetzt nicht mehr darüber sprechen, aber ich werde eine Lösung finden. Ich muss ganz einfach.«

Dann stießen Carla und Angela zu uns. Beide hatten leicht gerötete Wangen, weil sie ihren Cocktail am prasselnden Feuer des Kamins eingenommen hatten, und wollten mit uns den Abend verplanen, der nicht allzu viele Möglichkeiten für abwechslungsreiche Stunden bot. Aber ich winkte ab und entschuldigte mich mit Müdigkeit, denn ich war sicher, dass das Thema des Abends meine kleine Reise mit Lorenzo sein würde, und darüber wollte ich nun wirklich nicht sprechen. Außerdem musste ich endlich allein sein, um in Ruhe über das nachzudenken, was in diesen Tagen mit mir geschehen war. Meine Gefühle waren arg durcheinander geraten. Am schlimmsten waren meine Wut und meine Enttäuschung, denen ich nicht zu begegnen wusste. Lohnte es sich, für einen Menschen Gefühle zu entwickeln, obwohl man wusste, dass man total abgelehnt wurde? Wie konnte ich annehmen, dass dieser Mann sich ändern würde, solange er mit den Problemen seiner Vergangenheit, mit seiner Sturheit, seinen ganz persönlichen Unsicherheiten und Selbstzweifeln, ja, auch mit seinen Ängsten kämpfte? Er musste erst einmal zu sich selbst finden, damit er frei und offen wurde für neue Gefühle und Beziehungen.

Ein Mann, der seine Verachtung für Frauen seit zwanzig Jahren wie einen Panzer vor sich hertrug, konnte seine Empfindungen nicht von einem Tag zum anderen wechseln oder ignorieren, nicht ein so introvertierter Mann wie Lorenzo. Der brauchte Zeit, Vergleiche und natürlich sehr viel Liebe und Wärme.

Das, was ich für ihn empfand, hatte damit überhaupt nichts zu tun. Ich wollte ganz einfach mein Recht und einen starrköpfigen, eingebildeten Menschen besiegen. Ja, ich würde bleiben, ich würde das Feld nicht freiwillig räumen. Dabei stellte ich fest, dass es mir eigentlich schon gar nicht mehr um meine Reportage und um meine Verträge ging, sondern einfach darum, stärker zu sein als dieser aufgeblasene Gentleman.

Im Speisesaal war es heute besonders gemütlich. Überall brannten Kerzen und die Fensterläden, die das schlechte Wetter zwar ausschlossen, den Duft des regennassen Gartens und das Rauschen des Wassers aber hereinließen, sorgten für eine stimmungsvolle Atmosphäre.

Marisa hatte sich mit dem köstlichen Essen wieder selbst übertroffen. Als Vorspeise gab es gebackene Goldbrassen mit Zucchinicreme und als Hauptgericht einen marinierten Lammbraten ›alla abruzzese‹ mit kleinen Kartoffeln, die in der Fettpfanne des Bratens mitgegart worden waren. Die Weine der Beneventis sorgten bald für eine heitere Stimmung. Nur Nico ließ sich nicht zerstreuen. Er vergaß seine exquisiten Tischmanieren, schob sein Essen lustlos auf seinem Teller hin und her und versuchte seine Traurigkeit hinter halb geschlossenen Lidern zu verbergen. Ich nahm mir vor, morgen noch einmal mit ihm zu sprechen und ihm meine Freundschaft anzubieten. Auch wenn ich befürchten musste, damit seinen männlichen Stolz noch mehr zu verletzen.

Zum Glück spürten die anderen Gäste an unserem Tisch nichts von den Spannungen. Carla erzählte begeistert von ihrem Ausflug mit Neno an den Fischteich, wo er die Goldbrassen für unser Essen gefangen hatte und sie den Kescher bedienen durfte, und keiner von uns ahnte, dass es Nenos letzter Fang in seinem geliebten Fischteich war.

Ich berichtete von dem alten Fischrestaurant in Fano, wo wir an Tischen aus Decksplanken gesessen hatten, über die einst Matrosen gelaufen waren. Außerdem hatte sich ein neuer Gast zu uns an den Tisch gesetzt, eine nette, bleichgesichtige Schottin namens Betty. Sie war angereist, um hier ein paar Tage die Sonne zu genießen, und unterhielt uns mit Anekdoten aus ihrer Heimat, wobei sie sich überaus geistreich bemühte, unsere Späße über den Geiz der Schotten zu widerlegen.

Als sich nach dem Essen alle Gäste im Kaminzimmer trafen, verabschiedete ich mich. Ich wollte endlich allein sein. Doch kaum war ich in meinem Zimmer, klopfte Sandro an meine Tür und übergab mir einen Brief von Lorenzo. Ich bat Sandro zu bleiben, während ich las: »Der Tag sollte nicht zu Ende gehen, ohne dass wir uns noch einmal gesprochen haben. Ich warte um elf in der Halle auf Sie.« Ich legte den Brief beiseite.

»Bitte, Sandro, sagen Sie Signore Beneventi, dass ich müde bin und zu Bett gehe. Danke.«

Ich dachte gar nicht daran, mich jetzt noch auf mitternächtliche Gespräche einzulassen. Immerhin war ich ein zahlender Gast und keine Angestellte, die man hierhin und dahin beordern konnte.

Ich zog mich aus und war auf dem Weg ins Bad, als erneut angeklopft wurde. Ich schlüpfte in meinen Morgenmantel und öffnete die Tür. Draußen stand Lorenzo. Er sah ziemlich wütend aus, aber nachdem er mich von Kopf bis Fuß gemustert hatte, erklärte er: »Endlich ein erfreulicher Anblick.«

Als ich wortlos die Tür schließen wollte, hielt er sie mit der Hand auf.

»Fahren Sie nicht immer gleich aus der Haut, Viola. Ich wollte Sie doch nur zu einem ganz besonderen Glas Wein einladen.«

»Wie Sie sehen, bin ich im Begriff, ins Bett zu gehen. Der Tag war anstrengend genug.«

»Eben darum. Kommen Sie mit, wir trinken einen der besten Weine, die wir haben, und vertragen uns wieder. Dazu können Sie doch nicht nein sagen.«

»Na schön. Warten Sie unten, ich komme dann nach.«

Verärgert zwar, aber auch leicht amüsiert zog ich mir Hosen, einen Pulli und feste Schuhe an, die Cantina war schließlich kein Ballsaal.

Wie ein Tiger im Käfig lief er in der Halle hin und her, als ich herunterkam. Er ist es offenbar nicht gewöhnt, auf irgendjemand oder irgendetwas zu warten, ging es mir durch den Kopf, während ich ganz gelassen und langsam Stufe für Stufe hinunterging. So einen Menschen musste man eben erziehen. Als ich bei ihm ankam, nahm er zu meiner Überraschung meine Hand und führte mich in die Küche. Hier saßen neben Marisa und ihrem Team alle im Haus beschäftigten Angestellten, vom Zimmermädchen bis zu Neno, um den großen Mitteltisch versammelt und diskutierten den Tagesablauf.

Offensichtlich gehörte es zu Lorenzos Gewohnheiten, der Köchin für das ausgezeichnete Essen und den Angestellten für ihre Arbeit während des Tages an jedem Abend seinen Dank auszusprechen, wobei er genau über alle Einzelheiten informiert und zu Diskussionen bereit war. Man sah es den Leuten an, wie sie auf sein Kommen gewartet hatten und sich über sein Lob freuten. Mir tat es leid, dass sie durch mein Zögern so lange hatten warten müssen, und mir wurde klar, dass tatsächlich Lorenzo der Herr in diesem Castello war. Nicht

Maria, die freundliche Gastgeberin, die ihren Gästen die Wünsche von den Augen ablesen konnte, nicht Ernesto, der immer zu Späßen aufgelegte Hausherr, und nicht Enrico, der mit Mühe die finanziellen Geschicke der Familie in Händen hielt, steuerten dieses Haus, allein Lorenzo war es, der die Zügel straff führte, weil sein Herz an dieser Heimat hing.

Wie ich beobachten konnte, behandelte er nicht nur seine vielen Arbeiter im Weinberg, sondern alle Angestellten, vom Fischer bis zur Kräuterfrau, von der Meisterköchin bis zum Stubenmädchen, mit großer Achtung. Nachdem er seine kleine Ansprache beendet hatte, tranken wir alle zusammen etwas Wein und stießen auf den Tag, die Arbeit und die Zukunft an, ohne zu ahnen, was diese Zukunft für uns bereithielt.

In diesem Augenblick, zwischen all den zufriedenen Menschen in dieser Küche, fühlte ich mich sehr wohl, weil ich so ein kleines bisschen dazugehören durfte. Und leicht amüsiert dachte ich daran, wie sehr Lorenzos Verhalten hier im Gegensatz zu seinem Benehmen gegenüber den Gästen stand, von denen er sich mit kaum verhohlener Arroganz und Gleichgültigkeit fern hielt. Lorenzo öffnete die Tür, winkte allen zu und wir verließen die Küche.

Auf dem Weg durch die Halle begegneten wir Enrico, der seinen Mantel und eine Aktentasche unter dem Arm trug.

»Kommst du oder gehst du?«

Er winkte uns flüchtig zu: »Ich habe es eilig, ich will nach Terni.«

»So spät noch?«

»Es ist nie zu spät, eine geliebte Frau zu besuchen«, lachte er.

»Sei vorsichtig unterwegs«, warnte Lorenzo, »die Straßen sind zum Teil stark überspült.«

»Ich nehme den Landrover, der schwimmt zur Not«, scherzte Enrico und lief die Treppe zur Tiefgarage hinunter.

Lorenzo brachte mich zum rückwärtigen Ausgang, wo in einer Kammer neben der Tür Regenmäntel und Schirme hingen, gab mir eine viel zu große Gummijacke und lief mit mir über den Hof zum Eingang der Cantina.

»Kommen Sie, es gibt hier einen Raum, der ganz besonderen Gästen vorbehalten ist. Vielleicht wundern Sie sich, dass ich immer wieder in die Kellerei gehe, aber für mich ist sie das Herz des Castellos, der Mittelpunkt meiner Arbeit, der Ort, der zu einen Teil meines Lebens geworden ist.«

Wir liefen die Treppe hinunter, legten die Regenjacken ab und fuhren mit dem Elektrokarren tief hinein in die Kellergewölbe. Hin und wieder sahen wir ein paar Arbeiter, die trotz der späten Stunde noch beschäftigt waren, aber die meisten Hallen waren verlassen und dunkel. Ich war wieder einmal fasziniert von der Größe dieser Anlage, von der riesigen Menge der hier gelagerten Fässer und Flaschen, und Lorenzo, der mich beobachtete, sagte nicht ohne Stolz:

»Sie sehen hier die Ergebnisse von zwanzig Jahren Arbeit. Jetzt ist es endlich so weit, dass wir mit dem Verkauf der wirklich guten Sorten anfangen können. Im Oktober beginnt das Weihnachtsgeschäft, dann kommt der Jahreswechsel und danach fängt die Ballsaison an, die bis Ostern dauert – dann wird es hier leer, dann haben wir Platz für die neuen Jahrgänge. Aber erstmal werden wir jetzt einen großen Teil der Schulden los.«

»Warum erzählen Sie mir das alles?«

»Sie sollen verstehen, dass ich es geschafft habe. Sie sehen, wir brauchen diese zahlenden Fremden nicht. Gäste ja, aber solche, die auch Freunde sind, von denen sollte das Haus überquellen.«

Er lenkte den kleinen Karren weiter durch die Reihen der

Gestelle, in denen Hunderttausende von Flaschen lagerten. Dann hielt er vor einer schweren Holztür, stellte den Karren ab und öffnete die Tür. Ich sah ein kleines Gewölbe mit wenigen, deckenhohen Regalen und schmalen Gängen dazwischen. An einer Seite der Felswand stand ein Tisch mit brennenden Kerzen, Gläsern, einem Korb mit Ciabattastückchen und zwei Stühlen. Überrascht sah ich ihn an.

»Sie waren sehr sicher, dass ich mitkomme.«

»Natürlich.«

»Und wer hat das vorbereitet?«

»Ich habe so meine guten Geister«, lachte er und führte mich durch die Gestellreihen. »Hier lagern die Schätze meines Großvaters. Viele dieser Weine sind fünfzig Jahre alt oder noch älter.«

Voller Bewunderung betrachtete ich die alten, verstaubten, noch mit Wachs versiegelten Flaschen und strich vorsichtig über ihre vergilbten, kaum noch lesbaren Etiketten. Ich konnte verstehen, dass er stolz auf seine Arbeit und die seiner Vorfahren war. Vielleicht taute er mir gegenüber ja doch noch ein wenig auf, weshalb sonst hatte er mich hierher gebracht?

Er nahm eine alte, grau gewordene Flasche aus einem Regal.

»Ich glaube, diese hier ist die beste«, sagte er und entfernte behutsam die Wachsschicht am Flaschenhals. Dann zog er vorsichtig den Korken heraus und goss den ersten Schluck in sein Glas. Seine Augen glänzten, als er mich ansah, und probierte. »Ja, das ist er, ich wusste es, das ist unser ›Rosso Cardinale‹.«

»Worauf wollen Sie hinaus mit Ihrer Großzügigkeit, Lorenzo?«

»Wenn wir uns schon nicht einigen können, sollten wir wenigstens Frieden schließen«, erklärte er und sah mich herausfordernd an.

»Zu meinen Bedingungen?«

»Zu Ihren Bedingungen.«

»Ich arbeite weiter und veröffentliche meine Reportage.«

»Ja.«

»Gut, darauf trinke ich mit Ihnen.«

Doch mit seinen nächsten Worten machte er alles wieder zunichte. Er verstand es einfach perfekt, jedes aufkommende Gefühl von Sympathie im Keime zu ersticken. »Ich werde allerdings jede Urlaubsanfrage, die aufgrund Ihrer Reportage hier eintrifft, mit einer Absage beantworten«, sagte er und sah mich streitsüchtig an.

»Sie sind ein hinterhältiger Schuft.«

»Salute, trinken wir auf den Schuft und den Frieden und auf die Zukunft!«

»Mir ist die Lust vergangen, am liebsten würde ich Ihnen den edlen Tropfen ins Gesicht schütten.«

»Es wäre wirklich schade darum« – und dann hob sich der Boden unter unseren Füßen und der Tisch glitt davon. Wir taumelten gegen die Felswand, die Flasche sah ich noch fallen, dann rollten die Kerzen vom Tisch und verlöschten. Wir kauerten in völliger Finsternis auf dem Boden, die Rücken gegen die Wand gepresst, und unter uns wölbte sich die Erde. Flaschen zerbrachen, Regale stürzten um, irgendwo stürzte die Felsendecke ein und die schwere Holztür zerbarst unter den Geröllmassen. Die Erde bebte immer weiter. Und ich wusste, wenn nicht ein Wunder geschah, hatten wir das Ende unserer Zukunft bereits erreicht.

Kapitel 9

Lorenzo hielt mich mit beiden Armen fest und versuchte mit seinen Händen meinen Kopf zu bedecken. Aber wie kann man mit ein paar Fingern ein Leben schützen, wenn ein ganzer Berg ins Wanken gerät? Natürlich war mir klar, dass er dadurch selbst den herabfallenden Steinen und den Splittern der zerschlagenen Flaschen völlig ungeschützt ausgesetzt war. Aber ich war nicht in der Lage, etwas zu sagen oder mich zu bewegen. Ich war gelähmt vor Schreck und hatte Todesangst.

Das Unheimlichste an dem Beben war, dass es so völlig lautlos geschah. Der Boden hob sich in absoluter Stille, kein Donner, kein Bersten, nichts kündigte diese Bewegungen an, der Lärm entstand ausschließlich durch die Schäden, die verursacht wurden: Mit kleinen Explosionen zersprangen die alten Flaschen, Steine prasselten zu Boden und das Holz der Regale zersplitterte laut krachend, als würde es von Äxten zerteilt. Mehr als zwanzig Erdstöße hatte ich mitgezählt, bevor ich es aufgab.

Das Grauen schien kein Ende zu nehmen, und mit jedem Beben verringerte sich unsere Chance, hier lebend herauszukommen. Die Gewölbe zwischen uns und dem Ausgang zum Hof würden genauso zerstört sein wie unsere kleine Höhle hier an hintersten Ende der Anlage. Wie mochte es Lorenzo gehen, wie mochte er sich fühlen, welche Ängste musste er durchstehen? Für ihn ging in diesen Sekunden eine Welt zugrunde. Ganz deutlich spürte ich seinen Herzschlag an meiner Seite und seinen Atem in meinem Haar.

Als die Abstände zwischen den Erdstößen etwas länger wurden, löste er sich langsam von mir und nahm die Hände von meinem Kopf. Ich versuchte mich etwas aufzurichten, und atmete ein paar mal tief durch, um mehr Luft zu bekommen. Doch die Luft war erfüllt vom erdigen Geruch der herabgefallenen Sandmassen und Steine, vom Staub und von dem kaum erträglichen säuerlichen Alkoholdunst der zerstörten Flaschen.

»Viola, bleiben Sie ganz ruhig hier sitzen, ich werde versuchen die Kerzen zu finden. Haben Sie ein Feuerzeug?«

»Nein, aber auf dem Tisch lagen Streichhölzer. Sie müssen vorsichtig sein, die Scherben zerschneiden Ihre Schuhsohlen wie Papier. Ich habe das als Kind mal erlebt. Glauben Sie, wir haben eine Chance, hier herauszukommen?«

»Es gibt einen kleinen, versteckten Ausgang. Enrico und ich haben ihn mal entdeckt, als wir Kinder waren und verbotenerweise hier unten spielten. Es war unser erstes ganz großes Geheimnis und wir haben es nie jemandem erzählt, leider.«

»Leider?«

»Ja, sonst wüsste man jetzt, dass man einen zweiten Ausgang suchen muss.«

»Und Enrico?«

»Er ist fortgefahren, als wir hinuntergingen. Wer weiß, auf welcher winzigen Bergstraße ihn das Beben überrascht hat.«

»O mein Gott.«

»Ich darf gar nicht daran denken, was ihm passiert sein könnte.«

»Bitte sprechen Sie mit mir, wenn Sie jetzt aufstehen, damit ich weiß, wo Sie gerade sind.«

»Ja.«

Ich hörte, wie er sich erhob und mit den Schuhen vorsichtig die Scherben beiseite schob. »Ich stehe jetzt, aber die Decke hat sich gesenkt, ich stoße mit dem Kopf oben gegen die Felsen.«

»Wenn der Tisch nur zur Seite gerutscht ist, müssten die Streichhölzer noch auf der Platte liegen.« Ich hörte, wie er langsam weiterschlitterte.

»Jetzt fühle ich ein Tischbein. Der Tisch ist umgefallen, die Platte ist zerbrochen, aber die Hölzer müssten hier in der Nähe liegen.«

»Hoffentlich sind sie nicht nass geworden in all dem Wein.«

»Der Boden ist sehr feucht, aber der meiste Wein ist in der Erde versickert.« Ich hörte, wie er vorsichtig weiterging.

»Lorenzo, sprechen Sie mit mir.«

»Ja, jetzt habe ich eine Kerze, eine dicke Kerze, hoffentlich ist der Docht trocken geblieben.«

Ich hörte, wie er sich weitertastete. Zweimal stieß die Erde nach und er fluchte leise vor sich hin. Dann endlich: »Ich habe die Hölzer. Die Schachtel fühlt sich sehr nass an. Sagen Sie etwas, damit ich Sie wiederfinde.«

»Ich bin hier. Ich stehe jetzt auch auf, aber ich bleibe an dieser Stelle stehen.«

Die Schritte kamen näher, dann stand er vor mir.

»Halten Sie bitte die Kerze.« Ich streckte die Hand aus und fühlte nach einigem Tasten das Wachslicht in seinen kalten Fingern.

»Ich versuche, die Streichhölzer anzuzünden, innen scheint die Schachtel trocken zu sein.«

Aber es gelang nicht, die Reibfläche außen an der Schachtel war zu feucht.

»Ich versuche es an der Felswand.«

Lorenzo riss zwei Hölzchen an, nichts. Dann, ein erster kleiner Funke, nicht groß genug, um das Holz zu entzünden, aber groß genug für einen Hoffnungsschimmer. Dann, beim siebenten oder achten Versuch die erlösende Flamme. Schnell hielt ich die Kerze hin, aber er entzündete zwei weitere Hölzer an dem ersten, bevor er den Kerzendocht berührte. Der nasse Wachsfaden brauchte lange, bis er soweit trocken war, dass er die Flamme aufnahm. Endlich, wir hatten ein kleines, wenn auch sehr empfindliches Licht. Lorenzo ging zurück zum Tisch. Während ich die Kerze hielt und die flackernde Flamme mit der Hand schützte, suchte er weiter. Er fand zwei Lichter auf der Erde und zwei, die noch in den Wandhaltern steckten. Behutsam entzündeten wir eine zweite Kerze und sahen uns um. Aber die Zerstörungen überraschten uns nicht mehr, zu deutlich hatten wir uns das alles während dieses schier endlosen Bebens vorstellen können.

Auch dass unser Ausgang hoffnungslos zugeschüttet war, ahnten wir längst.

Lorenzo ging in Ecke der Höhle und zog die Reste eines Flaschengestells von der Mauer. »Es sieht zwar alles verändert aus, aber hier irgendwo müsste es sein.«

Er versuchte, die Steine zu bewegen, aber nichts rührte sich, sie waren festgepresst und wie mit Beton versiegelt. Seine schlanken, an mehreren Stellen blutenden Hände konnten sie nicht um einen Millimeter bewegen. Und immer wieder kamen Erdstöße, die an den Felswänden rüttelten und jederzeit die restliche Decke zum Einsturz bringen konnten.

»Wenn ich nur wüsste, ob es die richtige Stelle ist«, stöhnte er. »Damals, vor dreißig Jahren, sah das alles ja ganz anders aus. Und es gab keine Regale an dieser Wand.«

Ich stand dicht neben ihm, hatte die Reservekerzen und die Streichhölzer in meinen Hosentaschen in Sicherheit gebracht und versuchte, selbst irgendetwas an dieser Felswand zu finden, obwohl ich keine Ahnung hatte, was ich eigentlich suchte. Dann plötzlich bewegte ein Luftzug meine kleine Flamme, er kam aus einem winzigen Riss und war doch so stark, dass er das Licht fast ausgelöscht hätte. Ich zeigte Lorenzo die Stelle.

»Das könnte der Eingang sein«, flüsterte er. Dann nahm er ein abgesplittertes Holzstück von der Erde und versuchte den Riss zu vergrößern. Sand rieselte heraus, und bald war der Spalt so groß, dass er mit den Fingern hineinreichen konnte. Aber der Felsbrocken saß fest und rührte sich nicht. So begannen wir rund um den Stein in den Fugen zu kratzen und zu schaben und langsam, ganz langsam lockerte sich der Fels. Es war mühsam, schmerzhaft und zeitaufwendig und die ersten beiden Kerzen waren zur Hälfte heruntergebrannt, als wir den Stein herauslösen konnten. Danach ging es etwas leichter. Unsere kleine Öffnung vergrößerte sich und war schließlich so groß, dass ein Mensch hindurchpasste.

Lorenzo sah mich an: »Ich werde versuchen da durch zu kriechen. Es ist ein langer, enger, gewundener Tunnel und ich weiß nicht, ob ich es schaffe. Ich möchte, dass Sie hier bleiben und auf mich warten.«

»Ich komme mit, ich bleibe auf keinen Fall hier«, protestierte ich.

»Die Gefahr, da drinnen verschüttet zu werden, ist viel größer als hier, bitte, seien Sie vernünftig.«

»Gerade weil ich vernünftig bin, komme ich mit. Sie schaffen das nicht allein. Sie brauchen Licht und bestimmt beide Hände zum Graben.«

»Haben Sie Angst, allein hier zu bleiben? Vielleicht wühlt sich einer durch den verschütteten Ausgang, dann sind Sie schneller draußen als ich.«

»Wenn Sie das für wahrscheinlich hielten, würden Sie nicht versuchen durch diesen Spalt da zu kriechen.«

»Man muss alles versuchen.«

»Machen wir uns doch nichts vor, Lorenzo, wir sitzen hier

ganz tief in der Falle, tiefer geht es nicht, und wir sollten gemeinsam hier herauskommen oder gar nicht«, fügte ich hinzu.

»Schon gut, schon gut.« Er sah mich müde an. »Ich habe Sie in diese Falle gebracht und ich bringe Sie auch wieder raus. Ich verspreche es.«

»Trotzdem komme ich mit.«

»Na gut, ich kann Sie nicht daran hindern. Wir werden jeder eine Kerze nehmen und ein breites Brett, mit dem wir eventuell Erde wegschaufeln können. Ich krieche voraus, bitte halten Sie zwei Meter Abstand und versprechen Sie mir, in die Höhle zurückzukriechen, wenn wir getrennt werden. Irgendwann hört das Beben auf, und man wird alles versuchen, uns herauszuholen. Leandro weiß, dass wir hier unten sind, nur von dem Tunnel weiß außer Enrico niemand etwas.«

»Warum bleiben wir dann nicht hier?«

»Ich kann nicht, ich muss wissen, was draußen los ist. Ich mache mir solche Sorgen um all die Leute, die wir zur Weinlese hergeholt haben.«

»Und die Menschen im Castello?«

»Das Castello hält. Wer da drin ist, ist sicher. Aber all die Arbeiter mit ihren Frauen und Kindern in den provisorischen Unterkünften und unsere Leute in dem Wohnheim, das ist schon so alt. Und das Beben wird die meisten im Schlaf überrascht haben. Ich hätte längst ein anderes Haus für sie bauen müssen, aber es war ja nie Geld da. Im nächsten Jahr wäre alles besser geworden, aber jetzt –«

»Ich weiß, Lorenzo –«

»Ich muss wieder ganz unten anfangen, Viola, ganz von vorn.«

»Ich weiß.«

Er drehte sich um und sah durch die kleine Öffnung, durch die wir kriechen mussten. Ich reichte ihm seine Kerze: »Kommen Sie, fangen wir an«, und dann krochen wir hinein, in einer Hand das Licht, in der anderen das Brett.

Der kleine Tunnel war so niedrig, dass wir nur streckenweise kriechen konnten. Die meiste Zeit mussten wir auf dem Bauch robben. Wir kamen nur mühsam voran. Es ging leicht, aber stetig bergauf, und schließlich hatte ich den Eindruck, dass der Gang breiter und luftiger wurde.

Und dann war doch plötzlich alles vorbei. Der kleine Tunnel war zugeschüttet. Ich sah auf meine Uhr. Seit mehr als einer Stunde waren wir jetzt in dem Gang, wie sollten wir zurückkommen? Zum Umdrehen reichte der Platz nicht, und eine Stunde lang rückwärts kriechen? Ausgeschlossen! Mir tat jeder Knochen in meinem Körper weh. Meine Ellenbogen und meine Knie waren durchgescheuert, meine Hände steif vom krampfhaften Halten des Lichtes und des Brettes. Wir hatten längst zwei neue Kerzen angezündet und auch die neigten sich dem Ende zu. Aber ihre Flammen flatterten ziemlich stark, und das bedeutete, dass sich die Luft in dem Tunnel bewegte. Lorenzo untersuchte die Erde, die den Weg versperrte.

»Der Lehm ist ganz locker, der liegt noch nicht lange hier. Ich versuche mit dem Brett zu graben. Sie müssen die Erde, die ich nach hinten schiebe, weiterbewegen, damit wir vorn Platz bekommen.«

Mühsam wühlten wir uns weiter. Wir kamen nur zentimeterweise voran und immer hatten wir Angst vor dem nächsten Erdstoß, der uns verschütten konnte. Doch dann hatten wir es geschafft. Der Tunnel wurde breiter, höher, man konnte schließlich gebückt gehen und ein kräftiger Luftzug verriet den nahen Eingang. Dann, endlich, eine letzte Biegung und der graue Himmel schickte sein erstes Tageslicht hinein. Keuchend und zitternd legte ich die letzten Meter zurück, bevor ich mich draußen in wild wucherndes Gestrüpp fallen ließ. Lorenzo kniete neben mir. Auch er hatte Mühe zu atmen und stoßweise kamen seine Worte hervor: »Wir haben es geschafft, wir haben es wirklich geschafft.«

Dann streckte er sich neben mir aus und wir lagen ganz still. Ein kalter Nieselregen hüllte uns ein und verbarg den Anblick der Erde rund um uns. Nach einer Weile drehte ich mich auf den Bauch und legte mein Gesicht in die Armbeuge. Ich musste jetzt erst einmal weinen und das sollte Lorenzo nicht sehen. Auch er drehte sich um. Er legte seinen Arm über meinen Rücken und strich mir mit der Hand übers Haar. »Sie waren eine große Hilfe, danke, Viola.«

Nach einigen Minuten hatte ich mich beruhigt und blickte hoch. Das erste, was ich sah, waren Hände: die linke war vollständig mit Kerzenwachs verklebt, an der rechten waren alle Nägel abgebrochen, die Knöchel durchgescheuert und blutverkrustet. Ich besah die Innenfläche, die übersät war mit Holzsplittern. Lorenzos Hände sahen noch schlimmer aus, die Schwerstarbeit hatte er ja geleistet.

Wir waren nass bis auf die Haut, als wir uns soweit erholt hatten, dass wir aufstehen konnten. Mühsam befreite ich meine linke Hand von dem Kerzenwachs, um dann mit den Fingern wenigstens die größten Splitter aus der rechten Hand zu ziehen. Lorenzo tat es mir nach. Dann stand er auf. »Kommen Sie, nicht weit von hier gibt es einen Schuppen. Wenn er noch steht, finden wir dort Säcke oder Planen, die wir uns umhängen können.«

»Wie weit ist es denn bis zum Castello?«

»Etwa vierzig Minuten.«

Ich sah auf die Uhr, es war kurz nach fünf. Wir stapften durch Gestrüpp, niedriges Gehölz und Unkraut und ich merkte, dass wir weit oberhalb des kultivierten Landes aus dem Berg gekommen waren. Aber vor lauter Nebel und Nieselregen konnte man kaum ein paar Meter weit sehen. Dann trafen wir auf einen schmalen Weg, eher ein Wildwechsel als ein

Pfad, der aber breiter wurde und bergab führte. Wir folgten ihm, bis Lorenzo vor einem schattiggrauen Holzhaufen stehen blieb. An dieser Stelle hatte der Schuppen gestanden, den er suchte, doch das Beben hatte von ihm nicht viel übrig gelassen. Lorenzo versuchte zwischen den Steinen und Holzplanken irgendetwas zu finden, das uns nützlich sein konnte, aber es war hoffnungslos, und ich drängte weiter.

»Kommen Sie, wir sind so nass, schlimmer kann es nicht mehr werden.«

»Sie haben recht, beeilen wir uns lieber.«

Und wieder einmal erbebte die Erde unter einem besonders schweren Stoß und wir legten uns flach auf den Boden, bis er vorbei war. Es war ein eigenartiges Gefühl hier draußen.

Zwar bestand nun keine Gefahr mehr, verschüttet zu werden, statt dessen befürchtete ich ständig, die Erde könnte sich vor mir öffnen und mich verschlingen. Ich hatte große Angst. Am unheimlichsten war die trügerische Stille, die uns umgab. Ganz leise nur rieselte der Regen herab. Und nichts verriet, welch schreckliche Katastrophe sich hier gerade ereignet hatte.

Je tiefer wir kamen, umso deutlicher wurde das Ausmaß der Zerstörungen. Risse verliefen rechts und links vom Weg und manchmal quer darüber. Hin und wieder waren Teile des Weges abgerutscht und einmal versperrte uns eine Geröllhalde den Durchgang, so dass wir mühsam darüber klettern mussten. Dann erreichten wir die ersten Weinberge. Viel zu sehen gab es nicht in dem Nebel, aber wir erkannten doch, dass die terrassierten Abhänge kaum Schäden zeigten, während die längs zum Abhang verlaufenden Rebenreihen mitsamt ihrem Erdreich abgerutscht waren.

Und es waren leider die wenigsten Reben, die auf Terrassen wuchsen. Ich sah Lorenzo von den Seite an. Sein Gesicht war fahl und verkrampft, tiefe Schatten umgaben seine Augen.

Hin und wieder reichte er mir die Hände, um mir über besonders schwierige Stellen hinwegzuhelfen.

Einmal, als er meinen Blick auffing, sagte er: »Es ist ein schrecklicher Rückschlag, Viola, da brauche ich mir gar nichts vorzumachen. Hoffen wir, dass die Katastrophe keine Menschenleben gekostet hat, alles andere lässt sich irgendwann wieder richten.«

Ich sagte nichts. Es gab keinen Trost und keine Lösung und der Optimismus, mit dem ich mich gestärkt hatte, als wir aus der Höhle entkommen waren, zerbröckelte in dem Maße, in dem die Zerstörungen sichtbar wurden.

Dann endlich, endlich tauchte das Castello schräg unter uns im Nebel auf. Soweit ich feststellen konnte, schien es unbeschädigt zu sein. Auch das Wohnhaus der Angestellten stand noch. Aber die Ställe, Schuppen, Scheunen und der Eingang zur Kellerei waren eingestürzt. Einen Augenblick blieb Lorenzo ganz still stehen, dann rannte er los. Ich folgte ihm, so schnell ich konnte. Als ich näher kam, sah ich, dass das lang gestreckte Arbeiterhaus an einem Ende zusammengefallen war und die restlichen Mauern tiefe Risse zeigten. Der nächste kräftige Erdstoß konnte es zum Einsturz bringen.

Lorenzo hatte den Hof erreicht. Ein paar Arbeiter sahen ihn und kamen auf uns zugerannt. »Gibt es Tote, gibt es Verletzte?«, waren Lorenzos erste Fragen.

»Keine Toten, Chef, aber mindestens vierzig Verletzte, ein paar sind sehr schwer verwundet.«

Sie lagen mitten auf dem Hof auf Kisten und Brettern und von der Nässe durchweichten Matratzen, weit genug von den einsturzgefährdeten Gebäuden entfernt. An einem Gestell waren ein paar Planen zum Schutz gegen den Regen aufgehängt worden. Einige Verletzte stöhnten laut, Frauen wimmerten, Kinder weinten, Männer brüllten sich Kommandos zu – das

Durcheinander war unbeschreiblich. Lorenzo sprang auf einen abgestellten Leiterwagen und rief: »Ruhe, Ruhe, alles mal herhören! Alle Verletzten werden ins Castello gebracht, ins Kaminzimmer. Schnell, wer tragen kann, soll mit anfassen.«

»Sie wollen nicht ins Haus, sie haben Angst, dass es einstürzt.«

»Unsinn, das Castello hält. Also los, worauf wartet ihr? Die Schwerverletzten müssen zum Transport auf Türen gebettet werden. Sucht Türen in den Trümmern! Alle Frauen und Kinder gehen in die Wirtschaftsräume, da sind sie sicher, beeilt euch!«

Zögernd setzten sich die ersten in Bewegung, dann folgten andere, schließlich strömten alle zum Haus. Einige hatten ein paar Habseligkeiten zusammengerafft, die sie in Bündeln bei sich trugen, die meisten hatten jedoch nur Mäntel oder Jacken über ihre Nachthemden und Schlafanzüge gezogen und standen nass und frierend auf dem Hof.

Während Lorenzo den Transport der Verletzten leitete, rannte ich ins Haus, um mich um Frauen und Kinder zu kümmern. Sie mussten trockene Sachen haben und warme Getränke. Aber da fingen die Schwierigkeiten erst richtig an. Es gab keinen Strom und damit keine Kochmöglichkeit, keine Heizung, kein warmes Wasser und auch kein Licht. Ich lief in die Küche und bat die Hausangestellten, die verstört und ängstlich um den Tisch herumsaßen, im ganzen Haus nach Decken zu suchen. Dann fragte ich Marisa, ob es irgendeine Möglichkeit gab, für die verstörten Menschen etwas Heißes zu kochen.

»Es gibt im Keller einen Notstromgenerator, aber keiner von uns kann ihn bedienen.«

»Was ist mit den Männern im Haus? Mit Signore Beneventi, mit den Gästen?«

»Ach, Viola, der Hausherr liegt mit einem Herzanfall im Bett, die Signora ist bei ihm und die Gäste sind alle in der Bibliothek. Ein paar versuchen, mit Handys und Funkgeräten Kontakt nach draußen zu bekommen. Die Telefone sind ja auch gestört. Ohne Strom läuft eben nichts.«

Inzwischen füllte sich das Haus mit den Menschen vom Hof. Die Halle, die Flure, die Wirtschaftsräume waren bald so voll, dass man kaum noch hindurchkam. Ich schob mich weiter in die Bibliothek. Unterwegs traf ich Lorenzo, der die Treppe hinauf zum Schlafzimmer seiner Eltern hastete.

»Viola, helfen Sie mir«, rief er, »alle Hausgäste müssen ihre Zimmer räumen, sie sollen sich in unserer Privatetage verteilen, wir brauchen ihre Zimmer für die Obdachlosen. Auf dem Hof treffen die ersten Flüchtlinge aus den umliegenden Dörfern ein. Sie erwarten von uns Hilfe und Unterkunft.«

»Ich habe verstanden, ich kümmere mich darum.«

In der Bibliothek fand ich die Gäste. Sie waren bleich, übernächtigt und außerordentlich beunruhigt, denn noch immer gab es kleine Nachbeben, die die Bücherwände wanken, die Lampen und Fensterscheiben klirren ließen. Nico starrte mich an, als wäre ich ein Geist.

»Mein Gott, Viola, ich dachte, Sie seien tot. Wie, um Himmels willen, sind Sie aus der Kellerei herausgekommen? Wo ist Lorenzo?«

»Das ist eine lange Geschichte, Nico, aber jetzt müssen Sie mir erst einmal helfen.« Ich wiederholte Lorenzos Auftrag. Aber die Gäste reagierten ängstlich, zum Teil kopflos.

»Wir haben Angst, die Zimmer oben noch einmal zu betreten!«

»Wir wollen sofort abreisen!«

»Wer kommt für unsere Schäden auf?«

»Ich verlange Schmerzensgeld!«

»Wer hilft mir beim Koffertragen?«

»Wo sind denn die Zimmer, in die wir gehen sollen?«

Die Fragen schwirrten nur so durch den Raum und wir hatten größte Schwierigkeiten, uns Gehör zu verschaffen. Nico machte deutlich, dass niemand abreisen könne, solange die Straßen nicht geräumt und gesichert seien. »Und jetzt beeilen Sie sich bitte und räumen Sie Ihre Zimmer. Das Castello ist der sicherste Ort, an dem Sie sich zur Zeit befinden können, und in einer halben Stunde werden Obdachlose aus der Umgebung die Räume brauchen.«

Endlich kam Bewegung in die Gruppe. Ich lief nach oben und suchte Lorenzo. Als ich ihn traf, war er kreidebleich und sah um Jahre gealtert aus.

»Wie geht es Ihrem Vater?«

»Schlecht, aber er ist bei Bewusstsein. Wenn man doch nur einen Arzt rufen könnte.« Wir wussten beide, dass das aussichtslos war.

»Und Enrico, hat man etwas von ihm gehört?«

»Nichts, keine Spur, meine Mutter ist auch zusammengebrochen. Im Augenblick bin ich total ratlos.«

»Wir werden Wege finden und von draußen kommt bestimmt jeden Augenblick Hilfe. Man kennt das Castello doch, man lässt uns bestimmt nicht im Stich«, versuchte ich zu trösten.

Er atmete tief durch. »Ich hoffe, Sie haben recht. Bitte verteilen Sie die Gäste erst mal auf alle Zimmer hier oben. Nur das Schlafzimmer meiner Eltern und mein Zimmer ganz hinten rechts müssen freibleiben. Bringen Sie bitte Ihre Sachen in mein Zimmer, ich möchte keine Fremden da drin haben. Ich muss runter und mich um die Verletzten kümmern.«

»Ich komme gleich nach, erste Hilfe kann ich leisten und vielleicht finden sich auch noch andere Frauen, die helfen können.«

Ich packte hastig meine Sachen in die Koffer, erklärte Nico, welche Räume freibleiben sollten, und brachte mein Gepäck in Lorenzos Zimmer. Es war ein wunderschöner, sehr elegant eingerichteter Raum. Eine Bücherwand, ein großer Kamin, ein breites Bett und ein exklusiver Teppich auf dem alten Holzfußboden – man kann eine Menge über einen Menschen lernen, wenn man sich in dem Zimmer umsieht, in dem er lebt. Aber dafür hatte ich natürlich jetzt keine Zeit. Ich suchte mir als erstes eine Pinzette aus meinem Kulturbeutel und entfernte die schlimmsten Holzsplitter aus meiner Hand, um überhaupt etwas anfassen zu können. Mit meinem Parfüm desinfizierte ich die Stellen notdürftig, ging ins Bad, zog mich aus und stellte mich unter die Dusche. Das spärlich laufende, eiskalte Wasser schüttelte den letzten Rest Müdigkeit aus meinen Knochen und ich beeilte mich mit dem Abtrocknen. Als ich gerade angezogen war, flog die Tür auf und Gina kam herein.

»Was machen Sie hier?«

»Ich habe meine Sachen hereingestellt.«

»Sie haben sich in der Zimmertür geirrt.«

»Wenn es Lorenzos Zimmer ist, bin ich hier richtig.«

»Es ist Lorenzos Zimmer, und ich teile es mit ihm.«

»Weiß er das?«

»Er wird es erfahren.«

»Ich habe jetzt keine Zeit, mich mit Ihnen zu streiten. Stellen Sie meine Sachen vor die Tür und helfen Sie unten bei den Verletzten.«

»Ich weiß selbst, was zu tun ist, und – lassen Sie die Finger von Lorenzo.«

»Aber mit Vergnügen, Sie können ihn geschenkt haben.«

»Was erlauben Sie sich?«

»Ich erlaube mir, wütend zu sein. Da unten kämpfen Menschen ums Überleben und Sie kämpfen um das Bett eines Mannes.«

»Verschwinden Sie.«

»Nichts lieber als das.«

Dummes Weib, dachte ich, da hat sich Lorenzo ja ein feines Früchtchen eingefangen. Wahrscheinlich brauchte er so ein Pendant. Mit ihrer Arroganz übertraf sie ihn sogar noch.

Während sie mit hasserfülltem Blick jede meiner Bewegungen verfolgte, stopfte ich meine Sachen zurück in den Koffer und begab mich auf die Suche nach meinem Autoschlüssel. Die schöne Gina mit dem wundervollen Haar war ein richtiger Teufel. Ich hätte besser daran getan, ihr von Anfang an aus dem Weg zu gehen, wie ich bald feststellen musste.

Sobald ich die Schlüssel gefunden hatte, ging ich wortlos an ihr vorbei aus dem Zimmer. Wenn die Tiefgarage nicht zerstört war, wollte ich alle Verbandskästen aus den Wagen einsammeln, so hatten wir wenigstens etwas für die erste Hilfe.

Auf dem Weg dorthin traf ich Angela und Carla. Die beiden wirkten sehr verstört, boten aber sofort ihre Hilfe an und ich bat sie, mich beim Einsammeln der Autoschlüssel zu unterstützen. An der Stahltür, die den Wohnbereich von der Garage trennte, traf ich Sandro. Der Hausdiener bemühte sich verzweifelt die schwere Tür zu öffnen.

»Signore Lorenzo hat gesagt, ich soll alle Autos auf den Vorplatz fahren. Die Garage liegt nur teilweise unter dem Castello, der andere Teil unter dem Garten könnte einstürzen, meint der Chef. Aber ich muss erst mal sehen, ob man überhaupt hineinkommt.«

Die Tür war so verklemmt, dass wir sie auch zu zweit nicht öffnen konnten, und ich spürte, wie die Panik, hier unten wieder verschüttet zu werden, Besitz von mir ergriff.

»Versuchen wir von außen, in die Garage zu kommen, Sandro.«

Wir liefen zurück in die Halle. Überall saßen und standen

Menschen, viele weinten, manche waren ganz still und starrten mit leerem Blick vor sich hin. Dann sah ich Neno. Der alte Fischer stand etwas abseits auf den Stufen der Treppe und rief alle Männer zusammen. Sie sollten helfen, die Frauen und Kinder auf die oberen Räume zu verteilen. Dieser alte, grau gesichtige Mann mit dem ausgefransten Strohhut, den er wohl nie abnahm, wuchs über sich selbst hinaus. Seine Worte waren klar, seine Befehle nachdrücklich und eindeutig. Niemand wagte ihm zu widersprechen und verblüfft stellte ich fest, wie sich aus dem Chaos allmählich eine gewisse Ordnung herausbildete. Überhaupt kam langsam System in das fürchterliche Durcheinander, weil einer auch in dieser furchtbaren Lage einen klaren Kopf behielt: Lorenzo!

Ich lief hinter Sandro her. Es regnete noch immer und von allen Seiten, über die Allee, über kleine Feldwege, quer über die Wiesen und durch den Garten drängten Menschen heran, nass, schmutzig, kaum bekleidet, ungekämmt und in Decken oder Mäntel gehüllt. Manche hatten ein Wägelchen dabei, Fahrräder, Kinderwagen. Ich sah ein paar Ochsengespanne, Milchkühe waren hinten angebunden, mehrere Eselkarren mit Ziegen und Schafen im Schlepptau. Es war eine stumme Menge, die da heranströmte und sich im Schutz der Mauern niederließ, grau im Grau des Tages.

Ich sah Sandro an: »Die Wagen müssen in der Garage bleiben. Hier ist bald alles voller Menschen, wo kommen die bloß alle her?«

»Sie wohnen in der Umgebung, in einzelnen Gehöften, in Dörfern. Sie suchen Schutz im Castello, das war schon immer so. Sie kommen, um zu helfen, wenn der Herr Hilfe braucht, und der Herr hilft, wenn sie in Not sind. Immer schon, seit Jahrhunderten.«

Ich nickte, ja, so war das wohl hier draußen in der Einsamkeit.

Ein neuer Erdstoß hob den Boden. Ich hörte ein paar Schreie, dann war es wieder still, und ich merkte, dass ich mich langsam an das Beben gewöhnte.

Kapitel 10

Heute wissen wir, dass mehr als zweitausend Beben die Erde bis Ende Dezember in Umbrien erschütterten und dass auch im Januar 1998 noch immer starke Erdstöße auf der Richterskala verzeichnet wurden. Wir wissen, dass mehr als hundertfünfzigtausend Menschen obdachlos und Hunderte von Ortschaften zerstört wurden. Damals wussten wir das alles nicht, wir hofften, jeder Erdstoß würde der letzte sein, und wir fürchteten, jeder könnte der schlimmste werden. Wir im Castello dell' Astore taten, was wir konnten, um zu helfen, aber es war viel zu wenig.

Während ich mit Sandro erschüttert auf die Menschenmenge starrte, die sich da ansammelte, kamen Angela und Carla, gefolgt von Linda und David, aus dem Haus.

»Wir haben die Autoschlüssel, wer hat den Mut, die Verbandskästen da unten aus der Tiefgarage zu holen?«

Sandro und David meldeten sich sofort.

»Gut, dann fangen wir Frauen schon mal an nach den Verletzten zu sehen.«

Wir gingen ins Haus zurück. »Mein Mann wird uns suchen«, versuchte Angela uns zu trösten. »Alle Medien werden von dem Beben berichten und er weiß, wo wir sind.«

»Aber die Straßen werden erst einmal unpassierbar sein«, erwiderte ich zweifelnd.

»Dann wird er einen Hubschrauber mieten, auf Roberto ist auf jeden Fall Verlass.«

»Wenn er doch gleich einen Arzt mitbringen würde oder wenigstens Pflegerinnen! Was wissen wir schon von der Behandlung Schwerverletzter?«

»Nico versucht mit dem Handy nach Rom durchzukommen, ich habe ihm unsere Nummer gegeben, vielleicht erreicht er Roberto noch vor dem Abflug.«

»Das wäre wunderbar.«

»Ja, aber die Akkus sind schon ganz schwach, und wir können sie nicht aufladen. Wer weiß, ob er ihn wirklich erreicht?« Trotzdem blieb ein Hoffnungsschimmer.

Ich dachte an Lorenzo und seinen todkranken Vater, an die verzweifelte Maria. Und Enrico, wo mochte Enrico sein? Ich kannte diesen Mann kaum, ich wusste nicht, wie er sich in Notsituationen verhalten würde, ob er so stark war wie Lorenzo und ob er sich bei einem Unfall selbst zu helfen wusste. Aber er war Lorenzos Bruder und um seinetwegen hatte ich Angst: Noch mehr Schicksalsschläge konnte er wohl kaum verkraften.

Im Kaminzimmer herrschte ein übler Geruch nach Schmutz, Schweiß, Angst, Staub und Blut. Ich öffnete als erstes die Fenster. Die Verletzten lagen auf Teppichen und Decken, auf Sesseln und Liegen und Kissen. Männer, Frauen und Kinder durcheinander. Ich wandte mich zunächst denen zu, die nur leicht verletzt schienen: Knochenbrüche, oberflächliche Quetschungen, Abschürfungen – das alles ließ sich mit unseren bescheidenen Mitteln notdürftig versorgen. Aber da waren auch Männer mit Schädelfrakturen, Wirbelverletzungen und inneren Blutungen. Mein Gott, ich war keine Medizinerin, ich hatte einen Erste-Hilfe-Kursus bei den Johannitern absolviert, doch mit so schweren Verletzungen kannte ich mich nicht aus. Ich wusste nur, dass diese Menschen auf keinen Fall bewegt werden durften. Und dabei waren sie bis jetzt ständig hin und her geschoben, getragen und vielleicht sogar geschleift worden, als man sie unter eingestürzten Mauern und schweren Holzbalken hervorgeholt, auf den Hof und dann hier herein geschleppt hatte. Ihnen konnten wir überhaupt nicht helfen, wir konnten sie nur zudecken und warm halten.

Ich bat Angela, bei ihnen zu bleiben, während Carla und Linda mir halfen, den leicht Verletzten Verbände anzulegen und Knochenbrüche notdürftig zu schienen. Sandro kam mit einem ganzen Stapel von Verbandskästen aus der Garage, aber diese kleinen Erste-Hilfe-Behälter reichten bei weitem nicht aus.

»Fragen Sie Marisa nach der Wäschekammer und bringen Sie uns Betttücher her, die wir zerreißen können«, bat ich Sandro und zeigte Carla, wie man mit einem Druckverband eine Blutung stillt.

Ein erneuter heftiger Erdstoß ließ Putz von der Decke rieseln und ein paar Teile der hübschen Stuckverzierung rund um den Kronleuchter fielen herab. Entsetzt sah ich zu der schweren, schwankenden Lampe hinauf.

»Schnell, Linda, helfen Sie mir die Leute hier fortzuziehen, bevor der Leuchter herunterkommt.«

Wir halfen den Männern und Frauen, die direkt darunter lagen, an die Seite zu kriechen. Nur ein kleines Mädchen mit einer Platzwunde an der Stirn blieb weinend sitzen. Ich nahm sie auf den Arm. »Ist schon gut, meine Kleine, wo ist deine Mama?«

Aber sie schluchzte nur und verbarg ihr Gesicht an meiner Schulter. Ich sah mich um, niemand schien sie zu kennen. »Komm, ich bringe dich erst einmal hier heraus und dann suchen wir die Mami.«

Ich griff nach einer sauberen Mullbinde und ging mit dem Kind in die Küche. Hier war sie besser aufgehoben als in diesem Krankensaal. Als ich Marisa nach Wasser fragte, um die

Wunde zu säubern, schüttelte sie mit dem Kopf. »Wir haben kein Wasser, auch die Pumpe funktioniert elektrisch, und ohne Strom –«, sie zuckte verzweifelt mit den Schultern.

»Aber ich habe doch vorhin noch geduscht.«

»Das war dann wohl ein Wasserrest in der Leitung. Jetzt kann ich Ihnen nur etwas Mineralwasser geben.« Während sie das Kind auf dem Schoß festhielt, säuberte ich die Wunde und legte einen Verband an. »Hübsch siehst du jetzt aus, mein Schatz. Nachher suchen wir einen Spiegel und dann kannst du sehen, wie schön du bist.« Langsam beruhigte sich das Kind und ich bat Marisa, die Kleine in der Küche zu behalten.

Ich musste unbedingt Lorenzo finden, wir brauchten den Generator, wir brauchten Strom für die Wasserversorgung und für wenigstens einen Kochherd. Und ein paar Männer mussten unbedingt die schweren Kronleuchter im ganzen Haus abnehmen.

Als ich auf den Wirtschaftshof kam, hörte ich, wie Lorenzo den etwa sechzig Männern, die um ihn herumstanden, Anweisungen gab: »Alle, die nach Hause gehen und sich um ihre Angehörigen kümmern wollen, können gehen. Ich habe vollstes Verständnis, die Familien gehen vor, das ist ganz selbstverständlich.« Er sah sich um. Etwa zwanzig Männer meldeten sich, er nickte ihnen zu. »Ich wünsche euch alles Gute und dass ihr durchkommt. Wenn ihr Unterstützung braucht, kommt her und gebt Bescheid.«

Dann sah er die anderen an. »Euch muss ich um Mithilfe bitten. Ich brauche einen Trupp, der mit Traktor, Anhänger und Werkzeug loszieht und die Straße kontrolliert. Wir können keine Hilfe von außen erwarten, wenn niemand zu uns durchkommt. Alfredo übernimmt die Leitung.« Er zeigte auf einen groß gewachsenen Mann, der sofort etwa fünfzehn Männer um sich gruppierte.

Ich lief über den Hof und rief Lorenzo zu: »Der Notstromgenerator im Haus muss angeworfen werden, die Frauen können das nicht.« Doch Lorenzo hatte sich bereits seiner nächsten Aufgabe zugewandt, er hörte mich nicht. Oder ignorierte er mich? Jetzt, wo das Erdbeben unseren Streit über meine Reportage hinfällig gemacht hatte, hatte ich für ihn vielleicht an Bedeutung verloren. Aber jetzt war nicht die Zeit, dem weiter nachzugehen. Während Lorenzo seine Anweisungen gab, wandte ich mich dankbar an Leandro. Er wenigstens hatte mich gehört und kam auf mich zu.

»Ich komme mit, wir haben den gleichen Generator in der Kellerei. Zeigen Sie mir, wo er steht.«

»Fragen Sie Marisa. Sie weiß Bescheid.«

Er lief zum Haus, während ich noch einen Augenblick lang Lorenzo beobachtete. Er hatte sich noch nicht umgezogen, nur einen Regenmantel hatte er umgehängt. Man sah, dass er am Ende seiner Kräfte war, und doch war er es, der dieses ganze Chaos auffing mit seinen langen, schlanken Händen, die fast zu schön waren für einen Mann und die ich so gern auf meinem Haar gespürt hatte. Alle anderen Männer hier auf dem Hof wirkten so verstört und hilflos und ohne jede Eigeninitiative, dass man Angst um sie haben musste.

Doch nein, es gab einen, dem ich Unrecht tat, wenn ich ihn mit den anderen gleichsetzte, das war Marco, der Koch. Er war mit seinen Männern vor ein paar Tagen gekommen, um die Saisonarbeiter während der Weinlese zu versorgen, und wollte nun versuchen, wie er erklärte, mit den wenigen Lebensmitteln und den primitiven Kochmöglichkeiten die Arbeiter und Flüchtlinge zu versorgen. Ich hörte, wie er sagte: »Jetzt kann man wirklich zeigen, was in einem drinsteckt. Ich bin für die Verpflegung der Leute eingestellt worden und jetzt werde ich sie auch versorgen.«

Er hatte an der Stelle, wo vor wenigen Tagen gefeiert, wo Spanferkel am offenen Feuer gegrillt und Schweinswürstchen mit Brot geröstet worden waren, Feuer gemacht und Kessel aufgehängt. Mit Öl, Safran, Reis und Gewürzen war er dabei ein Risotto zu kochen und über einem zweiten Feuer Kaffee. Wasser holte sein Gehilfe aus einem Brunnen hinter dem Stall, aus dem wohl früher das Vieh getränkt wurde. Dieser Brunnen mit Winde, Seil und Eimer funktionierte ohne Strom und war jetzt unsere einzige Wasserquelle zum Kochen, Waschen und für die Hygiene.

Es war fast Mittag. Beunruhigt von dem Gedanken, überflüssig und unwillkommen zu sein, ging ich zum Haus zurück. Der Streit während unserer Reise, die gemeinsame Todesangst in der Kellerei und die Freude, aus dem Tunnel entkommen zu sein, was war davon geblieben? Hatte ich mir nur eingebildet, dass uns diese Erfahrungen einander näher gebracht hatten?

Als ich das Haus fast erreicht hatte, hörte ich ein fernes Motorengeräusch. Dann erkannte ich das Knattern der Rotorflügel eines Hubschraubers. Es kam aus dem Garten. Mein Gott, sollte Angela Recht behalten haben? Ich lief um das Haus herum. Auf der Wiese, auf der ich noch vor wenigen Tagen mit Isabella und den Kindern gespielt hatte, war ein Helikopter gelandet. Angela und Carla kamen über die Terrasse gelaufen, winkten, riefen. Die Tür wurde aufgeschoben und ein stämmiger, gutmütig und warmherzig wirkender Mann sprang heraus. Er winkte lächelnd.

»Roberto, ich wusste, dass du kommst!« Angela fiel ihm lachend um den Hals und auch Carla lief in seine ausgebreiteten Arme.

»Los, Mädchen, worauf wartet ihr noch, steigt ein«, hörte ich ihn sagen, als ich herankam. Formlos stellten wir uns vor: »Roberto Fiorelli«, »Viola Wagner«, und dann hörte ich erleichtert, wie Angela sagte: »Roberto, wir bleiben! Wir werden hier gebraucht. Nimm an unserer Stelle Signore Beneventi mit, der muss sofort in eine Klinik.«

»Und seine Frau auch, Papa, sie ist völlig am Ende«, fügte Carla hinzu.

Fiorelli zögerte keinen Augenblick. »Selbstverständlich, bringt sie her.«

Ein paar Männer, die sich eingefunden hatten, liefen los, um Lorenzo zu benachrichtigen. Wenige Minuten später wurden die Beneventis gebracht. Ernesto lag in Decken gehüllt auf einer provisorischen Trage, Maria ging neben ihm und hielt seine Hand.

»Es kann noch eine dritte Person mit«, erklärte Fiorelli, »ich bleibe auch hier und helfe.«

Dann gab er dem Piloten Anweisungen, in welche Klinik er fliegen und an welchen Arzt er sich wenden sollte, weil er ein Freund von ihm sei. Und während die Männer einen der Schwerverletzten holten, notierte er für den Piloten, was er auf dem Rückflug mitbringen sollte: Verbandszeug, Medikamente, fertige Babynahrung, Decken, trockene Kleidung.

Der Pilot zögerte: »Sie haben die Maschine nur für einen Flug gechartert, Signore, ich weiß nicht, was mein Chef zu weiteren Flügen sagen wird.«

Fiorelli zog einen Scheck aus der Brieftasche, füllte ihn aus und reichte ihn in die Kanzel. »Das wird Marinelli überzeugen, dass ich die Maschine in den nächsten Tagen brauche. Und nun fliegen Sie los, für die Kranken kommt es auf jede Minute an.«

Ich war sprachlos über die schnellen Entschlüsse dieses Mannes und darüber, was Geld, sehr viel Geld wahrscheinlich, bewirken kann. Und ich staunte wieder einmal über diese sogenannten Freundschaften in Italien. Die Leute hier kannten immer jemanden, der gerade helfen konnte, der einem etwas schuldete oder zu Dank verpflichtet war. Das war mir schon oft aufgefallen.

Dann beobachtete ich, wie Lorenzo traurig und bedrückt

seinen Vater umarmte und die Mutter küsste. Minuten später war der Helikopter im Dunst der niedrigen Wolken verschwunden.

»In drei bis vier Stunden kann er zurück sein, wir sollten die nächsten Schwerverletzten für den Transport vorbereiten«, sagte Angelas Mann und bat uns, ihn einfach Roberto zu nennen.

Wir kamen zum Vorplatz des Hauses und Lorenzo sah zum erstenmal die Menschen, die hier lagerten. Mehr als hundert mussten es inzwischen sein: müde und verstört aussehende alte Männer, ängstliche und verzweifelte Frauen und viele kleine, weinende Kinder überall dazwischen. »Es gibt hier nur wenig junge Männer, die uns helfen könnten«, stellte Roberto fest.

»Die sind seit Jahren in die größeren Städte abgewandert, wovon sollen sie hier draußen leben?«, erwiderte Lorenzo. »Sie kommen höchstens als Saisonarbeiter für wenige Wochen zurück, wenn sie ihren Arbeitsplatz in der Stadt nicht dadurch gefährden.«

Lorenzo begrüßte einige der alten Männer mit Handschlag. »Sorgt dafür, dass die Frauen und Kinder ins Haus kommen. Ihr könnt euch hinten auf dem Hof warmes Essen holen. Und dann versorgt die Tiere. Sie können auf den Wiesen weiden, aber bindet sie an, damit sie nicht weglaufen, wir werden jeden Liter Milch brauchen. Der Rasen im Garten sollte aber freibleiben als Landeplatz.«

Die Männer nickten. Einige nahmen die Kühe, Schafe und Ziegen und banden sie an Obstbäumen und Zypressen fest. Die anderen Männer halfen den Frauen und den Kindern und trugen die Bündel ins Haus. Dann gingen sie traurig und erschöpft zum Hof, um sich ihr Risotto zu holen. Sie waren seit vielen Stunden quer über das Land gezogen, um das Castello zu erreichen.

In der Halle kam uns Nico entgegen. »Ich habe Funkkontakt zu einer Militäreinheit bei Foligno. Sie werden uns Zelte und Lebensmittel schicken, wenn sie durchkommen. Lorenzo, es muss furchtbar aussehen da draußen. Es ist das schwerste Erdbeben, das es jemals hier gab. Tausende sind obdachlos, viele Dörfer sind total zerstört und die meisten Straßen auch. Und man rechnet damit, dass die bisherigen Beben nur ein Vorgeplänkel sind, dass der richtige Schlag erst noch bevorsteht.«

Wir starrten ihn entsetzt an und Roberto nickte: »Das wird auch in den Nachrichten betont, deshalb wollte ich meine Frauen hier herausholen. Aber sie haben natürlich Recht, wenn sie bleiben und helfen wollen. Wie kann ich mich denn nützlich machen?«

Lorenzo bat ihn, den Straßentrupp zu begleiten und die Strommasten zu kontrollieren. »Wir müssen die Wege reparieren, wenn wir Hilfe von außen erwarten. Und wir brauchen Strom.«

»Gut, ich bin dabei. Und ihr, passt gut auf euch auf«, rief er Angela und Carla nach, die schon auf dem Weg ins Kaminzimmer waren.

Kapitel 11

Nico hatte mit seinen schlechten Nachrichten nicht übertrieben. Einer der Gäste besaß ein Transistorradio mit Batteriebetrieb und darin wurde bestätigt, was wir soeben gehört hatten. Mehrfach wurde auch betont, dass Assisi schwer getroffen und zahlreiche Kunstschätze zerstört worden seien. Zu all dem Chaos, mit dem Lorenzo fertig werden musste, kam nun auch noch die Sorge um seinen Sohn, der ja ganz in der Nähe von Assisi stationiert war. Nico, der ihm die Sorgen ansah, sagte tröstend: »Das Militär ist in verhältnismäßig neuen Kasernen untergebracht, ich glaube, du brauchst dir keine Sorgen um Francesco zu machen.«

»Das ist es nicht«, erwiderte Lorenzo, »aber die Männer werden bei den Rettungsaktionen eingesetzt, bei der Bergung von Verschütteten, bei der Rettung von Kunstschätzen, und das bei dem ständigen Beben; das ist es, was mir Sorgen macht.«

Nico nickte. »Das stimmt allerdings, aber was sollen wir machen? Willst du versuchen, hinzufahren? Kann ich dir irgendwie helfen? Den Kontakt an dem Funkgerät kann jetzt auch ein anderer halten.«

Er zeigte in das kleine Büro, in dem drei Männer gedrängt zusammensaßen und mit Handys, Walkie-Talkie und eben diesem Funkgerät versuchten, Verbindung nach draußen zu bekommen. »Ich fürchte, ich kann hier nicht weg. Wir wissen ja auch noch gar nichts über den Straßenzustand.«

Lorenzo sah sich um und winkte eine junge Frau herbei, die Enrico für Büroarbeiten eingestellt hatte.

»Laura, bitte, lassen Sie sich erklären, um was es geht, und halten Sie die Funkkontakte, es ist sehr wichtig, bitte.«

Laura, eine zierliche, dunkelhaarige Frau, war sofort bereit. Sie setzte sich an das Gerät und ließ sich die Funktionen erklären, bevor sie den Kopfhörer aufsetzte und zustimmend nickte. »Ich komme damit zurecht, keine Sorge, Signore Beneventi.«

»Nico, du musst helfen, Lebensmittel aufzutreiben und einzuteilen. Es wird knapp werden, bei all den Menschen, die hier Hilfe suchen. Ich habe keine Ahnung, welche Vorräte Marisa hat und was Marco mitgebracht haben könnte. Wer weiß, wann Nachschub kommt.«

Nico sah mich an. »Können Sie mir helfen, Viola?«

»Natürlich, die Verletzten werden jetzt von anderen Frauen versorgt.«

Lorenzo, der uns zugehört hatte, erinnerte: »Denkt daran, wir haben vorerst nur offene Feuerstellen draußen. Den Generator, wenn er überhaupt Strom liefert, müssen wir sehr behutsam einsetzen, vielleicht nur für Kranken- und Kinderkost.«

Als Lorenzo und Roberto zum Ausgang liefen, rief ich hinterher: »Schicken Sie bitte ein paar Männer herein, die die Kronleuchter abnehmen und die schweren Wandregale abstützen.«

Lorenzo winkte kurz zurück. »Machen wir.«

Ich überlegte, wie ich Marisa möglichst diplomatisch um Dinge bitten konnte, die sie sonst in absoluter Alleinherrschaft erledigt hatte. Ich wollte sie auf keinen Fall bevormunden oder mich in ihre Kompetenzen einmischen. Aber in der Küche hatte Gina die Sache in die Hand genommen. Während

Marisa verärgert in einer Ecke stand und das Kind mit der Kopfwunde im Arm hielt, befahl Gina den beiden Küchenmädchen, Feuer in einem uralten Kohleherd zu machen, um Wasser abzukochen und Kaffee aufzubrühen.

Als sie uns sah, rief sie: »Machen Sie sich nützlich, wir brauchen Wasser und Holz, Zeit zum Herumstehen hat hier niemand.«

»Kommen Sie, Viola.« Nico drehte mich an den Schultern herum und schob mich aus der Tür. Marisa kam hinter uns her. Aufgebracht sagte sie: »Die hat mir gerade noch gefehlt! Kann man die Signora nicht hier draußen beschäftigen? Sie bringt alles durcheinander und verärgert mir die Leute.«

»Ich lass mir etwas einfallen«, beruhigte Nico die aufgebrachte Frau und versicherte, »wenn sie weg ist, kommen wir wieder.«

Streit unter den Mitarbeitern war wirklich das Letzte, was wir jetzt brauchen konnten, aber Nico tat sein Möglichstes, um Schlimmeres zu verhindern. Er ging zu Lorenzo, der noch am Hallenausgang stand: »Du musst Gina beschäftigen, sie macht das Küchenpersonal verrückt.«

»Was? Ich denke, sie ist längst in Terni. Ich habe sie seit drei Tagen nicht gesehen.«

»Du warst ja auch nicht hier.«

»Und was soll ich mit ihr machen? Ich kann sie hier draußen weiß Gott nicht gebrauchen. Lass du dir etwas einfallen und verschone mich mit solchem Kleinkram.«

Mit diesen Worten stürmte er nach draußen. Nico grinste und auch ich konnte nicht verhehlen, dass ich mich freute. Nur das Problem selbst hatten wir nicht gelöst.

»Sie wird niemals das tun, was wir ihr sagen.«

»Damit dürften Sie Recht haben, Nico.«

Gerade als wir die Küche wieder betraten, kam Betty, die kleine Schottin, weinend hinter uns hergelaufen.

»Mein Gott, Betty, was ist denn los?«, fragte ich erschrocken.

»Meine ganzen Sachen sind weg, ich finde meine Sachen nicht mehr. Die Koffer, die Handtasche, meine Papiere und das ganze Geld, nichts ist mehr da.«

»Aber, das ist ganz unmöglich. Hier stiehlt doch keiner.«

»Da oben herrscht ein furchtbares Durcheinander. Niemand weiß, in welches Zimmer er gehen soll, und unsere Räume sind bereits voller Flüchtlinge. Kann denn keiner für Ordnung da oben sorgen?«

Gina fühlte sich sofort angesprochen. Energisch strich sie ihr dichtes Haar zurück, nahm die weinende Frau an die Hand und erklärte: »Ich sorge für Ordnung. Das haben wir gleich erledigt.«

Wir atmeten auf und ich überlegte, wie ich Marisa beruhigen und um Kooperation bitten konnte.

»Marisa, Signora Beneventi ist mit ihrem Mann in eine Klinik nach Rom geflogen. Sie werden sie jetzt vertreten müssen. Würden Sie das tun?«

Sie nickte sofort. »Ich habe es schon gehört. Was machen wir als erstes?«

Sie bezog mich mit ein, das war schon mal gut.

»Lorenzo bittet um eine Liste der Lebensmittelvorräte. Er ist in Sorge, wie er die vielen Menschen satt bekommen soll.«

»Ja, das wird nicht ganz leicht sein. Wir haben uns schon Notizen gemacht«, und sie nahm dem Jungkoch ein Blatt Papier ab.

»Reis, Mais, Mehl, Öl, Kaffee, Zucker und Gewürze haben wir reichlich und die Gefriertruhen sind voll mit Fleisch und Wurst, aber die Sachen verderben natürlich ohne Strom und müssen sofort verbraucht werden. Mit frischen Lebensmitteln werden wir Probleme bekommen. Milch, Eier, Gemüse und Kartoffeln fehlen.«

»Draußen gibt es ein paar Kühe, Schafe und Ziegen, sie werden uns Milch liefern, wenigstens für die Kinder.«

»Ein paar Arbeiterfrauen haben hinter den Stallungen Hühner gehalten, vielleicht bringen sie uns Eier.«

Ich nickte. »Was ist mit Nenos Fischen?«

»Er ist unterwegs, um nach dem Fischteich zu sehen.«

»Allein? Ist das nicht zu gefährlich?«

»Ach, der kennt sich hier bestens aus«, beruhigte mich Marisa.

»Wie sieht es mit Teigwaren, mit allen Arten von Pasta aus?«, erkundigte ich mich.

»Die haben wir immer frisch zubereitet, da gibt es keine Reserven. Aber der Koch draußen, der müsste eine Menge mitgebracht haben, der hatte bestimmt nicht vor, die vielen Arbeiter mit handgemachter Pasta zu verwöhnen.«

»Zu ihm gehen wir gleich«, erklärte Nico und sah sich um. »Könnten Sie jemanden bitten, im ganzen Haus die Kerzen einzusammeln? Die brauchen wir spätestens heute Abend.« Marisa nickte und machte sich Notizen. »In einem der Schuppen standen Fässer mit Petroleum und irgendwo hingen auch Lampen herum, vielleicht gibt es die noch.«

»Das werden wir nachprüfen, wenn wir draußen mit dem Koch gesprochen haben. Was macht eigentlich der Generator?«

»Leandro arbeitet daran, aber ein Fachmann ist er ja auch nicht.«

»Wenn er funktioniert, Marisa, bitte versorgen Sie als erstes die Kleinkinder.«

»Mach' ich«, erklärte sie fast vergnügt, und ich hatte den Eindruck, sie freute sich, das Zepter wieder in der Hand zu halten.

»Noch eine Bitte, Marisa: Alle Leute, die Lebensmittel haben, also Eier, Milch und was auch immer, müssen verpflichtet werden, die Sachen hier abzuliefern. Könnten Sie dafür sorgen?«

»Ich denke schon, wenn es bei den Fremden auch vielleicht nicht einfach sein wird.«

Auf dem Weg nach draußen trafen wir Betty wieder. Sie sah erleichtert aus und erklärte: »Ich habe meine Sachen wieder. Linda hatte sie mitgenommen, weil ich nicht da war, als die Zimmer geräumt wurden.« Betty, die hierher gekommen war, um Sonne zu tanken und nun in ein solches Chaos geraten war, hatte die Arme voller Kleidung und war im Begriff, die Sachen unter ein paar Frauen zu verteilen.

»Ich denke, das Zeug wird hier dringender gebraucht als oben in meinem Koffer.«

Ich nickte. »Das ist eine gute Idee, Betty, bitte fragen Sie doch auch die anderen Gäste nach Kleidung, die sie entbehren können. Sie sehen ja, die meisten sitzen hier in Nachthemden.«

»Ich kümmere mich darum. Kann ich sonst noch helfen?«

»Ja, wir haben einige Mütter mit mehreren Kleinkindern, die brauchen dringend Hilfe.«

»Ich werde nach ihnen sehen, Viola.«

Draußen hatte es endlich aufgehört zu regnen. Einige alte Männer versuchten, den Eingang zur Kellerei freizuschaufeln, andere waren bemüht, aus dem einsturzgefährdeten Wohnheim alles zu bergen, was sich bewegen ließ. Eine lebensgefährliche Angelegenheit, aber für viele war es der einzige Besitz, den sie und ihre Familie hatten.

Während der Gehilfe einen Kessel mit Risotto zu den Frauen und Kindern ins Haus tragen ließ, hatte sich neben dem Koch eine lange Schlange von Männern gebildet, die ihr Essen in Empfang nahmen. Wir reihten uns mit ein und erhielten unsere Kelle Reis. Ich ging in die Halle und setzte mich auf eine Treppenstufe, um mein Risotto zu verzehren. Hier drinnen roch es schrecklich nach nasser Wäsche, Schweiß, Kinderwindeln und gekochtem Reis. Aber ich blieb sitzen. Mir zitterten die Knie vor Erschöpfung. Nico war mir gefolgt und ließ sich neben mir nieder. Er sah mich nicht an, als er leise sagte: »Eine schreckliche Sache, in die wir da hineingeraten sind. Es tut mir so leid, Viola.«

»Ach, Nico, ich weiß überhaupt nicht mehr, woran ich bin. Ich möchte weg und kann nicht. Ich weiß, dass ich nicht hierher gehöre, und man lässt es mich ja auch deutlich spüren. Es ist alles so schwierig geworden, alles hat sich geändert. Was gestern wichtig war, ist heute Nebensache, und wie die Zukunft aussieht, weiß überhaupt keiner mehr.«

»Wollen Sie sich ein bisschen hinlegen? Im Augenblick ist hier etwas Ruhe eingekehrt. Sie können mein Bett benutzen. Ich bin mit zwei Gästen in Enricos Zimmer gezogen.«

»Lorenzo hat mir sein Zimmer angeboten, aber Gina hat mich hinausgeworfen.«

»Was hat sie gemacht?«

»Sie hat mich hinausgeworfen. Sie teile das Zimmer mit Lorenzo und ich solle die Finger von ihm lassen.«

»Und was sagt Lorenzo dazu?«

»Keine Ahnung, es ist mir auch ziemlich egal. Ich nehme Ihr Angebot gerne an.«

Wir gingen nach oben. Vor dem Zimmer von Lorenzo lagen alle meine Sachen auf dem Boden. Hoffentlich hatte Gina mir meinen Minicomputer und die Fotoapparate nicht zerschlagen, aber ich war viel zu müde, um mich aufzuregen. Nico half mir beim Aufsammeln und brachte mich in Enricos Zimmer. Ich konnte mich kaum noch auf den Beinen halten.

»Nico, wo ist eigentlich Lorenzo?«

»Ich glaube, er sucht Enrico.«

»Was? Allein? Wie konnten Sie ihn weglassen?«

»Ich sah ihn im Jeep wegfahren, gleich hinter der Gruppe her, die die Straße kontrollieren soll.«

»Aber Enrico kann sonstwo sein, vielleicht ist er sogar bis Terni durchgekommen?«

»Ich weiß es nicht. Ich weiß nur, dass kein Mensch Lorenzo hätte aufhalten können. Er ist vollkommen außer sich, müssen Sie wissen.«

»Aber er kann uns doch hier nicht allein lassen!«

»Er kann! Er hat alles getan, was in seiner Macht stand. Er hat Ordnung in das Chaos gebracht, er hat die Aufgaben verteilt, die Menschen beruhigt, Hilfe angefordert – lassen Sie ihm jetzt Zeit für seine Verzweiflung. Ich fürchte, er wird Enrico nicht finden, und er muss eine Weile allein sein. Im Augenblick kann ihm keiner helfen.«

Mir wurde übel. Ich weiß nicht, ob es am Essen oder an der Angst lag.

»Ich muss mich etwas hinlegen, Nico, ich fühle mich nicht gut. Bitte wecken Sie mich in einer Stunde.«

»Kann ich noch etwas für Sie tun?«

»Nein danke, aber vergessen Sie nicht, mich zu wecken.«

»Mach' ich, Viola.«

Überall in der Privatetage der Beneventis standen die Türen offen und die Gäste unterhielten sich von Zimmer zu Zimmer, diskutierten, hörten Radio, beurteilten die Lage und hatten Angst, das spürte man ganz deutlich.

Ich zog die Schuhe und die nassen Sachen aus und rollte mich in dem Doppelbett unter der Decke zusammen. Ich war schon eingeschlafen, bevor mein Kopf das Kissen berührte. Wach wurde ich, als jemand an meinen Arm stieß. Aber nicht Nico hatte mich geweckt, sondern Lorenzo, der neben mir lag und fest schlief. Er war also wieder da. Aber warum lag er in Nicos Bett und nicht in seinem eigenen? Einen Augenblick betrachtete ich ihn. Sein Atem ging gleichmäßig und sein Gesicht zeigte wieder die gesunde Bräune, die ich kannte. Vorsichtig schlüpfte ich aus dem Bett, suchte saubere Kleider aus dem Koffer und ging ins Bad. Draußen wurde es schon dämmerig. Ich hatte vier Stunden tief geschlafen. Ich zog mich leise an, bürstete mein Haar und schlich auf den Flur. Hier war es inzwischen still geworden. Die meisten Türen waren geschlossen.

In der Halle war alles unverändert. Ich hätte gern die Tür nach draußen geöffnet, um ein wenig frische Luft hereinzulassen, aber ich sah, wie die Leute in ihren immer noch nassen Sachen froren. Nico und Roberto fand ich in dem kleinen Büro neben dem Funkgerät.

»Lorenzo hat nicht erlaubt, dass ich Sie wecke«, erklärte Nico entschuldigend und sah mich mit großen Augen an. Ich sah, dass er wusste, wo Lorenzo schlief, und ich wusste auch, was er dachte, und beruhigte ihn: »Ich habe wunderbar geschlafen und Lorenzo gar nicht gehört. Wieso kam er so zeitig zurück?«

»Nach knapp zehn Kilometern ist die Straße dicht. Eine Geröllawine hat sie versperrt. Jetzt arbeiten die Männer daran«, erklärte Roberto, »wir sind zusammen zurückgefahren. Es kann eine Weile dauern, bis dort jemand durchkommt. Lorenzo hat zwar den Schneepflug hingeschickt, aber was kann der schon ausrichten?«

»War der Hubschrauber noch einmal da?«

»Ja, er hat zwei Sanitäter mitgebracht und Tragen, Medikamente und Decken. Auf dem Rückflug hat er wieder drei Verletzte mitgenommen, die schwersten Fälle sind jetzt in Rom gut versorgt. Morgen bringt er Trockenmilch, Babynahrung, Windeln und zwei oder drei kleinere Zelte. Gut, dass ich diesen kleinen Helikopter für uns chartern konnte. Ich habe inzwischen gehört, dass die meisten anderen Hubschrauber dem Katastrophenschutz unterstellt wurden.«

Ich fand es wunderbar, wie dieser fremde Mann sich für das Castello einsetzte. Auch meine Meinung über Angela und Carla musste ich revidieren. Ich hatte sie für oberflächlich und egoistisch gehalten und nun gehörten sie zu den wenigen, die sich vollkommen selbstlos für andere Menschen einsetzten. Auch Linda und Betty waren noch unermüdlich unterwegs, um Müttern und Kindern zu helfen. Durch die engagierte Hilfe aller kam allmählich eine gewisse Ordnung in das Chaos, entstand ein System, und das Durcheinander wurde überschaubar.

Nicht nachgelassen hatten die Beben. Mindestens einmal pro Stunde versetzte ein heftiger Stoß alle in Angst und Schrecken. Ich war gerade auf dem Weg in die Küche, als es wieder losging. Aber Angst hatte ich eigentlich keine mehr. Ich blieb stehen, stützte mich an der dicken Außenmauer ab und dann war der Stoß auch schon wieder vorbei. In der Küche kochte Marisa Kinderbrei, als sei nichts gewesen. »Der Generator läuft«, erklärte sie, »aber wir nehmen nur Strom für einen Herd und für die Trinkwasserpumpe. Alle anderen Leitungen hat Leandro abgeschaltet.«

Von der Decke hingen zwei Petroleumlampen und ich sah, dass auch das Lichtproblem gelöst war. Als ich auf den Hof kam, empfing mich ein Duft von Holzfeuer und frischem Brot. Neugierig ging ich näher. Aus herausgebrochenen Mauersteinen, Geröllbrocken und Lehm hatte Marco einen Backofen zusammengebastelt, in dem nun die leckersten Brote braun und knusprig wurden. Mindestens zwanzig fertige Brote lagen bereits auf Brettern und kühlten ab. Und dann kam mir Leandro auch noch mit einem Becher Wein entgegen.

»Wir haben eine kleine Öffnung in die Kellereimauer geschlagen. Ein paar Fässer vorn sind unbeschädigt, wie es weiter hinter aussieht, wissen wir noch nicht, Lorenzo hat das Betreten der Gewölbe verboten. Aber vorne haben wir erst mal einen Fünfzig-Liter-Kanister abgefüllt, bevor er was sagen konnte. Hier, Viola, trinken Sie, Sie haben es verdient.«

Ich bedankte mich und nahm den Wein und dann ließ ich mir ein Stück Brot abschneiden und setzte mich neben den wärmenden Ofen. Mit einem dicken Pinsel strich Marco Olivenöl über den Kanten und streute etwas Salz darüber. Es schmeckte köstlich. Und dann dachte ich an Lorenzo und wie gut es ihm tun würde, dass er etwas zur Ruhe gekommen war. Da hatten wir also zusammen geschlafen – etwas anders zwar, als ich mir das erste Mal so vorgestellt hatte, als es noch dieses Kribbeln im Bauch gab – aber das war ja nun vorbei.

Und dennoch, in diesem Augenblick fühlte ich mich wunderbar. Leider dauerte das Gefühl nicht lange, denn die profane Wirklichkeit überdeckte alles: Nicht weit von mir besprach Leandro mit einigen Männern den Bau von Latrinen im Gehölz hinter der Cantina. Eine Anlage zum Waschen sollte dann in der Nähe der alten Pumpe entstehen und ich merkte erst jetzt, wie groß das Problem fehlender sanitärer Anlagen war. Auch für die Frauen und Kinder im Haus gab es noch keine Lösung, denn die Toiletten in den Gästezimmern und in den Wirtschaftsräumen hatten kein Wasser.

Dann erinnerte einer der Männer Leandro an die Chemietoiletten, die für die Zeit der Ernte in den Weinbergen aufgestellt worden waren, und Leandro beauftragte einige Männer, sie am nächsten Morgen mit einem der Traktoren einzusammeln und für die Frauen aufzubauen.

Als er an mir vorbeikam, fragte ich: »Was glauben Sie, wie viele Menschen sind jetzt hier?«

»Schwer zu sagen, Viola, zwei- bis dreihundert vielleicht. Aber es kommen ständig mehr. Es ist ja nicht nur das Beben, das die Dörfer zerstört, viele Häuser und Gehöfte sind abgebrannt, weil die Feuer, mit denen sie gekocht und geheizt haben, außer Kontrolle geraten sind. Nachts ist es weiter oben schon recht kalt, da bleiben die Öfen an.«

Ich hörte die Verzweiflung und das Mitleid in seiner Stimme und er tat mir sehr leid.

»Haben Sie Angehörige, die betroffen sein könnten?«

»Es gibt Verwandte in Foligno, aber man kommt ja nicht hin. Außerdem, hier bin ich zu Hause und werde gebraucht.«

»Ja, Leandro, ein Glück für Lorenzo, dass Sie da sind.«

»Danke.«

Dann drehte er sich um und erklärte lachend: »Ich glaube, ich muss jetzt den Latrinenbau beaufsichtigen. Keiner von uns hat eine Ahnung, wie so etwas angelegt werden muss.«

Kapitel 12

Es war unglaublich, welche Talente die Not freisetzte, wie diese Menschen über sich selbst hinauswuchsen. Ich musste mir unbedingt Notizen machen. Diese Katastrophe, die uns so zusammenschweißte, würde ich mein Leben lang nicht vergessen, aber die Einzelheiten, die unzähligen Kleinigkeiten, die das hier zusammenhielten und so Großes bewirkten, die würden eines Tages vergessen werden, und das wäre ein wirklicher Verlust: Leandro, der Kellermeister, der jetzt aus Holz einfache Latrinen für die Flüchtlinge baute, Marco, der Koch, der aus Trümmern seinen Backofen bastelte, Roberto, der ein Vermögen zahlte, um Freunden zu helfen, Angela und Carla, die mit hübsch lackierten Fingernägeln Bettpfannen leerten und Knochen schienten, und Betty, die ihren Koffer ausräumte. Dabei fiel mir ein, dass ich meine Sachen auch sortieren musste. Viel war es nicht, was ich fortgeben konnte, die wenigen warmen Sachen hatte ich an und meine dünnen Sommerkleider würden kaum jemandem helfen. Nur meine Wollstola, die konnte ich weggeben.

Dabei fiel mir wieder das Cashmeretuch von Lorenzo ein und die Streiterei in Pesaro. Mein Gott, wie überflüssig das doch alles gewesen war. Wir hatten inzwischen zusammen Todesangst ausgestanden, gemeinsam ums Überleben gekämpft. Mich hatten diese Erfahrungen verändert, das spürte ich genau. Aber Lorenzo? Er war so fremd geblieben wie vorher, so abweisend und unnahbar. Warum nur? Konnte nicht mal ein Erdbeben den Panzer um seine Seele durchbrechen oder hatte er tatsächlich keine Gefühle mehr? Ein freundliches Wort, ein Händedruck, ein Blick hätten doch schon genügt, um das Gefühl, irgendwie zusammenzugehören, zu bestätigen. Aber von Lorenzo kam nichts dergleichen. Nicht die kleinste Geste zeigte, dass uns etwas verband – oder verbunden hatte. Zweimal hatte er mich direkt um Hilfe gebeten, das war aber auch alles.

Konnte er nicht vergessen, was ich ihm an den Kopf geworfen hatte? Schließlich war er mit mir ja auch nicht gerade zimperlich umgegangen. War er so nachtragend, so wenig bereit, persönliche Konsequenzen zu ziehen, so stur, dass er nicht einmal angesichts dieser Tragödie von seiner Arroganz ablassen konnte? Weshalb lehnte er mich so sehr ab? Was hatte ich falsch gemacht, jetzt und hier, als das Chaos uns alle in ein und dasselbe Boot zwang? Hatte ich zu viel Eigeninitiative entwickelt? Hatte ich mich in Dinge gemischt, die mich nichts angingen, oder Anweisungen gegeben, die nur er hätte geben dürfen? Hatte ich ihn vor den Kopf gestoßen, als ich selbständig handelte, hätte ich ihn öfter fragen müssen?

Ich wusste es nicht. Ich war ein Mensch, der zupackte, wenn er gebraucht wurde, der schnell und selbständig reagierte, und das konnte doch in dieser Situation kein Fehler sein. Wir hatten hier ohnehin keine Zeit für lange Diskussionen. Aber wenn Selbständigkeit der Grund für Lorenzo war, mir aus dem Weg zu gehen – und das tat er –, dann würde ich mich eben in Zukunft zurückhalten.

Ich ging hinauf, um meinen Koffer nach Kleidung für die Frauen zu durchsuchen.

Drinnen waren Kerzen aufgestellt, die Halle und Flure in spärliches Licht tauchten. Enricos Zimmer war leer, das Bett gemacht, mein Koffer ausgepackt und meine Kleidung in einem Schrank aufgehängt. Anscheinend hatte eines der Hausmädchen hier aufgeräumt. Ich bewunderte die gute Marisa, die in dem ganzen Chaos versuchte, einen funktionierenden Haushalt aufrechtzuerhalten.

Ich nahm die Wollstola und ging hinunter. Inzwischen war es spät geworden, fast Mitternacht. Ich schenkte die Stola einer alten Frau, die ein kleines Kind auf dem Schoß wiegte, und ging nach draußen. Ich setzte mich auf die Terrassenstufen und sah in den Garten. An einigen Stellen brannten kleine Feuer, da wärmten sich wohl ein paar Männer, die dort lagerten. Die Wolkendecke war aufgerissen und hin und wieder war ein Stern zu sehen. Trotz der vielen Menschen, die sich hier draußen aufhielten, war es sehr still. ›Die Stille vor dem Sturm‹, ging es mir durch den Kopf, aber ich schüttelte den Gedanken schnell wieder ab. Es war zu kühl, um lange hier zu sitzen. Ich stand auf und schlenderte um das Haus herum zum Hof. Auch hier war es ruhig geworden. Die Männer hatten sich auf Säcke und Decken und Planen gelegt, zwei kleine Zelte waren aufgebaut worden, in denen Marco seine Lebensmittelvorräte gestapelt hatte, und nur vom Brunnen wehten noch einige Stimmen herüber.

Bedrückt ging ich ins Haus zurück. Die Erdstöße hielten an, aber vielleicht konnte man trotzdem etwas schlafen.

Ich nahm das kleine Feuerzeug, das Alex mir vor Jahren aus den USA mitgebracht hatte, aus der Hosentasche und zündete die Kerze auf dem Nachttisch an. Ich hatte aus der Höhlennacht gelernt, was es heißt, kein Licht zu haben. Jetzt trug ich dieses Feuerzeug, das sonst in meiner Kulturtasche mitreiste, stets bei mir. Ich zog nur Schuhe, Hose und Jacke aus und legte mich, in den Morgenmantel gehüllt, ins Bett.

Die Beben hielten an, wenn die Abstände zwischen ihnen auch immer größer wurden. Die Sorge, auch dieses Haus könnte einstürzen, war trotzdem bei allen sehr groß, auch bei mir. Ich konnte nicht einschlafen, meine Nerven waren zum Zerreißen gespannt. Aber was sonst sollte ich tun in dieser zweiten Schreckensnacht? Sollte ich im Haus herumgeistern und dabei müde Menschen wecken? Nein, ich wollte die Stille und die gewisse Ordnung, die eingekehrt waren, nicht stören. Andere kümmerten sich jetzt um alles: Lorenzo, Nico, Leandro, Marisa, Marco, Gina – und ich spürte, dass ich nicht wirklich dazugehörte. Es war ihre Heimat, es waren ihre Landsleute, es war ihr Haus – ich war nur ein zugereister Gast, sonst nichts. Ich glaube, wenn ich die Möglichkeit gehabt hätte, ich wäre in dieser Nacht und in dieser Stimmung abgereist. Und dann bin ich doch noch eingeschlafen.

Am nächsten Morgen hatten wir herrlichstes Wetter. Die Sonne schien vom blank geputzten Himmel und die Welt sah gleich ganz anders aus. Ich stand schnell auf, zog meine schmutzige Hose wieder an und eine saubere Bluse, wusch mein Gesicht mit etwas Eau de Toilette und bürstete das Haar in alle Richtungen, um den Sand darin loszuwerden. Ich würde mich irgendwo hinsetzen und mir Notizen machen. Meinen Laptop konnte ich ohne Strom nicht benutzen, also musste ich mit der Hand schreiben und das konnte ich auch draußen in der Sonne.

Einen Katastrophen-Bericht würde man in meiner Redaktion natürlich nicht veröffentlichen, aber unser Verlag, einer der größten in Hamburg, gab zahlreiche andere Zeitschriften heraus und eine würde schon für einen Tatsachenbericht Verwendung haben. Irgendwann würde wieder eine Übermittlung per Telefon oder Telefax möglich sein.

Ich nahm meinen kleinen Block, ein paar Kugelschreiber und ging in die Küche. Vielleicht gab es dort ja einen Schluck Kaffee. Im Haus herrschte das typische Durcheinander, ein quirliges, lautes Gewirr. Aber diesmal würde ich mich nicht einmischen, wenn es mir auch schwer fiel. Ich trat über sitzende und liegende Frauen hinweg, drängte mich durch die herumstehenden und warf einen Blick hinüber zum Büro, aber die Tür war geschlossen.

Marisa hatte es tatsächlich geschafft, Kaffee zu kochen. Zwar fielen ihre elektrischen Maschinen für Espresso oder Cappuccino aus, aber was sie anbot, war ein wohlschmeckender, von Hand aufgebrühter Kaffee, zu dem ich sogar ein bisschen Milch und Zucker bekam. Ich setzte mich in eine Ecke und aß ein Stück mit Sirup beträufeltes Brot.

Mir fiel auf, dass in der Küche eine sehr gedrückte Stimmung herrschte. Es wurde kaum gesprochen, Marisa gab nur sehr leise kurze Anweisungen und selbst ihre Bewegungen kamen mir verhalten vor. Schließlich fragte ich: »Marisa, ist etwas passiert?«

Sie zuckte mit den Schultern. »Ich weiß es nicht, ich hoffe nicht.«

»Aber irgendetwas stimmt doch hier nicht.«

»Ach, Viola, es ist nur so, Neno ist nicht zurückgekommen. Er ist gestern Vormittag zum Teich gegangen und bis jetzt nicht wiedergekommen. Und die Leute erzählen, gerade in dem Gebiet hat es viele Erdrutsche gegeben.«

»Aber gestern sagten Sie doch, er kennt sich da bestens aus, man brauche sich keine Sorgen zu machen.«

»Ja, das dachten wir auch, aber einer der Männer, die in der Gegend vorbeikamen, fand Nenos Hut am Rande einer Geröllhalde.« Sie zog den ausgefransten alten Strohhut aus einer Schublade. »Und von dem trennt er sich doch niemals.«

Ich war erschüttert. »Sucht man denn nach ihm?«

Bedrückt schüttelte sie den Kopf. »Alle arbeitsfähigen Männer sind heute früh losgezogen, um die Straße zu reparieren. Da wusste noch niemand etwas von Nenos Hut.«

Ratlos sah ich sie an. »Was könnte man denn tun, Marisa?«

»Ich weiß es nicht, wir müssen wohl warten. Vielleicht taucht er ja plötzlich wieder auf. Oder Lorenzo kommt zurück und unternimmt etwas. Ihm fällt immer etwas ein.«

Ich nickte, obwohl ich sah, dass sie selbst nicht an ihre Worte glaubte. Gleichzeitig wusste ich, dass ich nicht darauf warten würde, dass irgendjemand irgendetwas unternimmt. Ich hatte Zeit, ich konnte doch wenigstens versuchen, den alten Mann zu finden, der so glücklich mit seinem Teich und seinen Fischen war.

Ich sagte Marisa nicht, was ich vorhatte, ich wollte mich ja nicht schon wieder einmischen. Aber so ganz ohne Nachricht konnte ich auch nicht verschwinden. Ich wollte nicht das Objekt einer Suchaktion werden und Vorwürfe gemacht bekommen, weil ich davongeschlichen war. Ich ging noch einmal in Enricos Zimmer, schrieb auf einen Zettel *Ich bin unterwegs zum Teich* und legte ihn auf meinen Nachttisch. Suchte man mich ernsthaft, würde man die Nachricht finden.

Draußen war es wunderbar warm und ich freute mich für die Menschen, die endlich ihre nassen Sachen aufhängen konnten. An Ästen und kleinen Leinen trockneten Hosen und Kleider, Nachthemden und Mäntel, Decken, Jacken, Unterwäsche und Säcke in buntem Durcheinander.

Block und Stifte hatte ich im Zimmer gelassen, stattdessen hatte ich derbe Schuhe angezogen, Handschuhe und auch ein paar Mullbinden für alle Fälle eingesteckt. Unbemerkt kam ich durch den Garten und in den kleinen Pinienhain, in dem der Weg zum Teich begann. Ich fand ihn mit Leichtigkeit wieder und dachte an die netten Stunden, die ich mit Nico hier verbracht hatte. Wie unkompliziert und einfach das alles gewesen war. Und jetzt?

Langsam wurde der kleine Pfad schlechter. Umgestürzte Bäume, angehäufte Steine, kleine Risse, durch die jetzt Wasser strömte, immer öfter musste ich Umwege machen. Dann kam ein Stück freies, mit Gestrüpp bewachsenes Land. Von hier aus konnte ich einen Teil der Weinberge sehen. Ich erschrak. Wie bei einem Dominospiel waren die Rebstöcke reihenweise umgebrochen und lagen, fast säuberlich geschichtet, quer über den Hügelrücken, so weit man sehen konnte. Sicherlich waren die schweren Früchte mit daran schuld, dass die Stöcke umgebrochen waren. Hätte man die Trauben jetzt noch abschneiden können, wäre vielleicht ein großer Teil der Ernte gerettet worden – aber wer dachte jetzt an die Rettung einer Weinernte, wenn es um Menschenleben ging?

Dann bedeckte ein größeres Geröllfeld den Weg und ich musste einen weiten Umweg machen. Danach fand ich den Pfad nicht wieder. Obwohl ich meinte, genau unterhalb des unterbrochenen Weges zu sein, war da nicht die geringste Spur. Aber es musste ja bergab gehen und so lief ich in das nächste Gehölz, immer bemüht, die Sonne so im Rücken zu behalten wie am Anfang des Weges. Hier in diesem Waldstück wurde der Boden immer feuchter, manchmal lief mir Wasser oben in die Schuhe und ich erinnerte mich an meinen Weg mit Nico, der mir über manche nasse Stelle hinweggeholfen hatte. Ich musste inzwischen kurz vor dem Teich sein, da war ich ganz sicher. Ich rief in Abständen immer wieder nach Neno, aber außer einem schwachen Echo hin und wieder bekam ich keine Antwort. Und dann plötzlich stand ich am Ufer. Aber wo war das Wasser? Da war zwar der Schilfgürtel, dort der zerbrochene Bootssteg, weiter hinten der eingestürzte Schuppen und etwas tiefer in einer Schlucht lag das zertrümmerte Boot. Aber das Wasser schien abgeflossen zu sein. Ganz unten rauschte mit mächtigem Getöse der vom Regen aufgeblähte Wildbach über die Felsen.

Ich ging etwas näher an den Rand, hatte aber Angst, auszurutschen oder abzustürzen. Der harmlose Teich war so viel tiefer gewesen, als ich gedacht hatte. Vorsichtig ging ich am Ufer entlang nach Süden, dorthin, wo der See endete und Neno seinen kleinen Damm und die Schleusen hatte. Nico hatte von einem Trampelpfad gesprochen und ich fand ihn auch. Ich war vielleicht zweihundert Meter gelaufen, als ich über mir das Brechen von Holz und das Poltern von Steinen hörte. Im gleichen Augenblick hob sich die Erde unter mir und ich warf mich auf den Boden. Mit über dem Kopf verschränkten Armen rollte ich mich zusammen und wartete darauf, von den Sandmassen verschüttet oder erschlagen zu werden. Aber die Erde rutschte wenige Meter hinter mir den Berg hinab und weiter hinunter in das Flussbett. Zitternd stand ich auf und sah mich um. Mein Rückweg auf dieser Seite der Schlucht war abgeschnitten. Ich würde versuchen müssen, auf die andere Seite zu kommen und um den ehemaligen See herumzulaufen, wollte ich den Weg zurück finden und mich nicht total verlaufen. Erst einmal aber musste ich von dem Steilhang über mir fort, bevor der Rest abrutschte. So schnell wie möglich lief ich weiter bis zum Ende des ehemaligen Teiches.

Dann sah ich Neno. Er kauerte am Rand einer Felsspalte, durch die der ehemals kleine Fluss jetzt brausend in tieferes Gelände rauschte, und hatte die Hände vors Gesicht geschlagen. In dem Getöse hatte er meine Rufe natürlich nicht gehört.

Langsam ging ich näher. Ich wollte ihn nicht erschrecken. Dann sah ich, wie seine Schultern zuckten, und ich nahm an, dass er weinte. Was sollte ich machen? Würde es ihm peinlich sein, wenn ich ihn so sah? Oder war er verletzt und froh, dass Hilfe kam? Ich ging etwas näher an ihn heran, drehte ihm aber den Rücken zu und rief wieder seinen Namen, so, als hätte ich ihn nicht gesehen. Aus den Augenwinkeln beobachtete ich, wie er den Kopf hob und aufstand.

»Ich bin hier, Signora«, winkte er und wischte sich mit einem Tuch durchs Gesicht.

»Gott sei Dank, Neno, ich habe Sie so gesucht. Wir haben Sie alle vermisst und uns große Sorgen gemacht.«

»Wo sollte ich schon sein, wenn nicht hier?«

»Jemand hat Ihren Hut gefunden, von dem Sie sich doch sonst nie trennen.«

»Ich habe ihn verloren.«

»Neno, was ist mit dem Teich geschehen?«

»Er ist weg, Signora. Das Beben hat meinen Damm und die Schleusen zerstört und alles fortgespült.«

Wieder liefen dicke Tränen über seine faltigen Wangen und er drehte sich um, um sie zu verbergen.

»Neno, wenn das Beben vorbei ist, können Sie neue Schleusen bauen und das Wasser wieder anstauen.«

»Niemals, Signora, als ich sie vor vierzig Jahren gebaut habe, war ich ein junger Mann und habe es doch kaum geschafft. Jetzt bin ich siebzig und ein alter Mann mit kaputten Knochen.«

»Aber Neno, man wird Ihnen helfen.«

»Nein, das glaube ich nicht. Schon damals hieß es: Der Teich ist Nenos ganz privates Hobby, lassen wir ihm den Spaß und mischen wir uns nicht ein. Ich war ja nur ein ungelernter Hilfsarbeiter ohne festen Job. Nur die beiden Jungs, Enrico war acht und Lorenzo war sechs, die kamen manchmal, um mir zu helfen, wie sie sagten. Und ich war jedes Mal froh, wenn sie wieder weg waren, weil ich die ganze Zeit aufpassen musste, dass sie nicht ins Wasser fielen, wo ich doch nicht schwimmen kann.« Die Erinnerung zauberte ein kleines Lächeln auf sein Gesicht.

»Sie können nicht schwimmen? Und das bei der Tiefe des Teiches?«

»Na, wo soll man das denn hier in den Hügeln lernen? Und weiter als bis Foligno bin ich nie gekommen.«

»Neno, Sie beliefern seit vierzig Jahren das Castello mit den wunderbarsten Fischen, glauben Sie etwa, darauf will man in Zukunft verzichten? Man hat sich daran gewöhnt, man braucht Sie und den Teich und die Fische.«

»Ja, mit dem Teich, da war ich jemand. Da war ich Neno, der Fischer, und in den ersten Jahren hat mir sogar Signore Beneventi Jungfische zur Aufzucht und das nötige Futter gekauft. Später hat sich die Zucht selbst getragen, ich bekam etwas Geld aus der Wirtschaftskasse und konnte davon dann alles selbst bezahlen. Außerdem hatte ich Kost und Logis frei. Aber jetzt, Signora, ich kann jetzt nicht noch einmal von vorn anfangen. Jetzt bin ich ein Hilfsarbeiter ohne Job. Ich gehe nicht mehr zurück ins Castello, ich schäme mich.«

»Aber Neno, das Beben ist doch nicht Ihre Schuld! Außerdem ist das Castello Ihr Zuhause. Natürlich kommen Sie mit zurück.«

»Und was soll ich da? Mein Zimmer im Wohnheim ist zerstört und meine Arbeit bin ich los, was soll ich denn da noch?«

»Nein, Neno, so einfach ist das nicht. Sie sind doch nicht der Einzige, der alles verloren hat. Lorenzo wird für Sie sorgen, er sorgt für alle.«

Er schüttelte nur den Kopf und ich ertappte mich dabei, dass ich mich schon wieder einmischte. Die Familie Beneventi, das Castello, die Arbeiter, das waren schließlich nicht meine Probleme. Aber konnte ich diesen verzweifelten, alten Mann hier so sitzen lassen? Unmöglich!

Ich setzte mich neben ihn und erklärte: »Neno, das Castello ist voller Menschen, die alles verloren haben. Ganz bestimmt gibt es viele Männer, die keine Arbeit mehr haben, weil ihre Gehöfte und ihr Land zerstört sind. Die alle brauchen Arbeit und möchten etwas tun, wenn das Beben überstanden ist. Lorenzo könnte ein paar von ihnen bitten, Ihnen zu helfen, die Schleusen und den Damm neu zu bauen. Sie erklären, wie es gemacht wird, und die anderen machen die schwere Arbeit.

Und im Frühling, bevor die Männer anfangen können, ihre eigenen Häuser wieder aufzubauen, gibt es vielleicht schon wieder einen Teich und Sie können die ersten Jungfische aussetzen. Kleine Brassen, Neno, kleine Karpfen und die winzigen, bunten Forellen, was meinen Sie?«

Ich beobachtete, wie er den Kopf hob, tief einatmete und den Blick umherwandern ließ.

»Meinen Sie, Signora?«

»Ich bin überzeugt davon, Neno. Zeigen Sie mir doch mal, wo der kleine Damm verlaufen müsste und wo die Schleusen hinkommen.«

»Na ja, da drüben links neben dem Vorsprung –« Er stand auf, lief lebhaft hin und her und erklärte mir die Anlage.

Die Zeit verging wie im Flug, und als ich auf die Uhr sah, stellte ich erschrocken fest, dass es fast fünf war. Wenn wir nicht die Nacht hier verbringen wollten, mussten wir uns dringend auf den Weg machen. Ich sagte es Neno und er nickte. »Gehen wir, Signora.«

So brachen wir auf. Neno vorweg, ich dicht hinter ihm.

Es war ein mühsamer Weg, der uns querfeldein führte. Manchmal sahen wir den alten Trampelpfad und konnten ihn ein Stück weit benutzen, dann wieder mussten wir Umwege machen und verloren ihn über weite Strecken. Aber Neno kannte sich wirklich gut aus und musste nicht ein einziges Mal die Richtung korrigieren. Schließlich erreichten wir den Garten. Die Sonne war bereits untergegangen und die ersten kleinen Lagerfeuer brannten, als wir vor dem Castello ankamen.

»Vielleicht sollten wir erst einmal Marisa Bescheid sagen, dass wir zurück sind«, schlug ich vor.

»Sie wird wütend sein.«

»Aber nein, sie freut sich, sie war so in Sorge, als man Ihren Hut brachte und keiner wusste, wo Sie geblieben waren.«

»Ein Windstoß hat ihn mir vom Kopf gerissen, und als ich

hinter ihm herlaufen wollte, kam der Abhang ins Rutschen und trennte uns. Ich dachte, er sei von der Erde begraben worden.«

»Ein Bauer, der zum Castello flüchtete, hat ihn gefunden und mitgebracht.«

Während Neno zur Küche ging, lief ich zum Wirtschaftshof. Vielleicht gab es schon etwas zu essen. Ich hatte großen Hunger, denn außer dem Stück Brot mit Sirup hatte ich nichts gegessen. Ich sah, wie Marco und sein Helfer an den Kesseln hantierten, die über kleinen Flammen an Eisenketten hin und her schaukelten. Da wurde noch nichts ausgeteilt und ich zog mich in den dämmerigen Schatten der Hausmauer zurück, um zu warten.

Dann hörte ich Motorengeräusch und sah, wie der Traktor mit zwei Anhängern auf den Wirtschaftshof einbog. Auf dem vorderen Wagen saßen dicht gedrängt die Arbeiter, auf dem hinteren wurde das Arbeitsgerät befördert. Sie kamen also vom Straßenbau zurück. Dann kam der Jeep mit Lorenzo, Roberto, Nico und Leandro um die Ecke. Gleichzeitig tauchte Angela neben mir auf.

»Hallo, Viola, wo waren Sie denn, wir haben Sie schon vermisst.«

»Ich habe Neno gesucht.«

»Und? Gefunden?«

»Ja, auch gefunden und mitgebracht.«

»Kommen Sie mit, fragen wir die Männer, was die Straße macht.«

Aber ich winkte ab. »Mir tun die Füße weh, ich bin den ganzen Tag unterwegs gewesen. Lassen Sie mich ein Weilchen hier sitzen.«

»Nun gut«, und schon eilte sie über den Hof davon.

Und dann beobachtete ich Gina, wie sie Lorenzo umarmte, auf ihn einredete, sich an ihn schmiegte. Zuerst schien er verblüfft, dann lächelte er, zeigte auf seine Kleidung und schob sie vorsichtig zur Seite.

Er trug ein schweißnasses Hemd, war unrasiert und von Kopf bis Fuß mit einer Staubschicht bedeckt. Und während ich da so saß und das Techtelmechtel der schönen Gina beobachtete, verspürte ich wieder dieses Prickeln in meinem Bauch, das ich längst überstanden zu haben glaubte. Was war bloß mit mir los? Seit wann konnte ich meine Gefühle nicht mehr unter Kontrolle halten? War ich etwa eifersüchtig? Und dann wusste ich es plötzlich: Es war die Kraft, die dieser Mann ausstrahlte, sie sprang mich regelrecht an und ich konnte mich ihr nicht entziehen.

Dieser Mensch stand, obwohl er bis zum Umfallen erschöpft war, kerzengerade inmitten seiner Leute, hielt den Kopf erhoben und gab mit klarer Stimme seine Anweisungen für den nächsten Tag und niemand wagte zu widersprechen oder Einwände zu erheben. Dann ging er in Richtung Stall und Waschanlage davon. Ihn umgab ein Charisma der Macht, wie ich es noch nie erlebt hatte und dem ich ganz einfach verfallen war. Als ich das erkannte, gab ich allen Widerstand auf. Mochte daraus folgen, was wollte, ich akzeptierte dieses Gefühl und ich würde mich nicht mehr dagegen wehren. Nur würde ich es niemals zeigen.

Dann kam er zurück mit tropfnassem Haar. Gesicht und Arme trocknete er mit einem Taschentuch ab und ging ins Haus.

Langsam stand ich auf. Neben dem Koch bildete sich eine Schlange von Männern, die auf ihr Essen warteten. Ich reihte mich ein. Es gab goldgelbe Polenta mit geriebenem Romano-Käse und großen Hammelfleischstücken aus Marisas Gefriertruhe.

Ich setzte mich mit meinem Napf auf die Terrasse. Noch immer standen die weißen Stühle dort, jetzt zwar nicht mehr in der hübschen bunten Beleuchtung einer Sommernacht, aber dennoch einladend, so, als sei gar nichts geschehen. Aus dem ehemaligen Speisesaal, in dem nun Frauen und Kinder kampierten, drang der kleine Schein einiger flackernder Kerzen nach draußen. Einmal kamen Carla und Betty vorbei und erzählten, dass die Sanitäter mit dem letzten Schwerverletzten abgeflogen seien und dass man mitgeteilt habe, auch der kleine Hubschrauber würde jetzt für den Katastrophenschutz beschlagnahmt. Das war sehr schlecht, wir würden keinen Nachschub mehr an Lebensmitteln und Kleidung bekommen.

Später kam Nico, auch er mit einer Schüssel voller Polenta. Er wirkte sehr niedergeschlagen. »Ich habe Sie schon gesucht, Betty sagte mir, wo Sie sind.«

»Es ist so friedlich hier draußen.«

»Ja, man möchte am liebsten alles vergessen.«

»Was ist los?«

»Ich habe eine gute und eine schlechte Nachricht.«

»Die gute bitte zuerst.«

»Wir haben seit ein paar Stunden Funkkontakt zu einer Militäreinheit. Jetzt hat man uns mitgeteilt, dass man statt der Lastwagen, die noch nicht durchkommen, zwei große Transporthubschrauber mit Zelten und Feldbetten und ein paar Männern für den Aufbau schickt, die abends wieder abgeholt werden. Mit dieser Abendmaschine bekommen wir dann noch eine Wasseraufbereitungsanlage und einen zusätzlichen Generator sowie ein paar Fässer Dieselöl.«

»Aber das ist ja großartig!«

»Ja, aber es ist die letzte Hilfsmaßnahme für uns. Es gibt zu viele Stellen, wo alles weit schlimmer ist als hier, das hat man klipp und klar gesagt.«

»War das die schlechte Nachricht?«

»Nein. Man hat Enricos Wagen gefunden. In einer Schlucht, zertrümmert und ausgebrannt.«

»Mein Gott! Und Enrico?«

»Ich weiß es nicht. Wegen der Erdstöße kann man nicht hinunter.«

»Aber das gibt es doch gar nicht. Man wird doch jemanden hinunterschicken können, und sei es am Seil eines Hubschraubers.«

»Viola – was bedeutet ein Menschenleben im Rahmen einer Katastrophe, in der es mit Sicherheit viele hundert Tote gibt?«

»Weiß Lorenzo es schon?«

»Ja, er hat es gerade erfahren.«

»Wo ist er?«

»Ich weiß es nicht.«

»Soll ich ihn suchen, mit ihm reden?«

»Nein, Viola, er muss jetzt erst einmal allein sein.«

»Nico, immer sagen Sie ›nein‹, wenn es um Lorenzo geht. Er ist doch auch nur ein Mensch und jeder braucht mal Zuspruch und Hilfe und eine Hand zum Festhalten.«

»Lorenzo nicht. Ich kenne ihn besser als Sie. Er ist ein Mann, der einfach keine Schwäche zeigen kann. Er ist viel zu introvertiert, um Hilfe zu akzeptieren. Sie würden sich verletzt und zurückgestoßen fühlen und er würde es nicht einmal merken. Nein, Viola, lassen Sie ihn allein, er wird damit fertig.«

»Und was ist mit der Straße?«

»Ehrlich gesagt: Es ist hoffnungslos! Aber das sage ich natürlich nicht laut.«

»Das würde ich dir auch nicht raten. Wenn alle so denken, sind wir ja großartig dran.«

Ich fuhr erschrocken herum. Lorenzo stand neben uns. Wir hatten ihn in der Dunkelheit nicht gesehen. Noch nie hatte ich ihn so wütend erlebt.

»Du weißt genau, dass diese Straße unsere einzige Chance ist. Also halt deinen Mund!«

Bevor wir etwas sagen konnten, war er weg. Erschrocken

und peinlich berührt sahen wir uns an. Wie lange hatte er schon neben uns gestanden? Er hatte natürlich Recht. Dieses bisschen Hoffnung, das die Flüchtlinge mit der Straße verbanden, durfte nicht zerstört werden. Man hatte uns draußen nicht vergessen, aber man hatte uns auch geraten, jetzt selbst mit der Situation fertig zu werden; und da war nun mal die Straße unsere einzige Chance. Also musste man daran weiterarbeiten, mit allen Kräften und mit jedem nur möglichen Maß an Hoffnung. Und dennoch, Nico war ein Realist, der sich nichts vormachen ließ. Ich glaubte ihm.

Müde stand ich auf. »Ich werde ins Bett gehen, mir tut alles weh von der Kletterei.«

»Von welcher Kletterei?«

»Ich habe Neno und seinen Teich gesucht.«

»Ach ja, Neno, der wurde ja gestern Abend schon vermisst.«

»Ich habe ihn gefunden, den Teich allerdings nicht. Und weil er den verloren hat, kam er nicht zurück.«

»Jetzt verstehe ich gar nichts mehr.«

»Neno sieht seine Daseinsberechtigung nur in Verbindung mit den Fischen, die er liefern kann. Und nun ist der Teich ausgelaufen, die Schleusen sind kaputt und die Fische weg. Und der alte Mann kann das nicht mehr reparieren.«

»Der arme Kerl, und nun?«

»Ich habe ihm ein bisschen Mut gemacht und gesagt, es gebe jetzt genug arbeitslose Männer, die ihm helfen könnten.«

»Und das hat er geglaubt?«

»Warum nicht?«

»Sie haben Recht. Vielleicht klappt es tatsächlich. Und Marisa ist ja auch noch da.«

»Marisa?«

»Neno liebt Marisa seit vielen Jahren. Eine kleine, intime Beziehung, die er sich da aufgebaut hat.«

»Dann wird sie ihm jetzt helfen.«

»Natürlich, sie musste ihn nur erst wieder in ihrer Küche haben.«

Ich wünschte Nico eine gute Nacht und fragte ihn, wo er und die beiden Gäste nun schliefen, die ja eigentlich Enricos Zimmer bewohnten.

»Keine Sorge, Viola, wir haben andere Möglichkeiten gefunden.«

Dann ging ich hinein. Die Sonne hatte tagsüber mächtig eingeheizt und so war auch die Abendluft sanft und warm und angenehm. Die hohen Fenster und das Portal der Eingangshalle standen weit offen und ließen endlich frische Luft in die Räume. Oben auf dem Flur traf ich Roberto und seine beiden Frauen. Sie gingen in das Schlafzimmer der Beneventis, das sie jetzt anscheinend bewohnten.

Als ich weiterlief, kam Lorenzo aus seinem Zimmer, im Arm einen Stapel mit Kleidung und Kissen.

»Ziehen Sie um?«, fragte ich und dachte an Gina in seinem Bett.

»Haben Sie gedacht, ich könnte zwischen Samt und Seide schlafen, wenn Kinder in meinem Haus auf Säcken liegen?«

»Sagen Sie mir wenigstens, wo Sie zu finden sind.«

»Weshalb?«

»Man weiß doch nie, was im nächsten Augenblick geschieht.«

»Ich schlafe mit Leandro und einigen Arbeitern neben der Kellerei. Und wo sind Sie zu finden? Ich habe Ihnen mein Zimmer angeboten, aber Sie ziehen Nicos Bett anscheinend vor.«

»Ihr Zimmer war besetzt, als ich kam.«

»Und deshalb haben Sie in Nicos Bett geschlafen?«

»Warum nicht? Es ist doch immerhin erstaunlich,wo man sich so wiedertrifft.«

»Viola, seien Sie nicht schon wieder so boshaft. Und bitte, laufen Sie nicht allein hier im Gelände herum, es ist zu gefährlich.«

»Sie wissen wohl alles.«

»Natürlich, es gehört zu meinen Aufgaben.«

»Lorenzo, der Unfall von Enrico, ich ...«

»Sagen Sie nichts, ich kann das jetzt nicht hören. Und noch etwas: Fragen Sie nicht Nico, ob ich Ihre Hand brauche, fragen Sie mich selbst.«

Damit drehte er sich um und ließ mich stehen.

Kapitel 13

In meinem Zimmer war es dunkel. Ich machte mein Feuerzeug an und sah im Schein der kleinen Flamme auf meinem Nachttisch eine dicke Kerze, einen kleinen Krug mit Wein und einen leeren Becher stehen. Der Zettel mit meiner Nachricht war fort. Ich zündete den Kerzendocht an und setzte mich auf den Rand des breiten Bettes. Irgendjemand hier mochte mich und sorgte sehr liebevoll für mich. Dann goss ich den Wein in den Becher und trank ihn durstig. Der Wein tat gut, er half mir, meine Gedanken und Gefühle zu ordnen. Dabei dachte ich auch an den verunglückten Enrico und brach unvermittelt in Tränen aus.

Als ich mich wieder beruhigt hatte, stand ich auf und ging ins Bad. Auf einem Hocker lag meine Kleidung, frisch gewaschen und sorgfältig zusammengelegt. Das Hausmädchen hatte wohl meinen Wäschebeutel gefunden und die Sachen in Ordnung gebracht. Gute Marisa, überall spürte man ihre ruhige, ordnende Hand. Neben dem Waschbecken stand ein Eimer mit Wasser. Ich zog mich aus und wusch mich. Dann suchte ich saubere Sachen heraus, zog mich wieder an und löschte die Kerze. Ich war viel zu aufgewühlt, um ins Bett zu gehen. Leise lief ich nach unten, durch die Halle und um das Haus herum. Ich wusste genau, wohin ich wollte, und fand Leandro sofort.

»Wo ist Lorenzo?«, flüsterte ich, um niemanden zu wecken.

»Dort hinten irgendwo.«

Er zeigte in die Nacht und ich tastete mich durch taunasses Gras und Gestrüpp, dann sah ich ihn. Er saß auf einer kleinen Böschung und starrte in die Dunkelheit. Ich setzte mich neben ihn. »Brauchen Sie jetzt meine Hand?«

»Ja.«

Und er nahm meine Hand, legte sein Gesicht hinein und weinte, still und lange.

Dann standen wir auf, kein Wort war gesprochen worden. Lorenzo legte seinen Arm um meine Schultern und führte mich um den Wirtschaftshof herum zum Hintereingang des Hauses. Vor der Tür nahm er meinen Kopf in seine Hände und flüsterte ›danke‹ in mein Haar. Dann ging er zurück und ich schlich durch die schlafenden Menschen hinauf ins Zimmer und ging zu Bett.

Ein furchtbarer Krach weckte mich. Ich flog förmlich aus dem Bett, nicht nur vor Schreck, sondern weil das Bett so stark schwankte. Gleichzeitig zersprangen Fensterscheiben, die Tür flog auf und wieder zu und im Bad zerbrachen die Spiegel. Ein Erdstoß hatte das ganze Haus ins Wanken gebracht und bei mir im Zimmer war der große Kleiderschrank umgestürzt. Zitternd tastete ich nach meinen Sachen, zog mich an und suchte nach meinen Schuhen, die durch das Zimmer gerutscht waren. Im ganzen Haus setzte ein furchtbares Geschrei ein. Ich lief auf den Flur. Von allen Seiten strömten die Menschen in Richtung Treppe, alle wollten ins Freie. Aber kurz vor den Stufen versuchte David, die Leute aufzuhalten. »Stopp, stopp, nicht weiter, die Treppe ist kaputt. Bleibt stehen, geht in die Zimmer zurück, der Erdstoß ist vorbei.«

Linda stand neben ihm und hielt zwei Kerzen hoch. In ihrem Schein sah ich, dass die elegant geschwungene, freischwebende Treppe durch einen Riss diagonal geteilt war. Der untere Teil hatte sich nach links, der obere nach rechts verschoben. Diese Treppe, die oben in der hölzernen Balustrade mit den kunstvoll gedrechselten Säulen endete, konnte weiß Gott niemand mehr benutzen.

Unten flohen die Menschen in Panik durch die Tür und die zersplitterten Fenster nach draußen. Hier oben drängten uns David und jetzt auch Roberto zurück in die Zimmer. »Weg von der Balustrade, die trägt das Gewicht nicht«, riefen sie, aber die Flüchtlinge im Gästetrakt waren in Panik. Sie stießen und drängten und schrien und dann brach das hölzerne Geländer. Ein paar Frauen, die von hinten geschoben wurden, stürzten hinunter, dann brach die ganze Balustrade ab und riss die mit nach unten, die darauf standen. David und Roberto konnten sich mit einem Sprung auf den steinernen Flurboden retten.

Mir wurde übel. Ich drängte zurück in Enricos Zimmer, stolperte über die Möbel und erbrach mich im Bad. Dann blieb ich dort auf dem Boden sitzen. Alles drehte sich vor meinen Augen und immer wieder sah ich diese verrenkten Körper da unten auf dem Hallenboden. Nach einigen tiefen Atemzügen wurde es besser. Ich ging zurück ins Zimmer und sah aus dem Fenster. Ein erstes graues Dämmern kündigte den Morgen an.

Draußen herrschte das absolute Chaos. Schreiend rannten die Menschen auf die Wiesen, in den Garten, die Allee entlang. ›Weg vom Haus‹ war das Motto. Ich sah aber auch kleine Gruppen, die auf dem Rasen knieten und beteten und die schließlich bewirkten, dass die anderen zur Ruhe kamen. Dann stopfte ich Handtücher, Kerzen, Streichhölzer, Verbandsmaterial – einfach alles, was ich finden konnte und was zum Helfen geeignet war, in meine Reisetasche und lief wieder auf den Flur.

Die meisten Gäste hatten sich in die Zimmer zurückgezogen und saßen ängstlich und erschrocken auf Betten und Stühlen. Eine Gruppe hatte sich im Schlafzimmer der Beneventis versammelt und beriet die nächsten Schritte. Fest stand, dass zuerst die Frauen und Kinder aus dem linken Flügel nach unten gebracht werden mussten. Fest stand aber auch, dass wir ohne Hilfe von außen gar nichts machen konnten. Dann fiel mir auf, dass Nico fehlte. Ich lief durch den Flur, sah in die Räume. In Lorenzos Zimmer hockte Gina auf dem Boden und suchte ihre Malutensilien zusammen.

»Klopfen Sie gefälligst an, bevor Sie hereinkommen.«

»Die Tür steht offen, haben Sie Nico gesehen?«

»Er schläft in der kleinen Bücherei vom alten Beneventi da drüben.«

Und dann fand ich ihn. Er lag halb verborgen hinter einer Couch, auf der er wohl geschlafen hatte, und war bewusstlos. Quer über beiden Beinen lag ein riesiges Bücherregal. Ich lief zurück und rief um Hilfe. Während einige Männer vorsichtig das Regal aufrichteten, fühlte ich Nicos Puls. Er war flach und unregelmäßig und viel zu schnell. Ich stopfte ein Kissen unter seinen Kopf und bat die Männer, seine Hose aufzuschneiden, damit ich die Beine untersuchen konnte. Sie waren beide gebrochen, das rechte sogar mehrmals. Während die Männer Bretter suchten, mit denen ich Schienen anlegen konnte, halfen Angela und Carla, die Knochen vorsichtig zu richten. Aber größere Sorge als die Beine machte mir die lange Bewusstlosigkeit. Es war zwar ein Segen, dass er die Schmerzen nicht spürte, aber langsam musste die Ohnmacht aufhören. Als wir die Beine versorgt hatten, legten wir mehrere Decken aufeinander und hoben ihn vorsichtig darauf, so dass man ihn damit tragen und nach unten befördern konnte.

Aus der Halle hörten wir energische Männerstimmen. Leandro versuchte, sich in dem Durcheinander Gehör zu verschaffen, und Lorenzo beruhigte vor allem die Flüchtlinge oben in den Gästezimmern, die das Haus nicht verlassen konnten und zu denen wir keinen Kontakt mehr hatten. Ich schob mich langsam vor bis zum Rand der Balustrade. Männer mit Leitern, Seilen und Brettern kamen herein und begannen eine provisorische Ersatztreppe zu bauen. Marisa und ein paar Arbeiter bemühten sich um die Abgestürzten. Ich zählte zwei Männer, sechs Frauen und zwei Kinder, die unten liegen geblieben waren, während die anderen aus eigener Kraft das Haus verlassen hatten. Dann wurden die Verletzten auf Türen und Decken gebettet und nach draußen getragen.

Ich ging zu Nico zurück, setzte mich neben ihn auf den Boden und streichelte seine Hand. Nach einer Weile spürte ich, wie seine Finger zuckten. Ich untersuchte den Puls, er war kräftiger geworden und dann, endlich, öffneten sich seine Augen. Verwirrt schaute er um sich, dann blieb sein Blick an meinem Gesicht haften. »Viola?«

»Ja, Nico?«

»Was ist denn los? Warum tun mir die Beine so verdammt weh?«

»Nico, wir hatten wieder einen Erdstoß, einen sehr starken, und das Bücherregal ist auf Ihre Beine gefallen.«

Er presste die Lippen aufeinander und ich sah, dass er große Schmerzen hatte. »Und? Was ist mit meinen Beinen?«

»Sie sind beide gebrochen, ich habe sie notdürftig geschient.«

»Und was ist sonst passiert? Woher kommt dieses Geschrei und das Gehämmer?«

»Die Leute sind in Panik, die Treppe ist kaputt, die Balustrade ist heruntergebrochen und ein paar Menschen sind abgestürzt, weil sie von hinten geschoben wurden.«

»Mein Gott! Lorenzo wird sich die Schuld geben. Er hat die

Leute aufgefordert, ins Haus zu gehen, obwohl sie nicht wollten.«

»Ja. Nico.«

»Gibt es Tote?«

»Ich weiß es nicht.«

»Das wäre zu viel für ihn. Das verkraftet er nicht auch noch.«

»Ich weiß, Nico.«

Vom Flur her kamen Männerstimmen. »Wir sollen einen Verletzten holen.«

»Bitte geben Sie mir die Brieftasche, Viola, ich hatte sie da drüben auf den Tisch gelegt. Wenn ich fortgebracht werden sollte, muss ich wenigstens meine Papiere und mein Geld bei mir haben.«

Ich reichte sie ihm. »Nico, bitte, wenn die Hubschrauber Sie morgen mitnehmen, versuchen Sie, mit uns Kontakt zu halten, etwas über die Beneventis zu erfahren und über Enrico.«

»Natürlich. Wenn man mich nach Rom bringen sollte, versuche ich alles, was möglich ist. Von irgendeinem Zeltlazarett aus wird das allerdings nicht möglich sein. Wollen Sie, dass ich Ihre Familie benachrichtige?«

»Ja, bitte.« Ich schrieb die Adresse und die Telefonnummer meiner Eltern in Berlin auf einen Zettel und den Text:

Ich bin gesund, wir sind abgeschnitten, bitte die Redaktion benachrichtigen, Gruß, Viola.

»Nico, ich wäre Ihnen so dankbar, wenn Sie Berlin erreichen könnten.«

»Von Rom aus jederzeit, verlassen Sie sich darauf.«

Dann kamen Männer mit Seilen, die sie an den Deckenenden befestigten. Vorsichtig trugen sie Nico hinaus und ließen dann die Decke mit ihm hinunter in die Halle gleiten und nach draußen tragen.

»Wir sehen uns wieder, Viola«, winkte er zurück.

»Ciao, Nico, bis bald in Rom!«

Von unten herauf rief Leandro: »Signora, wir brauchen Sie und die anderen Frauen hier bei den Verletzten.«

Dann half man Angela, Carla, Betty und mir, über die wackeligen Leitern nach unten zu klettern. Zum Glück lebten die Verletzten, wenn ich auch nicht wusste, ob sie einen Transport überstehen würden.

Die Morgendämmerung war in einen grauen Nieselregen übergegangen und ich bat Leandro, Decken und Planen zu besorgen, damit wir die Leute warm halten konnten. Gegen zehn Uhr sollten die Hubschrauber kommen. Wir mussten noch gut zwei Stunden warten. In der Halle wurden inzwischen die Flüchtlinge und dann die Gäste über die Leitern nach unten gebracht. Kein Mensch wollte im Castello bleiben. Keiner, auch ich nicht. Niemand traute mehr Lorenzos Beteuerungen über die Sicherheit der alten Mauern, von der er gestern noch so überzeugt gewesen war.

Wie ich von Angela hörte, waren Roberto, Lorenzo und zwei Arbeiter inzwischen im Haus unterwegs, um Wände, Decken und Böden auf Schäden hin zu untersuchen. Angela selbst war sehr nervös. Sie hatte gesehen, wie ihr Mann fast abgestürzt wäre, und konnte das Zittern ihrer Hände kaum verbergen. Ich bot ihr an, gemeinsam auf die Suche nach etwas Kaffee zu gehen, um sie etwas abzulenken. Wir liefen um das Haus herum zum Wirtschaftshof, aber hier war Marco mit Brotbacken beschäftigt und hatte keine Zeit, Getränke zu kochen. Etwas zögerlich beschlossen wir, das Haus zu betreten und die Küche aufzusuchen. Wir gingen durch den Hintereingang und die Wirtschaftsräume. Überall herrschte das blanke Chaos. In der Küche waren Neno und Marisa dabei, Regale und Schränke wieder aufzurichten und mit Besen und Schaufeln Scherbenberge zu beseitigen.

Als Marisa uns sah, nickte sie und lächelte: »Also doch

zwei, die sich hereinwagen. Meine ganze Truppe weigert sich, das Haus zu betreten.«

»Wir hatten die Wahl zwischen Kaffee und Angst, der Kaffee hat gesiegt«, versuchte ich zu scherzen.

»Ich koche gleich welchen, aber Sie müssten mir das Wasser holen. Der Generator ist zum Glück nicht beschädigt, so dass wir etwas Strom haben.«

Angela und ich nahmen Eimer und Kannen und gingen zum Brunnen. Draußen trafen wir Roberto, der die Mauern von außen inspizierte.

»Wie sieht es denn aus?«

»Wir haben bis jetzt keine gravierenden Schäden gefunden. Bis auf die Treppe und die Balustrade scheint alles intakt zu sein. Aber in den Räumen ist so ziemlich alles kaputt. Möbel, Türen, Fenster, da sieht es schlimm aus. Und wohin wollt ihr?«

»Wir holen Wasser, komm' nachher in die Küche, da gibt es Kaffee.«

Wir füllten unsere Gefäße und baten Marco auf dem Rückweg um ein paar Brote, die zum Abkühlen unter einer Plane lagen, denn der Regen war stärker geworden.

Ziemlich nass kamen wir bei Marisa an. Während sie Kaffee kochte und Neno in dem alten Kohleherd ein kleines Feuer machte und für Wärme sorgte, schnitten wir die Brote in dicke Scheiben und stellten Dosen mit Olivenöl, Salz und Konfitüre auf den Tisch.

Dann begann der Duft von Kaffee durch die Küche zu ziehen und ich glaube, er zog auch durch die zersplitterten Fenster nach draußen, denn wenig später kamen Roberto, Leandro, David und sogar Marco herein, um ein improvisiertes Frühstück zu sich zu nehmen. Einige aßen das frische Brot mit Öl und Salz, andere mit Konfitüre. Den Kaffee tranken wir aus Tassen ohne Henkel und mit Sprüngen, so eben, wie wir sie zwischen den Scherben auf dem Boden gefunden hatten.

Gegen zehn Uhr schwebten die großen Transporthubschrauber ein. Es war schwierig, den Rasen als Landefläche für sie freizumachen, überall lagerten verstörte Menschen. Dann endlich war es soweit. Die Türen öffneten sich und eine Gruppe von Soldaten sprang heraus und begann mit dem Entladen. Lorenzo stand inmitten seiner Arbeiter, die mithalfen, gab seine Anweisungen und diskutierte mit den Soldaten. Es war gar nicht so leicht, zwei ebene Flächen zu finden, auf denen die Zelte errichtet werden konnten. Aber dann waren die Fragen geklärt und die Männer begannen mit dem Aufbau, während andere Feldbetten, Luftmatratzen, Metallgeschirr, Decken und anderes Material ausluden. Danach wurden die Verletzten zu den Hubschraubern gebracht.

Außerdem hatten die Piloten den Auftrag, Frauen mit Kleinkindern mit zurückzunehmen. Leer stehende Ferienheime römischer Schulkinder in den Colli Albani standen für sie bereit.

Aber als wir die Frauen aufforderten, sich zum Abflug bereitzuhalten, stießen wir auf großen Widerstand. Viele wollten ihre Familienangehörigen nicht verlassen, einige hatten Angst vor dem Fliegen und andere wollten so schnell wie möglich zurück in ihre Dörfer. Schließlich holten wir Marisa aus der Küche und ihr gelang es endlich, die meisten zu beruhigen und zum Einsteigen zu überreden. Es gab tränenreiche Abschiede, so, als sage man sich für immer Lebewohl. Schließlich saßen etwa vierzig Frauen und Kinder in jeder Maschine. Dicht aneinandergeschmiegt kauerten sie auf dem Boden, Halteseile in den Händen und die Kinder im Arm.

Auch Gina flog mit. Da weniger Flüchtlinge eingestiegen

waren als erwartet, war Platz genug für sie. Ihren Vuitton-Koffer in der einen Hand, die andere voller Pinselbündel, kam sie aus dem Haus.

»Ciao, ich male in den Colli Albani weiter, da ist das Wetter um diese Zeit besser«, rief sie uns zu.

»Ich wusste gar nicht, dass Sie so feige sind, Gina di Gaetano«, erwiderte ich erbost. Ich konnte es nicht fassen, dass sie in dieser schrecklichen Situation noch an ihre Malerei dachte.

»Wir werden ja sehen, wer überlebt und dann der lachende Dritte ist.«

»Na, dann viel Vergnügen beim Lachen.«

»Wenn Sie dann noch am Leben sind und wenn Lorenzo es erlaubt, lade ich Sie demnächst zu unserer Hochzeit ein. Arrivederci.« Und dann stieg sie ein.

Wir alle standen da und starrten ihr verblüfft nach. Dann begann Leandro laut zu lachen und schließlich lachten wir alle, bis uns die Tränen kamen. Es war wie eine Erlösung, dieses Lachen, nach all den schrecklichen Stunden, die wir hinter uns hatten.

Kurz vor zwölf hoben die Hubschrauber ab und verschwanden zwischen den niedrigen Wolken.

Als die Zelte aufgebaut und eingerichtet waren, übernahmen Leandro und Marisa die Belegung. Ein Zelt war für Frauen und Kinder reserviert, das andere für die Männer bestimmt, und während die Menschen ihre eng beieinander stehenden Betten und Matratzen in Besitz nahmen, stellten wir mit Erleichterung fest, dass es auf dem Vorplatz, auf den Wiesen und auf dem Wirtschaftshof sehr viel leerer wurde und die Situation sich wesentlich entspannte.

Marco hatte mit Hilfe einiger alter Frauen mehrere Kessel

voller Reis mit weißen Bohnen und klein geschnittenen Schweinswürstchen gekocht, sein Gehilfe Kannen voller Tee bereitet und schließlich konnten sich alle aufstellen und eine warme Mahlzeit in Empfang nehmen. Als Krönung gab es für alle einen großen Becher Wein. Lorenzo hatte, wenn auch wegen der Einsturzgefahr widerstrebend, erlaubt, durch das Loch in der Mauer die Kellerei zu betreten, und Leandro hatte mit zwei Gehilfen mehrere 50-Liter-Kanister Wein abgefüllt. Und ich dachte im Stillen: Es gibt noch Wein in den Gewölben, nicht alles ist zerstört, Gott sei Dank.

Eine ganze Weile beobachtete ich Leandro, diesen selbstlosen, treuen Freund Lorenzos, der alle eigenen Bedürfnisse zurückstellte, um fremden Menschen zu helfen. Unermüdlich war er im Einsatz, setzte in die Tat um, was Lorenzo anordnete, und war dabei so optimistisch, dass er jedem Mut machte, der mit ihm sprach. Sein Lächeln verlieh seinem unscheinbaren Gesicht einen unerwarteten Charme und dann musterten mich seine Augen amüsiert. Als er bemerkte, dass ich ihn beobachtete, nahm er seinen Wein und setzte sich neben mich. »Signora, es kann nur noch besser werden.«

»Ich hoffe, Sie haben Recht.«

»Sehen Sie doch die Leute an. Sie kommen zur Ruhe, sie haben ein Bett, ein Dach über dem Kopf und mit einem Schlückchen Wein auch wieder Lebensmut.«

»Und Lorenzo, wer baut ihn auf?«

»Lorenzo muss man nicht aufbauen, er schafft es von selbst. Und er hat Sie.«

Ich wartete, dass er weitersprechen würde. Ich hatte das Gefühl, dass er mehr sagen wollte, aber er schwieg. Er war ein sehr diskreter Mann, vielleicht mochte ich ihn gerade deshalb.

Dann sahen wir Lorenzo, der auf uns zukam. Sein unrasiertes Gesicht, die schmutzige, teilweise zerrissene Kleidung, die übermüdeten Augen – für mich war er so attraktiv wie nie zuvor. Ob Leandro das Prickeln in meinem Körper spürte? Mit einem Lächeln in den Augen stand er auf. Als Lorenzo vor mir stehen blieb, reichte ich ihm die Hand und zog ihn neben mich.

»Ich brauche nicht nur Ihre Hand, Viola, ich fürchte, ich brauche Sie von Kopf bis Fuß. Ich brauche alle Hilfe, die Sie mir geben können.«

»Ich weiß, Lorenzo.«

»Wie geht es Ihnen?«

»Ich lebe gut mit diesem Gefühl, gebraucht zu werden.«

»Ich habe mich Ihnen gegenüber falsch benommen. Ich möchte mich entschuldigen. Wenn wir Zeit hätten, uns besser kennen zu lernen, vielleicht könnten wir Freunde werden, Viola.«

»Wir haben alle Zeit der Welt, Lorenzo.«

Gegen Abend kam der letzte Hubschrauber und brachte die Wasseraufbereitungsanlage, einen zusätzlichen Generator, ein stärkeres Funkgerät und Kartons voller Reservebatterien, Taschenlampen, Lebensmittel in Dosen und Hygieneartikel, vor allem Seife sowie Säcke voller Reis, Mais, Nudeln, Bohnen und Trockengemüse. Immerhin mussten wir noch immer sehr viele Menschen täglich versorgen.

Der Pilot holte die Soldaten ab und nahm einige sehr alte Leute mit, von denen wir befürchteten, dass sie die beginnenden kalten Herbstnächte in den Zelten nicht überleben würden.

Roberto und ich standen nebeneinander und sahen zu, wie die Maschine abhob.

»Ich habe den Eindruck, dass wir hier sehr bevorzugt versorgt werden.«

»Ja, da haben Sie Recht, Viola.«

»Hat das einen bestimmten Grund?«

Er sah sich um, als wolle er sichergehen, dass niemand zuhört. Dann sagte er: »Die Familie Beneventi ist sehr bekannt und sehr angesehen in Italien. Ich weiß, dass es schon im vorigen Jahrhundert Mitglieder dieser Familie gab, die in der Regierung und im Vatikan bedeutende Posten innehatten und sich immer, oft unter großen persönlichen Opfern, um das Wohl der Menschen in Italien gekümmert haben. Beneventi, das ist ein sehr guter Name hier bei uns.«

»Das wusste ich nicht.«

»Nein, hier würde auch niemand darüber sprechen. Sie stehen Lorenzo nahe?«

»Wir versuchen, Freunde zu werden.«

»Er ist ein großartiger Mensch, ich kenne keinen zweiten wie ihn.«

Ich sah ihn an: »Es ist sehr nett, dass Sie das sagen.«

»Es ist die Wahrheit und ich hoffe, Sie beide kommen bald aus diesem Schlamassel hier heraus.«

»Ich fürchte, es ist kein Ende abzusehen.«

»Da haben Sie leider Recht.«

Wir gingen zum Hof zurück. Wie ich im Vorbeigehen sehen konnte, waren die Zelte bis auf den letzten Platz besetzt. Dennoch würden viele Männer hier kein Unterkommen finden. Der Regen hatte noch zugenommen und Marco hatte große Mühe, die Feuer unter seinen Kesseln zu erhalten, um uns mit einer warmen Mahlzeit zu versorgen. Ein paar Männer waren nur damit beschäftigt, Holz zu zerkleinern und in die Flammen zu schieben. Im Haus hatte man Feldbetten im Speisesaal und im Kaminzimmer aufgestellt. Wir Gäste, die Hausangestellten und einige Flüchtlingsfrauen sollten hier schlafen. Ein gutes Gefühl hatten wir wohl alle nicht beim Gedanken an die nächste Nacht. Andererseits, wo sollten wir sonst unterkommen?

Ich kletterte über die wackeligen Leitern nach oben. Enricos Zimmer sah schlimm aus. Scherben, Bücher und Kleidungsstücke, alles lag in wildem Durcheinander auf dem Boden verstreut. Ich raffte meine Sachen zusammen und packte alles, auch den teuren Laptop, der unbeschädigt aussah, in meinen Koffer. Dann rollte ich Decken und Kissen im Bettlaken zusammen, nahm das Bündel und den Koffer und schleppte beides nach vorn zur Leiter. Unten standen Männer, die die Sachen auffingen und mir wieder hinunterhalfen. Ich brachte meinen Koffer ins Auto. Es war voller Sand und Staub, schien aber nicht beschädigt zu sein. Dann nahm ich das Bettenbündel und legte es auf eine Liege nahe der Terrassentür. Wenn ich schon im Haus schlafen musste, dann wenigstens ganz in der Nähe eines Ausgangs. Es war ein zugiger Platz, denn die Türen waren als Krankentragen entfernt worden und die Fensterscheiben zersplittert, dennoch, es war ein trockener Ort und das war schon viel wert in so einer Nacht.

Marisa und ihre Küche waren zum Zentrum des Hauses geworden, zu einem ruhigen Pol in diesem Durcheinander. Sie hatte ihre kleine Mannschaft wieder beisammen und half Marco nun, da sie nicht mehr für Kleinkinder sorgen musste, bei seinen Versuchen, die vielen Menschen zu verpflegen. Sie brutzelte auf einer Elektroplatte Soßen, die später Marcos Gerichten zugesetzt wurden, und kochte auf der zweiten Platte pausenlos Brunnenwasser ab. Lorenzo hatte angeordnet, dass nur noch abgekochtes Wasser getrunken werden durfte, bis die Wiederaufbereitungsanlage funktionierte.

Wann immer jemand von uns Gästen Zeit hatte, traf er sich

mit anderen in der Küche. Man half beim Zwiebelschälen und beim Tomatenschneiden, beim Knoblauchhacken und Kaffeekochen, beim Aufräumen, Abwaschen und Wasserholen. Die Scherben auf dem Boden waren beseitigt, die noch brauchbaren Geschirrteile in die Regale, Töpfe und Pfannen in die Schränke geräumt worden. Es gab Hocker und Stühle, die Neno im Haus zusammengesucht hatte, und es gab immer heißen Kaffee. So langsam legte sich bei uns allen der Schock der letzten Nacht. Wir hatten zwar alle dieses unangenehme, angespannte Gefühl der Angst vor dem nächsten schweren Erdstoß, aber jeder versuchte auf seine Weise damit fertig zu werden, ohne die anderen zu belasten; denn noch immer gab es diese kleineren Beben, die uns daran erinnerten, dass wir auf einem Pulverfass lebten.

Es war spät, als wir unsere ›Schlafsäle‹ aufsuchten. Während Marisa mit ihrer kleinen Truppe in einem Nebenraum der Küche Feldbetten aufgestellt hatte, gingen wir um das Castello herum zum Terrasseneingang und suchten unsere Liegen. Sie standen so eng beieinander, dass man kaum dazwischen hindurchgehen konnte. Viele waren mit Flüchtlingen belegt. Auch die beiden Liegen rechts und links von mir waren besetzt und ich versuchte vorsichtig und ohne irgendwo anzustoßen, mein Bettenbündel zu entrollen und mich hinzulegen. In Erinnerung an die vergangene Nacht zog ich aber nur meinen Regenmantel aus und die Schuhe, die ich neben mein Kopfende stellte. Die Taschenlampe, die Lorenzo mir gegeben hatte, legte ich griffbereit hin.

Mitten in der Nacht wurde ich geweckt. In dem abgedunkelten Schein einer Taschenlampe sah ich Lorenzo, der neben meiner Liege kauerte.

»Viola, bitte kommen Sie.«

Etwas benommen stand ich auf, zog Schuhe und Regenmantel an und folgte ihm durch die engen Gänge zwischen den Liegen. Draußen war es ganz still. Der Regen hatte aufgehört, die Wolken waren aufgerissen und im Süden stand eine schmale Mondsichel über den Hügeln.

Lorenzo führte mich zwischen Castello und Wirtschaftshof zu jener Stelle, an der wir in der Nacht davor gesessen hatten. Wie ich im Schein seiner Lampe bemerkte, hatte er sich umgezogen und rasiert und sah frischer aus als in den letzten Stunden. Auf dem Gras der kleinen Böschung lag ein Schlafsack, auf den wir uns setzten.

»Viola, ich muss mit Ihnen reden.« Er nahm meine Hand. »In der letzten Nacht, als Sie ohne viele Worte einfach für mich da waren, ist mir bewusst geworden, wie dumm und eingebildet ich mich verhalten habe, seit Sie zu uns gekommen sind, wie verkrampft und kurzsichtig. Ich bin Ihnen aus dem Weg gegangen, weil ich es nicht ertragen konnte, Gefühle für eine Frau zu entwickeln. Und dann, gerade als ich angefangen hatte, mich Ihnen zu öffnen, ist diese schreckliche Katastrophe passiert und ich musste alle persönlichen Gefühle zurückstellen. Sie sollen wissen, dass ich von Herzen gern in Ihrer Nähe sein möchte, aber ich muss Sie trotzdem jetzt verlassen.«

Bedrückt entzog ich ihm meine Hand. Ich sah ihn an, wollte etwas erwidern, doch er hielt einen Finger an meine Lippen und nahm wieder meine Hand.

»Bevor die Menschen hier wach werden, bin ich fort. Ich muss meinen Sohn suchen und meinen Bruder. Ich muss wissen, ob mein Vater noch lebt und wie es meiner Mutter geht. Ich muss, Viola, ich muss ganz einfach gehen, ich ertrage die Ungewissheit nicht länger, sie frisst mich auf. Ich werde versuchen, zu Fuß durchzukommen, da die Straße noch immer blockiert ist. Vielleicht habe ich Glück und komme danach auf anderen Wegen schneller voran, vielleicht auch nicht, damit muss ich rechnen, diese Erde ist so unberechenbar geworden.«

Ich sah hinauf in die schwarze Dunkelheit der Nacht und kämpfte mit den Tränen.

»Viola, ich möchte, dass Sie in diesem Chaos nicht untergehen. Gehen Sie fort, sobald Sie können. Nehmen Sie die erste Gelegenheit wahr, hier zu verschwinden. Warten Sie auf nichts und niemanden, gehen Sie einfach, und zwar so schnell wie möglich. Das ist es, was ich Ihnen unbedingt sagen wollte.« Seine Stimme wurde kräftiger, energischer. »Ich wollte so viel, ich hatte so große Pläne, ich hatte Träume, in die Sie, wenn auch noch unbewusst, mit einbezogen waren. Aber das Schicksal zwingt uns jetzt in verschiedene Richtungen zu gehen, und vielleicht trennen sich unsere Wege hier für immer.«

»Lorenzo, ich verstehe, dass Sie die Menschen suchen müssen, die Sie lieben und die zu Ihnen gehören, ich verstehe Ihre Verzweiflung und den Mut, den Sie brauchen, um jetzt zu gehen. Aber ich verstehe nicht, wie Sie denken können, unsere Wege würden sich hier trennen. Sie müssen gehen, aber warum zweifeln Sie daran, dass die Zukunft uns wieder zusammenführt? Ich werde hier auf Sie warten, denn Sie werden zurückkommen, glücklich vielleicht, weil Sie alles gefunden haben, was Sie suchten, oder verzweifelt, weil Sie großen Schmerz erleiden mussten – aber Sie kommen zurück, weil das hier Ihr Zuhause ist und weil all die Menschen hier Sie brauchen und auf Sie warten. Und zwischen all diesen Leuten werde ich dann auch stehen. Ich glaube, meine Hand wird Sie ganz einfach festhalten, bis Sie wieder da sind. Und nun gehen Sie.«

Wir standen beide auf und er rollte den Schlafsack zusammen. Ich begleitete ihn vor das Haus, wo Leandro mit einem gepackten Rucksack wartete.

»Leandro und Marisa wissen Bescheid, sie kümmern sich um alles, ich weiß das Castello und Sie alle in guten Händen.« Er reichte uns die Hand, strich zum ersten Mal zärtlich über meine Wange, drehte sich um und ging davon.

Kapitel 14

Die Dunkelheit ging über in das bleiche, wässerige Licht der Morgendämmerung. Leandro nahm meine Hand und führte mich weg. »Ein neuer Tag, Signora, machen wir uns an die Arbeit.«

Auf dem Hof versammelten sich die ersten Männer vor Marcos Kochstelle. Es gab Brot, Käsestücke und Tee. Wer mit dem Trupp zur Straßenarbeit fahren wollte, bekam eine extra Ration für die Mittagspause. Alfredo, der die Gruppe führte, stellte die Werkzeuge und Anhänger bereit, man wollte so schnell wie möglich weitermachen.

Ich ging in die Küche. Marisa nickte mir zu. Sie wusste Bescheid. Wie viele andere auch war sie längst auf den Beinen. Die Nächte waren kurz geworden, jeder war froh, wenn die Dunkelheit vorbei war. Die Nacht war zu einer Bedrohung geworden.

In zwei großen Pfannen bereitete Marisa Rühreier. Die auf dem Hof lebenden Arbeiterfrauen, denen die Hühner gehörten, hatten einen gemeinsamen Auslauf und Legeplatz für ihre Tiere angelegt und lieferten die Eier in der Küche ab. Zu der duftenden Köstlichkeit gab es das frische Brot, das Marco in der Nacht gebacken hatte, und ich fragte mich, wann dieser Mann eigentlich schlief.

Ich setzte mich in eine Ecke, und während ich mein Frühstück verzehrte, dachte ich an Lorenzo. Wie weit mochte er wohl schon gekommen sein? Einer der Hubschrauberpiloten hatte berichtet, dass die Straße nach Foligno etwa zwei Kilometer lang unter Geröll verschüttet und dass weiter südlich eine kleinere Brücke eingestürzt war. Das waren sehr schlechte Nachrichten für die Männer, die die Straße wieder passierbar machen wollten.

Und die Erde bebte weiter. Kein Mensch hatte damit gerechnet, dass es so lange dauern würde. Leute, die sich aufmachten, über schmale Feldwege oder querfeldein zurück in ihre Dörfer zu gehen, kamen wieder zurück und berichteten von neuen Zerstörungen. Keiner von ihnen war auf Rettungstrupps gestoßen und die Angst stand in ihren Gesichtern. Auch die Gäste wurden ungeduldig. Die beiden amerikanischen Ehepaare, die sich von ihrer Reisegruppe abgesondert und das Beben zunächst als Abenteuer gesehen hatten, wurden nervös und gereizt, was man ihnen kaum übel nehmen konnte: Sie hatten kaum noch saubere Kleidung, das Essen war alles andere als exklusiv, sie konnten sich nicht vernünftig waschen, mussten auf Feldbetten in überfüllten Sälen schlafen und hatten Sorge, ihr Rückflug würde verfallen. Aber auch Roberto und die Frauen wurden mit jeder Stunde ungeduldiger.

Vielleicht lag es daran, dass die ersten hektischen Aufgaben erledigt waren. Ein Mann wie Roberto, der bereit war, sich selbstlos und mit aller Kraft einzusetzen, hatte plötzlich nichts mehr zu tun. Das Gleiche galt für die anderen Gäste. Nur David und Linda hatten sich abgesondert. Sie waren zusammen mit ihren Feldbetten in das kleine Büro mit dem Funkgerät gezogen und bemühten sich rund um die Uhr um Kontakte nach draußen.

»David war früher Amateurfunker«, erklärte mir Linda. »Da dachten wir, hier könnten wir am besten helfen.«

Das war endlich einmal eine gute Nachricht. »Mit dem neuen, starken Gerät können wir viel mehr erreichen«, sagte David und zeigte mir die Anlage und den zusätzlichen Generator.

»Wir haben eine feste Frequenz zur Militärbasis in Assisi und können uns auf englisch verständigen.«

»Und was hört man?«

»Dort in der Nähe muss das Epizentrum gewesen sein. Die massige Basilika S. Francesco und das Franziskanerkloster sind wohl schwer beschädigt.«

»Ja, das sind letztlich nur Steine«, dachte ich, »und Menschen?«

»Tote und Verletzte, aber Zahlen liegen noch nicht vor. Im Fernsehzimmer läuft ein Radio mit Batteriebetrieb, vielleicht gibt es dort aktuellere Nachrichten.«

Ich ging hinüber. Mehrere Gäste drängten sich um den kleinen Apparat. Das Erdbeben stand im Mittelpunkt aller Nachrichten, vor allem die anhaltenden Nachbeben, die sich auch Seismologen nicht erklären konnten. Man zählte bereits mehr als 100 000 Obdachlose, Zahlen über Tote und Verletzte gab es nicht oder man hielt sie bewusst zurück. Viel Gerede gab es um die kunsthistorischen Verluste dieser Gegend, in der Architekten, Maler und Bildhauer früherer Jahrhunderte Werte geschaffen hatten, die nun vielleicht unwiederbringlich verloren waren. Steine – dachte ich noch einmal und verließ den Fernsehraum.

Draußen herrschte eine veränderte, eine seltsame Stimmung. Die Menschen, die in Zelten und im Freien rund um das Castello kampierten, wirkten apathisch und teilnahmslos, so, als hätten sie jede Hoffnung aufgegeben. Sie kauerten, in Decken oder Kleidung gehüllt, auf dem Boden oder auf ihren Liegen und waren kaum dazu zu bewegen, ihr Essen in Empfang zu nehmen. Nur ein paar Kinder spielten mit Bällen auf den Wiesen und störten die Tiere, die dort angebunden waren.

Auch im Haus griff diese Teilnahmslosigkeit um sich. Man setzte sich in kleinen Gruppen zusammen und diskutierte, aber nicht mehr lebhaft und optimistisch, sondern auch hier hatten sich Lethargie und Stumpfsinn breit gemacht. Es war, als fehle all diesen Menschen plötzlich der Mittelpunkt, die Achse, um die sich alles drehte. War es möglich, dass man bereits spürte, dass Lorenzo fort war? Konnte es sein, dass sein Fehlen sich auf die Atmosphäre hier derart stark auswirkte?

Ich suchte Leandro. Er half beim Einbau der Wasseraufbereitungsanlage. Auch er war ein Mann, der Menschen führen konnte. Er kam herüber, als er mich sah.

»Was gibt es, Signora?«

»Wir müssen uns etwas einfallen lassen. Die Leute werden depressiv. Sie brauchen Aufgaben, Leandro, was könnten sie tun?«

Er sah mich nachdenklich an. »Lorenzo fehlt, nicht wahr?«

»Ja.«

»Was können wir tun?«

»Die Leute brauchen Arbeit, richtige, körperliche Arbeit, und ich hätte da auch schon eine Idee.«

»Ja?«

»Als ich Neno gesucht habe, sah ich die Weinberge. Die Stöcke sind durch das Beben umgefallen. Aber die Früchte sind bestimmt nicht alle beschädigt.«

»Und Sie meinen, man könnte sie ernten? Wo sollen wir denn damit hin?«

»Ich weiß es nicht, es ist eben nur eine Idee.«

»Ich müsste in die Kellerei, um die Schäden zu untersuchen. Der Eingang müsste freigeräumt werden und die Schüttvorrichtung. Gar nicht so schlecht, Ihre Idee, Signora.«

»Aber werden die Leute mitmachen bei solchen Arbeiten? Ich meine, Weinlese beim Erdbeben?«

»Man müsste die Idee attraktiv machen.«

»Und wie?«

»Sie bekommen Geld dafür oder Hilfe anderer Art. Sie wissen, dass ihnen vom Castello geholfen wird, deshalb sind sie ja auch hierher geflüchtet.«

»Wir können ihnen kein Geld versprechen.«

»Ich weiß. Also versprechen wir Hilfe bei der Reparatur ihrer Häuser. Sobald das Beben nachlässt, stellen wir Bautrupps aus ihre eigenen Reihen zusammen, die sich gegenseitig beim Aufbau helfen. Das ist nur eine Frage der Organisation.«

»Und Sie meinen, es funktioniert?«

»Wenn man es richtig macht? Wir werden sehen. Erst einmal muss ich die Keller untersuchen, zumindest die vorderen Gewölbe.«

»Seien Sie vorsichtig, Leandro.«

»Natürlich.« Er suchte sich zwei Arbeiter aus, sprach mit ihnen, und als sie zustimmend nickten, ging er mit ihnen zur Kellerei. Mit Taschenlampen und Seilen ausgerüstet, kletterten sie durch das Mauerloch in die Gewölbe.

Ich setzte mich in der Nähe von Marco auf eine Kiste und sah ihm beim Kochen zu. Auch ich war niedergeschlagen und verängstigt. Woran ich auch dachte, überall sah ich nur Fragezeichen, einfach alles war ungewiss.

Es war fast Mittag, als Leandro mit den Männern aus der Kellerei zurückkam. Erwartungsvoll ging ich ihm entgegen.

»Es sieht gar nicht so schlecht aus«, meinte er. »Ich bin ziemlich weit hinten in den Gewölben gewesen, die Decken scheinen zu halten, und die Holzfässer haben die Beben fast alle überstanden, bis jetzt jedenfalls. Auch die versandfertig gepackten Kisten scheinen kaum beschädigt zu sein. Das ist schon mal ein Potential, auf dem Lorenzo aufbauen kann. Schlimm allerdings sieht es weiter hinten bei den Regalen aus, da sind wohl alle Flaschen zu Bruch gegangen. Aber ich bin da hinten nicht sehr weit gegangen, Sie wissen, zu Fuß ist das kaum zu schaffen.«

»Und was ist mit der Kelterei, mit der Verarbeitung der Trauben?«

»Es könnte gehen. Die Pressen scheinen in Ordnung zu sein und der Generator auch. Hoffen wir, dass er genügend Strom liefert.«

»Hat man das nicht berechnet, als man ihn einbaute?«

»Das schon, unter normalen Umständen ganz bestimmt, aber die haben wir nicht.«

»Und was machen wir?«

»Ab morgen wird Wein geerntet. Heute machen wir den Eingang frei und schlagen zusätzliche Löcher in die Mauern, damit wir Tageslicht bekommen.«

»Das hört sich gut an. Aber Sie müssen noch die Leute überzeugen.«

»Nach dem Essen. Ich lasse Wein austeilen statt Tee, der hebt die Stimmung.«

Ich beobachtete, wie bereits einige Männer mit dem Freischaufeln des Eingangs begannen. Es war vielleicht ein verrückter Plan, auf einen Schlag drei Probleme zu lösen: mit Arbeit Depressionen zu beseitigen, mit einem Versprechen Hoffnung auf neue Häuser zu wecken und mit dieser ganzen fixen Idee auch noch eine Weinernte zu retten. Aber ganz gleich, was wir schließlich erreichen konnten, erst einmal würde Bewegung in die Menschen kommen. Noch bevor Marco das Essen austeilte, arbeitete ein ganzer Trupp vor der Kellerei und Frauen halfen mit Eimern und Schubkarren, das Geröll fortzuschaffen.

Als ich durch das Haus ging, warf ich einen Blick in die unteren Räume. Im Speisesaal und im Kaminzimmer standen die Feldbetten dicht aneinander gerückt, auf der anderen Seite der Halle im Fernsehzimmer mit dem zerstörten Apparat saß eine Gruppe von Gästen zusammen und aus der Bibliothek hörte ich undefinierbare Geräusche. Als ich ihnen nachging, fand ich Sandro, der die Bücher gegeneinander schlug, um Schmutz und Staub zu entfernen und sie dann in die Regale einzuordnen. Eine mühsame Arbeit, denn Hunderte davon lagen auf dem Boden.

Als Sandro mich sah, hob er entschuldigend die Schultern: »Es ist Ernesto Beneventis Lieblingszimmer, Signora, und wenn er zurückkommt, soll es einigermaßen wohnlich aussehen.« Der gute Sandro! Und dann hatte ich eine Idee. »Sandro, warten Sie bitte, ich möchte das Durcheinander fotografieren.«

Verständnislos sah er mich an.

»Wissen Sie, vielleicht kann Signore Beneventi die Fotos für die Versicherung gebrauchen. Ich weiß zwar nicht, ob man hier gegen Erdbeben versichert ist, aber es kann nicht schaden, die Bilder zu haben.«

Dass ich darauf nicht früher gekommen war! Ich lief hinaus zum Auto, holte meine Fototasche und begann, Zimmer für Zimmer zu fotografieren. Danach kletterte ich nach oben und setzte die Arbeit fort. Dann ging ich nach draußen. Ich fotografierte das Castello, die Umgebung, die Zelte und den Wirtschaftshof mit den eingestürzten Gebäuden sowie die Arbeiter vor dem Kellereieingang. Nachdem ich auch den Brunnen und die Latrinenanlage aufgenommen hatte, machte ich mich auf den Weg in die Weinberge. Ich vergaß die Zeit und das Essen und nützte das Tageslicht bis zum letzten Schimmer. Als ich völlig erschöpft zurückkam, sah ich, dass der Kellereingang bereits benutzt wurde und die Straßenarbeiter vom Einsatz zurück waren.

Wo mochte Lorenzo jetzt sein? Wäre der Asphaltweg eine wichtige Durchgangsstraße gewesen, hätte man vielleicht von Foligno aus mehr an ihr gearbeitet, aber als Stichstraße zum Castello, die kurz hinter der Abzweigung zur Zypressenallee endete, war sie nur eine Art privater Zubringer und nicht von öffentlichem Interesse. Also blieben Lorenzo nur die einzelnen, kleinen Feldwege zwischen den Weinbergen und die kaum sichtbaren Trampelpfade einzelner Schafherden, um einen Verbindungsweg nach draußen zu finden.

Ich ließ mir von Marco ein Stück Brot und von Leandro einen Becher Wein geben und setzte mich in eine Ecke des Hofes. »Morgen früh geht's los, Signora.« Leandro stellte sich neben mich. »Zuerst bringt der Traktor den Straßentrupp nach unten, dann kommt er zurück und fährt die Anhänger für die Weinlese in die Hügel. Wir haben etwa achtzig Freiwillige, die sich gemeldet haben, das sind beinahe mehr, als wir sonst bei der Ernte haben. Sie werden alle registriert, damit alles seine Ordnung hat.«

»Das hört sich richtig gut an.«

»Ja, und viele sind dabei, die uns früher schon geholfen haben, sie können die anderen einweisen.«

»Wird das Wetter mitmachen? Noch sind die Trauben in Ordnung.«

»Ich denke schon, der Sonnenuntergang sah gut aus, ja, ich denke, das Wetter wird halten.«

Ganz anders als in den Morgenstunden herrschte jetzt überall eine geschäftige Stimmung und vereinzelt hörte man sogar Leute lachen.

Als ich in die Küche ging, kam mir David entgegen. »Viola, wir hatten da einen ziemlich verzerrten Funkspruch, mit dem wir nichts anzufangen wissen. Da man uns aber noch einmal anfunken will, brauchen wir eine Antwort.«

»Und um was ging es?«

»Ein Francesco sucht seinen Vater.«

»Das ist ja großartig, David, das ist die beste Nachricht, die wir kriegen können.«

Verständnislos sah er mich an.

»Francesco ist Lorenzos Sohn und Lorenzo ist unterwegs, um ihn zu suchen.«

»Lorenzo ist nicht hier?«

»Nein, er sucht nach Ersatzwegen für den Fall, dass die Straße nicht zu reparieren ist, und hofft außerdem, Francesco zu finden, der in der Nähe von Assisi stationiert ist. Aber bitte, das muss unter uns bleiben. Niemand soll wissen, dass Lorenzo weg ist.«

»Ich verstehe, aber was soll ich sagen, wenn die Frage noch einmal durchkommt?«

»Sie müssen Linda einweihen und dann sagen Sie, dass Lorenzo auf dem Weg nach Assisi ist. Aber bitte, achten Sie darauf, dass sonst niemand zuhört. Nur Leandro und Marisa wissen Bescheid.«

»Geht in Ordnung. Hoffen wir, dass Lorenzo Erfolg hat.«

Ich lief wieder hinaus, um Leandro von dem Funkspruch zu erzählen.

»Darauf trinken wir ein Schlückchen, das ist einfach wunderbar.« Er holte uns zwei Becher Wein und wir stießen an. Dann ließ ich mir einen zweiten Becher geben. »Der ist für Marisa, sie muss es auch wissen.«

Vorsichtig ging ich durch die Dunkelheit, um nichts zu verschütten.

»Marisa, kommen Sie, wir beide trinken jetzt darauf, dass Francesco sich gemeldet hat«, flüsterte ich. Sie wurde ganz blass und ich sah, wie müde und abgekämpft diese Frau war, die nach außen hin so stark wirkte und die Menschen im Haus zusammenhielt.

»Alles wird gut, Marisa. Ich bin sicher, wir haben das Schlimmste geschafft.«

Sie nickte und wischte sich Tränen aus den Augen.

»Und ab morgen ernten wir wieder Wein!«

»Das ist zwar eine verrückte Idee, Signora Viola, aber trotzdem einfach großartig! Leandro hat es mir erzählt.« Sie nickte mir zu. Wir setzten uns in eine Ecke und nippten an unserem Wein und sicher war es auch sein Verdienst, dass wir uns schon bald viel besser fühlten. Kurz vor Mitternacht suchten wir unsere Liegen auf und gingen schlafen.

Der Morgen kurz vor Sonnenaufgang war rau und kühl. Dunst lag über den Hügeln und ein paar Schafe standen wie Phantome auf den abgeweideten Wiesen. Dann zuckten erste schwache Strahlen durch die Wolken und gaben die Sicht frei auf die Hügel mit den flach liegenden Rebenreihen. Ich ging in die Küche. Kaum hatte ich die ersten Schlucke von Marias köstlichem Cappuccino getrunken, als Roberto wütend hereinstürmte.

»Buon giorno, Viola, wo ist Lorenzo? Ich suche ihn schon seit gestern. Er kann doch nicht spurlos verschwunden sein.«

»Nein, Roberto, Lorenzo ist zu Fuß unterwegs, um nach Wegen zu suchen, über die man hier mit dem Wagen herauskommen könnte.«

»Er ist allein und zu Fuß gegangen? Aber warum denn, ich wäre doch mitgelaufen.«

»Eben, das wollte er auf gar keinen Fall. Die Strecke ist äußerst gefährlich, er wollte keine anderen Menschen in Gefahr bringen.«

»So ein Unsinn, natürlich wäre ich mitgegangen. Wo könnte ich ihn denn finden, wenn ich jetzt loslaufe?«

»Roberto, er ist schon gestern Nacht aufgebrochen, das ist mehr als vierundzwanzig Stunden her.«

Ich reichte ihm einen Becher Cappuccino, um ihn zu besänftigen.

»Wann kommt er zurück?«

»Wenn er Erfolg hat.«

»Das kann natürlich lange dauern.«

»Er meldet sich über Funk, sobald er eine Station erreicht.«

»Also, ich werde hier nicht tatenlos herumsitzen und auf ein Wunder warten oder auf einen Funkspruch.« Er war noch immer verärgert. »Ich laufe los und werde mal die Stromleitung kontrollieren.«

»Sprechen Sie mit Leandro darüber, er müsste wissen, wo die Oberleitung verläuft.«

»Und wo finde ich den?«

»In der Kellerei. Wir machen weiter mit der Weinlese.«

»Sie machen was –?«

»Wir müssen die Leute beschäftigen.«

Sprachlos sah er mich an. »Das ist ja unglaublich!« Und dann lachte er schallend und ich zeigte durch das kaputte Fenster auf den Wirtschaftshof, wo sich etwa achtzig Leute versammelten.

»Sie werden gleich losgehen, die Trauben sind einwandfrei, sie liegen nur auf dem Boden.«

Er nahm mich in die Arme und drückte mich. »Also, das ist einfach grandios! Und die Verarbeitung?«

»Wir hoffen, es klappt. Die Pressen, der Generator und die Holzbottiche sind in Ordnung.«

Er schüttelte noch immer den Kopf. »Umso dringender brauchen wir Strom. Ich werde das untersuchen, irgendwo muss diese private Oberleitung ja auf die Überlandleitung stoßen, und die wird man so schnell wie möglich reparieren. Also, bis später.«

»Nehmen Sie jemanden mit, der die Gegend kennt«, rief ich noch hinterher, aber er hatte es so eilig, dass er mich nicht mehr hörte. Wenig später sah ich ihn sichtlich zufrieden mit zwei Männern davongehen.

Kapitel 15

Der Tag verlief ziemlich ruhig. Da so viele Menschen unterwegs waren, kam mir das Castello fast leer vor. Marisa hatte die Hausmädchen und einige Frauen beauftragt, in den unteren Räumen so weit wie möglich Schmutz und Schutt zu beseitigen und Ordnung zu schaffen. Nur im Kaminzimmer und im Speiseraum, wo die Feldbetten dicht beieinander standen, konnte nichts gemacht werden. In der Halle waren einige Männer unter Sandros Anleitung damit beschäftigt, die zerstörte Marmortreppe abzutragen, damit sie bei neuen Beben nicht einstürzte und Menschen verletzte. Andere Arbeiter versuchten, aus Brettern eine behelfsmäßige Treppe zu bauen, damit die Zimmer der oberen Etage gereinigt und wieder benutzt werden konnten.

Marco, der sich zum Schlafen hingelegt hatte, als die Arbeitsgruppen abgerückt waren, begann am frühen Nachmittag mit der Vorbereitung des Abendessens. Ein paar Frauen halfen ihm dabei und auch ich stellte mich zur Verfügung. Er schickte mich in den Küchengarten, um frisches Gemüse zu suchen.

»Bringen Sie einfach alles mit, was da ist.«

Im Durcheinander der aufgeworfenen Erde fand ich Tomaten, Zucchini und Auberginen und ich traf Anna, die alte Kräuterfrau, die zwischen Gemüse und Unkraut einen ganzen Arm voller Gewürzpflanzen gefunden hatte.

Marco plante eine ›minestra alla milanese‹ mit allem, was wir im Garten finden konnten, und mit Speck, Öl, Reis und Käse. Dazu sollte es Brot geben, das er schon nachts gebacken hatte, und Wein, mit dem Leandro die Arbeiter belohnen würde.

Wir Frauen waren gerade dabei, das Gemüse in kleine Stücke zu schneiden, als ich das Knattern eines Hubschraubers hörte. Ich ging hinüber zur Wiese, die wir als Landeplatz freigehalten hatten, und sah, wie ein kleiner, privater Helikopter herunterkam. Die Tür öffnete sich und ein grauhaariger Mann kletterte heraus. Zögernd sah er sich um, dann kam er auf mich zu. Gleichzeitig kam auch Leandro um die Hausecke. Die beiden winkten sich zu und begrüßten sich und Leandro stellte uns vor.

»Viola, das ist Signore di Gaetano, der Schwiegervater von Enrico Beneventi und der Vater von Isabella und Gina. Er kommt aus Terni.«

»Haben Sie Nachrichten für uns?«

»Ja, man hat Enrico gefunden. Sehr schwer verletzt. Er ist aus dem Wagen geschleudert worden, weil er nicht angeschnallt war, sonst wäre er wohl verbrannt. Aber er hat mehrere Brüche, Quetschungen und seine Wirbelsäule ist sehr schwer geschädigt.«

Ich sah, wie der Mann mit den Tränen kämpfte. Leandro legte ihm einen Arm um die Schultern. »Kommen Sie mit, wir setzen uns im Haus irgendwo hin.«

Ich zögerte, weil ich nicht wusste, ob ich mich ihnen anschließen sollte, aber Leandro bat: »Kommen Sie mit, Signora, wir werden einen starken Kaffee brauchen und Marisa soll dann auch hinzukommen.«

Als ich ihr erzählte, was wir erfahren hatten, weinte sie. »Mein Gott, ein Mann im besten Alter, der noch ein ganzes Leben vor sich hat.«

Dann brachten wir den Kaffee in das kleine Fernsehzimmer, das die anderen Gäste taktvoll verlassen hatten, und Signore di Gaetano fragte: »Wo ist Lorenzo?«

Wir sagten es ihm, dann erzählte er, dass man Enrico erst zwölf Stunden nach dem Unfall und nur durch Zufall gefunden habe. »Jetzt liegt er in der Neurochirurgischen Klinik von Professore Ormani in Rom. Man macht uns Hoffnung, dass er den Unfall überlebt, aber nicht, dass er je wieder laufen kann.« Marisa weinte still vor sich hin und auch ich hatte Mühe, die Tränen zurückzuhalten.

»Wie geht es Isabella?«

»Nicht gut. Sie ist sehr verzweifelt. Man hat ihr ein Zimmer in der Klinik zur Verfügung gestellt. Ist Gina hier?«

»Nein, sie wollte in die Colli Albani«, erklärte Leandro. Dann erzählte Gaetano, dass er auch die alten Beneventis im Krankenhaus besucht habe.

»Signore Beneventi hat mehrere Bypässe bekommen und liegt noch auf der Intensivstation, aber die Ärzte sind zuversichtlich und wollen ihn sobald wie möglich in eine Rehaklinik verlegen. Seine Frau ist bei ihm, sie ist sehr tapfer und Gott sei Dank auch sehr optimistisch. Von Enricos Unfall wissen die beiden aber noch nichts. Ach ja, und von Nico habe ich einen Brief für Sie, Signora.«

Er nahm ein zusammengefaltetes Blatt aus der Tasche und reichte es mir. Ich beschloss, es später zu lesen. Jetzt wollte er erst einmal Genaueres über Lorenzo und die Situation im Castello wissen. Ich überließ Leandro die Antworten und hörte nur zu, in Gedanken bei Lorenzo, von dem wir nun schon seit mehr als zwei Tagen nichts gehört hatten. Auch Francesco hatte sich nicht wieder gemeldet.

Dann erzählte Bruno di Gaetano, wie es ihm unter Mühen gelungen sei, den kleinen Hubschrauber für diesen Flug zu chartern; und dass er mehrere Kisten mit Lebensmitteln an

Bord hätte, Sachen, von denen Nico gesagt habe, dass sie fehlten.

Als er wieder abflog,waren wir alle sehr deprimiert: Enrico in der Neurochirurgie, Ernesto auf der Intensivstation, von Lorenzo keine Spur und von Francesco auch keine Antwort. Als er in die Maschine stieg, bat Leandro ihn noch: »Bitte versuchen Sie alles, damit wir hier Strom bekommen. Wir müssen sehr viele Menschen versorgen. Drei Männer sind unterwegs, um die Leitungen zu kontrollieren, aber wir können nicht selbst daran arbeiten, wir haben keine Spezialisten.«

Dann hob die kleine Maschine ab und Leandro sorgte dafür, dass die Lebensmittel zu Marisa in einen kühlen Kellerraum geschafft wurden, denn sie enthielten vor allem gepökeltes oder luftgetrocknetes Fleisch, Schinken, Speck, Würste – lauter Dinge, die uns inzwischen sehr fehlten, denn mit Reis, Mais, Nudeln, Gemüse und Brot allein konnten wir die Menschen, die körperlich schwer arbeiteten, nicht wirklich ausreichend versorgen.

Es wurde schon dunkel, als ich mich in den Lichtkreis einer Petroleumlampe setzte, um Nicos Brief zu lesen.

Cara Viola,

ich hoffe, es geht Ihnen einigermaßen gut. Ihre Nachricht habe ich weitergegeben. Bitte melden Sie sich bald wieder bei Ihren Eltern, sie sind sehr besorgt. Sie versprachen, Ihre Redaktion zu benachrichtigen. Wenig später rief Ihr Verlag hier bei mir an. Man hat mich gebeten, Ihnen mitzuteilen, Sie möchten so schnell wie möglich einen Bericht über das Erdbeben liefern und Fotos dazu machen. Aber man möchte keinen Bericht und keine Fotos über zerstörte Denkmäler, sondern über Menschen, ihre Not, ihren Mut, über Hilfsmaßnahmen und Nächstenliebe. Eventuell will man auch eine Hilfsaktion zusammen mit Hamburger Fernsehsendern starten. – Mir geht es ganz gut. Meine Familie holt mich morgen nach Bari zurück. Aber ich weiß, wir sehen uns bald wieder! Ich muss schließen, Bruno Gaetano hat es eilig, er will zum Castello fliegen. Über die Beneventis wird er selbst berichten, es ist alles sehr traurig.

Ciao, Nico.

Ich ging um das Castello herum zu meinem Auto, um den Brief zu meinen Sachen zu legen. Dann setzte ich mich hinein. Es war der einzige Ort, an dem ich allein sein konnte. Müde und deprimiert von den Nachrichten schloss ich die Augen und klappte die Rückenlehne herunter. Es tat gut, sich für eine Weile absondern zu können. Ich dachte an meinen Verlag und den Auftrag. So eine Geschichte würde ich schreiben können. Bilder hatte ich auch. Den Namen des Castellos würde ich aber weglassen und die genaue Ortsbeschreibung auch. Mochten die Leser rätseln, wo es war, aber Touristen konnte Lorenzo in Zukunft wirklich nicht gebrauchen.

Draußen hörte ich Stimmen. Angela, Carla, Roberto und zwei Männer kamen die Zypressenallee herauf. Anscheinend waren die beiden Frauen auf der Suche nach Roberto gewesen. Ich stieg aus und sah ihn fragend an.

»Also, die Castello-Leitung ist bis zum Transformatorenhaus unterhalb der Überlandleitung in Ordnung. Wir haben keine Unterbrechung gefunden. Dass wir keinen Strom haben, muss an der Hauptleitung liegen, und die wird sicher bald repariert.«

»Hoffen wir es. Und wie sieht es sonst da draußen aus?«

»Schlimm, Viola, schlimmer als hier. Ich glaube nicht, dass Lorenzo passierbare Wege findet.«

Dann erzählte ich von dem Besuch Gaetanos und von den Nachrichten, die er mitgebracht hatte. Tief betroffen gingen wir schließlich ins Haus.

Die Nacht und auch der folgende Tag verliefen ruhig. Es gab weniger Erdstöße, und die Menschen gingen ihren verschiedenen Arbeiten nach. Ich setzte mich wieder in mein Auto, nahm Papier und Kugelschreiber zur Hand und begann, mir Notizen für den Bericht zu machen.

Um die Mittagszeit sah ich David auf dem Vorplatz. Er schien mich zu suchen. Ich winkte ihm zu, bei dem schönen Wetter hatte ich das Wagendach zurückgeklappt und genoss die warme Sonne, die das Chaos fast vergessen ließ.

Er winkte zurück, als er mich sah, und kam herüber. »Viola, Lorenzo hat sich gemeldet. Er ist in Foligno und hofft, gegen Abend hier zu sein.«

»So schnell? Was hat er gesagt?«

»Er hat eine Möglichkeit gefunden, mit einem Traktor östlich von hier durch die Hügel zu kommen, und will das heute Nachmittag versuchen. Er hat einen Traktor mit besonders breitem Radabstand geliehen und meint, dass er ihn auch in extremen Schräglagen halten kann.«

»Das hört sich sehr gefährlich an.«

»Ja, er ist auch nicht sicher, ob er es schafft. Er hat uns den Weg in etwa beschrieben, falls er nicht durchkommt und man ihn sucht.«

»Hat er etwas über den Zustand der Straßen gesagt?«

»Ja, er meint, die Reparaturen sind aussichtslos, zumal weiter unten auch noch eine Brücke eingestürzt ist. Ab morgen sollen die Männer an den Wegen arbeiten, die er ausgekundschaftet hat.«

»Haben Sie schon mit Leandro gesprochen?«

»Nein, den suche ich jetzt.«

Ich blieb in meinem Auto sitzen und holte erst einmal tief Luft: Lorenzo war auf dem Rückweg, Gott sei Dank! Und vielleicht gab es bald neue Wege – der Druck, der auf uns allen lastete, schien sich langsam, ganz langsam zu lösen!

Unter den Gästen und Flüchtlingen hatte sich Davids Nachricht schnell verbreitet. Immer wieder sah ich den einen oder anderen auf dem Vorplatz und in der Allee. Sie suchten, sie horchten, sie schöpften Hoffnung. Und dann, endlich, es wurde schon dunkel, hörte ich das tiefe Brummen eines großen Motors. Ich legte meine Notizen weg, schloss das Autodach und stieg aus. Kein Zweifel, da kam eine schwere Maschine die Allee herauf. Das erste fremde Fahrzeug seit zehn Tagen.

Lorenzo hatte kaum den Motor abgestellt, als er auch schon von Menschen umringt war. Müde und lächelnd kletterte er aus dem Sitz und drückte die Hände, die ihm gereicht wurden. »Ciao, Lorenzo, ciao!«, hieß es immer wieder und wildfremde Menschen umarmten sich, so groß war die Freude, ihn wiederzusehen.

Ich blieb im Hintergrund, ich konnte warten. Meine Zeit würde kommen. Dabei war ich überrascht, wie sehr ich ihn vermisst hatte, nicht nur seine Art, in der er mir einmal reserviert, einmal freundschaftlich begegnete, sondern auch seine körperliche Präsenz, die dieses Wohlbehagen in mir auslöste, hatten mir gefehlt.

Dann sah er mich und kam herüber. »Viola!«

Seine Stimme war nur ein Krächzen und seine Augen waren geschwollen und beinahe geschlossen hinter einer Kruste aus Schmutz und Sand. Er legte seinen Kopf an meine Schultern. »Gott sei Dank«, flüsterte er. Ich legte einen Arm um ihn und stand ganz still.

Die Menschen waren leise geworden, dann bildeten sie eine Gasse und wir gingen ins Castello.

»Haben Sie etwas über Ihre Familie erfahren?«

»Ja, ich konnte von Foligno aus telefonieren. Es waren traurige Gespräche mit Rom und Terni.«

»Ja, aber sie leben alle noch.«

»Ja, sie leben, aber wie –«

»Ihr Vater und Ihr Bruder sind starke Männer, sie werden kämpfen, sie werden sehr tapfer sein und Ihre Mutter wird dafür sorgen, dass sie nicht aufgeben. Sie ist eine wunderbare Frau, Lorenzo, sie wird ihren Optimismus und ihren Mut auf sie übertragen. Und was haben Sie von Francesco gehört?«

»Er ist mit seiner Einheit in der Nähe von Assisi im Einsatz. Sie bauen dort ganze Dörfer aus Zelten, weil Tausende den Winter in Zelten verbringen müssen. Er wird auf lange Zeit keinen Urlaub bekommen und das Elend, dem er täglich begegnet, nimmt ihn sehr mit. Ich konnte zwei Stunden mit ihm zusammen sein.«

In der Halle kam uns Marisa entgegen. »Kommen Sie mit, ich habe Kaffee und Cognac und jede Menge Waschwasser. Signore, Sie sehen aus, als könnten Sie eine gründliche Wäsche gebrauchen.«

Lorenzos Hände zitterten, als er den großen Becher mit dem heißen Getränk an den Mund führte. Die lange Fahrt hatte ihn völlig überanstrengt. Doch er nahm sich keine Zeit zum Ausruhen. Gleich nachdem er sich an Marisas Kaffee gestärkt hatte, verschwand er im Nebenraum, um sich zu waschen und umzuziehen. Und als er in die Küche zurückkehrte, war er bereits wieder voller Tatendrang.

»Viola, ich möchte gern mit allen Gästen sprechen. Wo machen wir das?«

»Sandro hat die Bibliothek in Ordnung gebracht.«

»Gut, dann wollen wir die Leute zusammenrufen.«

Kurz darauf hatten sich alle versammelt. Als Lorenzo hereinkam, klatschten alle, sie hatten verstanden, was er ihretwegen auf sich genommen hatte.

»Ich möchte Ihnen etwas Hoffnung machen. Sie haben hier schwere und angstvolle Tage erlebt. Sie haben mit uns gelitten und dieses chaotische Leben mit uns geteilt. Vor allem aber haben Sie uns sehr geholfen und dafür möchte ich Ihnen allen danken. Jetzt habe ich eine Möglichkeit gefunden, Sie aus dem Castello heraus und zurück in die Zivilisation zu bringen« – alles klatschte begeistert, »aber es ist nur ein kleine Chance, die wir haben, das sage ich ganz ehrlich, der nächste Erdstoß kann sie wieder zunichte machen. Immerhin, der Versuch würde sich lohnen.«

Er machte eine kurze Pause. »Mein Plan sieht so aus: Morgen früh machen wir uns auf den Weg. Ich nehme den Traktor und einen Anhänger, auf dem Sie mit Ihrem Gepäck Platz nehmen können. Aber bitte, nehmen Sie nur Handgepäck mit, Sie müssen es unter Umständen tragen. Wir fahren meist querfeldein. Streckenweise werden Sie laufen müssen, weil die Gefahr besteht, dass der Hänger umkippt. Nach etwa fünf Stunden erreichen wir eine unzerstörte Straße, die nach Foligno führt. Wer meint, das nicht durchzustehen, sollte nicht mitkommen. Der Weg ist gefährlich, das muss ich betonen.«

»Wie geht es von Foligno aus weiter?«

»Es gibt ein paar Busse, die von dort aus in verschiedene Richtungen fahren. Aber sie verkehren unregelmäßig, und auch diese Fahrten sind nicht ungefährlich. Und noch etwas: Die wenigen nicht zerstörten Hotels sind mit Obdachlosen belegt. Sie werden kaum Übernachtungsmöglichkeiten finden.«

Es wurde lauter in der Bibliothek. Viele berieten sich untereinander. Fragen tauchten auf. »Was wird mit unseren Autos?«

»Was wird mit dem restlichen Gepäck?«

»Die Wagen müssen hier bleiben. Verstauen Sie alles, was Sie nicht mitnehmen, in den Wagen, irgendwann wird es eine Möglichkeit geben, sie abzuholen, oder meine Leute fahren sie zu einem von Ihnen genannten Ort hier in der Nähe. Leider habe ich auf diese Fragen keine besseren Antworten.« Einige sahen ratlos aus, andere nickten zustimmend.

Dann stand Roberto auf. »Ich finde, Signore Beneventi hat

eine gute Lösung gefunden. Ich bin dafür, dass wir morgen aufbrechen. Auf eigenes Risiko selbstverständlich.«

Zögernd meldeten sich andere.

»Wir sind mit einem Leihwagen hier«, riefen die Amerikaner.

»Benachrichtigen Sie von unterwegs die Firma, wir bringen den Wagen zur nächsten Station.«

Schließlich meldeten sich alle bis auf David und Linda. »Wir haben Zeit, wir bleiben noch. Hier können wir helfen, bei uns zu Hause fangen jetzt die grauen Wochen mit Regen und Nebel an, da versäumen wir nichts«, erklärte David und paffte an seiner Bruyèrepfeife.

»Wir wollen morgen versuchen, die beiden Lade-Stationen für Handies an den zweiten Generator anzuschließen, wenn es gelingt, kann man wieder telefonieren.«

Welch eine gute Nachricht. Ich war froh, dass die beiden bleiben wollten, ich mochte sie sehr gern.

Der Aufbruch wurde für sieben Uhr festgesetzt und alle gingen in der Hoffnung auseinander, dass kein neuer Erdstoß dem Plan über Nacht ein Ende bereiten würde.

Überall begann man, Sachen zu sortieren und zu packen. Ein reges Hin und Her zwischen dem Castello und den auf der Wiese geparkten Autos begann und viele Flüchtlinge sahen traurig zu, wie sich diese Fremden auf den Heimweg vorbereiteten. Was nützte ihnen ein Heimweg, wenn es kein Zuhause mehr gab?

Schließlich waren Lorenzo und ich allein in der Bibliothek. Er sah sich um und fragte dann: »Wo ist eigentlich Leandro?«

»In der Kellerei.«

»In der Kellerei?«

»Wir haben wieder mit der Weinernte begonnen.«

»Sie haben was –?«

»Lorenzo, wir ernten die Trauben, die auf der Erde liegen

und verrotten würden, wenn wir sie nicht aufheben. Leandro hat alle Hände voll mit dem Keltern zu tun.«

Er starrte mich verständnislos an. »Und was ist mit den Gewölben? Wieso laufen die Pressen, und überhaupt, der Eingang –?«

Bevor ich noch etwas sagen konnte, stürmte er an mir vorbei nach draußen. Ich folgte ihm quer über den Wirtschaftshof. Hier lagerten Männer und Frauen neben den Kochstellen und genossen am Spieß gebratene Schinkenstücke, frisches Brot und den Wein, den Leandro ihnen versprochen hatte. Dann waren wir am Kellereieingang. Ich ließ Lorenzo allein weitergehen. Die beiden Männer hatten sich jetzt viel zu erzählen und Leandro sollte allein die Freude haben, von dem guten Zustand der vielen Weinfässer zu berichten und von der Ernte, die nun hereinkam.

Ich ging zurück in die Küche und half Marisa, die kleine, bescheidene Lunchpakete für die Gäste fertig machte, denn sie würden morgen während der Tour und auch in Foligno keine andere Verpflegung bekommen. Wir packten dicke Brotscheiben, Schinken und Käse ein und Marisas Küchenfrauen kochten Tee, den man in einem großen Kanister mitnehmen und unterwegs kalt trinken konnte.

Ich hatte mich längst entschlossen, die Gruppe zu begleiten, sprach aber nicht darüber. Ich wollte keine Diskussionen, denn Marisa und Lorenzo würden nicht wollen, dass ich die gefährliche Tour mitmachte. Nachdem die Vorbereitungen in der Küche abgeschlossen waren, ging ich zum Auto und suchte mir im Schein der Taschenlampe Schuhe, Kleidung und meine kleinste Kamera heraus, die ich in einer Hosentasche mitnehmen konnte. Dann verstaute ich alles unter meiner Liege und freute mich, dass das Bett links von mir nicht belegt war. Die vielen Menschen waren so ungewohnt und ich schlief sehr schlecht in dieser Menge. Etwas später nahm ich im

Halbschlaf wahr, wie das freie Feldbett neben mich geschoben wurde. Ich blinzelte und freute mich, als ich im Schein einer entfernt flackernden Petroleumlampe sah, dass Lorenzo sich neben mir ausstreckte. War es möglich, dass jemand die Liegen in dieser Nacht für uns freigehalten hatte? Eine liebevolle Hand, die über Lorenzo wachte?

Am Morgen wurde ich wach, als es noch ganz dunkel war. Ich stand leise auf, um Lorenzo nicht zu wecken, und zog mich an. Dann ging ich in die Küche, wo die ersten Gäste bereits ihr Frühstück einnahmen, und setzte mich zu ihnen. Nach und nach füllte sich der Raum. Wir waren sehr aufgeregt. Dann versammelten sich alle auf dem Vorplatz und wenige Minuten vor sieben fuhr Lorenzo mit dem Traktorgespann vor. Während die Gäste sich auf bereitgelegte Decken setzten und ihr Gepäck verstauten, ging ich zu Lorenzo. »Ich möchte mitkommen. Ich möchte vor allem auf dem Rückweg dabei sein, wenn Sie mit dem Gespann allein sind.«

Zu meiner Überraschung hatte er nichts dagegen. »In Ordnung. Haben Sie gut geschlafen?« Er blinzelte mir zu.

»Ja. Wer hat eigentlich in dem überfüllten Raum für zwei freie Liegen gesorgt?«

Er lachte leise: »Aber das wissen Sie doch, ich habe meine guten Geister und die können Gedanken lesen.«

»Dann werde ich den guten Geistern jetzt Bescheid sagen, dass ich mitfahre, sonst vermissen sie mich hier.«

»Das brauchen Sie nicht, ich habe es ihnen schon gesagt.«

»Aber –?«

»Ich kann auch Gedanken lesen. Und nun kommen Sie.«

Es gab ein herzliches Abschiednehmen. Ein paar Tränen flossen, aber gelacht wurde auch. Lorenzo warf den schweren Motor an und ich setzte mich zu den anderen auf den Hänger. Ein letztes Winken, dann rumpelten wir die Allee hinunter.

Mit Lorenzo und mir waren es zwanzig Personen, die sich im Morgengrauen auf den Weg machten. Auf der Asphaltstraße war die Fahrt noch recht bequem, aber kaum hatten wir sie verlassen, wurde sie so unruhig, dass man befürchten musste, über den niedrigen Rand geschleudert zu werden. Wir rückten von allen Seiten in die Mitte und versuchten, die gröbsten Stöße mit den Armen abzufangen und das Gepäck festzuhalten.

Hier, zwischen Weinbergen, Gestrüpphalden und kleinen Kastanienwäldern kamen wir nur langsam voran. Ständig ging es bergauf oder bergab. Hin und wieder sahen wir einzelne zerstörte Gehöfte. Kein Rauch kräuselte sich mehr aus den Kaminen, kein Sonnenstrahl verfing sich in den zerborstenen Fensterscheiben. Einmal kamen wir in die Nähe einer kleinen Siedlung. Ein paar Leute versuchten ihren Hausrat aus den Trümmern zu bergen, ein Sieb, ein Sofa, ein paar Töpfe – es war so wenig und doch begaben die Männer und Frauen sich dafür in Lebensgefahr. Ich machte einige Fotos. Dann erreichten wir eine Passage, vor der wir absteigen mussten. Lorenzo bat uns, auch das Gepäck mitzunehmen, um den Hänger zu entlasten. Roberto und die beiden Amerikaner stellten sich auf den Rand des Traktors, um als Gegengewicht zum bedrohlich abfallenden Hang zu wirken. Ich hatte Angst, denn wenn die schwere Maschine kippte, würde sie Lorenzo unter sich begraben. Ich konnte nicht hinsehen, bis Carla mir sagte, dass alles vorbei sei.

Gegen Mittag mussten wir Rast machen. Einige Frauen konnten nicht mehr. Wir verteilten die Lunchpakete und den Tee und ich sah, dass Lorenzo seinen Becher nicht halten konnte, so zitterten seine Hände. Ich setzte mich neben ihn und fragte leise: »Soll ich helfen?«

Er schüttelte den Kopf. »Es wird sicher gleich besser. Es ist mir unangenehm.«

»Aber jeder hat Verständnis, wir haben doch alle gesehen, wie anstrengend diese Fahrerei ist.«

»Es kommt daher, dass ich völlig verkrampft auf der Maschine sitze. Meine Schultern, die Arme, ich versuche, mit dem ganzen Körper ein Gegengewicht zu bilden, und das ist natürlich Unsinn.«

»Kommen Sie, wir setzen uns so hin, dass Sie sich gegen mich lehnen können. Und dann versuchen Sie, sich zu entspannen.«

Stück für Stück aß Lorenzo von seinem Brot und ich hielt den Becher, bis er ihn vorsichtig nahm und die ersten Schlucke trinken konnte.

»Wie weit ist es noch?«

»Eine gute Stunde. Aber die schlimmsten Passagen haben wir hinter uns.«

»Ich hatte solche Angst.«

»Ja, einige Stellen sind wirklich gefährlich. Deshalb bin ich ja auch so verkrampft. Und dann kommt hinzu, dass der Hänger den Traktor ständig bergab zieht. Man kann kaum gegensteuern.«

Nach einer Weile kam Roberto zu uns. »Wie weit ist es noch?«, fragte er.

»Eine Stunde etwa.«

»Ich hab' mir das nicht so schlimm vorgestellt. Leider kann ich Sie nicht ablösen, ich kann nicht Traktor fahren und außerdem, also, ich hätte das auch nicht gewagt, muss ich gestehen.«

»Wir haben es fast geschafft.«

»Ja, aber Sie haben den Rückweg noch vor sich.«

»Jede Fahrt vertieft die Traktorspuren, es wird jedes Mal leichter.«

»Nehmen Sie den Hänger wieder mit?«

»Ja, sicher, ich muss ihn vollpacken. Ich nehme alles mit,

was ich an Hilfsmitteln kriegen kann. Wer weiß, wann wir wieder durchkommen, und ich muss fast zweihundert Leute versorgen, vielleicht noch wochenlang.«

»Glauben Sie nicht, dass die Flüchtlinge bald zurückgehen?«

»Und wohin? Sie haben doch die Gehöfte unterwegs gesehen, da kann kein Mensch den Winter verbringen.«

»Vielleicht kommen sie in große Sammellager.«

»Das will ich nicht. Sie sind zu mir gekommen und ich werde für sie sorgen.«

»Geben Sie mir Bescheid, wenn ich helfen kann, Lorenzo. Ich meine es ernst, ich helfe gern. David weiß, wie und wo Sie mich erreichen.«

»Danke, Roberto, es ist gut, Freunde zu haben.«

Die Männer sahen sich an und ein fester Händedruck besiegelte das Versprechen.

Dann wurde es doch fast drei Uhr, bis wir die große Piazza in Foligno erreichten. Kurz vor der Stadt waren wir wieder auf eine Asphaltstraße gekommen und von dort ging es dann sehr schnell. Zweimal wurden wir von Straßenposten angehalten, denn die Stadt war für Fremde gesperrt, aber Lorenzo erreichte ohne Schwierigkeiten die Genehmigung zur Weiterfahrt. Wir kamen durch Straßen, die völlig zerstört waren, und durch andere, die kaum Schäden zeigten. An einigen Stellen stieg Rauch aus den Trümmern, an anderen waren Bagger dabei, Mauerreste zu beseitigen. Wir sahen Suchtrupps mit Hunden und Leute vom Roten Kreuz. Die Piazza selbst zeigte wenig Schäden, war aber voller Lastwagen, Omnibusse, Krankenwagen und Militärfahrzeuge. Lorenzo hielt in einer Seitenstraße und wir verabschiedeten uns von den anderen. Es gab Tränen und Küsschen und Umarmungen. Man tauschte Anschriften, versprach in Kontakt zu bleiben, sich zu besuchen. Und der meist so reservierte Lorenzo drückte fast wehmütig die Hände der Menschen, die rund um ihn herum eine so mutige und hilfsbereite Gemeinschaft gebildet hatten, und lud sie ein, wiederzukommen.

Als alle gegangen waren, kletterten wir auf den Anhänger, setzten uns an den Rand und blickten in die Ruinen der Häuser auf der gegenüberliegenden Straßenseite. Zerschlagene Blumentöpfe streuten Farbtupfer in das traurige Grau, Katzen streunten durch die Trümmer und der Gestank von verbranntem Hausrat zog in Schwaden über uns hinweg.

»Nun sind sie also fort, die von Ihnen so gehassten Fremden.«

»Ich habe meine Meinung revidiert. Viele sind inzwischen Freunde geworden.«

»Werden Sie das Haus wieder für Gäste öffnen?«

»Ich weiß es nicht, Viola. Ich weiß nicht, wo mir der Kopf steht, und die Zukunft des Gutes fängt für mich in der Cantina an, nicht im Castello.«

»Leandro ist sehr zuversichtlich.«

»Ja, irgendwie hatten wir noch Glück. Wenn keine neuen Beben kommen und wenn wir den Weg reparieren, könnten wir die versandfertigen Kisten noch termingerecht verkaufen. Ich brauche dringend Geld, ziemlich viel Geld sogar.«

»Um das Castello und die Cantina zu reparieren?«

»Nein, um zweihundert Menschen zu ernähren. Sie sollten mich inzwischen besser kennen.«

»Bekommen Sie keine Zuschüsse oder Darlehen dafür?«

»Von wem und wann? Darauf kann ich nicht warten. Die Leute haben heute Hunger. Vielleicht sind die Sachen, die wir nachher hoffentlich bekommen, noch umsonst, weil sie gespendet wurden. Aber das kann morgen schon anders sein.«

»Ich möchte Ihnen etwas sagen, Lorenzo.«

»Geht es um Ihre Reportage?«

»Nein, die hat sich ja sozusagen von allein erledigt.«

»Ja, das dachte ich eigentlich auch.«

»Ich habe von meinem Verlag den Auftrag bekommen, einen Bericht über das Erdbeben zu schreiben.«

»Und ... werden Sie das tun?«

»Ja, und ich würde gern noch eine Weile im Castello wohnen.«

»Ich habe nichts dagegen, aber vermeiden Sie bitte jede Art von Adressenangaben. Katastrophentourismus kann ich jetzt wirklich nicht gebrauchen.«

»Natürlich. Foligno wird die einzige nähere Ortsbezeichnung sein«, erwiderte ich kühl, ein wenig mehr Interesse an meiner Arbeit und an meinem Bleiben hatte ich schon erwartet. Aber er spürte meine Enttäuschung sofort. Er griff nach meiner Hand.

»Nicht doch, Viola, nicht so gereizt, wir hatten doch vor, Freunde zu werden.«

»Ja, das hatten wir vor«, jetzt musste ich lachen, »ja, tatsächlich, irgendwann in grauer Vorzeit hatten wir vor, Freunde zu werden.«

»Und sind wir das denn nicht?«

»Na ja, wenn ich mir viel Mühe gebe, könnte ich ab und zu Anzeichen dafür entdecken.«

Nun lachten wir beide. Lorenzo küsste meine Hand. Dann sprang er vom Wagen und sagte: »Nun aber los, wir müssen zusehen, dass wir nach Hause kommen.«

Er reichte mir seine Hände, um mir herunterzuhelfen, und ich dachte, ›nach Hause‹, wie gut sich das anhört!

Lorenzo

Kapitel 16

Es wurde Zeit, dass wir aufbrachen. Wir würden zwar nicht mehr weit fahren, dazu war es inzwischen zu spät, aber wir konnten die Formalitäten erledigen und die Hilfsmittel aufladen, dann würden wir wenigstens noch aus der Stadt herauskommen. Und dann? Wie würde es weitergehen? Die Ungewissheit war am schlimmsten. Man konnte nichts planen, man konnte nur von einer Stunde zur nächsten hoffen, und das war eine sehr vage Angelegenheit. Ich war ein Mensch, der feste Pläne brauchte, der ein klares Ziel haben musste, doch nun musste ich jeden Tag aufs Neue improvisieren und Entschlüsse fassen, die nicht bis ins Detail überlegt werden konnten. Ich musste Dinge anordnen, für die ich kaum Gründe hatte, und Menschen führen, ohne den Weg zu kennen. Und das Schlimmste, die Leute erwarteten das von mir, sie rechneten fest mit mir, sie vertrauten mir und übten damit einen Zwang aus, dem ich kaum noch gewachsen war.

Ich drehte mich zu Viola um. Sie fotografierte Sanitäter, die mit einer Trage unterwegs zu einem Einsatz waren. Ich legte eine Decke auf den Traktorsitz über dem Hinterrad und half ihr hinauf. Auf der Fahrt hierher hatte sie unbedingt auf dem Anhänger bei den anderen Gästen sitzen wollen, jetzt konnte sie es etwas bequemer haben – wenn man überhaupt von Bequemlichkeit reden konnte. Ich beobachtete, wie sie mit geschmeidigen Bewegungen auf die Maschine kletterte, trotz der stundenlangen Fahrt schien sie noch gar nicht müde zu sein. Sie war wirklich eine bemerkenswerte Frau, zugleich zäh und zart und undurchschaubar. Sie war und blieb ein Rätsel für mich.

Ich startete und wir verließen die kleine Seitenstraße. Auf der Fahrt durch die Stadt wurde das ganze Ausmaß des Chaos deutlich: Stinkender Qualm zog von den Trümmern herüber, Rettungswagen mit schrillen Sirenen waren unterwegs und die streunenden Katzen kreischten sich an auf der Jagd nach Beute.

Wir mussten zum Sammelplatz für die Erdbebenopfer, zur Verteilerstelle der Hilfsmittel. Es wurde höchste Zeit, denn die Sonne war längst hinter den grauen Schindeldächern der Häuser verschwunden.

Wir erreichten die Sammelstelle etwas außerhalb der Stadt und ich hoffte, hier die Bezugscheine für Hilfsmittel zu bekommen. Dank der Flüchtlingslisten, die Leandro in der vergangenen Nacht erstellt hatte, waren schnell alle erforderlichen Unterlagen beisammen.

Leandro hatte dafür gesorgt, dass ein Lehrer, Mitglied einer ganzen Dorfgemeinschaft, die geschlossen zum Castello gekommen war, über Nacht alle Personen befragte und in Listen zusammenfasste. Zwei Männer hatten ihm dabei geholfen, sonst wäre diese Arbeit nicht in einer Nacht zu schaffen gewesen. Jetzt dienten die Listen dazu, die Verteilung der Hilfsmittel zu organisieren und, was vielleicht noch wichtiger war, den Verbleib der Menschen nach der Flucht zu melden. Man konnte davon ausgehen, dass in kürzester Zeit Tausende nach ihren Angehörigen suchen würden.

Als wir alle Unterlagen zusammen hatten, bot man uns an, zu duschen und zu telefonieren. Während ich Viola den Vortritt beim Duschen ließ, rief ich in Rom meine Eltern und

Isabella an. Meinem Vater ging es etwas besser und man hoffte, in drei Wochen mit der Rehabilitation in Velletri beginnen zu können. Der Zustand von Enrico war noch immer sehr kritisch und Isabella weinte, als sie meine Stimme hörte. Sie wollte, dass ich zu ihr nach Rom käme, und konnte nicht verstehen, dass das im Augenblick unmöglich war. Ich tröstete sie so gut es ging und versprach, sofort zu kommen, wenn die Situation im Castello es erlaubte.

Francesco konnte ich nicht erreichen. Dann rief ich Nicos Eltern in Bari an und erfuhr, dass er in einer Spezialklinik lag. Die verschiedensten Transporte und die damit verbundenen Bewegungen der so kompliziert gebrochenen Beine hatten ihm nicht gut getan.

Nachdem Viola fertig war, ging ich in die Duschkabine, die provisorisch in einem Container eingerichtet worden war. Welch ein Genuss, das erste heiße Wasser nach zwölf Tagen auf der Haut zu spüren, die herrlich schäumende Seife zu verteilen und saubere Handtücher benutzen zu dürfen. Welch ein Luxus! Von Kopf bis Fuß durchströmte mich ein Gefühl von Wärme und Wohlbehagen.

Als ich ins Freie trat, hatte Viola ihre Ferngespräche erledigt. Sie hatte ihrer Redaktion in Hamburg den Auftrag bestätigt und ihre Eltern in Berlin beruhigt.

Mit den Bezugscheinen mussten wir zu verschiedenen Verteilerstellen fahren, um Lebensmittel, Kleidung, Decken, Schlafsäcke, Hygieneartikel und Medikamente einzusammeln. Es wurde eine mühsame Fahrt mit dem Traktorgespann durch die überfüllte kleine Stadt. Als wir alles hatten, war die Nacht hereingebrochen, und der Wind wehte kühl vom Apennin herunter.

Kurz vor dem Verlassen von Foligno bekamen wir an einem Zelt vom Roten Kreuz heißen Tee und Brot angeboten. Dann fuhren wir weiter. Wir wollten unterwegs etwas schlafen, denn es war zu dunkel, um die gefährlichen Stellen unserer Strecke zu passieren. Der voll bepackte Hänger war sehr schwer zu fahren und ich machte mir Sorgen, ob ich ihn tatsächlich bis zum Castello würde bringen können. Andererseits war der Weg, wenn man die Strecke so bezeichnen konnte, inzwischen etwas ausgefahren. Hier gab es ja nicht wie in anderen Gegenden oder Ländern Feld-, Wald- oder Wiesenwege, die man benutzen konnte, hier gab es nur, wenn überhaupt, kurze Zufahrten zu Weinbergen oder beackerten Feldern, die nach wenigen Metern im Nichts endeten. Auf jeden Fall aber brauchten wir Tageslicht.

Solange wir die kleine Asphaltstraße benutzen konnten, verlief die Fahrt ruhig und problemlos. Viola saß schräg hinter mir und sah angespannt mit nach vorn. Das Licht der Scheinwerfer war inzwischen unsere einzige Lichtquelle. Dann kamen wir an die Absperrung vor der eingestürzten Brücke. Ein Posten winkte uns zu, als wir rechts auf einen kleinen Feldweg abbogen, um nun östlich von der eigentlichen Straße durch die Hügel zu fahren.

Weit würden wir heute nicht mehr kommen. Die Dunkelheit lag wie eine schwere Decke über dem Land und die Scheinwerfer blinkten unruhig vor uns auf und ab, während der Traktor über den unebenen Boden rumpelte. Ich sah mich nach Viola um.

»Wir sollten hier rasten, der Weg wird mir zu unsicher.«

»Ja, warten wir, bis es wieder hell wird. Die Stelle hier ist etwas windgeschützt.«

Wir hatten eine Art Hohlweg erreicht. Gestrüpp und anderes Gehölz wucherte rechts und links von uns und ein paar Bäume erhoben sich wie dunkle Schatten am Rande eines Feldes. Ich stellte den Motor ab. Absolute Stille umfing uns. Ich nahm die Taschenlampe und half Viola beim Absteigen. Sie streckte sich und massierte ihren Rücken.

»Ich bin ganz steif geworden, ich habe so verkrampft wie auf einem störrischen Pferd gesessen.«

Während ich noch überlegte, ob ich sie in die Arme nehmen und ihr den Rücken massieren sollte, drehte sie sich schon wieder um, lächelte, machte ein paar Übungen und erklärte: »Alles wieder in Ordnung. Wo schlafen wir?«, fragte sie.

»Nicht in der Nähe von diesem Gespann. Wenn ein Erdstoß kommt, sollten wir abseits liegen.«

Ich überprüfte Bremsen und Kupplung und legte ein paar Steine vor und hinter die Räder des Anhängers, damit er nicht ins Rollen kam, wenn die Erde bebte. Viola holte Decken von der Ladefläche und bereitete uns ein Lager inmitten von Brennnesseln und Disteln.

Es war fast Mitternacht, als wir uns ausstreckten. Außer den Schuhen hatten wir alles anbehalten und auch die Schuhe stellten wir griffbereit neben uns. So lagen wir lange Zeit einfach da und blickten in die dunkle Unendlichkeit.

»Wie klar der Himmel hier ist und wie nah die Sterne sind.«

»Es ist so still und doch kommt es mir vor, als sei eine ferne Melodie zu hören.«

Wir horchten in die Dunkelheit. »Der Gesang der Sterne.«

Ich rückte etwas näher an sie heran. »Ich hatte mir unsere erste gemeinsame Nacht etwas anders vorgestellt«, flüsterte ich.

»Es ist bereits unsere vierte gemeinsame Nacht.«

»Richtig, wir haben ja schon ein Bett, eine Höhlenwand und eine Liege geteilt.«

»Unsere Nächte sind eben etwas ganz Besonderes.«

»Das kann man so sagen, hoffentlich wird das nicht zur Gewohnheit.«

Viola rückte auch etwas näher und durch den Stoff unserer Kleidung hindurch fühlte ich ihren wunderbaren schlanken Körper. Und dann merkte ich, dass sie eingeschlafen war.

›Der Gesang der Sterne‹, wie schön sie das gesagt hatte. Ich konnte nicht schlafen, ich war hellwach. Ich beobachtete die Sichel des Mondes weiter südlich am Himmel, verfolgte einzelne Sternschnuppen und dachte zurück an die ersten Tage unserer Begegnung: Ich sah Viola vor mir, damals auf der Terrasse, an jenem ersten Abend, wie sie mit meiner Mutter sprach, in dem hübschen, leichten Sommerkleid, in dem der Wind spielte. Sie war eine schöne, elegante Frau und es hatte mir gleich gefallen, wie offen sie auf Menschen zuging. Dennoch, sie war eine von diesen Fremden, die sich im Castello breit machen, meine Ruhe stören und der Meinung sind, mich mit ihrem Geld gleich dazukaufen zu können. Ich würde sie auf Abstand halten, genau wie die anderen, das war damals mein fester Entschluss. Und dann kam sie auf mich zu und mein Herz geriet völlig außer Kontrolle und begann wie wild zu schlagen. Ein Zittern überfiel mich, ich war nicht in der Lage, ihr höflich die Hand zu reichen, die ich zwar aus der Tasche genommen hatte, aber nicht ausstrecken konnte, ohne mein Gefühl zu verraten. Und das alles zusammen machte mich erst recht wütend und ich beschloss, dass mir das nicht noch einmal passieren sollte. Ich würde Abstand halten, eine Mauer errichten, mich zurückziehen. Romantische Gefühle zu entwickeln, war das Letzte, was ich wollte. Einmal und nie wieder hatte ich mich auf Gefühle eingelassen, hatte mich einer Frau geöffnet, mir Emotionen erlaubt und meinen Verstand ausgeschaltet. Nie wieder sollte mir das passieren. Und dieser Fremden gegenüber wollte ich umso mehr auf der Hut sein, da sie Journalistin war. Sie war nicht nur gekommen, um meine Ruhe zu stören, sondern um herumzuschnüffeln und mit ihren Artikeln noch mehr Menschen ins Castello zu locken.

Sie tat mir fast leid, als ich sie am nächsten Morgen auf dem harten Traktorsitz in die Weinberge expedierte.

Aber sie hielt sich tapfer, und beschwerte sich den ganzen Tag kein einziges Mal über die Anstrengungen, die ich ihr zumutete. Gegen Abend hatte ich fast ein schlechtes Gewissen.

Schließlich konnte sie ja nichts für meinen Hass Fremden gegenüber. Sie wusste ja nicht, was ich durchgemacht und wie mühsam ich mich wieder aufgebaut hatte. Und dazu kam dieses unkontrollierte Herzklopfen, wenn sie in meiner Nähe war. Ich brauchte sie nur anzusehen und ein Schauer überzog meinen ganzen Körper. Mein Gott, was tat sie mir an?

Ich wurde nachdenklich, ich kontrollierte meine Gefühle und dachte daran, wohin mich dieses selbst auferlegte Zölibat eigentlich führen würde. Geformt und gefordert durch die religiöse Erziehung und enttäuscht durch meine missglückte Beziehung mit Franca, war nichts geblieben außer Wut und Verbitterung – und Einsamkeit. Sollte das alles gewesen sein? War das ein Leben? Ich war jetzt Mitte vierzig, ich war ein Mann, ein gesunder Mann mit Gefühlen und mit Wünschen, auch mit sexuellen Wünschen. Sollte diese Aversion gegen Frauen ein Leben lang andauern, durfte sie mein Leben für immer zerstören?

Das war der Augenblick, an dem ich beschloss, Viola zu bitten, mich auf der Fahrt nach Pesaro zu begleiten. Ich weiß nicht, was ich mir von dieser kleinen Reise versprach, auf keinen Fall ein erotisches Abenteuer, dafür war ich zu ernsthaft. Aber dass sie mich dann für homosexuell hielt, traf mich zutiefst! Diese nächtlichen Streitereien, die dann passierten und die irgendwie nach wie vor zwischen uns standen – es war einfach anders gelaufen, als ich gewollt hatte, und dann kam das Beben und hat alles auf den Kopf gestellt.

Ich sah hinauf in die Dunkelheit. ›Der Gesang der Sterne‹ hatte sie gesagt. Diese aggressive, kleine Person neben mir war eine Frau, die das Land hier mochte, das spürte man, eine

Frau, die vielleicht auch das einfache Leben im Castello lieben würde, die mit den Menschen umgehen konnte und die genug Courage mitbrachte, um aus der Hölle ein Paradies zu machen. Schlimm war nur, dass sie mich nicht mochte, und noch schlimmer war, dass ich daran Schuld war und nicht wusste, wie ich ihre Aversion gegen mich beseitigen konnte. Aber, wollte ich das überhaupt? Wollte ich eine Bindung, die ich bisher so strikt abgelehnt hatte, vor der ich mich mit Händen und Füßen sträubte?

In dieser dunklen Stunde wurde mir klar, wie sehr ich mich verändert hatte, dass ich Gefühle entwickelt hatte, die ich nicht mehr für möglich gehalten hätte und die ich endlich akzeptieren musste. ›Ich liebe diese Frau‹, dachte ich und empfand plötzlich unendliche Freude über diese Gewissheit. Sie war die Frau, mit der ich mein restliches Leben verbringen wollte. Ich wusste, nichts und niemand würde daran noch etwas ändern können. Ich würde ihr so viel Liebe schenken, dass sie keine andere Wahl mehr hatte, als für immer bei mir zu bleiben. Ich würde sie glücklich machen und ich wusste, dass ich das konnte. Mit Mitte vierzig weiß ein Mann, wer er ist, was er kann, was er will. Mir fehlte es nicht an Selbstvertrauen und Willenskraft und vor allem nicht am Mut für einen neuen Anfang. Ich glaubte an unsere gemeinsame Zukunft. Glücklich drehte ich mich auf die Seite, nahm die Frau, die ich liebte, in die Arme und schlief ein.

In dieser Nacht gab es zwei kleinere Erdstöße. Sie hatten das Traktorgespann zum Glück nicht bewegt, aber nach dem zweiten Beben konnten wir nicht wieder einschlafen. Wir lagen dicht nebeneinander auf dem harten Boden, atmeten den strengen Duft der Brennnesseln ein und warteten auf die Dämmerung.

Viola lag auf der Seite. Ich nahm ihre Hand und küsste sie. Ich musste vorsichtig sein, ich durfte sie nicht überrumpeln, sie wusste noch nichts von meinen Plänen, und dass ich sie liebte, musste ich behutsam zeigen, damit sie nicht gleich die Stacheln aufstellte.

Es könnte so schön sein, dachte ich, so einmalig. Ich hatte eine hinreißende Frau neben mir, ich atmete den Duft, den ihre Haut verströmte, und ich liebte den Geruch ihrer Haare. Ich schob mich noch näher an sie heran und spürte, dass sie leicht zitterte.

»Ist es zu kalt? Frieren Sie?«

»Nein, es ist die Anspannung. Ich erwarte in jeder Minute einen neuen Erdstoß, ich kann einfach nicht abschalten.«

»Beruhigen Sie sich, ich bin ja bei Ihnen, ich sorge dafür, dass Ihnen nichts geschieht.«

Ich hätte viel darum gegeben, mehr als nur dieses Nebeneinander zu erleben. Aber ich wagte es nicht. Nicht, weil ich fürchtete, die Erde könnte sich unter uns auftun und uns verschlingen, sondern weil ich nicht wusste, ob Viola bereit sein würde. Ich würde ihr alle Zärtlichkeit schenken, die ich zu vergeben hatte, aber ich würde geduldig auf ihre Signale warten.

Langsam kroch die Dämmerung über die Hügel im Osten. Ich legte mich auf den Rücken und streckte mich in einem unbeschreiblichen Gefühl des Wohlbehagens und der Freiheit. Ich empfand ein herrliches Gefühl von Vollkommenheit am Morgen dieses Tages, der noch viele Ängste und Probleme für uns bereithielt.

Kapitel 17

Dieser neue Tag machte uns schwer zu schaffen. Als es hell genug war, um ein paar Meter weit zu sehen, aßen und tranken wir den Rest von Marisas Proviant: hart gewordenes Brot mit Salamischeiben und kalten Tee aus dem Plastikkanister. Aber wir lächelten uns zu, als wir auf den trockenen Stücken herumkauten, wir wussten, es konnte nur besser werden. In etwa vier Stunden würden wir das Castello erreichen, wenn alles gut ging. Aber das notwendige Quantum Glück fehlte uns an diesem Tag.

Es begann damit, dass der Motor nicht ansprang. Da ich in Foligno voll getankt hatte, konnte es nicht am fehlenden Treibstoff liegen. Ich öffnete die beiden Flügel der Motorhaube und untersuchte Zündkerzen, Verteilerkopf, ein paar Verbindungsschläuche und diverse Kabel. Alles schien in Ordnung. Viel mehr konnte ich nicht tun, es war eine geliehene Maschine, viel größer als die, die wir in den Weinbergen benutzten, und entsprechend anders sah der Motorraum aus. Es dauerte fast eine Stunde, bis ich ein winziges Kabel entdeckte, das aus einer Halterung herausgerutscht war. Als ich es zurückgesteckt und die winzigen Schrauben mit meinem Taschenmesser festgezogen hatte, sprang der Motor einwandfrei an. Ich war von Kopf bis Fuß mit Öl beschmiert und Viola lachte laut, als ich endlich unter der Motorhaube hervorkam.

Mit ihrem Taschentuch und einem Rest von Tee versuchte sie, wenigstens mein Gesicht zu säubern.

Wir entfernten die Steine von den Rädern und fuhren langsam an. Etwa eine halbe Stunde später erreichten wir die erste wirklich kritische Stelle. Der Hang neigte sich nach links herunter, während ich den Hänger rechts bergauf steuern musste, damit wir eine kleine Schlucht umfahren konnten. Ich bat Viola abzusteigen, ich hatte Angst, dass sie nicht schnell genug abspringen konnte, wenn das Gespann ins Rutschen kam. Meter für Meter wühlten sich die großen Räder durch Sand und Steine. Viola ging hinter dem Anhänger her und ich versuchte, die größten Steinbrocken zu umfahren. Aber mehr und mehr hatte ich den Eindruck, mit den kleinen Vorderrädern in der Luft zu hängen und nicht mehr steuern zu können. Der Anhänger zog vehement nach links herunter und dann stand das Gespann. Jeder Versuch, weiterzukommen, scheiterte, die Räder drehten durch und wühlten sich immer tiefer in die Erde. Wenn auch nur zentimeterweise, so rutschten wir doch bei jedem weiteren Versuch ein Stück tiefer bergab. Zum Glück war der Abhang nicht so steil, dass wir umstürzen würden, aber immerhin mehr als hundert Meter lang, und ich wusste, von da unten gab es kein Zurück mehr für das schwere Gefährt. Ich stieg ab, sicherte die Räder mit Steinen und kuppelte den Hänger ab, damit er nicht den Traktor in die Tiefe zog.

»Lorenzo, nicht weit von hier müssten doch die Gehöfte sein, an denen wir gestern vorbeigekommen sind. Vielleicht könnten uns die Männer helfen, die dort in den Trümmern gearbeitet haben.«

»Wir können es versuchen, ich fürchte nur, ein paar Männerarme werden nicht ausreichen.«

»Versuchen wir es trotzdem.«

Mit dem Traktor allein kamen wir gut vorwärts. Zweimal bat ich Viola, abzusteigen, weil mir die Schräglage der Maschine zu steil wurde, dann sahen wir in einiger Entfernung die zerstörten Gehöfte. Aber Menschen sahen wir nicht.

»Es ist sehr früh, vielleicht schlafen sie noch?«

Wir fuhren näher heran. Tatsächlich, am Rand eines Trümmerhaufens richteten sie sich auf, geweckt von dem Motorenlärm. Benommen sahen sie uns an. Sie streiften die Decken ab, rieben sich die Augen und strichen sich Haare und Kleidung glatt, der man ansah, dass sie sie aus den Trümmern gezogen hatten.

»Buon giorno, Signori, ich brauche Ihre Hilfe.«

Die Männer grüßten zurück, ein bisschen brummig zwar, aber nicht unfreundlich. Die Frauen zogen sich die Decken enger um die Schultern und blieben sitzen.

»Ich habe einen Anhänger mit Hilfsgütern für zweihundert Menschen, aber ich bringe ihn nicht über die Kuppe dahinten.«

»Was können wir tun, Signore?«

»Vielleicht könnten wir es schaffen, wenn Sie schieben.«

Die Männer sahen sich an. »Wir werden es gern versuchen, aber wir haben auch ein Problem, Signore.«

»Ja?«

»Wir haben ein Pferd dabei, weil wir dachten, es könnte uns beim Auseinanderziehen der Trümmer helfen. Gestern hat es sich da drüben zwischen den Bäumen, wo wir es im Schatten angebunden hatten, fast aufgehängt. Es war in Panik wegen der Erdstöße und nun lässt es keinen mehr an sich heran.«

»Dann werden wir uns als erstes um das Tier kümmern.«

Ich hatte keine große Erfahrung mit Pferden – als Junge hatte ich, wie das in unseren Kreisen üblich war, zwar in Rom reiten gelernt, aber da ging man wohlgekleidet in den Reitclub vom Galoppatoio der Villa Borghese und setzte sich auf ein fein geputztes Pferd, um seine Runden zu drehen, und anschließend, noch immer wohlgekleidet, ins Internat zurückzukehren – aber damit erschöpfte sich auch schon mein Umgang mit Pferden. Die Zeit, in der im Weingut noch mit Pferden statt mit Maschinen gearbeitet wurde, hatte ich nicht mehr erlebt. Aber hier musste geholfen werden, das stand fest.

»Lorenzo, ich kenne mich mit Pferden aus, ich komme mit.« Wir folgten den Männern, während uns die Frauen mit ängstlichen Augen nachblickten. Was ich schließlich sah, gefiel mir gar nicht. Das Pferd, ein kräftiger Brauner mit einer weißen Blesse, stand mit dem Zuggeschirr auf dem Rücken fast aufgehängt zwischen einigen Bäumen. In seiner Angst hatte er sich mehrmals um die Stämme gedreht und mit Trense und Halfterstrick fast erdrosselt. Schlimm aber war, dass direkt neben seinem rechten Auge ein Aststumpf aus dem Stamm ragte, der bei jeder Kopfbewegung das Auge auszustechen drohte. Und sobald sich einer von uns dem Tier näherte, bäumte es sich auf und streifte mit dem Kopf diesen Ast. Ich versuchte mit beruhigenden Worten und ganz langsamen Gesten an das Pferd heranzukommen, aber es verdrehte die Augen, bis sie weiß schimmerten, schlug mit den Vorderbeinen nach mir und bäumte sich auf.

»Haben Sie Messer dabei?«

Die Männer nickten, zogen ihre Messer aus den Taschen und klappten sie auf.

»Sollte ich das Pferd halten können, schneiden Sie alle Riemen durch, die es fesseln.«

Sie nickten, blieben aber in sicherer Entfernung stehen.

»Wem gehört das Pferd eigentlich?« Ich hoffte, dass wenigstens der Besitzer mir helfen würde.

»Wir haben es geliehen.«

Das war natürlich überhaupt keine Hilfe. Und ich wusste, dass ein Pferd, das mit den Vorderbeinen ausschlägt, besonders gefährlich ist, man hat kaum eine Chance, in seine Nähe zu kommen. Und diese Hufe waren auch noch mit kräftigen

Eisen beschlagen. Man musste das Tier vollkommen beruhigen, bevor man es befreien konnte. Ich sah mich nach Viola um, sie war zu den Frauen zurückgelaufen und kam jetzt wieder, ein Stück Brot in der Hand.

»Lassen Sie es mich mal versuchen, Lorenzo. Vielleicht reagiert es auf eine Frauenstimme.«

»Auf keinen Fall, Viola. Sie gehen nicht in seine Nähe, das ist Männersache.«

»Ich würde hinter den Stamm gehen, da treffen mich seine Hufe nicht.«

Sie hatte Recht. Trotzdem: »Geben Sie mir das Brot, ich versuche es selbst.«

Aber es hatte keinen Zweck, bei der geringsten Bewegung stieg das Pferd und ließ niemanden in seine Nähe.

»Bitte, Lorenzo, lassen Sie es mich versuchen. Sprechen Sie hier mit ihm und ich gehe hinten herum bis zu dem Stamm. Wie heißt das Pferd eigentlich?«

Ich sah mich nach den Männern um. »Come si chiama?«

»Er hat keinen Namen, wir sagen nur Testardo zu ihm, weil er so stur ist.«

Ich grinste Viola an: »Also, bei dem Namen kann man nichts anderes erwarten, er heißt Dickkopf.«

»Auch das noch. Bitte, lenken Sie ihn jetzt ab.«

Ich riss einige Unkrautbüschel aus und hielt sie ihm hin, während ich mit ihm sprach. Viola ging in einem großen Bogen um die Baumgruppe herum und dann von der Seite an den Stamm heran. Und dann begann sie mit ihm zu sprechen, leise, ruhige Worte, die ich nicht verstand. Ich blieb still stehen und beobachtete das Tier. Zuerst veränderten sich die Augen. Das Weiße war verschwunden und plötzlich hatte das Pferd braune, samtene, aufmerksame Augen, die ruhig um sich blickten. Dann begannen die angelegten Ohren zu zucken, stellten sich auf und spielten in die verschiedenen Richtungen.

Aus dem Körper wich die Spannung, man sah, wie die Muskeln schlaff wurden, nur die Beine zitterten noch. Viola stand nun direkt hinter dem Baum. Sie flüsterte mit dem Pferd und reichte ihm auf der flachen Hand ein Stück Brot. Die geblähten Nüstern sanken ein, das angstvolle Schnaufen hörte auf. Ganz behutsam, fast zärtlich spielte die Oberlippe mit Violas Fingern, bevor sie das Brot aufnahm. Viola streichelte den Kopf, löste die Schnallen der Trense und den Strick, und langsam, ganz langsam streifte sie die Lederriemen vom Kopf des Pferdes. Dann reichte sie ihm ein zweites Stück Brot, klopfte seinen Hals und rief: »Nun lauf.«

Aber das Tier blieb stehen, schüttelte sich und rieb seinen Kopf an Violas Schulter. Es warf sie beinahe um, aber sie lachte nur, kraulte seine Ohren, strich mit der Hand über seine Flanke und kam dann zu uns herüber, das frei laufende Pferd dicht hinter sich.

Die Männer klatschten, steckten ihre Messer weg und ich nahm Viola einfach in die Arme: »Wie haben Sie das gemacht?«

»Mit Liebe, Lorenzo. Pferde sind nämlich meine ganz große Leidenschaft. Deshalb will ich ja auch zur nächsten Reportage in die Camargue.«

Wir gingen zu den Frauen zurück, die inzwischen ein Holzfeuer entfacht hatten und Reis kochten. An der Wasserstelle, die zur Siedlung gehörte, wuschen wir uns so gut wie möglich und aßen dann zusammen mit den anderen von dem mit wilden Kräutern gewürzten Brei. Und hinter Viola stand Testardo, der sie mit den Nüstern anstieß, ihr Haar durcheinander brachte und zu verstehen gab, dass er weitere Streicheleinheiten erwartete.

Dann brachen wir auf, die Männer, die Frauen und das Pferd, um den Hänger zu holen. Wir nahmen Seile, Spaten und Hacken mit. Wir befestigten die Seile an dem Gefährt und die Männer spannten Testardo neben dem Traktor vor den Hänger. Ich hatte meine Bedenken und fragte, ob das Tier nicht durchgehen würde, wenn ich den Motor anließ, aber die Männer beruhigten mich. Das Pferd müsse normalerweise in einer Ölmühle arbeiten und sei den Krach gewöhnt. Dann ließ ich den Motor an. Viola führte das Pferd an der Trense, die Männer schoben, die Frauen zogen an den Seilen und langsam kam das Gespann in Bewegung, zunächst nur zentimeterweise, bald aber in zügigem Tempo, und wenig später hatten wir den Abhang hinter uns.

In der Nähe der Siedlung hielten wir und ich bat die Leute: »Kommen Sie mit uns ins Castello dell' Astore. Sie können bei uns wohnen, bis die Beben vorbei sind. Sie hätten wenigstens ein Dach über dem Kopf und regelmäßiges Essen. Denken Sie an den Winter, der lässt hier nicht mehr lange auf sich warten.«

»Nein, danke, Signore, wir wollen versuchen, hier zu bleiben. Wir werden aus den Trümmern eine Hütte bauen und ein paar Lebensmittelreserven haben wir noch in den verschütteten Kellern.«

»Aber versprechen Sie zu kommen, wenn es zu kalt wird oder wenn Sie Hilfe brauchen. Wir versuchen, einen Weg hier durch die Hügel anzulegen, dann sind Sie nicht ganz abgeschnitten.«

»Danke, Signore, wir denken daran.«

Dann bat ich sie, sich alles vom Hänger zu nehmen, was sie brauchten. Sie waren sehr bescheiden: ein paar Decken, für jeden einen Armeeschlafsack, zwei Männer brauchten Schuhe. Viola suchte ein paar warme Mäntel für die Frauen heraus und dann baten sie noch um etwas Salz, Kaffee und Zucker. Und als wir uns verabschieden wollten, lachten sie, schüttelten den Kopf und baten uns, wenigstens einen Becher Wein mit ihnen zu trinken.

Obwohl uns die Zeit davonlief, nickten wir, setzten uns zu

ihnen und tranken selbst gekelterten Wein. Ich sah zu Viola hinüber. Welch eine Frau hatte ich da an meiner Seite, eine Frau mit einem Charisma, das nicht nur auf Menschen, sondern sogar auf ein Pferd ausstrahlte. Meine Güte, sogar den Testardo hatte sie verführt!

Ich wollte sie in die Arme nehmen, hier und sofort, und damit das nicht geschah, stand ich auf und rief: »Es wird höchste Zeit, wir müssen weiter.«

Ein paar Abschiedsworte, ein Winken auf beiden Seiten, einer der Männer musste das Pferd festhalten, das hinter Viola hertrottete, und wenig später waren wir unterwegs. Es war fast Mittag.

Wir waren froh, weiterzukommen. Aber dieser problembeladene Tag war leider noch nicht vorbei. Etwa eine Stunde später erreichten wir Alfredos Bautrupp. Die ersten Männer winkten uns zwar zu, aber sie sahen bedrückt aus und wandten sich ab, als wir näher kamen.

Ich drehte mich zu Viola um, auch sie hatte dieses merkwürdige Verhalten bemerkt. »Sie sehen uns gar nicht an, als wollten sie vermeiden, mit uns zu sprechen.«

Ich hielt an und rief hinüber: »Hallo, Leute, was ist los?«

Ein paar zuckten die Schultern, einer kam auf uns zu. »Es hat einen Unfall gegeben, weiter vorn, wir wissen aber nicht genau, was passiert ist.«

»Wo ist Alfredo?«

»Das ist es ja, er soll verunglückt sein mit dem Schneepflug.«

»Mit dem Schneepflug?«

»Ja, wir setzen ihn ein, um Sand und Steine an die Seite zu schieben.«

Ich startete den Motor wieder und fuhr langsam an. »Kommen Sie bitte alle mit, vielleicht brauche ich Ihre Hilfe.«

Sie schulterten ihre Spitzhacken, mit denen sie hier den Fels lockerten, bevor er weggeschoben werden konnte, und liefen neben uns her.

Und dann sahen wir den Unfall. Das schwere Gerät war über die Kante talwärts gerutscht und umgekippt. Jetzt lag es, mit den breiten Rädern nach oben, auf einem kleinen Vorsprung und drohte bei dem kleinsten Erdstoß in die Tiefe zu fallen. Um den Pflug herum standen mehrere Arbeiter, diskutierten, gestikulierten und winkten mich herunter, als sie mich sahen.

»Viola, bitte bleiben Sie hier oben.«

Sie nickte und ich rutschte vorsichtig den Abhang hinunter, etwas seitlich von den Männern, um keinen durch losgetretene Steine zu verletzen.

»Wo ist Alfredo?«

»Hier drunter, Padrone.«

Um Gottes willen, bloß das nicht! Wie sollten wir ihn jemals da herausbekommen? Als ich sie erreichte, traten sie beiseite. Von Alfredo sah ich nur ein Bein und einen Arm.

»Ist er bei Bewusstsein?«

»Ja, man kann mit ihm reden.«

Ich hockte mich hin und kroch vorsichtig unter die Eisenstangen.

»Alfredo?«

»Si, Padrone.«

»Wie geht es Ihnen?«

»Ganz gut, aber ich kann mich nicht bewegen.«

»Wir holen Sie da raus, keine Angst.«

»Ich hab' den Männern gesagt, sie dürften die Maschine nicht bewegen, sonst stürzt sie mit mir ab«, keuchte er.

»Ist klar, Alfredo. Wir sichern erst mal das Gerät und binden es oben mit Seilen an den Traktor. Dann ziehen wir es so weit hoch, dass wir Sie da herausbringen können. Haben Sie verstanden, was ich vorhabe?«

»Ja, ist recht, Chef.«

Es war mir wichtig, dass er genau wusste, was ich plante, damit er nicht in Panik geriet oder falsche Bewegungen machte. Es sah ganz so aus, als läge der Pflug mit seinem ganzen Gewicht auf seiner Brust, eine verteufelte Situation, und niemand konnte wissen, was passieren würde, wenn wir ihn bewegten. Aber was sollten wir tun? Wir mussten es versuchen.

Vorsichtig kletterte ich wieder nach oben. »Wer kann einen Traktor fahren?«, fragte ich in die Runde.

»Ich vielleicht«, meldete sich ein alter Mann. »Ich habe früher Baumaschinen gefahren.«

Ich zeigte ihm die Bedienungshebel und erklärte, worauf es ankam.

»Wenn Ihnen diese Frau hier ein Zeichen gibt, dann fahren Sie an, ganz, ganz langsam. Wenn sie ›halt‹ sagt, sofort stehen bleiben, wenn sie ›zurück‹ sagt, ganz langsam zurück. Probieren Sie es mal.« Er setzte sich auf den Sitz und nach einigem Stottern hatte er die Maschine im Griff.

»Gut so, die Signora steht neben Ihnen und sagt Ihnen, wie Sie fahren, damit Sie sich nicht umdrehen müssen. Und wenn sie ›stopp‹ sagt, sofort halten, Motor aus, Bremsen rein, verstanden?«

»Si, Signore.«

Wir knoteten die Seile fest und rutschten wieder nach unten. Dann befestigten wir die Seile so an dem Pflug, dass er zwar angehoben, aber nicht verschoben werden konnte. Nachdem ich alle Seile noch einmal überprüft hatte, bückte ich mich zu Alfredo hinunter.

»Haben Sie irgendwo besondere Schmerzen, eine Stelle, die wir nicht anfassen sollten, wenn wir Sie herausziehen?«

»Nein, ich glaube nicht, nur der Druck auf meinen Brustkorb ist so schwer, ich habe große Probleme beim Luftholen.«

»Schon gut, Alfredo, wir holen Sie da jetzt raus, dann ist der Druck weg.«

Ich zeigte drei Männern, wo sie ihn anfassen sollten, und sagte ihnen, dass es ganz schnell gehen müsse. Dann rief ich den anderen zu, sich bereitzuhalten, um mit ihren Äxten die Seile zu kappen, sobald wir Alfredo befreit hätten. Ich hatte Angst, der schwere Schneepflug würde den Traktor mitreißen, wenn er in den Abgrund rutschte.

Dann gab ich Viola das Zeichen. »Anfahren!«

Sie legte dem Fahrer die Hand auf den Arm und nickte ihm zu. Die Seile spannten sich und dann hob sich das schwere Gerät zentimeterweise in die Höhe.

»Langsam weiter, Viola.«

Auf ein weiteres Zeichen von mir packten die Männer Alfredo und zogen ihn vorsichtig hervor. Ich rief nach oben: »Langsam zurück«, bis die Seile durchhingen, und gab dann den Befehl zum Anhalten.

Die Männer sprangen hinzu, kappten die Seile, und der alte Schneepflug rutschte in die Tiefe. Gott sei Dank, es hatte geklappt. Der Schweiß lief mir über das Gesicht, brannte in den Augen und in den Mundwinkeln.

Ich lief zu Alfredo, der leichenblass im Gestrüpp lag und mühsam atmete.

»Das Ding war verdammt schwer, Chef.«

»Ja, ich weiß. Bleiben Sie ganz still liegen, wir basteln eine Trage und bringen Sie auf den Anhänger und dann nach Hause. Für heute ist Feierabend.« Ich nickte den Leuten zu. Sie bauten aus Decken und Stangen eine Trage und wenig später hatten wir Alfredo auf den Hänger gebettet. Viola setzte sich zu ihm, kontrollierte seinen Puls und nickte mir zu.

»Fahren wir, es hat keinen Zweck, länger zu warten, wir müssen ihn richtig lagern und versuchen, einen Arzt zu bekommen.«

Die Männer bestiegen mit ihren Geräten den Anhänger, mit dem sie gekommen waren, der alte Mann nahm Alfredos Platz am Steuer ein und langsam fuhren wir in Richtung Castello, bis wir die Asphaltstraße erreicht hatten. Dann ging es zügig nach Hause.

Viele Menschen umringten uns, als wir auf dem Wirtschaftshof hielten. Ich lief sofort los, um nach Alfredo zu sehen. Es ging ihm sehr schlecht, und als ich Viola ansah, schüttelte sie traurig den Kopf. Vorsichtig hoben ihn die Männer herunter und brachten ihn in das Kaminzimmer, wo noch immer die Matratzen der abtransportierten Verletzten lagen.

»Ich glaube, seine Rippen sind gebrochen und haben sich in die Lunge gebohrt, er bekommt kaum noch Luft.« Viola hielt mich am Arm zurück. »Wenn er nicht ganz schnell Hilfe bekommt, überlebt er die Nacht nicht.«

Ich rannte ins Büro und rief David zu: »Wir brauchen einen Arzt oder einen Hubschrauber, wir haben einen Schwerverletzten.«

Linda und David setzten sich sofort mit der Leitstelle in Verbindung, aber wenig später stand fest, dass wir keine Hilfe erwarten konnten.

David schüttelte verzweifelt den Kopf: »Man kann uns nicht helfen, Lorenzo. Sie sagen, es gibt Hunderte von Schwerverletzten, die versorgt werden müssten. Tut mir leid, wir versuchen es natürlich weiter.«

Draußen hatte Leandro von dem Unfall gehört. Er machte sich sofort auf die Suche nach Bella, Alfredos Frau, die im Weinberg mitarbeitete. Beide gehörten seit Jahren zu meinen fest angestellten Arbeitern und wohnten in dem jetzt zerstörten Wohnheim. Als Leandro mit Bella erschien, nahm Viola sie in den Arm und führte sie zu ihrem Mann. Sie setzte sich neben ihn auf den Boden, streichelte seine Hand und weinte still vor sich hin. Alfredo konnte nicht mehr sprechen, er brauchte seine ganze Kraft zum Atmen. Wir setzten uns zu ihm, auch Leandro und Marisa. Draußen wurde es dunkel. Nur wenige Kerzen spendeten uns in dem Zimmer Licht. Vor dem Haus standen viele Menschen still beieinander. Wir wachten bei Alfredo, bis er um Mitternacht den Kampf aufgab. Das Erdbeben hatte im Castello sein erstes Todesopfer gefordert.

Marisa bedeckte den Toten mit einem frischen Leinentuch und nahm Bella in die Arme. Dann ging sie mit ihr und Viola hinaus. In dem kleinen Raum hinter der Küche, in dem sie ihr eigenes Bett aufgeschlagen hatte, trauerten die drei Frauen, bis der neue Tag anbrach.

Ich war erschüttert. Immer wieder fragte ich mich, ob es meine Schuld sei, dass dieser Mann gestorben war. Hatte ich ihn überfordert, hatte ich ihm falsche Anweisungen gegeben, hatte ich ihm zu viel Verantwortung aufgebürdet, war dieser ganze Plan einer Ersatzstraße eine unsinnige Idee von mir? Ich wusste es einfach nicht.

Dann bat ich ein paar Männer, einen Sarg zu bauen, und ging mit Leandro in die Dunkelheit. Wir setzten uns auf die Terrassenstufen und ich fragte ihn: »Was habe ich falsch gemacht, Leandro?«

»Du hast gar nichts falsch gemacht. Du wolltest das Beste für uns alle. Alfredo hat sich freiwillig gemeldet, er wusste, dass es gefährlich ist. Er ist ein fähiger und erfahrener Mann gewesen, er wusste, was zu tun war. Lorenzo, such' die Schuld in der Katastrophe, nicht bei dir. Du hast dein Leben riskiert, um ihm zu helfen. Die Männer haben erzählt, wie du unter den Pflug gekrochen bist, um ihn herauszuholen. Sie sehen in dir einen Helden, Lorenzo, ein Vorbild. Für dich gehen sie durchs Feuer, das weißt du doch.«

Ich legte meine Arme auf die Knie und vergrub mein Gesicht in den Händen. »Genau das ist es ja, Leandro, das ist die Gefahr. Sie würden alles für mich tun, ich könnte sie nicht einmal daran hindern, aber ich trage die Verantwortung. Man zwängt mich in eine Rolle, die ich überhaupt nicht will. Und das Resultat ist dieser Tote nebenan.«

Er legte mir die Hand auf die Schulter und schüttelte mich. »Wach auf, Lorenzo, was du da sagst, ist einfach völliger Unsinn. Wir werden ein andermal darüber sprechen, wenn du wieder klar denken kannst. Komm jetzt, wir müssen überlegen, wo wir ihn beerdigen.«

»Bei den Familiengräbern hinten im Garten natürlich. Hoffentlich ist der kleine Friedhof nicht auch zerstört, ich bin noch nicht dort gewesen.«

»Der ist in Ordnung, ich war neulich mal da. Aber was wird deine Familie dazu sagen?«

»Gar nichts. Ich ordne es an, und damit basta.«

»Ich werde seine Freunde bitten, an der Bestattung teilzunehmen. Heute wird nicht gearbeitet. Übernimmst du die Zeremonie?«

»Natürlich. Dazu wird meine Priesterausbildung ja wohl reichen.«

»Wir müssen ihn begraben, bevor es zu heiß wird. Ich werde Marisa Bescheid sagen.«

Ich stellte eine Art Totenschein aus, den Viola, Leandro, Marisa und ich unterschrieben. Bella musste ein Papier in der Hand haben, irgendwann würde die Bürokratie wieder funktionieren, und dann brauchte sie eine Bescheinigung für Versicherungen und Ämter. Natürlich konnte sie, wenn sie es wünschte, auf Lebenszeit bei uns im Castello bleiben. Wer bei uns arbeitete, durfte sich bei uns auch zu Hause fühlen, bis an sein Lebensende, das hatten wir schon immer so gehalten; und daran würde auch ich nichts ändern. Das gehörte einfach zu den Pflichten eines Padrone. Außerdem wusste keiner von uns, ob sie irgendwo Angehörige hatte, und fragen wollten wir sie jetzt nicht.

Als es hell war, ging ich hinüber zu dem kleinen Friedhof, auf dem mehrere Generationen unserer Familie bestattet waren, und suchte die Stelle für das Grab aus. Dann bat ich ein paar Arbeiter, die Grube auszuheben. Im Haus hatte man Alfredo bereits in den Sarg gebettet, den Männer aus den schweren Türen eines reich geschnitzten Eichenschrankes gezimmert und mit einem Brokatvorhang aus der Bibliothek ausgepolstert hatten. Einige Frauen hatten eine Girlande aus Weinlaub geflochten und den Sarg damit geschmückt. Ein langer Trauerzug folgte uns durch den Garten und versammelte sich um das Grab. Ich sprach die Gebete für den Toten, dankte ihm in einer kurzen Ansprache und beendete die Feier mit den vorgeschriebenen liturgischen Ritualen. Nach dem Segen übergaben wir den Toten der Erde und um die Mittagstunde war alles vorbei.

Kapitel 18

Alfredos Tod hatte mich sehr nachdenklich gemacht. Nicht nur, dass ich ihn als persönlichen Rückschlag betrachtete, ich musste plötzlich auch an die Flüchtlinge im Castello denken. Wie ging es ihnen? Hatten sie Tote zu betrauern? Hatten sie ihre Toten begraben können, bevor sie flüchteten? Wie fühlten sie sich bei dem Gedanken, in der Panik vielleicht Verschüttete zurückgelassen zu haben? Wir hatten bis jetzt immer nur an die Lebenden gedacht und an ihr körperliches Wohl. Wie aber sah es in ihren Seelen aus? Ich brauchte Viola, ich musste mit ihr sprechen. Doch wo steckte sie? Ich machte mich auf die Suche nach ihr und schließlich fand ich sie. Sie saß reglos und aufrecht in der Sonne auf der Terrasse und hatte die Augen geschlossen. Wie schön sie war! Doch sie sah sehr müde aus und ich überlegte, wann wir eigentlich zuletzt eine ganze Nacht durchgeschlafen hatten. Das musste eine Ewigkeit her sein. Ich ging vorsichtig näher, ich wollte sie nicht wecken, daher setzte ich mich auf den Boden neben ihrem Stuhl, den Rücken an die Hauswand gelehnt.

Dann bin ich wohl eingeschlafen, denn als ich die Augen wieder öffnete, war Viola fort. Ich stand auf und ging zur Balustrade. Sie stand in der Nähe der Zelte und sprach mit einem großen, dunkelhaarigen Mann, den ich hier noch nicht gesehen hatte. Als sie mich sahen, kamen die beiden auf mich zu.

»Lorenzo, das ist Signore Marconi aus Cavanago.«

Ich begrüßte ihn und er stellte sich vor. »Manuele Marconi, Lehrer und Bürgermeister. Ich bin mit dem ganzen Dorf hierher gekommen. Die Leute wollten unbedingt ins Castello.«

»Gut, dass Sie sie herbrachten. Wie sieht es in Cavanago aus?«

»Schlimm, Signore, kein Stein liegt mehr auf dem anderen. Sogar die Kirche ist eingestürzt, nur vom Turm steht noch ein Rest.«

»Und der Pfarrer?«

»Wir haben schon lange keinen eigenen Pfarrer mehr. Alle zwei Wochen kommt Monsignore Bartelli aus Cevarati zur Sonntagsmesse herüber.«

Ich sah ihn nachdenklich an. Ich fand es erstaunlich, dass so ein junger, gebildeter Mann in diesem kleinen Dorf gelebt und gearbeitet hatte, und sagte ihm das auch.

»Ich stamme aus der Gegend und wollte schon immer Lehrer werden«, erwiderte er. »Mein Vater hatte eine Schweinemästerei in der Nähe und konnte mir die Ausbildung bezahlen, machte aber zur Bedingung, dass ich in der Gegend blieb. Ich hatte nichts dagegen, aber kaum hatte ich meine Stelle angetreten, starb der Bürgermeister, und ich musste das Amt gleich mitübernehmen. Das ist jetzt acht Jahre her.«

»Ich freue mich, dass Sie hier sind, wir können Hilfe gebrauchen.«

»Das ist doch selbstverständlich. Sagen Sie, was ich tun soll, und ich helfe.«

»Ich hätte eine spezielle Bitte an Sie.«

»Ja?«

»Es geht um die Toten.«

Viola sah mich einen Augenblick lang erschreckt an, dann hatte sie sich wieder gefasst.

»Gab es Tote in Ihrem Dorf?«

»Ja, vier alte Leute, die nicht schnell genug aus den Häusern kamen.«

»Was haben Sie mit ihnen gemacht?«

»Wir haben sie zusammen in einem großen Grab beerdigt. In der Nähe vom Friedhof, denn der war so verwüstet, dass wir da nicht drauf konnten.«

»War der Pfarrer dabei?«

»Nein, der musste sich um sein eigenes Dorf kümmern. Ich hab' ein paar Worte am Grab gesprochen.«

»Dann war das keine christliche Beerdigung.«

»Nein, nicht das, was man darunter versteht. Sie wissen schon, mit Segen und so.«

»Können Sie sich vorstellen, Listen für mich anzufertigen«?

»Natürlich.«

»Also: Ich brauche die Namen aller Toten, ihre Geburtsdaten und ihre Anschriften, geordnet nach den Orten, in denen sie lebten.«

»Ja, ich fange gleich an.«

»Versuchen Sie mit allen Leuten zu reden, damit wir keinen übersehen. Haben Sie irgendwelche offiziellen Formulare oder Stempel retten können?«

»Nein, ich habe ja zu Hause geschlafen, als es passierte. Und das Büro war neben der Kirche, das gab es am Morgen nicht mehr.«

»Und die Kirche? Konnte man da etwas retten? Die liturgischen Instrumente, ein Kreuz oder etwas Ähnliches?«

»Nein, erst krachte das Dach ins Mittelschiff, dann stürzten die Mauern darüber und dann brach auch noch der halbe Turm ab und fiel in das Innere. Da war gar nichts mehr zu holen, es war viel zu gefährlich.«

»Schlimm! Also, dann zuerst einmal die Listen. Und bitte,

fragen Sie auch, ob die Leute Angehörige vermissen. Sie wissen schon. Und fragen Sie auch, ob eventuell noch Tote unter den Trümmern liegen, die man nicht bergen konnte.«

»Ich glaube nicht, dass man welche zurückgelassen hat.«

»Trotzdem, ich möchte sicher sein. Wenn es welche gibt, gehen wir morgen los und bergen sie. Das ist wichtiger als der Straßenbau.«

»Ich verstehe, Signore Beneventi. Aber könnten Sie mir bitte Papier und Stifte besorgen für die Listen, ich konnte so etwas nicht mitnehmen.«

Viola nickte. »Ich gehe und hole die Sachen. Und wenn Sie mich brauchen, ich helfe auch.«

Wenig später kam sie zurück und wir übergaben ihm Schreibblöcke und Kugelschreiber.

Ich sah ihm nach, als er zu den Zelten ging. Viele Leute lagerten dort und genossen den arbeitsfreien Tag und die späte Nachmittagssonne. Ich drehte mich zu Viola um. »Eigenartig, dass so ein intelligenter junger Mann sich in einem Dorf wie Cavanago vergraben hat.«

»Aber gut für uns, dass wir ihn haben. – Haben Sie gut geschlafen?«

»Ja, ich habe nicht gehört, wie Sie gegangen sind.«

»Und ich habe nicht gehört, wie Sie gekommen sind. Übrigens, wie regeln wir jetzt, wo die Hausgäste weg sind, eigentlich die Zimmerverteilung? Ich könnte wieder in eines der Gästezimmer wechseln.«

»Nein, bitte nicht. Ich möchte, dass Sie, wie wir es ursprünglich besprochen haben, in meinem Zimmer wohnen. Ich beziehe das Schlafzimmer meiner Eltern und alle anderen Räume werden für die Flüchtlinge geöffnet. In den Zelten wird es verdammt kalt im Winter.«

»Rechnen Sie damit, dass sie so lange hier sein werden?«

»Ja, wo sollen sie denn hin? Sie können doch im Winter

nicht ihre Dörfer aufbauen. Und jetzt, bei diesen andauernden Beben, kann noch keiner zurück.«

»Hoffentlich wollen sie ins Haus kommen, sie haben bestimmt Angst, es könnte genauso zusammenbrechen wie ihre Häuser.«

»Ach was, sie haben ja gesehen, wie sicher es ist. Außer der freischwebenden Treppe hat alles gehalten.«

»Ich werde mich darum kümmern und auch mit Marisa sprechen.«

Gemeinsam gingen wir zum Wirtschaftshof, wo Marco weiße Bohnen mit Knoblauch, Salbeiblättchen und Hammelfleischstücken kochte. Wie gut, dass einige Flüchtlinge ihre kleinen Schafherden mitgebracht hatten, wir würden die Tiere nach und nach schlachten müssen, um hin und wieder frisches Fleisch zu haben. Laura führte eine genaue Liste darüber. Natürlich versprach ich ihnen Geld für das Fleisch, woher ich es nehmen sollte, wusste ich allerdings noch nicht. Ich hoffte, dass es irgendwann einmal offizielle Stellen geben würde, die so etwas regelten. Jetzt aber zogen erst einmal duftende Schwaden über den ganzen Hof und die ersten Leute stellten sich zur Essensausgabe an. Gesprochen wurde kaum. Trauer lag über dem ganzen Castello.

Leandro kam zu uns herüber und nickte. »Die Menschen sind noch sehr bedrückt. Ich werde wieder etwas Wein verteilen, damit sich die Stimmung hebt.«

Ich erzählte Leandro, dass ich Listen über die Toten und Vermissten aufstellen ließ, und als er mich fragend ansah, erklärte ich: »Wir werden am Sonntag eine Messe für alle Toten feiern, in der sie namentlich genannt werden. Ich glaube, das hilft den Hinterbliebenen. Viele haben ihre Toten in größter Eile und ohne ein Gebet begraben müssen und ich denke, ein bisschen kann ich da helfen. Für irgendwas sollte mein Theologiestudium doch nützlich sein.«

Viola nickte und auch Leandro stimmte zu. »Wir könnten auf dem Vorplatz einen Tisch als Altar aufstellen. Da ist genug Platz für alle.«

»Bis dahin hätte Manuele auch die Listen fertig. Ich glaube, so eine Messe ist sehr wichtig für diese Leute. Sie sind hier auf dem Lande doch noch tief in katholischen Traditionen verwurzelt.«

»Ganz im Gegensatz zu den Großstädtern«, stimmte Leandro zu. »Kommen Sie mit, ich muss in der Kellerei wegen der Weinausgabe Bescheid sagen.«

»Wie läuft es eigentlich mit der Ernte?« Ich sah in die Gewölbe hinunter, in denen heute tiefe Stille herrschte.

»Es geht ganz gut, wir haben Glück mit dem Wetter, aber es wird Zeit, dass die Trauben von der Erde wegkommen. Ein, zwei Tage noch, dann haben wir die umgebrochenen Reben abgeerntet.«

»Und der Generator liefert genug Strom für die Pressen?«

»Ja, ihr habt damals eine besonders starke Maschine angeschafft. Aber ich mache mir Sorgen wegen des Treibstoffs. Wir brauchen bald Nachschub. Nicht nur für die Aggregate in der Kelterei, sondern für alle Apparate, und ich wüsste nicht, wo wir sparen könnten.«

»Hm, die Wasserpumpe muss natürlich laufen, mit Marisas neu installiertem Apparat müssen wir die Gefriertruhen in Gang halten und den kleinen Generator im Büro brauchen wir für die Außenkontakte, da kann man nirgends abschalten. Wir brauchen unbedingt diesen Weg nach Foligno, ich hasse den Gedanken daran, aber wir brauchen ihn.«

Viola legte mir beruhigend die Hand auf den Arm. »Er macht doch gute Fortschritte, Lorenzo.«

»Ab morgen kümmere ich mich persönlich darum. Ich fahre mit raus und übernehme Alfredos Arbeit.«

Leandro sah mich erschrocken an, aber er wusste auch,

dass mich nichts abhalten würde. Dieser Weg war einfach lebensnotwendig und er musste fertig sein, bevor die Regenperiode einsetzte, mit der man ab Mitte Oktober rechnen musste.

Während Viola zu Marco ging, um ihm beim Austeilen des Essens zu helfen, stieg ich mit Leandro in die Kelterei hinunter. Er zündete ein paar Kerzen an, zeigte mir die Pressen und die Auffangbottiche für den Most.

»Wir werden so schnell wie möglich den Most in die Fässer abfüllen, damit wir den wenigstens retten. Aber man kann überhaupt nichts tun, um den Gärprozess zu beschleunigen.«

»Ich weiß, lass ihm seine Ruhe, sonst fliegen uns irgendwann die Fässer um die Ohren.«

»Das ist ja das Problem.«

»Wie lange reicht der Treibstoff denn noch?«

»Hier unten? Zwei, drei Tage.«

»Gut, dann sind die gebrochenen Reben abgeerntet. Den restlichen Treibstoff nehmen wir später fürs Abfüllen und die übrigen Weinberge müssen warten. Vielleicht hilft das Wetter.«

»In drei Wochen könnten wir schon Nachtfrost haben, Lorenzo.«

»Ich weiß, aber darauf müssen wir es ankommen lassen. Vielleicht haben wir bis dahin den Weg fertig. Gib mir morgen alle Männer mit, die du nicht brauchst, und setze die, die sich drücken wollen, ruhig etwas unter Druck. Der Weg ist schließlich für alle wichtig.«

»Mach ich. Und ihr könnt auch ein zweites Traktorgespann mitnehmen, im Weinberg komme ich jetzt mit zweien aus.«

»Abgemacht. Ich werde Marco sagen, dass wir morgen eine Menge Proviant brauchen. Er muss die ganze Nacht hindurch Brot backen.«

»Ja, und du schläfst mal wieder eine Nacht durch. Du siehst aus, als würdest du jeden Augenblick umkippen.«

»So fühle ich mich auch. Jetzt gehe ich aber erst einmal duschen.«

»Wir haben inzwischen zwei Kabinen neben die Pumpe gebaut. Da kommt mehr Wasser raus als im Haus. Das braune Getröpfel da drinnen kann man ja wohl nicht als Dusche bezeichnen.«

Ich ging ins Castello, um Handtücher und frische Kleidung zu holen. Ich hatte immer noch die Sachen vom Vortag an, stank nach Dieselöl und Schweiß und konnte mich selbst nicht mehr riechen. Wie hatte sich mein Leben verändert!

Im Haus hatte sich erstaunlich viel getan. Die Räume unten und die Zimmer oben waren gereinigt und aufgeräumt. Als ich eines der Hausmädchen traf, bedankte ich mich für all die Arbeit und bat sie dann, meine Sachen in das Zimmer meiner Eltern zu bringen. Sie sah mich verständnislos an und ich erklärte ihr: »Signora Viola bewohnt in Zukunft mein Zimmer. Ich benutze in nächster Zeit das große Schlafzimmer.«

Sie nickte, noch immer etwas verwirrt, versprach aber, alles zu arrangieren. Ich holte mir frische Sachen, Handtücher, Seife und mein Rasierzeug und ging die Treppe hinunter. Die Männer hatten diese provisorischen Stufen wirklich gut angelegt. Ich staunte immer wieder darüber, welchen Erfindungsgeist manche Leute entwickelten, wenn man sie selbständig arbeiten ließ.

Dann ging ich hinüber zu den Duschen. Ich brauchte nicht zu warten, da alle zum Essen auf dem Hof waren. Himmel, war das Wasser eisig! Aus welcher Tiefe mochte es kommen? Irgendjemand hatte mir einmal erzählt, dass der Brunnen von Römern, die hier auf den Hügeln kampierten, angelegt worden sei, und dass die Höhlen, in denen wir jetzt den Wein lagerten, damals als Unterkünfte für ihre Pferde dienten. Ich hatte mich noch nie darum gekümmert, und dabei war das alles plötzlich so wichtig geworden. Es würde mir eine Lehre für die Zukunft sein.

Während ich mich bemühte, meine Sachen, die ich auf die provisorischen Kabinenwände gehängt hatte, nicht nass zu spritzen, seifte ich mich ein und genoss den Duft der wunderbaren Seife, auf deren Qualität meine Mutter immer besonderen Wert gelegt hatte. Meine Mutter ..., wenn sie das hier alles sehen würde. Gut, dass sie so weit weg war.

Zum Abendessen ging ich in die Küche. Ich musste mich bei Marisa und den anderen Angestellten sehen lassen. Für sie sollte immer Zeit sein, sie waren gewohnt, dass ich kam, und sie warteten darauf. Es war fast wie früher, als ich sie um den Tisch herum versammelt sah.

»Guten Abend, ich hoffe, es geht allen einigermaßen gut.«

»Danke, Padrone, wir machen das Beste daraus.«

Ich sah in den großen Topf auf dem kalten Herd. Auch hier gab es Marcos Bohnen mit Hammelfleisch, wunderbar, ich hatte einen Bärenhunger.

»Habt ihr schon gegessen?«

»Nein, wir wollten gerade anfangen.«

»Dann aber nichts wie los.«

Marisa füllte Schüsseln und Teller und Näpfe, alles, was nicht zu Bruch gegangen war, und jeder nahm sich ein Besteck. Dann hörte man außer dem Klappern der Löffel und Gabeln nichts mehr.

»Wo ist Bella?«

»Nebenan, sie möchte nichts essen.«

»Soll ich mal nach ihr sehen?«

»Besser nicht, Padrone, sie schläft vielleicht.«

»Gut, lassen wir sie schlafen. Kannst du sie hier irgendwo unterbringen, Marisa?«

»Ja, da findet sich schon was. Ich habe erst mal ein zweites Feldbett in mein Zimmer bringen lassen und tagsüber kann sie im Haus helfen, das ist schon besprochen.«

»Danke.«

Wir löffelten ziemlich still unser Essen, uns beschäftigte der Tod von Alfredo noch sehr stark.

Später bat ich Marisa nach draußen. Wir gingen ein paar Schritte durch die Dunkelheit, dann setzten wir uns auf eine Bank am Anfang der Zypressenallee.

»Marisa, Sie sollten das wissen, ich werde Viola heiraten, irgendwann, wenn das Schlimmste hier vorbei ist.«

»Gott sei Dank, ich habe es gehofft.« Sie lächelte und nickte mir zu.

»Es gibt nur ein Problem: Viola weiß noch nichts davon. Ich muss da sehr behutsam sein.«

»Selbstverständlich, Padrone.«

»Viola bewohnt in Zukunft mein Zimmer, ich schlafe im Zimmer meiner Eltern. Dem Mädchen habe ich schon Bescheid gesagt.«

»Ich weiß, sie hat es mir erzählt. Wir haben alles geordnet.«

»Danke.«

Und im Stillen wusste ich, wie wichtig es war, Marisa zu informieren. Sie hatte die Regie im Haus übernehmen müssen und sie durfte nicht übergangen werden. Dann wünschte ich ihr eine gute Nacht und brachte sie ins Haus zurück. Aber ich selbst wollte trotz aller Müdigkeit noch nicht so schnell zu Bett gehen. Ich suchte Leandro, ließ mir einen Krug Wein und zwei Becher geben und machte mich auf die Suche nach Viola. Sie saß, und das hatte ich mir fast gedacht, auf ihrem Lieblingsstuhl auf der Terrasse.

»Ich liebe diesen Platz, Lorenzo, vor allem abends. Es ist so still und friedlich hier.«

Ich holte mir einen Stuhl und setzte mich zu ihr.

»Kommen Sie, trinken wir einen Schluck, wir haben ihn verdient.«

Wir stießen mit den dicken Bechern an. Dann bat ich sie: »Würden Sie du zu mir sagen, Viola?«

»Um der Freundschaft willen, die wir hier aufbauen wollen, Lorenzo?«

»Nicht nur, Viola.«

»Sondern?«

»Weil ich Sie sehr gern habe, weil ich Ihre Hand eigentlich nie mehr loslassen möchte.«

Sie besah sich ihre Hände, die den Becher umfasst hielten, aber als ich schließlich ungeduldig meine Hände um ihre legte, schaute sie mich an und sagte lächelnd: »Ich würde sehr gern du zu dir sagen.«

Ich lehnte mich zu ihr hin und wir küssten uns sehr behutsam.

Ich legte den Arm um ihre Schultern und sagte leise: »Viola, ich wünsche mir mehr als alles andere in meinem Leben, dass du bei mir bist. Ich liebe dich so sehr. Könntest du dir vorstellen, dein Leben mit mir zu teilen?«

»Sollte das ein Antrag sein, Lorenzo?«

Ich nahm ihr Gesicht in meine Hände, sah ihr in die offenen, ehrlichen Augen, die mich vom ersten Augenblick an fasziniert hatten, und sagte: »Liebe Viola, ich bitte dich, meine Frau zu werden.«

»Ja, Lorenzo, ich würde gern mein Leben mit dir teilen.«

Wie klar und wie einfach plötzlich alles war. Ich stellte die Becher auf den Boden und nahm sie in die Arme. Sie verströmte diese wohltuende tiefe, innere Wärme, in der ich mich unendlich geborgen fühlte. Diese zarte, liebenswerte Frau besaß genau jene Kraft, die ich jetzt brauchte. Ich wollte sie im Arm behalten, die ganze Nacht, ich wollte zusammen sein mit der Frau, die mir alles bedeutete. Ich wollte sie streicheln und lieb haben und nie mehr loslassen. Doch obwohl ich mich vor Sehnsucht nach ihr verzehrte, musste ich vorsichtig sein. Ich hatte Angst sie zu überrumpeln und ich wollte jedes Gerede im Castello vermeiden. Hier herrschten noch die alten Traditionen von Sitte und Anstand, daran änderten weder das zwanzigste Jahrhundert noch modernste Weltanschauungen etwas.

»Komm, lass uns ein Stückchen laufen, hier sitzen wir so auf dem Präsentierteller.«

Wir standen auf. Vom Garten leuchteten einige kleine Feuerstellen herüber, um die sich Menschen gelagert hatten. Wir gingen über den Vorplatz und die Allee entlang. Der Mond, inzwischen schon halb rund, gab nur ein schwaches Licht, das durch die Äste der Bäume sanft gebrochen wurde. Der leichte Wind, der von den Bergen herunterwehte, wurde mit jedem Abend etwas kühler.

Eng umschlungen gingen wir langsam bergab, bis vom Castello nichts mehr zu sehen war. Dann zog ich Viola seitwärts auf eine Wiese. Wir legten uns auf die noch warme Erde und träumten in kleinen, abgebrochenen, von Wünschen geprägten Sätzen von der Zukunft.

»In einer Woche könnte der Weg fertig sein –«

»Ich könnte mit Hilfe der Mädchen das Haus in Ordnung bringen –«

»Wir würden Nachschub bekommen –«

»Und vielleicht haben wir bald Strom –«

»Bruno di Gaetano würde sich darum kümmern –«

»Er hat es versprochen –«

»Man kann sich auf ihn verlassen –«

»Vielleicht funktionieren die Telefone bald –«

»Auf dem fertigen Weg könnten wir nach Rom fahren –«

»Ich würde gern meine Eltern informieren –«

»Und meine Eltern müssten es auch bald erfahren –«

»Vielleicht kann ich auch mit Alex telefonieren, ich bin es ihm schuldig –«

»Francesco müsste es auch wissen –«

»Vielleicht sind die Beben bald vorbei –«

»Hoffentlich –«

»Manchmal denke ich, sie werden jeden Tag schlimmer –«

»Vielleicht, wenn sie eines Tages aufhören –«

Und dann stellten wir fest, dass durch all unsere Sätze Worte wie ›sollten‹, ›könnten‹, ›müssten‹, ›würden‹ und ›vielleicht‹, ›vielleicht‹, ›vielleicht‹, geisterten.

Sie verrieten unsere ganze Unsicherheit, ein Leben, das total in Frage gestellt war, in dem man ohne Ziel und festen Grund herumschwamm. Wirklich sicher war nur die Gegenwart des anderen und umso glücklicher waren wir darüber, dass wir uns endlich unsere Liebe gestanden hatten. Wir würden füreinander da sein, was auch immer geschah.

Kapitel 19

Am nächsten Morgen brachen wir bereits in der Dämmerung auf, um die Arbeiten am Ersatzweg fortzusetzen. Leandro hatte fast achtzig Männer gefunden, die nun auf den Anhängern saßen und ihre Arbeitsgeräte in den Händen hielten. Sie hatten alles, aber auch wirklich alles mitgenommen, was sich zum Bau eines Weges eignen konnte. Ich musste beinahe lachen, als ich daran dachte, mit welcher Akribie und Gewissenhaftigkeit qualifizierte und studierte Straßenbauer an ihre Arbeit gehen und mit welcher Unverfrorenheit wir uns im Gegensatz zu ihnen daranmachten, eine ›Straße‹ zu bauen. Wir schauten nach der Himmelsrichtung, überprüften die Bodenbeschaffenheit, schätzten den Neigungswinkel und schon hackten, gruben und schaufelten wir drauflos.

Der alte Mann vom Vortag – inzwischen wusste ich, dass es sich um Manuele aus Tantorino handelte, der im Castello seine Angehörigen gesucht und gefunden hatte – fuhr den zweiten Traktor, sein Sohn Fabio den dritten und ich setzte mich auf die schwere Maschine aus Foligno und übernahm die Spitze.

Kaum krochen die ersten Sonnenstrahlen über die Hügelkuppen, hatten wir schon das Ende der Asphaltstraße erreicht. Als wir schließlich anhalten mussten, weil unser bereits ausgebauter Weg endete, fragte ich die Männer, wie Alfredo vorgegangen war und sie eingeteilt hatte. Dann wies ich die zusätzlichen Arbeiter ein und wir begannen mit der Arbeit. Ich ging ganz nach vorn und teilte das wild überwucherte Land vor uns so auf, wie ich mir den Streckenverlauf vorstellte. Ich hielt mich weitgehend an die Traktorspuren der vergangenen Fahrten und markierte den zukünftigen Weg mit Steinen.

Mittags machten wir zwei Stunden Pause, die Sonne brannte auf die Erde und es gab auf diesen baumlosen Hügeln keinen Schatten. Ich wollte nicht riskieren, dass die zum größten Teil recht alten Männer in der Hitze umfielen. Dafür arbeiteten wir abends bis zum Einbruch der Dunkelheit.

Zweimal erschreckten uns starke Erdstöße, aber der Weg hielt, und wir konnten ohne Probleme durcharbeiten. Marco hatte uns zwei Säcke mit frischen Broten mitgegeben, dazu Kartons mit Käse und Salsiccie – die wir allerdings kalt essen mussten – und dazu einen großen Kanister mit Pfefferminztee, den wir in einem kleinen Bach kühlten. In drei Tagen hatten wir etwa zehn Kilometer und damit die Hälfte der Strecke geschafft. Es wurde auch Zeit, dass wir fertig wurden. Leandros Generator war schon abgeschaltet und an Strom war immer noch nicht zu denken. Man hatte David, als er endlich über Funk zu den entsprechenden Stellen durchkam, mitgeteilt, dass die Überlandleitungen nicht repariert werden könnten, solange die Erdstöße die Stärke drei und mehr auf der Richterskala anzeigten, und das war leider immer noch der Fall.

Am Sonntag hielten wir die Totenmesse. Bis auf Linda und David, die in der Funkstation blieben, waren alle gekommen, die, die zum Castello gehörten, und die, die jetzt bei uns Unterkunft gefunden hatten. Es war ein schöner, warmer

Spätsommertag. Arbeiter hatten Stühle und Bänke auf den Vorplatz gestellt, damit wenigstens die Alten und die Verletzten, die noch bei uns waren, sitzen konnten. Um uns herum grasten die Tiere auf den Wiesen und vorn neben der großen Eingangstür hatten die Frauen einen Tisch als Altar mit weißen Tüchern und Weinlaub geschmückt.

Aus dem Sekretär meiner Mutter hatte ich ein kleines Kruzifix und die alte Familienbibel geholt und Leandro hatte uns Kerzen und Halter aus der Kellerei besorgt.

Manuele Marconi, der Dorflehrer, kam mit zwei Schulmädchen, die ihre Gitarren gerettet hatten und versicherten, dass sie einige Kirchenlieder spielen könnten. Sie hätten den Gemeindegesang schon mehrmals begleitet, wenn der Pfarrer zum Gottesdienst in ihr Dorf gekommen sei.

So suchten wir einige alte, bekannte Lieder aus, die die Leute auswendig konnten, und ich stellte fest, dass wir eine beinahe fröhliche Gemeinde waren. Wir feierten einen Gottesdienst zu Ehren unserer Toten und wir feierten ihn in der Gewissheit, dass sie bei Gott gut aufgehoben waren. Mich allerdings nahm das Zelebrieren dieser Messe sehr mit. Zu stark erinnerten mich die Handlungen an jene Lehrjahre, in denen ich mich berufen fühlte, diesen kirchlichen Weg zu gehen, den ich dann verlassen musste. Als ich da vor diesen Menschen stand, wusste ich, dass ich ganz allein mit diesem Gefühl fertig werden musste, innerlich nur unterstützt von einer Frau, die mich liebte, aber Protestantin war, und von einigen Freunden, die mir mehr Respekt als Verständnis entgegenbrachten, während mehr als zweihundert Männer, Frauen und Kinder Trost und Hilfe von mir erwarteten.

Und dann spürte man, dass Ruhe einkehrte, dass sich Verzweiflung in gesunde Trauer verwandelte und viele ganz behutsam begannen, endgültig Abschied zu nehmen und an die persönliche Zukunft zu denken. Genau das war mein Ziel, dachte ich, als ich schließlich völlig erschöpft und schweißüberströmt den Talar auszog, den meine Mutter immer noch in einer alten Truhe aufbewahrte. Ich wusste natürlich, dass ich ohne abgeschlossene Ausbildung und Weihe keine Amtshandlungen vornehmen durfte, aber ich wusste auch, dass niemand mir verbieten konnte, Menschen zu trösten. Und mehr wollte ich nicht.

Als wir am Montag abends vom Straßenbau zurückkamen, fing mich David in der Halle ab.

»Ein Gespräch für Sie, Lorenzo.«

»Für mich, jetzt, so spät?«

»Ja, ein Gespräch aus Rom.«

Ich dachte natürlich an meine Eltern und befürchtete sofort eine schlechte Nachricht. Atemlos stürmte ich ins Büro.

»Lorenzo?«

»Ja.«

»Buona sera, mein Lieber, hier spricht Gina.«

»Gina? Was ist los? Ich denke, du bist in den Colli Albani.«

»War ich auch. Aber jetzt gibt es hier ein paar Angelegenheiten zu regeln, die mich angehen. Und deine Anwesenheit ist auch erwünscht.«

»Was für Angelegenheiten, wie geht es meiner Familie?«

»Gesundheitlich nicht schlechter aber leider auch noch nicht besser. Wir haben hier andere Probleme.«

»Drück dich deutlicher aus, Gina.«

»Oh, nein, nicht am Telefon.«

»Ich kann hier nicht weg und ich wüsste auch nicht, wie ich nach Rom kommen sollte.«

»Morgen Vormittag schickt mein Vater den Hubschrauber.«

»Was soll das alles? Ich denke nicht daran, auf vage Telefongespräche hin das Castello zu verlassen, man braucht mich nämlich hier, falls du das vergessen haben solltest.«

»Es gibt da gewisse Dinge, die du erfahren musst – und zwar morgen.«

»Rede nicht in Rätseln, dafür habe ich keine Zeit.«

»Es geht um das Gut und um deine Familie, das sollte wichtig genug für dich sein.«

»Und was hast du damit zu tun?«

»Eine Menge, Lorenzo, ich zähle mich sozusagen mit zur Familie.«

»Lass den Unsinn. Du bist hier immer willkommen, aber als Gast, Gina, als nichts sonst.«

»Du irrst dich, mein Lieber, aber wie gesagt, nicht am Telefon.«

Damit legte sie auf. Ich starrte den Hörer an. Was sollte das alles? Was waren das für Angelegenheiten und Probleme, von denen ich nichts wusste? Hatten wir nicht schon genug Chaos? Musste sich da auch noch eine Gina di Gaetano einmischen?

In Gedanken versunken ging ich hinaus. Viola kam mir entgegen. »Ist etwas passiert, Lorenzo?«

»Hm, Gina hat mich angerufen und merkwürdige Andeutungen gemacht. Ich solle morgen nach Rom kommen, da würde ich dann alles Weitere erfahren.«

»Vielleicht geht es deinem Vater oder Enrico schlechter?«

»Nein, da hat sich nichts geändert, und außerdem müsste ich dann sofort fliegen und nicht erst morgen früh. Sie hat von irgendwelchen Problemen gesprochen, die jetzt gelöst werden müssten, sofort sozusagen.«

»Hat es etwas mit uns beiden zu tun?«

»Nein, unmöglich, niemand weiß bis jetzt von uns.«

»Unterschätze die Intuition einer Frau nicht, Lorenzo.«

»Gina interessiert mich nicht.«

»Aber mich hat sie bedroht.«

»Was?«

»Sie hat mir unmissverständlich gesagt, ich solle die Finger von dir lassen.«

Ich musste laut lachen. »So etwas Dummes, wann war denn das?«

»Als ich dein Zimmer beziehen wollte.«

Aber dann verging mir das Lachen. »Sie hat das doch nicht ernst gemeint?«

»Oh, doch, sie sagte wörtlich: ›Lorenzo gehört mir.‹«

Ich nahm Violas Hand. »Komm, setzen wir uns irgendwohin, wo wir allein sind und reden können.«

Wir gingen die dunkle Allee entlang und setzten uns auf eine Bank. »Gina ist eine eigenwillige, komplizierte Frau, das weiß hier und in ihrer Familie jeder. Sie lebte, zum Entsetzen ihrer Eltern, jahrelang in Rom in einer Künstlerkommune, dann heiratete sie einen Bildhauer, der nur auf ihr Geld aus war, und ein Jahr später war sie wieder geschieden. Das ist jetzt drei Jahre her. Dann begannen ihre Fahrten hierher. Zuerst kam sie nur, um ihre Schwester zu besuchen, dann, um die Kinder öfter zu sehen. Aus Wochenendbesuchen wurden schließlich wochenlange Besuche, und dann kam sie auch, wenn Isabella gar nicht hier war.«

Ich sah, dass Viola sehr nachdenklich wurde. »Du bist eine angemessene, gute Partie für sie, Lorenzo.«

»Ich habe sie nie ermuntert, Viola. Gut, ich war stets höflich zu ihr, einfach weil sich das so gehört, aber ich habe ihr niemals das Gefühl gegeben, sie bedeute mir irgendetwas.«

»So ein Gefühl braucht sie auch nicht, sie ist eine Frau, die sich nimmt, was sie will.«

»Dann beißt sie sich an mir die Zähne aus.«

»Hat sie etwas in der Hand, um dich oder deine Familie unter Druck zu setzen?«

»Wir lassen uns nicht unter Druck setzen. Du kennst den Stolz der Beneventis nicht.«

Aber Viola blieb nachdenklich. »Wirst du morgen fliegen?«

»Auf keinen Fall, ich lass mich doch nicht erpressen.«

»Lorenzo, ich habe ein ganz schlechtes Gefühl.«

»Nicht doch, Viola, nichts und niemand wird sich zwischen uns stellen, am allerwenigsten Gina.«

»Gut, Lorenzo, dann wollen wir nicht mehr darüber sprechen.«

Ich nahm sie in die Arme und hielt sie ganz fest. »Wir beide gehören zusammen, daran darfst du nie zweifeln.«

Tief in meinem Inneren spürte ich ein unbändiges Verlangen, sie zu berühren, das leidenschaftliche Bedürfnis, mich mit ihr zu vereinen. Es war ein überraschendes Gefühl für mich, denn seit meinem Bruch mit Franca hatte ich mich geweigert, ein solches Verlangen an mich heranzulassen. In all den Jahren hatte ich nie mehr als ein flüchtiges Interesse für eine Frau empfunden und dieses Interesse nie ausgelebt. Jetzt aber wusste ich, dass ich eine Frau in meinem Arm hielt, die mein ganzes Ich verwandelte. Ich spürte, wie sich ihr Puls beschleunigte, und sah, wie ihre Augen dunkel wurden vor Verlangen. Ich wusste aber auch, dass eine Berührung, dass jede Zärtlichkeit, selbst eine körperliche Vereinigung nicht genug für uns sein würden. Und während ich meinen eigenen kleinen Kampf führte, legte sie ihren Kopf auf meine Schulter und ihre Hand an mein Gesicht.

»Lass dich gehen, Lorenzo«, flüsterte sie und schmiegte sich in meine Umarmung.

Ich küsste sie. Behutsam eroberte ich ihren Mund, spielte mit den weichen Lippen, rieb meine Zunge an den Zähnen, kostete die Spitze ihrer Zunge und erforschte diesen kleinen, warmen Raum hinter der perlweißen Sperre. Ich erstarrte, wagte kaum noch zu atmen, fühlte ihre Antwort und meinte, in dieser Lieblichkeit zu ertrinken.

Dann löste ich mich langsam und stand auf. »Komm, Viola, Zeit zum Gehen.« Als ich ihr die Hand reichte, um ihr zu helfen, spürte ich, wie sie zitterte, und alle Barrieren, die ich um mein Herz herum errichtet hatte, zerbrachen unter dieser kleinen Berührung. Ich wusste, dass sie mich verstanden hatte. Auf dem Weg zurück zum Castello schmiegte sie sich fest an mich. Als wir vor dem Haus standen, drehte ich sie zu mir um und sagte ernsthaft: »Ich möchte, dass du dir ganz sicher bist, mein Liebling.«

»Ich bin mir sicher, Lorenzo. Wir ...« Aber mein Kuss unterbrach sie. Ich küsste sie langsam, weich und tief und ihre Worte gingen unter in diesem Kuss.

Als wir das Haus betraten, hörten wir einen entsetzlichen Schrei. Tränenüberströmt kam Marisa in die Halle gelaufen und rief uns zu: »Sie hat sich umgebracht, sie hat sich einfach umgebracht.«

Ich lief zu ihr und hielt sie fest. »Was ist los, Marisa, wer hat sich umgebracht?«

Schluchzend und kaum verständlich sagte sie: »Bella, Bella hat sich erhängt.«

Wir rannten in den Wirtschaftstrakt und fanden Alfredos Frau. Ich griff nach einem Hocker, nahm ein Küchenmesser und versuchte, den Strick durchzuschneiden. Andere waren uns gefolgt, hatten ein paar Kerzen angezündet und halfen, die Frau von der Schlinge zu befreien. Aber wir sahen sofort, dass jede Hilfe zu spät kam.

Viola hatte Marisa in den Arm genommen und versuchte, sie zu trösten. »Ich habe nicht genug auf sie aufgepasst. Ich war in der Küche und dachte, sie schläft längst, und dann bin ich in der dunklen Kammer direkt in sie hineingelaufen«, schluchzte sie. Sie bebte am ganzen Körper und ich half Viola, die Frau zu einem Stuhl zu führen. Draußen wurde es bereits hell, als sich alle beruhigt hatten und wir die Beerdigung besprechen konnten. Bella sollte ihre letzte Ruhestätte neben ihrem Mann finden und wir würden sie in allen Ehren bestatten.

Am nächsten Morgen um neun landete der kleine Hubschrauber, den Bruno schon einmal benutzt hatte. Viola und ich beobachteten, wie der Pilot den Motor abstellte und die Maschine verließ. Als er uns sah, kam er herüber.

»Buon giorno, Signore Beneventi. Man hat mich gebeten, Sie nach Rom zu fliegen und Ihnen diesen Brief zu übergeben.«

»Danke, bitte warten Sie einen Augenblick.«

Viola folgte mir in die Bibliothek, wo ich den Brief öffnete. Er war von meiner Mutter und sie schrieb:

Lorenzo, mein lieber Sohn,
ich muss dich sehr herzlich bitten, heute nach Rom zu kommen. Ich weiß, dass du im Castello gebraucht wirst, aber dein Besuch hier ist im Augenblick wichtiger. Du wirst meine Bitte, der sich dein Vater und dein Bruder anschließen, verstehen, wenn wir miteinander gesprochen haben. Ich erwarte dich gegen Mittag in der Stadtwohnung. Wir werden Gäste haben.
Ciao, Lorenzo, ich rechne fest mit dir.
Deine Mutter.

»Verdammt, was soll das?« Ratlos sah ich Viola an.

»Du musst den Wunsch deiner Mutter respektieren.«

»Das ist es ja, das weiß sie ganz genau. Wäre der Brief nicht von ihr, befände sich der Pilot schon ohne mich auf dem Rückflug. Ich begreife das alles nicht. Erst Gina, jetzt meine Mutter –?«

»Ich sehe darin eine ausgeklügelte Strategie. Flieg hin, Lorenzo, dann weißt du, um was es geht. Das Rätselraten bringt uns auch nicht weiter. Du hast gar keine andere Wahl mehr.«

»Und du verstehst mich?«

»Ja, ich verstehe dich. Und nun zieh dich um, bring diese Probleme in Ordnung und komm so schnell wie möglich wieder.«

Wenig später bestieg ich den Hubschrauber. Etwas Geld und meine Papiere waren mein ganzes Gepäck. Für einen Tagestrip sollte das wohl reichen. Von Viola hatte ich mich im Haus verabschiedet. Sie sah nachdenklich und traurig aus und sie würde Leandro und Marisa informieren. Ich gab dem Piloten das Zeichen zum Start und kurz darauf war das Castello in den herbstlichen Frühnebeln verschwunden. Hätte ich gewusst, was mich in Rom erwartete, ich wäre nicht geflogen. Aber ich musste mich diesen obskuren Problemen stellen, von allein würden sie sich nicht lösen.

Kapitel 20

Auf dem kleinen Landeplatz an der Via Appia Antica stand ein Mietwagen bereit, der mich in unsere Stadtwohnung in der Via della Fonte di Fauno brachte. Ich genoss die Fahrt durch die modernen Vororte und dann durch die alten Straßen bis zu den antiken Plätzen, in deren Nähe unsere Wohnung lag. Ich hatte dieses römische Domizil schon immer geliebt und während des Studiums jahrelang hier gewohnt. Die eleganten Räume in der obersten Etage mit den Dachterrassen, der Blick hinunter zum Circo Massimo, an dem unsere Straße endete, und dann über den Palatino hinweg zum Colosseo, der entfernte Verkehr, der daran erinnerte, dass man in einer Weltstadt lebte, das alles liebte ich sehr und hätte mir gewünscht, Viola hierher mitzunehmen. Andererseits wusste ich, dass wir uns diese Wohnung schon längst nicht mehr leisten konnten. Der Verkauf der mehr als zweihundert Quadratmeter großen Luxuswohnung hätte ein Vermögen eingebracht, mit dem ich das halbe Weingut hätte sanieren können. Aber dieser Gedanke war absurd. Meine Eltern würden nun hier leben und ich würde die Zukunft ohne dieses Geld bewältigen. Aber selbst als ich den Lift bestieg, der mich in die sechste Etage befördern sollte, ahnte ich nicht, wie sehr mein ganzes zukünftiges Leben durch diesen Besuch in Frage gestellt werden sollte.

Ich klingelte und eines unserer römischen Hausmädchen, die

nur hier arbeiteten, wenn die Wohnung benutzt wurde, öffnete mir, adrett im schwarzen Kleid mit Schürze und Häubchen, wie meine Mutter das für angemessen hielt. Ich musste lächeln, als ich an die längst veralteten Prinzipien meiner Mutter dachte. Doch dann betrat ich den Salon und stand plötzlich Gina gegenüber, die aufgesprungen war und mich umarmte.

»Ein lächelnder Lorenzo, wie schön, dich zu sehen, ich wusste, dass du kommen würdest.«

Strahlend drehte sie sich um und zog mich in den eleganten Raum. Ich begrüßte meine Mutter mit einem Kuss sowie Bruno di Gaetano und zwei unbekannte Männer, die höflich aufstanden und mir die Hand reichten. Wie Bruno mir erklärte, handelte es sich um zwei römische Anwälte, die die Familien Gaetano und Beneventi vertraten.

Irritiert registrierte ich diese seltsame Versammlung. Was wurde hier in Anwesenheit von Anwälten verhandelt?

»Kann mir jemand sagen, was das alles zu bedeuten hat?«

»Selbstverständlich, dazu bin ich hier.« Der Anwalt, der neben meiner Mutter saß, stand auf und kam zu mir, da ich nicht daran dachte, in den weichen, tiefen Sesseln Platz zu nehmen. »Es geht um ein finanzielles Abkommen zwischen den Familien di Gaetano und Beneventi.«

»Was für ein Abkommen? Davon weiß ich nichts. Und außerdem habe ich bei solchen Abkommen auch ein Wort mitzureden.«

»Bitte, Lorenzo, lass Dottore Albertini ausreden«, unterbrach mich meine Mutter.

»Also, was für ein Abkommen?«

»Signore di Gaetano hat sich bereit erklärt, mit einem beachtlichen Geldaufwand das Weingut Ihrer Familie in Umbrien zu sanieren.«

»Er will was?«

»Lorenzo«, wieder unterbrach mich meine Mutter in ihrer

zwar ruhigen, aber sehr bestimmten Art, die keinen Widerspruch duldete. »Lorenzo, Bruno wird das Gut retten, es ist unsere einzige Chance, einen Bankrott abzuwenden.«

»So ein Unsinn! Verzeih, Mama, aber vor dem Erdbeben war ich auf dem besten Weg, in die schwarzen Zahlen zu kommen. Kein Mensch brauchte mir dabei zu helfen, und jetzt, nach dem Erdbeben, werde ich auch Wege finden. Wann wurde denn dieser idiotische Plan besprochen?«

»Das ist kein Plan mehr, Lorenzo«, unterbrach mich Gina, »das ist ein von allen Seiten akzeptierter und unterschriebener Vertrag.«

»Ohne mich.«

»Lorenzo, beherrsche dich, Gina hat Recht, alles hat sich geändert.« Und vor meinen Augen verwandelte sich meine kleine, geliebte Mutter in eine harte Geschäftsfrau.

»Ich habe nichts unterschrieben.«

»Du warst nicht da«, erklärte Gina.

»Wann war ich nicht da?«

»Du warst an dem Tag in Pesaro, Lorenzo.«

Ich sah Gina an: »Na und? Wieso musstet ihr an einem Tag Verträge unterschreiben, an dem ich auf einer Dienstreise war?«

Gina trat neben mich, legte beide Arme um meine Taille und strahlte mich an. »Du hast an diesem Tag nicht mich mitgenommen, sondern ein fremdes Flittchen aus Deutschland, mein Liebling.«

Angewidert machte ich mich los. »Ich glaube, ihr seid alle verrückt geworden – verzeih, Mama.«

Aber Gina strahlte weiter. »Sieh mal, Liebling, geplant war das alles eigentlich schon länger, man sah ja, wohin das Gut segelte, und so überlegten wir: Vater saniert das Gut und du heiratest mich. Ist doch ein fairer Handel und alles bleibt in der Familie.«

»Du verkaufst dich also?« Ich wusste vor Wut und Enttäuschung kaum noch, was ich sagte. »Du verkaufst dich einfach? Mach, dass du hier rauskommst, verschwinde!«

Ich riss die Tür auf, aber Gina rührte sich nicht.

»Lorenzo, ich will dich und ich kriege dich. Möchtest du einen Blick auf die Verträge werfen?«

»Nein, sie interessieren mich nicht, ich habe sie nicht unterschrieben.«

»Das war auch nicht nötig«, mischte sich der Anwalt ein. »Sie sind überstimmt worden. Die anderen Familienmitglieder waren in der Mehrzahl.«

»Die anderen Familienmitglieder können mir gestohlen bleiben, Dottore, hier geht es um mich und um sonst niemanden. Wir sind schließlich nicht in der Sahara, wo man die Söhne und Töchter gegen eine Anzahl von Kamelen verkauft. Mich verschachert niemand, damit das ganz klar ist.«

»Doch, Lorenzo, ich würde es zwar nicht so ordinär ausdrücken und es geht auch nicht um Kamele, es geht um das Castello dell' Astore, das seit Jahrhunderten im Familienbesitz ist und für die Familie erhalten wird. Da müssen sich die einzelnen Glieder unterordnen. So einfach ist das.«

»Ja, Mutter, das kenne ich schon: Zuerst musste ich Priester werden, weil die Tradition es so wollte. Klar, hab' ich gemacht, gehörte sich ja wohl so. Dann musste ich Weinbauer werden, weil Enrico versagte. Auch das hab' ich getan, und jetzt soll ich eine Frau heiraten, die ich nicht liebe, weil das Gut, mein Gut, das ich in mehr als fünfzehn Jahren durch meine Arbeit aufgebaut habe, angeblich in den Bankrott schlittert. Aber da spiele ich nicht mit! Seid ihr denn alle verrückt geworden? Macht, was ihr wollt, aber macht es verdammt noch mal ohne mich!«

Ich stürmte hinaus. Ich war außer mir. Da der Lift nicht schnell genug kam, lief ich die sechs Etagen zu Fuß hinunter, immer zwei und drei Stufen auf einmal nehmend. Ich winkte ein Taxi heran und ließ mich zum nächsten Postamt fahren. Hoffentlich bekam ich eine Verbindung zum Castello. Und tatsächlich, schon beim zweiten Versuch funktionierte es. Linda war am Apparat und ich erklärte ihr: »Bitte, nehmt keine Gespräche an, bevor ich zurück bin, Linda. Legt die Hörer daneben und kümmert euch nicht darum.«

»Wird gemacht. Lorenzo, Sie können sich darauf verlassen.«

»Und Linda, wenn ein Hubschrauber kommen sollte, Leandro soll jedem verbieten, unser Grundstück zu betreten, wenn es sein muss, mit Gewalt. Darauf muss ich mich verlassen können, Linda.«

»Ja, Lorenzo, was ist passiert?«

»Wir sprechen darüber, wenn ich wieder im Castello bin. Ich mache mich sofort auf den Weg.«

»Sie können ganz beruhigt sein, das Haus ist ab sofort eine Festung.«

»Danke, Linda.«

Danach fuhr ich zu meiner Bank und hob alles Geld ab, das ich bekommen konnte. Und dann nahm ich ein Taxi und ließ mich nach Hause fahren. Es würde ein Vermögen kosten, aber es musste sein. Hoffentlich kamen wir durch. Ich erklärte dem Fahrer, wohin ich wollte und wie die Wege zum Schluss aussahen. Er war optimistisch und versprach, alles zu riskieren, aber das letzte Stück musste ich dann doch zu Fuß zurücklegen. Gegen drei Uhr am nächsten Morgen erreichte ich das Castello.

In der Halle wartete Leandro auf mich. Er saß in einem alten Lehnsessel und war eingeschlafen. Ich berührte ihn an der Schulter und nickte ihm zu.

»Alles in Ordnung, Leandro?«

»Ja, hier schon, aber was ist in Rom passiert?«

»Sie wollten mich wie ein paar Kameltreiber verschachern.«

»Spinnst du?«

»Nein, tatsächlich. Gaetano will das Gut sanieren und ich soll Gina heiraten.«

»Sind die verrückt geworden?«

»Das wollte ich auch wissen, aber sie haben Verträge, und beide Familien haben sie unterschrieben.«

»Das gibt es doch nicht.«

»Doch, sie waren vor dem Erdbeben mit ihren Anwälten hier, während ich mit Viola in Pesaro war.«

»Stimmt, deine Eltern hatten Besuch, mehrere Autos, aber ich habe das nur am Rande beobachtet. Besuch ist ja hier nichts Außergewöhnliches. Spätabends sind alle wieder abgefahren.«

»Angeblich bestanden die Pläne schon seit einiger Zeit, an dem Tag wurden sie unterschrieben.«

»Und warum ohne dich? Das können die doch nicht ohne dich machen.«

»Gina muss sie alle irgendwie um den Finger gewickelt haben. Sie wollte sich an mir rächen, weil ich nicht sie, sondern Viola mit nach Pesaro genommen habe.«

»Also, wenn du mich fragst, ist das alles überhaupt nicht haltbar. Du machst da doch nicht mit?«

»Natürlich nicht. Ich liebe das Gut und ich kämpfe darum. Und das gilt auch für Viola. Ich liebe sie und ich kämpfe um sie.«

»Wenn du schon von Kampf sprichst, Lorenzo, erinnere dich mal an die vergangenen Jahre. Du hast immer gekämpft, nicht nur gegen Schuldenberge, sondern auch gegen deine Familie. Sie haben dir immer und überall Steine in den Weg geworfen, vergiss das nicht.«

»Ich vergesse es nicht, aber ich weiß bis heute nicht, warum.«

»Aber ich weiß es: Du warst zu stark für sie, du warst kaum hier, da warst du bereits der Herr im Hause, und alle Arbeiter standen hinter dir. Deine Familie musste sich unterordnen, und das verträgt nicht jeder.«

»Aber es ging doch um das Gut.«

»Und es ging um ihr Ansehen. Ich glaube hinter der Sache mit der rachsüchtigen Gina steckt mehr. Gina als Hausherrin würde dir die Macht wieder entziehen und deine Familie käme wieder ins richtige Licht.«

»Das glaube ich nicht. Mit Gina im Hause gäbe es Krieg, und außerdem würde meinen Eltern kaum noch ein Stein des Castellos gehören.«

»Lorenzo, bei aller Achtung vor deinen Eltern, aber ich fürchte, du unterschätzt deine Mutter.«

»Das ist mir gestern in Rom klar geworden. Leandro, wie ist meine Familie bloß auf diese Wahnsinnsidee gekommen? Wo zum Teufel ist der Stolz der Beneventis geblieben? Sie verkaufen sich, stell dir das vor!«

»Gibt es finanzielle Probleme, von denen du nichts weißt?«

»Mein Gott, ich schufte doch nicht fünfzehn Jahre, ohne zu wissen, wofür?«

»Bist du sicher, dass du immer alles wusstest, was die Finanzen betrifft? Hast du jemals die Bücher kontrolliert?«

»Kann man sich denn nicht mehr auf die eigene Familie verlassen?«

»Nein, wie du siehst. Und wie geht's jetzt weiter, Lorenzo?«

»Ich sperre das Gut. Kein Fremder, außer Flüchtlingen natürlich, kommt herein. Alle Telefone werden abgeschaltet, also keine Verbindung hierher. Ich muss mir etwas einfallen lassen, aber ich habe keine Ahnung, was.«

»Leg dich jetzt erst mal hin. Ein paar Stunden Schlaf und du bist wieder klar im Kopf. Ich bleibe hier unten.«

Aber an Schlaf war überhaupt nicht zu denken. Ich lag im Bett, beobachtete, wie die Dämmerung durch die Fenster kroch, und zerbrach mir den Kopf, wie es weitergehen sollte. Was um Himmels willen ging hier vor? Wie konnte meine Familie uns in dieses Dilemma bringen, wie konnte man sich so massiv gegen mich stellen? Wieso hatten wir plötzlich Schulden, die wir nicht allein bewältigen konnten, wo zum Kuckuck war denn dieses Geld geblieben? Wir hatten doch auch Einnahmen. Wir hatten trotz aller Missernten und Rückschläge Wein verkaufen können, wir hatten das Gästehaus mit seinen Einnahmen. Ich hatte mich nie um den geschäftlichen Teil gekümmert, das war Enricos Domäne. Wir hatten uns immer alle zum Jahresende zusammengesetzt, hatten Bilanz gezogen, überlegt, wo wir sparen, wo wir investieren konnten, und danach hatten wir gelebt. Der Umbau des Castellos hatte viel Geld gekostet und ich hatte mich mit aller Kraft dagegen gewehrt, aber schon damals war ich überstimmt worden. Doch das war eine familieninterne Angelegenheit, und die Einnahmen glichen dann ja auch langsam die Unkosten aus. Ich wusste auch, dass wir immer unsere Handwerker bezahlt hatten, dass die Banken nie auf ihre Zinsen warten mussten und dass immer genügend Geld für die laufenden Kosten da war.

Ich konnte das alles einfach nicht begreifen. Ich würde mich mit Laura zusammensetzen und die Bücher durchgehen, die sie und Enrico geführt hatten. Und dann musste ich mit Viola sprechen. Was sollte ich ihr bloß sagen? Sie war eine kluge Frau, ihr konnte ich nichts vormachen. Ich musste offen und ehrlich zu ihr sein, das war ich ihr schuldig. Und dann würden wir gemeinsam nach einer Lösung suchen. Oder würde sie mich verlassen, um mir nicht im Wege zu stehen? Aber daran durfte ich überhaupt nicht denken.

Ich stand auf und zog mich wieder an. Dann ging ich hinüber in mein altes Zimmer. Viola lag am Rand des breiten Bettes, als hätte sie Platz für mich gelassen. Sie wurde wach, als ein paar alte Dielenbretter unter meinen Füßen knarrten.

»Lorenzo, da bist du ja. Ich habe gar keinen Hubschrauber gehört.«

»Ich bin mit einem Taxi gekommen und das letzte Stück gelaufen.«

»Und wie war es in Rom?«

»Schrecklich, Viola, ganz schrecklich.«

Sie richtete sich erschrocken auf. »Was war los?«

»Viola, es ist entsetzlich: Meine Familie will mich verkaufen!«

»Was? Machst du Witze?«

»Leider nicht. Aus Gründen, die ich nicht kenne, ist das Gut angeblich bankrott. Bruno di Gaetano wird es sanieren, wenn ich Gina heirate.«

»Ich habe so etwas geahnt, aber ich kann es trotzdem nicht glauben.«

»Angeblich ist bereits alles vertraglich geregelt.«

»Und jetzt?« Viola war schneeweiß geworden.

»Und jetzt werden wir kämpfen, mein Mädchen. Wir beide gegen den Rest dieser Familien. Ich mache diesen Blödsinn natürlich nicht mit, aber du musst mir helfen.«

»Du kannst dich auf mich verlassen, Lorenzo. Wie und womit fangen wir an?«

Ich war unendlich erleichtert, ich hatte ja nichts anderes erwartet, aber Angst vor ihrer Reaktion hatte ich schon.

»Das Gut ist für alle gesperrt. Meine Familie ist durch die Krankheit meines Vaters und durch Enricos Verletzung an Rom gebunden. Die Familie Gaetano und die Anwälte beider Familien haben Hausverbot. Es gibt keine Landeerlaubnis für Hubschrauber. Alle Telefon- und Funkverbindungen sind abgestellt.«

»Damit allein kommen wir aber nicht weiter.«

»Ich weiß, was schlägst du vor?«

»Du brauchst einen erstklassigen Anwalt, den besten, den du kriegen kannst.«

»Und woher nehme ich den? Die Familien Gaetano und Beneventi sind ziemlich bekannt, ich weiß nicht, ob sich ein Anwalt gegen sie stellen würde.«

»Jetzt muss Roberto helfen. Er hat es angeboten, er ist dein Freund.«

Viola stand auf und zog sich an, während ich mich frisch machte und rasierte. Dann gingen wir leise hinunter, um Kaffee zu kochen. Aber in der Küche saßen Marisa und Leandro bereits beim Frühstück. Ich weihte Marisa ein und erklärte dann den beiden, was wir vorhatten. Ich wusste, sie waren meine Freunde.

Ich bat Marisa, Laura, Enricos Sekretärin, zu wecken. Erschrocken und verschlafen kam sie schließlich in die Küche.

»Laura, wir brauchen Ihre Hilfe. Könnten Sie uns bitte in Enricos Büro begleiten?«

»Ich hole nur den Schlüssel. Das Büro ist verschlossen, wenn Signore Enrico nicht im Haus ist.«

Dann folgten wir ihr durch den langen Flur, der an den Wirtschaftsräumen vorbei zum Büro führte.

Die Tür ließ sich kaum öffnen, ein umgestürzter Schrank versperrte den Eingang. Schließlich schoben wir die Tür so weit auf, dass man sich hindurchzwängen konnte. Ein unbeschreibliches Durcheinander empfing uns. Laura entschuldigte sich.

»Ich bin noch nicht wieder hier drinnen gewesen seit dem starken Erdstoß neulich.«

»Schon gut, Laura, Sie brauchen sich nicht zu entschuldigen. Jetzt helfen Sie uns bitte, Buchhaltungsunterlagen zu suchen. Wir brauchen alle Aufstellungen der letzten Jahre.«

»Tut mir leid, Padrone, aber diese Bücher gibt es hier nicht. Signore Enrico hat die Geschäfte von Terni aus geführt.«

Ich starrte sie an. »Und was hat er hier gemacht?«

»Er hat Bestellungen angenommen und weitergegeben. Er hat mit Firmen und Lieferanten verhandelt, er hat auch für Ihre Mutter den Hotelbereich verwaltet und sich mit ihr um die Haushaltsführung gekümmert.«

»Und von finanziellen Transaktionen ist Ihnen nichts bekannt?«

»Nein, Padrone, das Geld wurde schon immer in Terni verwaltet.«

Ratlos sah ich erst Leandro, dann Viola an. »Und jetzt?«

Leandro zuckte die Schultern und Viola schüttelte den Kopf.

»So kommen wir nicht weiter.«

Laura sah, wie enttäuscht wir waren. »Wenn Sie mir sagen, um was es geht, könnte ich vielleicht helfen.«

»Es geht um sehr viel Geld, Laura. Bitte räumen Sie hier auf, und wenn Sie etwas finden, das mit Einnahmen oder Ausgaben zu tun hat, informieren Sie uns –«

Viola unterbrach mich. »Gibt es irgendwelche Unterlagen über Versicherungen? Bitte suchen Sie auch danach.«

»Ich werde jedes Schriftstück kontrollieren, verlassen Sie sich darauf. Wie geht es eigentlich Signore Enrico?«

»Es geht ihm etwas besser, aber er wird noch lange im Krankenhaus sein, deshalb brauchen wir die Unterlagen.«

Laura nickte. Das war verständlich, die Geschäfte mussten weitergehen.

Wir ließen sie allein und gingen zurück in die Küche.

»Wie sieht die ganze Sache denn jetzt praktisch aus, Lorenzo? Wie viel Geld haben wir zur Verfügung, wie viele Vorräte, kannst du irgendwelche Darlehen aufnehmen?«

»Für die nächsten Wochen reicht es. Ich habe alles von meinem Konto abgehoben, was drauf war. Wir können Dieselöl und Vorräte kaufen, aber ob wir uns den besten Anwalt Roms leisten können, bezweifle ich. Auch Hubschrauberflüge und teure Taxis sind nicht mehr drin. Trotzdem, wir brauchen den Anwalt.«

Während Linda in die Küche kam, um zu frühstücken, ging ich mit Viola ins Büro. Leandro wollte jemanden suchen, der sich um den Wegebau kümmern konnte, weil wir beide ausfielen. »Weißt du«, erklärte er, »wenn der Weg fertig ist, können wir Wein ausliefern, die gepackten Kisten sind ja unbeschädigt. Und mehrere hundert Kisten von unserer besten Sorte bringen uns vielleicht das Geld für den Anwalt.«

Im Büro hörte David Nachrichten. Immer noch gab es Erdstöße, wenn auch jetzt etwas entfernt von uns und nicht mehr so stark. Wir hatten jetzt andere, schlimmere Probleme, mit denen wir fertig werden mussten. Ich legte den Arm um Violas Schulter und sah sie an. »Weißt du, wir werden nicht zurückschauen und nicht die Zukunft planen, wir werden uns nur auf das Heute konzentrieren. Kleine Schritte, etwas anderes bleibt uns nicht übrig.«

»Hauptsache, wir machen diese Schritte gemeinsam.«

David sah uns an und nickte. »Darf ich mich anschließen?«

»Ja, David, fangen Sie damit an, indem Sie uns mit Roberto in Rom verbinden.«

»Einen Augenblick, wir haben ihn gleich.«

Kurz darauf meldete sich Carla. »Oh, hallo, nett, von Ihnen zu hören.«

»Carla, Signore Lorenzo möchte mit Ihrem Vater sprechen, ist das möglich?«

»Natürlich, ich stelle ins Büro rüber. Ciao, und grüßen Sie alle von mir.«

»Danke.«

David gab mir den Apparat und dann meldete sich Roberto.

»Lorenzo, wie geht es Ihnen?«

»Nicht gut, Roberto, ich brauche Hilfe.«

»Dafür sind Freunde da. Was kann ich tun?«

»Ich brauche den besten Anwalt, den Sie finden können, einen, der in der Lage ist, gegen die Familien di Gaetano und Beneventi zu intervenieren.«

»Himmel, Lorenzo, was ist denn passiert?«

»Man hat hinter meinem Rücken den Familienbesitz verschachert und mich gleich mit.«

Ich erzählte ihm so knapp wie möglich den Sachverhalt, und als ich endete, sagte er nur: »Lorenzo, damit kommen sie nicht durch. Das werden wir ganz schnell in Ordnung bringen, keine Sorge, ich kümmere mich darum. Ich habe auch meine Beziehungen. Sie können sich darauf verlassen, in einer Stunde rufe ich wieder an.«

»Können wir eine genaue Zeit ausmachen? Wir nehmen sonst keine Gespräche an.«

»Sehr vernünftig. Ich rufe um elf Uhr an, einverstanden?«

»Danke, Roberto.«

Dann legten wir auf. Ich drehte mich um. David hatte das Büro verlassen. Ich nahm Viola in die Arme, küsste sie und sagte dann: »Roberto hilft uns, wie gut, dass du an ihn gedacht hast.«

Kapitel 21

Nach all der persönlichen Aufregung musste ich mich jetzt erst einmal um das Gut kümmern. Sobald der Weg fertig war, konnten wir Kraftstoff holen, dann würde der Generator in der Kelterei wieder laufen, die Weinernte würde fortgesetzt und dann ginge auch das Leben irgendwie weiter. Kleine Schritte hatten wir uns vorgenommen, aber auch die würden eines Tages in die Zukunft führen.

Viola wollte Laura im Büro helfen. Wenn wir einen Anwalt fanden, brauchte er Unterlagen. Ich ging hinüber in die Kellerei zu Leandro. Wir mussten eine Bestandsaufnahme machen, eine mühsame Arbeit zu Fuß in den riesigen dunklen Hallen zwischen den vielen zerstörten Regalreihen und den Scherbenhaufen. Die flackernden Kerzen gaben kaum Licht, aber ich konnte doch sehen, dass die Fässer kaum beschädigt waren.

»Da haben wir verdammtes Glück gehabt, Leandro.«

»Ja, aber wir brauchen Tausende von neuen Flaschen, um den Wein abfüllen zu können. Unsere Flaschenvorräte sind alle kaputt.«

»Ich weiß, ich gebe die entsprechenden Bestellungen raus, damit die Flaschen geliefert werden, sobald der Weg fertig ist.«

»Sag den Lieferanten, um was für einen Weg es sich handelt, sonst drehen sie um.«

»Natürlich. Und sie müssen auf eigenes Risiko fahren, dafür machen sie ein großes Geschäft. Sag mal, wer hat eigentlich die Adressen und Bestelllisten unserer Kunden? Wenn die auch in Terni liegen, können wir nichts verkaufen.«

»Keine Sorge, Lorenzo, die habe ich. Als ich damals hier mit der Arbeit begonnen habe, war eine meiner Bedingungen, dass alles, was mit dem Wein zusammenhängt, über mich läuft. Enrico hatte zwar die Kontakte und machte die Geschäfte, aber ich habe Kopien aller Bestellungen und eine eigene Buchhaltung über jede Flasche, die das Gut verlassen hat.«

»Gott sei Dank.«

»Ja, aber da fällt mir etwas anderes ein. Wenn die Verträge in Rom rechtsgültig sind und ein Anwalt nicht schnell genug für uns eingreift, gehört ab sofort alles den Gaetanos. Auch unser gesamter Weinvorrat. Was machen wir dann? Sie können kommen und die Kellerei versiegeln.«

Mir wurde ganz schwarz vor Augen, es war, als zöge mir jemand mit aller Gewalt den Boden unter den Füßen weg.

Ich setzte mich auf ein umgestürztes Regal und sah Leandro an.

»Das wäre dann das Ende. Ein Polizeihubschrauber wird sich kaum um unser Landeverbot kümmern.«

»Nein. Glaubst du, sie gehen so weit?«

»Ich weiß es nicht. Ich habe Bruno di Gaetano immer für einen rechtschaffenen Mann gehalten, wie konnte er sich so verändern?«

»Vergiss nicht, es geht um die Zukunft seiner schwierigen, rachsüchtigen Tochter. Wer weiß, was sie ihm alles erzählt hat.«

»Und dafür wird er zu einem korrupten Mann?«

»So sieht es aus, Lorenzo.«

Wie recht Leandro behalten sollte!

»Lorenzo, es ist gleich elf Uhr, du musst ins Büro. Sag Roberto, wie brisant die Lage ist.«

Der Anruf kam pünktlich. Roberto war sehr optimistisch und beruhigte mich sofort.

»Ich habe einen hervorragenden Anwalt gefunden. Er übernimmt Ihren Fall und kommt morgen vormittag ins Castello. Er ist gegen zehn Uhr dort. Heute hat er Sitzungen und kann nicht weg.«

»Roberto, es ist noch ein Problem aufgetaucht: Wenn die Verträge rechtsgültig sind, gehört bereits alles den Gaetanos, auch der Wein. Wir haben hier Hunderte von versandfertigen, unzerstörten Kisten, die bereits bestellt sind und verkauft werden könnten.«

»Schaffen Sie die sofort weg.«

»Aber wohin und womit? Und ohne Straße ...«

»Wie weit ist der Weg denn fertig?«

»Zwei Drittel sind passierbar.«

»Lassen Sie mich nachdenken – kann man das letzte Drittel zur Not befahren?«

»Vielleicht, wenn kein neues Beben kommt.«

»Also, Lorenzo, ich habe da einen Freund mit einer Spedition in Ancona. Wenn ich den erreiche und wenn der mitmacht, wird Ihr Wein heute Nacht nach Ancona gebracht. Ich rufe in einer halben Stunde zurück.«

Ein Wettlauf mit der Zeit! Ich lief in Enricos Büro und bat nur ganz kurz: »Ich brauche auch alle Unterlagen über Weinbestellungen und die Anschriften von Lieferanten für Flaschen und Kisten.«

»Geht in Ordnung, Lorenzo.« Viola stand inmitten von Papierbergen und versuchte das Durcheinander in den Griff zu bekommen, während Laura sich mit umgestürzten Regalen abmühte.

Ich rannte zurück zu Leandro. »Wenn wir Glück haben, geht der Wein noch heute Nacht nach Ancona.«

»Das sind noch mindestens zehn Stunden, in denen ein Hubschrauber hier landen könnte.«

»Was machen wir?«

»Wir verbarrikadieren den Eingang zur Cantina. Einen Trümmerhaufen kann man nicht versiegeln.«

»Aber die Männer arbeiten alle am Weg.«

»Wir haben die Frauen hier. Leichtes Holz und Wellblech können die auch tragen. Wir nehmen die Bretter vom eingestürzten Stall und von den Schuppen und packen sie vor den Eingang. Ganz leicht nur, so dass man sie auch schnell wieder wegtragen kann. Neno soll die Frauen holen, er wartet schon lange auf eine Aufgabe.«

Roberto rief wie vereinbart an: »Alles in Ordnung, Lorenzo. In einer Stunde macht sich ein Konvoi von kleineren Lastern auf den Weg. Die Spedition ist absolut zuverlässig, die Männer fahren seit Jahren meine Transporte. Sie müssen nur einen Posten an die Asphaltstraße stellen, damit man die Abzweigung findet. Ich denke, die Wagen sind zwischen drei und vier Uhr dort.«

»Wir werden sie erwarten, Roberto.«

»Rufen Sie mich nur an, wenn Sie mich brauchen. Übrigens, der Anwalt morgen heißt Rodolfo Tirabosco, er ist der beste.«

Mir verschlug es einen Augenblick die Sprache. »Dottore Tirabosco? Meinen Sie den berühmten Tirabosco? Mein Gott, wie haben Sie das geschafft?«

»Auch ich habe Freunde. Er sagte, es sei ihm ein Vergnügen, Ihnen zu helfen, nachdem ich ihm erzählt hatte, wie sie für Hunderte von fremden Menschen nach dem Erdbeben gesorgt haben.«

»Danke, Roberto.«

»Nichts für ungut, Lorenzo. Ich rufe morgen Mittag wieder an und erkundige mich nach dem weiteren Verlauf.«

Mir war zum Weinen zumute: vor Verzweiflung, vor Erleichterung und vor Erschöpfung. Aber Schwäche konnte ich mir nur leisten, wenn Viola da war. Und ich spürte zum ersten Mal so richtig, was sie mir bedeutete: Ich brauchte sie und für sie würde ich sogar meine Heimat und das Castello aufgeben, wenn es nötig würde.

Aber jetzt war nur David bei mir und der sah genau, was in mir vorging. Er legte mir beruhigend die Hand auf die Schulter und nickte. »Schon gut, Lorenzo, wir schaffen das, keine Sorge, wir schaffen das wirklich.«

Ich informierte Leandro, der bereits alle Hände voll damit zu tun hatte, etwa fünfzig Frauen und Kindern zu erklären, wo Bretter und Blech gestapelt werden sollten. Dann nahm ich den Jeep und fuhr zum Straßenbautrupp. Nach einigem Suchen fand ich Manuele Marconi, den Lehrer, und bat ihn, mich auf der restlichen Strecke zu begleiten. Während der langsamen Fahrt machte ich ihn auf alle Schwierigkeiten des Weges aufmerksam und zeigte ihm, wie die gefährlichsten Passagen umfahren werden konnten. Zum Schluss bat ich ihn, an der Asphaltstraße auf den LKW-Konvoi zu warten. Dann fuhr ich so schnell wie möglich zurück. Unterwegs sah ich in einiger Entfernung die Männer und Frauen mit Testardo, die in der Nähe ihrer zerstörten Gehöfte einen solide aussehenden Schuppen errichtet hatten. Vielleicht konnten sie tatsächlich den Winter hier verbringen. Ich nahm mir vor, bei nächster Gelegenheit ein paar Lebensmittel für sie mitzunehmen. Ich hupte und winkte und sie winkten zurück; und dann lag schon der nächste Hügel zwischen uns.

Der Nachmittag verlief ruhig. In Rom beriet man sicher die nächsten Schritte. Wahrscheinlich hatte dort keiner mit meinem Widerstand gerechnet. Umso besser für uns, Zeit war jetzt Geld.

Gegen acht Uhr abends kamen die Arbeiter vom Wegebau zurück. Müde, schmutzig und hungrig. Wir verteilten als erstes das Essen und so viel Wein, wie jeder mochte. Dann erklärte ich ihnen, dass wir eine Nachtschicht einlegen mussten.

»Leute, ich weiß, Sie sind müde und kaputt, trotzdem muss ich Sie um Hilfe bitten. Wir müssen Wein verladen, der morgen früh in Ancona sein muss. Vom Erlös des Verkaufes kann ich Vorräte und Kraftstoff für den Winter kaufen. Morgen haben dann alle frei.«

Ein paar Männer murrten, ich konnte sie verstehen, aber die meisten nickten. Dann suchten sie sich in den Zelten oder einfach auf der Wiese einen Platz, auf dem sie bis zur Ankunft der Lastwagen schliefen.

Als wir das erste Motorengeräusch hörten, ließ Leandro die Trümmer vom Eingang beseitigen und Neno weckte die Männer. In weniger als zehn Minuten standen acht mittelgroße Lastwagen auf dem Wirtschaftshof und die Arbeiter begannen mit dem Verladen der Kisten. Alle Menschen hatten sich auf dem Platz versammelt und halfen. Die Frauen hielten Petroleumlampen und Kerzen, um für das nötige Licht zu sorgen, Marisa und ihr Team teilten immer wieder Brot und Wein aus, während Neno mit witzigen Sprüchen die Leute bei Laune hielt.

Kurz nach Mitternacht waren alle Kisten verladen. Sie würden in einer Speditionshalle in Ancona gelagert, bis die Käufer sie dort abholten.

Als der Konvoi fertig für die Rückfahrt war, übernahm Leandro im Jeep die Spitze, um die Wagen bis Foligno zu begleiten. Ich fuhr mit dem schweren Traktor hinterher. Wir wollten nicht riskieren, dass ein Wagen stecken blieb. Aber es ging alles gut, und ich war stolz auf die Männer, die unter widrigsten Bedingungen einen fast perfekten Weg gebaut hatten. In zwei, drei Tagen würden wir mit dem letzten Drittel fertig sein, und dann konnte ich Kraftstoff für die Generatoren und für die Traktoren bestellen und wir würden wieder Wein ernten. Und Strom würde es auch bald geben. Die Erde rumpelte zwar noch immer, aber die Stöße waren schwächer geworden, vielleicht hörten sie bald ganz auf. Dann würde unser Leben wieder normale Formen annehmen, vorausgesetzt, ich lebte dann noch im Castello. Und dann fiel mir dieser ganze Ärger mit der Familie wieder ein.

Kapitel 22

Ich hatte mich gerade gewaschen und umgezogen, als ich den Hubschrauber hörte. Es war eine große Maschine, das musste der Anwalt sein, der um zehn Uhr hier sein wollte. Ich lief hinaus, um ihn zu begrüßen. Rodolfo Tirabosco war ein Hüne, eine imposante Erscheinung. Ich kannte ihn aus dem Fernsehen und aus Zeitungen, aber in natura war er noch weit beeindruckender. Er wurde von Freunden, aber auch von Feinden als ehrenhaft, kompetent, glaubwürdig und zuverlässig bezeichnet, und ich hatte allen Grund dankbar zu sein, dass er meinen Fall übernehmen würde. Nach ihm stiegen noch zwei Männer aus, die er als Mitarbeiter vorstellte, während er mir die Hand schüttelte und schmunzelnd sagte: »Und Sie will man verkaufen? Das gäbe eine großartige Schlagzeile in der ganzen italienischen Presse ›Kameltreiber-Allüren in der Highsociety‹. Man sollte diese Idee durchaus in Betracht ziehen. Aber keine Sorge, so weit kommt es gar nicht erst«, beruhigte er mich sofort wieder.

Ich mochte diesen Mann. Er strahlte so viel Selbstbewusstsein und Vertrauen aus, dass man nur Sympathie für ihn empfinden konnte.

»Also, mein lieber Beneventi, machen wir uns an die Arbeit. Meine Mitarbeiter würden gern alle finanziellen Unterlagen über das Gut, das Castello, den Weinverkauf und auch die

Hotelbilanzen durchsehen. Ich weiß, dass Sie kaum Papiere hier haben, trotzdem, meine Leute sind Experten, lassen wir sie arbeiten.«

Dann sagte ich David auf Anweisung von Tirabosco, dass die Telefonblockade aufgehoben sei. »Nehmen Sie ruhig Gespräche an, es könnten wichtige Nachrichten für das Castello sein; und wenn die Familie oder deren Anwälte am Telefon sind, legen Sie einfach auf«, hatte er erklärt, und ich informierte David entsprechend.

Ich führte die beiden Mitarbeiter in Enricos Büro. Dem Anwalt hatte ich einen Platz auf der Terrasse angeboten, wo Marisa uns mit Kaffee bewirtete. Hier draußen waren wir einigermaßen ungestört.

»Meine Güte, wie viele Leute versorgen Sie denn immer noch?«

»Achtzig gehören zum Gut, etwa zweihundert sind Obdachlose aus der Umgebung. Aber fast alle Frauen mit Kleinkindern und die vielen Verletzten konnten wir ausfliegen lassen. Vor ein paar Tagen waren noch etwa vierhundert Personen hier.«

»Ich habe davon gehört, aber vorstellen konnte ich mir das nicht. Und wie lange bleiben diese Leute noch?«

»Ich glaube nicht, dass sie den Winter in ihren zerstörten Dörfern verbringen können.«

»Das bedeutet, sie bleiben hier?«

»Ich denke, ja.«

»Beachtlich, was Sie da leisten.«

»Es ist so üblich bei uns. Die Leute kommen, wenn ich Hilfe brauche, und ich helfe, wenn sie Hilfe brauchen. Außerdem, ich habe Freunde und gute Mitarbeiter, sonst wäre es kaum zu schaffen. Schwierig wird es nur finanziell, da muss die Regierung sich bald etwas einfallen lassen. Mein Budget reicht nicht mehr lange.«

»Finanzieren Sie das etwa alles alleine?«

»Bis jetzt, ja.«

»Meine Hochachtung. Aber nun zu Ihrem persönlichen Dilemma. Erzählen Sie mir möglichst wörtlich, was in Rom gesagt wurde. Die Namen der Anwälte habe ich bereits.«

Ich berichtete.

»Haben Sie die Verträge gesehen?«

»Nein, ich war viel zu wütend, ich war außer mir.«

»Kann ich verstehen. Nun zu den praktischen Dingen, damit Sie wissen, wie ich vorgehe. Ich habe einen Mitarbeiterstab, der seit gestern für Sie tätig ist. Wir haben eine einstweilige Verfügung, die unerwünschten Personen das Betreten des Geländes hier verbietet. Sodann habe ich eine richterliche Anordnung, die uns erlaubt, Einsicht in die Buchführung Ihres Bruders in Terni zu nehmen. Meine Mitarbeiter sind seit heute Morgen um acht Uhr dort an der Arbeit.«

Ich war sprachlos. Was für eine Maschinerie setzte dieser Mann für mich in Bewegung. Und welch ein Juwel war Roberto, der ihn für mich gefunden hatte.

Tirabosco fuhr fort: »Ebenfalls seit heute beschäftigen sich meine Mitarbeiter mit Signora Gina di Gaetano. Die Dame ist in Rom für einen sehr lockeren Lebenswandel berühmt, wussten Sie das?«

»Nein, davon ist mir nichts bekannt. Ich bin hier sehr beschäftigt und komme selten nach Rom. Außerdem verkehre ich nicht in den Kreisen, die Gina bevorzugt.«

»Wussten Sie übrigens« – es ging wirklich Schlag auf Schlag mit den schlechten Nachrichten –, »wussten Sie, dass Signore di Gaetano für sehr waghalsige Börsengeschäfte bekannt ist? Erstaunlicherweise hat er viel Glück mit seinen Spekulationen. Seine Olivenplantagen könnten ihm nicht das Vermögen liefern, über das er verfügt.« Er sah mich fragend an: »Wussten Sie davon?«

»Nein, auch das ist mir nicht bekannt, und ich nehme an, meiner Familie auch nicht.«

»Sind Sie da sicher?«

»– nein, jetzt eigentlich nicht mehr.«

»Wir werden sehen! Wäre es möglich, dass Ihre Familie sich an den Spekulationen beteiligt und dabei viel Geld verloren hat? Dass man das vor Ihnen verheimlichen wollte?«

»Vorgestern hätte ich das für absolut unmöglich gehalten. Heute weiß ich überhaupt nichts mehr.«

Mir lief es heiß und kalt über den Rücken. Mein Gott, was für Absurditäten kamen da auf mich zu?

»Regen Sie sich nicht auf, Beneventi, es gibt Schlimmeres, das können Sie mir glauben. Was denken Sie wohl, was in der so genannten feinen Gesellschaft alles passiert, was sich da in vielen Familien abspielt? Ich kenne mich aus, ich verdiene schließlich viel Geld damit.«

»Wissen Sie, Dottore, was Sie mir hier erzählen, ist schlimmer als jedes Erdbeben. Es zerstört einfach alles, vor allem meinen Glauben an die Rechtschaffenheit einer uralten, ehrbaren Familie – meiner Familie.«

»Das ist schlimm, ich weiß. Aber Ihr Glaube an diese ehrbare Familie sollte nicht erschüttert werden. Es gibt überall und in jeder Generation schwarze Schafe. In wenigen Tagen ist Ihr Problem überstanden, das garantiere ich Ihnen.«

»Und wie geht es jetzt weiter?«

»Ich bin heute sehr früh aufgestanden, weil ich das allein erledigen wollte, und war zuerst in der Klinik, in der Ihr Bruder liegt. Aber obwohl ich den leitenden Arzt der Abteilung persönlich kenne, war es mir nicht möglich, ein Gespräch mit Ihrem Bruder zu führen. Zwar wurde mir versichert, dass er durchaus ansprechbar sei, aber ein ganzes Ärzteteam hätte seine Zustimmung geben müssen. Dann habe ich versucht, Ihren Vater zu sprechen. Aber auch das wurde nicht erlaubt, obwohl er sich bereits gut erholt hat, wie mir versichert wurde. Ich denke, wir müssen die Entscheidungen der Ärzte respektieren. Sollte sich jedoch herausstellen, dass die gegnerischen Anwälte dieses Besuchsverbot arrangiert haben, werden wir etwas dagegen unternehmen. Meine Leute arbeiten daran.«

»Sie denken an alles, Dottore, nicht wahr?«

»Das ist meine Pflicht. Halbe Sachen kommen nicht in Frage.«

»Wie viele Mitarbeiter haben Sie eigentlich?«

»Ach, wissen Sie, das variiert. Je nachdem für welchen Fall ich Leute brauche, hole ich mir dann die Spezialisten. Sie werden erstklassig bezahlt und leisten erstklassige Arbeit – und sie sind absolut vertrauenswürdig. Sie wissen, Schlampereien und Vertrauensbrüche gibt es bei mir nicht.«

»Ich beneide Sie um Ihre Selbstsicherheit.«

»Aber ich bitte Sie, Ihre Leute gehen doch auch für Sie durchs Feuer, wie man mir erzählt hat.«

»Ja, das stimmt.«

»Na also, ohne Vertrauen geht gar nichts, und letzten Endes garantiert es den Erfolg. Und den nächsten Erfolg, mein lieber Beneventi, werden wir beide gemeinsam feiern.«

Er stand auf und reichte mir die Hand. »Ich muss weiter, meine Leute lass ich abends abholen. Sie hören von mir.

Ciao!«

Ich begleitete ihn zum Hubschrauber, in dem Leandro inzwischen einen Karton mit erstklassigem Wein deponiert hatte, und winkte ihm nach. Ich war ungeheuer erleichtert, aber auch tief betroffen. Was hatte ich da alles erfahren: Spekulationsgeschäfte mit hohen Verlusten vermutlich? Die Ehrenhaftigkeit der Beneventis nichts als Lug und Trug? Freilich, nichts war bewiesen, aber es stand im Raum, und allein das war furchtbar.

Ich setzte mich auf die Terrassenstufen und starrte dem Hubschrauber nach, der in den tief hängenden Wolken verschwand. Dieser Mann würde mir helfen, das wusste ich, aber die Wunde, die er aufgerissen hatte, konnte er nicht heilen.

Viola kam heraus und setzte sich neben mich. Sie nahm meine Hand und sagte: »Er hat dir weh getan, nicht wahr?«

»Vor mir tun sich wahre Abgründe auf.«

»Wird er dir helfen können?«

»Ja, er ist absolut kompetent und glaubwürdig. Deshalb ist alles, was er mir erzählt hat, auch so beängstigend.«

Und dann berichtete ich Viola von dem Gespräch. Sie schwieg lange. »Das alles hat nichts mit dir und deiner Rechtschaffenheit zu tun, Lorenzo. Du bist überhaupt nicht betroffen.«

»Es ist aber mein Name, der in den Schmutz gezogen wird.«

»Ja, ich weiß und ich weiß auch, was dir dieser Name bedeutet. Aber letzten Endes kommt es immer auf die Person an, die dahinter steht. Und wer dich kennt, weiß, dass er es mit einem ehrlichen Menschen zu tun hat.«

»Und ich wollte, dass du diesen Namen trägst, Viola, einen guten, ehrenhaften Namen und nun –«

»Und nun werde ich diesen Namen auch tragen. Für mich ist und bleibt er der schönste Name, den ich mir wünschen könnte. Und jetzt sei nicht mehr so traurig, ich habe nämlich gute Nachrichten für dich.«

»Die kann ich gebrauchen.«

»Wir haben im Büro Versicherungsurkunden gefunden. Das Gut und das Castello sind gegen Erdbeben versichert. Die beiden Signori haben per Handy sofort mit ihren Kollegen in Enricos Büro in Terni telefoniert und man hat dort festgestellt, dass die jährlichen Beiträge regelmäßig bezahlt wurden. Alle Einzahlungsbelege sind vorhanden. Außerdem haben sie die eventuelle Auszahlung einer Versicherungssumme sofort storniert. Niemand kommt also an das Geld heran, bevor die Eigentumsrechte geklärt sind. Lorenzo, wenn das Geld an dich ausgezahlt wird, kannst du das Gut sanieren. Welch ein Glück, dass ich die Fotos gemacht habe, sie können jetzt alle Zerstörungen belegen.«

»Wann hast du denn Fotos gemacht?«

»Gleich am zweiten Tag. Ich habe alles fotografiert: die zerstörten Weinberge, den Wirtschaftshof mit den kaputten Gehöften, das Castello. Einfach alles, bis auf die Kellerei, da ließ man mich nicht hinein. Aber die Versicherungsexperten können sich da drinnen ja selbst umsehen, ich glaube nicht, dass ihr dort schon aufgeräumt habt.«

Mit fiel nicht nur ein Stein vom Herzen, ein ganzer Berg setzte sich in Bewegung und gab mir endlich wieder Luft zum Atmen.

»Viola, ich liebe dich.«

»Ich weiß, Lorenzo.«

Dann kam David auf die Terrasse: »Lorenzo, ein Mitarbeiter vom Elektrizitätswerk hat angerufen. Die Überlandleitungen werden repariert. Wir sollen jemanden zum Transformatorenhaus schicken, damit die Arbeiter wissen, wo unsere Leitungen abgehen, und den Anschluss herstellen können.«

Noch eine gute Nachricht!

»Viola, komm, wir beide fahren jetzt dorthin. Ich muss einfach mal raus hier.« Und zu David gewandt: »Wir sind schon unterwegs, sagen Sie das bitte weiter. Und: Keine Besucher hier auf dem Gelände, Befehl vom Anwalt.«

Bevor ich den Jeep startklar machte, rief ich Viola zu: »Besorge uns bitte ein Picknick, ich habe seit Tagen kaum etwas gegessen, und nimm auch ein paar Decken mit, wer weiß, wie lange wir warten müssen. Und noch etwas, lass dir von Marisa ein paar Vorräte geben für die Leute mit dem Pferd.

Zucker, Salz, Kaffee, Bohnen, Reis, du weißt schon, was sie gebrauchen können.«

Während ich Leandro über das Gespräch mit dem Anwalt informierte und ihm von den Versicherungen und vom Strom erzählte, packte Neno mehrere Kisten mit Lebensmitteln in den Jeep. Viola holte die Decken und ich lief in mein Zimmer. Dort in dem immer noch nicht ausgepackten Koffer von der Pesaro-Reise lag das Kaschmirtuch, das Viola wiederhaben sollte. Jetzt würde sie es gern nehmen, das wusste ich. Dann fuhren wir los. Es wurden die vierundzwanzig schönsten Stunden meines Lebens.

Kapitel 23

Frisch wehte uns der Wind um die Köpfe, als wir in meinem Jeep nach Süden fuhren. Die Zypressenallee, die glatte Asphaltstraße, unser neu gebauter Weg durch wildes Land – wir waren fast fröhlich und genossen das Alleinsein, als wir schließlich über die rumpeligen, unebenen Strecken fuhren, die wir gebaut und die uns so viel Angst, Ärger und Trauer bereitet hatten.

Dann tauchten die Ruinen und mit ihnen die Menschen auf, die hier zu leben versuchten. Wir fuhren zu ihnen hinüber, sie winkten und freuten sich, uns zu sehen. Wir wollten als erstes die Lebensmittel für sie abladen, damit sie kühl gestellt werden konnten. Etwas abseits stand Testardo an einen Holzpfosten gebunden. Er wieherte, als er Violas Stimme hörte. Sie ging zu ihm hinüber, in jeder Hand ein paar Zuckerstücke, die sie Marisa abgeschmeichelt hatte, und reichte sie dem Pferd. Er stupste sie so liebevoll, dass sie fast das Gleichgewicht verlor. Aber sie lachte nur, tätschelte ihm Hals und Flanken und ließ sich gefallen, dass er mit weichen Lippen in ihrem Haar wühlte.

»Er hat mich wiedererkannt«, rief sie vergnügt und kraulte ihn zwischen den Ohren.

Diesmal ließen wir uns nicht mit Wein zum Bleiben verführen. »Wir müssen weiter, tut uns Leid«, erklärte ich, »wir müssen sehen, dass wir Strom bekommen, und wenn wir zu spät am Transformatorenhaus sind, ist der Arbeitstrupp weg.«

Da der Stromanschluss nicht an unserem Weg, sondern weiter östlich in den Hügeln lag, mussten wir bald abbiegen und quer über Land fahren. Ich orientierte mich an den Strommasten und versuchte so gut wie möglich in ihrer Nähe zu bleiben. Aber dann wurde das Gelände so uneben, dass wir nur zu Fuß weiterkamen. Viola nahm die Decken, ich den Picknickkorb und das Päckchen mit der Stola und dann ging es weiter. Die Sonne stand schon weit im Westen und die Schatten, die vor uns herwanderten, wurden immer länger.

»Hoffentlich kommen wir nicht zu spät.«

»Man weiß, dass wir unterwegs sind, die Männer werden schon warten.«

»Hoffentlich.«

Unser Weg wurde immer mühsamer. Wir kämpften uns durch dorniges Gestrüpp, in dem Trauben schwarzer Brombeeren hingen, durch stechende, fast mannshohe Brennnesselflächen, über Steinhalden mit violett blühenden Disteln und durch wilden Ginster, aber wir blieben immer in der Nähe der Masten und sahen, dass die Leitung, die von einem zum anderen Pfosten führte, unzerstört war.

»Ich bewundere Roberto, der diese Strecke für uns abgelaufen ist. Das war keine Kleinigkeit für einen Mann in seinem Alter.«

Ich sah Viola an. Auch sie kämpfte mit der Wildnis. Schweiß lief uns über die Gesichter und ständig hatten wir Sand in den Schuhen.

Und dann sahen wir endlich die hohen, grauen Eisenmasten der Überlandleitung. Ganz plötzlich, durch einen Hügel bis zum Schluss verdeckt, tauchten sie vor uns auf und mit ihnen auch das kleine Haus aus gelben Ziegeln. Wir konnten keine Spuren anderer Menschen oder Fahrzeuge entdecken und nahmen an, dass noch niemand hier war. Während Viola die Decken ausbreitete und das Picknick richtete, kletterte ich auf eine kleine Kuppe und sah mir die Umgebung an. Aber von Arbeitern war nichts zu sehen. Wir setzten uns – müde, hungrig und durstig – und genossen unser Essen. Marisa hatte frisches Brot und scharfen Käse, getrocknete, in Olivenöl marinierte Tomatenscheiben, harte Eier und Schinken eingepackt. Dazu gab es lauwarmen Rotwein, dem der Transport nicht besonders gut bekommen war. Aber das störte uns nicht.

Wir waren fast fertig, als wir Motorengeräusche und Männerstimmen hörten. Der Bautrupp kam mit einem Geländewagen, er bestand aus drei Arbeitern, die sich mit Begeisterung über die Reste unseres Picknicks hermachten. Dann ging es an die Arbeit. Mit einem großen Vierkantschlüssel öffneten sie die Verriegelung der Eisentür, prüften die einzelnen Kabelverbindungen, verbanden verschiedene Leitungen, kontrollierten mit einem Zählgerät die Verbindungen und die Stromstärke und erklärten schließlich: »Signore Beneventi, Sie haben wieder Strom im Castello.«

Ich atmete tief durch. Damit war der größte Teil unserer Probleme gelöst: Wir konnten wieder alle Maschinen einsetzen, arbeiten, heizen, kühlen, hatten Licht, und vor allem die Wasserpumpen würden wieder laufen.

»Sie werden kaum verstehen, wie dankbar ich Ihnen bin.«

»Oh, doch! Wir wissen, wie abhängig man heute vom Strom ist. Und dann so ein Betrieb wie das Castello mit all den Flüchtlingen. Wir können uns sehr genau vorstellen, was das heißt. Deshalb haben wir zuerst diese Überlandleitung repariert, die anderen müssen noch ein paar Tage warten. Wissen Sie, es hat sich nämlich herumgesprochen, was Sie für fremde Leute getan haben, Signore«, fügte einer grinsend hinzu.

Dann setzten sich die Männer in ihren Wagen und rumpelten davon.

Ich nahm Viola in die Arme: »Das haben wir geschafft. Gott sei Dank.«

Sie nickte. »Alles wird gut, Lorenzo.«

»Für den Heimweg ist es zu spät, wir werden hier übernachten. In der Dunkelheit können wir nicht zurücklaufen.« Und im Stillen dachte ich, dass es genau das war, was ich wollte!

Sie sah sich um. »Da drüben ist eine Mulde ohne Disteln und Brennnesseln. Ich werde die Decken hinüberbringen.«

Ich half ihr und dann gab ich ihr das Päckchen mit der Stola. Fragend sah sie mich an.

»Mach es auf, es gehört dir.«

Sie befühlte das Papier, lächelte und sagte: »Danke! Du glaubst gar nicht, wie leid es mir getan hat, es vor deine Füße fallen zu lassen, das Tuch ist so wunderschön.«

Ich legte ihr die Stola um die Schultern, drückte sie an mich und erklärte leise: »Es ist nur der Anfang, Viola, ich werde dir die Welt zu Füßen legen, wenn man mich lässt.«

»Die ganze Welt? Lorenzo, das wäre mir zu viel.«

»Dann aber die Sonnenseite des Lebens.«

Sie lachte. »Die nehme ich gern.«

Wir bereiteten unser Nachtlager. Viel war ja nicht zu tun mit nur zwei Decken, aber wir suchten den Boden nach Steinen, Zweigen und Ameisen ab, bevor wir sie ausbreiteten.

Die Sonne war im Westen verschwunden und die Dämmerung breitete sich schnell aus. Sehr weit entfernt läutete eine Glocke von einem Turm, der die Erdbeben offenbar überstanden hatte. Zwischen den grauen Eisenmasten tanzten ein paar Fledermäuse, doch bald war es zu dunkel, um sie zu beobachten. Ich legte mich neben Viola und sah sie an. Wie schön sie war mit diesem offenen Gesicht und den klaren Augen, in denen sich ihre Gefühle so deutlich spiegelten.

»Woran denkst du, Lorenzo?«

»An dich – nur an dich. Diese Nacht gehört uns, Viola, nur uns beiden.«

»Ich weiß gar nicht mehr, wie es ist, romantische Gefühle zu entwickeln, irgendwann sind sie mir abhanden gekommen.«

Ich nahm sie in die Arme, zog sie an mich und streichelte zärtlich ihr Gesicht, ihr zerzaustes Haar, ihre Arme, die Schultern. Behutsam öffnete ich die kleinen Knöpfe ihrer Bluse, küsste ihren Hals und strich mit den Fingerspitzen zärtlich über ihre Brust, die so seidenweich und warm war. Langsam ertastete ich den Körper, von dem ich so lange nur geträumt hatte.

Viola schob ihre Hände unter mein Hemd. Ihre Finger strichen über meine Schultern, meine Brust, fanden Zonen, die meinen ganzen Körper erbeben ließen. Sie öffnete die Perlmuttknöpfe meines Hemdes und strich es zurück und dann spielten ihre Lippen mit mir; und ich brauchte meine ganze Kraft, um nicht laut aufzuschreien. Es war ein wundervoller Abend, eine atemberaubende nächtliche Stunde, es war fast die Vollendung aller Träume, niemals hatte ich etwas Ähnliches erlebt, niemals an Dinge wie diese zu denken gewagt.

Langsam wurden wir ruhiger. Die Erregung, diese fast nicht zu ertragende Erregung ließ nach. Unser Atem ging langsamer, der Herzschlag wieder gleichmäßig. Wir lagen da und genossen das herbe Aroma trockenen Grases, verdorrter Wildblumen, den strengen Geruch wilden Ginsters und den einzigartigen Duft des geliebten anderen Körpers.

»Sagtest du nicht, romantische Gefühle seien dir abhanden gekommen?«

»Ach, Lorenzo.«

Ich nahm ihre Hand. »Mein Liebling, du wirst noch viel lernen müssen, aber glaube mir, ich bin der allerbeste Lehrer, den du dir wünschen kannst.«

Wir lagen da, beobachteten den Himmel, an dem kaum Sterne zu sehen waren, weil der Mond so hell schien, und genossen diese wunderbare Ruhe. Dann sagte Viola: »Wann fängst du denn an mit dem Unterricht, Herr Lehrer?«

Ich drehte mich zu ihr um, beugte mich über sie, nahm ihren Kopf in beide Hände und sagte: »Jetzt, mein Liebling.«

Die Nacht war viel zu kurz. Ich war berauscht von Gefühlen, die ich niemals für möglich gehalten hätte. Ich erlebte Höhepunkte und Tiefen, die mich fast zerrissen. Ich musste fünfundvierzig Jahre alt werden, um zu erleben, was es heißt, ein Mann zu sein, ein glücklicher Mann.

Wir liebten uns, wir schliefen ein, wir liebten uns wieder und schliefen wieder ein, und viel zu früh kroch das Morgenlicht über die Hügel, verdrängte die Intimität der Dunkelheit, öffnete uns die Augen für den Tag und alles, was er bringen würde. Dennoch ließen wir uns Zeit. Wer konnte wissen, wann wir wieder so ungestört zusammen sein konnten? Wir tauschten noch immer Zärtlichkeiten aus und dachten doch schon an die Zukunft.

»Ich möchte dich so schnell wie möglich heiraten, Viola, ich möchte der ganzen Welt zeigen, dass wir zusammengehören.«

»Fürchtest du, man könnte über uns reden, wenn wir unser Zusammensein nicht legalisieren?«

»Nein, nach dieser Nacht, mein Liebling, fürchte ich gar nichts mehr, aber ich weiß, dass man auf uns achten wird, und ich möchte dich keinem Gerede aussetzen.«

»Es würde mir nichts ausmachen, ich bin stolz darauf, zu dir zu gehören.«

»Die Menschen hier sind sehr an alte Traditionen gebunden. Damit meine ich nicht meine Familie, die interessiert mich nicht mehr, sondern vor allem die einfachen Leute, meine Arbeiter, die Flüchtlinge, für sie haben die Menschen im Castello eine Vorbildfunktion.«

»Ich weiß, was du meinst. So eine Verbindung wird eben doch nicht nur im Himmel geschlossen, sondern durch Menschen mit Stiften und Stempeln. Was machen wir also?«

»Das genau ist das Problem, mein Liebling. Du wirst auch deine Familie benachrichtigen wollen.«

»Natürlich, ich möchte meine Eltern nicht vor vollendete Tatsachen stellen. Sie sind mir immer mit Achtung begegnet und waren stets tolerant, sie haben es verdient, an meinem Glück teilzunehmen.«

»Du musst sie bitten, die erforderlichen Papiere zu besorgen, und dann musst du sie natürlich einladen.«

»Aber ich möchte keine große Hochzeit, Lorenzo, ich möchte, dass alles schnell und in kleinem Rahmen geschieht. Jetzt ist nicht die Zeit, große Feste zu feiern.«

»Wir werden in Rom zum Standesamt gehen, da bin ich mit meinem zweiten Wohnsitz gemeldet. Anschließend könnten wir dort auch kirchlich heiraten. Es sei denn, du möchtest in Deutschland heiraten. Auch das wäre mir recht.«

»Wir können jetzt nicht fort, Lorenzo. Und ich würde dich sehr gern in Rom heiraten. Aber du weißt, ich bin protestantisch.«

»Ich habe Freunde im Vatikan, ehemalige Mitstudenten, die denken sehr ökumenisch. Heute ist eine ökumenische Hochzeit überhaupt kein Problem mehr. Wir könnten die Trauung mit einem Priester und dem evangelischen Pastor der deutschen Gemeinde arrangieren.«

»Leandro und Marisa könnten unsere Trauzeugen werden.«

»Sie haben es verdient, das ist eine gute Idee, Viola.«

Es wurde hell um uns herum. Ich legte mich auf den Rücken, streckte mich und gab mich dem Gefühl eines Wohlbehagens hin, wie ich es noch nie erlebt hatte. Zum ersten Mal in meinem Leben fühlte ich mich frei und dennoch ganz geborgen. Ein herrliches Gefühl von Vollkommenheit und Gelassenheit am Morgen eines Tages, der noch so voller Ärger stecken sollte.

Als wir mittags zurückkamen und den Jeep auf dem Hof abstellten, kam uns Leandro aufgeregt entgegen. »Deine Mutter ist gekommen, Lorenzo. Wir konnten ihr den Zutritt natürlich nicht verwehren. Sie sitzt auf der Terrasse. Marisa hat ihr Kaffee angeboten.«

»Danke, Leandro, ich gehe zu ihr.«

»Ich bleibe hier«, Viola setzte sich zu Marco und ließ sich einen Rest des Mittagessens auffüllen. »Es ist besser, du sprichst allein mit ihr.«

Ich holte tief Luft und ging auf die Terrasse. Irgendwie tat meine Mutter mir leid, wie sie da saß, allein, und doch zu Hause.

»Mutter?«

»Ich habe mit dir zu reden. Wie konntest du mich so lange warten lassen.«

»Ich war unterwegs und du hast dich nicht angemeldet.«

»Das fehlte noch, dass ich mich in meinem eigenen Hause anmelden muss.«

An ihrem Ton merkte ich, wie aufgebracht sie war. »Bitte, Mutter, was willst du?«

»Pfeif deine Hunde zurück, Lorenzo, sofort.«

»Es gibt keine Hunde, die ich zurückpfeifen könnte.«

»Du weißt, was ich meine.«

»Nein.«

»Du hast diesen unwürdigen, berüchtigten, unverschämten Tirabosco auf uns gehetzt. Auf die ehrenwerte Familie Beneventi. Wie kannst du uns so in den Schmutz ziehen? Dein Vater würde vor Kummer sterben, wenn er das wüsste.«

»Du vergisst, wer diesen Schmutz aufgewühlt hat, Mutter.«

»Wir haben zum Wohl der Familie und des Besitzes einen Vertrag geschlossen, an dem nicht mehr zu rütteln ist.«

»Der in diesen Stunden – von meinen Hunden, wie du sie nennst – zerrissen wird, Mutter.«

»In welchem Ton sprichst du eigentlich mit mir? Ich kam her, um dir in Ruhe alles zu erklären und dir die Verträge zu zeigen. Aber du legst anscheinend keinen Wert darauf.«

»Nein, Mutter, die Erklärungen habe ich schon von anderer Seite bekommen und diese Verträge interessieren mich nicht, sie sind wertlos. Nur eines wüsste ich gern: Wo ist das Geld geblieben, das ich erarbeitet habe?«

»Das geht dich nichts an. Vergiss nicht, der Herr im Hause ist dein Vater und sein Stellvertreter ist dein Bruder Enrico. Dann erst kommst du, mein Sohn.«

»Demnach hast du selbst überhaupt nichts zu sagen, Mutter?«

Sie sprang empört auf. »Du wirst von uns hören. Bruno hat seinen Teil des Vertrages eingelöst. Unsere Bankverbindlichkeiten sind getilgt. Das Castello gehört sozusagen Gina. Sorge dafür, dass es uns erhalten bleibt. Was du zu tun hast, weißt du.«

»Die finanziellen Transaktionen des Signore di Gaetano werden zur Zeit vom Finanzamt überprüft. Sei nicht so sicher, dass du deine Schulden los bist, Mutter. Im Übrigen, Gina kann sich die Reise hierher sparen: Ich bin für sie nicht zu sprechen. Bitte richte ihr das aus.«

»Du wirst Gina empfangen, und zwar wie ein Ehrenmann.«

»Ich denke nicht daran.«

»Du wirst, mein Sohn. Schließlich erwartet Gina dein Kind.«

»Was erwartet sie?« Das durfte doch alles nicht wahr sein. »Was hast du gesagt, Mutter?«

»Gina erwartet deinen Sohn, den Stammhalter unserer Familie.«

»Du vergisst Francesco«, erwiderte ich außer mir. »Und Gina kann gar kein Kind von mir erwarten. Diese Lüge ist der absolute Höhepunkt dieser ganzen verdammten Intrige.«

»Francesco zählt nicht, du warst nie mit seiner Mutter verheiratet. Du wirst als Gentleman Gina zur Seite stehen.«

»Stell dahin, wen du willst, Mutter, aber nicht mich. Um es ganz deutlich zu sagen: Gina hat einen ziemlich lockeren Lebenswandel gepflegt, wie ich inzwischen erfahren habe, und das ganze dubiose Vermögen ihres Vaters wird nicht reichen, sie von ihrem schlechten Ruf zu befreien.«

Ich drehte mich um und ging weg. Mir war zum Speien übel. Vom Kaminzimmer aus sah ich, wie sie zum Hubschrauber zurückging. Zweimal knickte sie auf ihren hohen Absätzen um, und es tat mir fast weh, ihr nicht helfen zu können, aber sie war Schuld an diesem Zerwürfnis, sie musste nun ohne mich auskommen. Und doch wusste ich, dass ich ihr eines Tages die Hand zur Versöhnung reichen würde.

Ich setzte mich auf eines der Feldbetten und starrte vor mich hin. So also sah meine Familie meinen Sohn, mein Gott, was so alles ans Licht kam, wenn die oberflächlichen Verbindlichkeiten zu bröckeln begannen. Was für ein Schmutz verbarg sich hinter der aufgesetzten Fassade der Wohlanständigkeit meiner Familie? Ich stand auf, ging in Enricos Büro und bat Tiraboscos Mitarbeiter, die morgens aus Rom zurückgekommen waren, Kontakt zu ihren Kollegen in Terni aufzunehmen. »Bitte versuchen Sie, herauszubekommen, ob und wie viel Geld Gaetano auf die Konten meiner Eltern eingezahlt hat, und unterrichten Sie den Dottore davon.«

Wenig später erreichte uns ein Anruf aus Rom. David nahm das Gespräch an und gab mir den Hörer: »Es ist Dottore Tirabosco.«

»Hier Beneventi.«

»Also, mein Lieber: Zu den Transaktionen des Signore di Gaetano haben wir leider keinen Zugang, noch nicht, aber die Konten Ihrer Familie wurden heute Morgen tatsächlich ausgeglichen. Die Summe fällt unter das Bankgeheimnis. Aber ich habe vorsichtshalber das Finanzamt informiert, man wird nachforschen. Außerdem habe ich eine gute Nachricht für Sie: Die Verträge sind natürlich ungültig. Der Staatsanwalt bekam einen Lachanfall, als ich ihm die Sachlage erklärte. Wir überlegen sogar, ob wir nun einen Strafantrag wegen versuchten ›Menschenhandels‹ stellen sollen.«

»Um Himmels willen, nein.«

»War ja auch nur ein Scherz, Beneventi. Sie sollten das alles als Scherz betrachten, es macht die Sache einfacher.«

»Und der Verkauf des Castellos?«

»Ist natürlich genauso ungültig. Die Sache mit dem Geld überlassen wir dem Finanzamt. Wenn es sauberes Geld ist, kriegt Gaetano es zurück, ist es schmutzig, wird er Probleme bekommen.«

»Danke, Dottore. Die Gegenpartei ist übrigens entsetzt, dass ich Sie eingeschaltet habe.«

»Kann ich verstehen«, er lachte laut, »es gibt schon ein paar Leute, die Angst vor mir haben, und das ist gut so. Also, Kopf hoch, Beneventi, in zwei, drei Tagen ist alles vorbei.«

Kapitel 24

Viola und ich liefen ein Stück den Weinberg hinauf. Schräg fiel die Spätnachmittagssonne auf die Hügel und hüllte alles in das weiche, warme Licht, wie es hier für die Stunde vor dem Sonnenuntergang typisch ist und das von Malern so geschätzt wird. Hummeln umschwirrten die letzten Unkrautblüten und erschreckte Eidechsen huschten unter Steine. Wir schwiegen beide. Über den Hügeln hing ein vager Hauch von Depression und irgendwie hatte er auch uns erfasst. Die Stille zwischen uns fühlte sich tiefer an als sonst, trauriger, aber auch sicherer. Wir litten gemeinsam an einem Unrecht, das wir nicht verdient hatten. Gefühle konnte nur noch Viola in mir wecken, im Übrigen kam ich mir wie abgestorben vor, müde, erstarrt vor Zorn und Enttäuschung.

Viola beobachtete mich sehr genau. Sie strich mir sanft über die Stirn. »Du hast richtige Sorgenfalten bekommen. Woran denkt du, Lorenzo?«

»Ich begreife meine Mutter nicht, wie konnte sie sich so verändern? Diese liebenswürdige, fröhliche Frau, ich kenne sie überhaupt nicht wieder.«

»Wir wissen nicht, was sie durchgemacht hat.«

»Aber, mein Gott, was hat sie denn erlebt? Bis zum Erdbeben war doch alles in Ordnung. Sie war eine freundliche Frau, höflich zu allen Leuten, liebevoll zur Familie. Gut, sie hat schon immer Enrico mehr gemocht als mich, dafür hatte ich Vater auf meiner Seite, schon weil wir zusammen am Wein gearbeitet haben, aber jetzt?«

»Vielleicht hat sie die Schäden nicht verkraftet, die das Erdbeben angerichtet hat.«

»Nein, da muss etwas anderes passiert sein. Und das viele Geld ging ja auch nicht erst in diesen letzten Tagen verloren. Ich bin sicher, dass der ganze Ärger mit diesen diffusen Schulden zusammenhängt.«

»Vielleicht hat dein Vater tatsächlich an der Börse spekuliert und verloren.«

»Mein Vater? Niemals! Er ist viel zu rechtschaffen und traditionell, um sich auf ein Lotteriespiel einzulassen.«

»Und Enrico?«

»Das wäre möglich. Er steht schon lange unter dem Einfluss der Gaetanos. Und er hatte immer ein großes Interesse an extravaganten Sachen: teure Autos, Markenkleidung, ein überdurchschnittliches Outfit eben. Aber dafür treibt man doch kein Weingut in den Ruin.«

»Vielleicht weiß deine Mutter mehr und will ihn in Schutz nehmen oder ihn decken.«

»Das könnte sein. Nur keine Schande für die Familie Beneventi, das war seit jeher ihr Motto.«

»Weißt du, irgendwie könnte ich sie sogar verstehen. Sie ist unglaublich stolz auf die Familie, in die sie eingeheiratet hat. Das habe ich aus all ihren Geschichten herausgehört.«

»Aber auch sie stammt aus einer guten Familie. Dieses ganze Getue um den Ruf einer Familie halte ich sowieso für Unsinn. Jeder einzelne Mensch ist so gut oder so schlecht, wie er sich macht. Aber leider ist das hier in Italien anders, da ist der Ruf einer Familie von großer Bedeutung.«

»Das ist in bestimmten Kreisen bei uns auch so, aber vielleicht ist das der Grund für ihre Veränderung. Vielleicht wächst ihr das alles über den Kopf und dein Vater hat überhaupt keine Ahnung von dem ganzen Chaos innerhalb der Familie. Vielleicht musste sie diesen Pakt mit Gaetano schließen, um wieder Boden unter die Füße zu bekommen.«

»Möglich wäre das, aber warum um Gottes willen auf meine Kosten?«

»Wenn es um den geliebten Erstgeborenen geht, kämpft eine Mutter schon mal mit Zähnen und Krallen.«

»Es hört sich an, als wolltest du sie in Schutz nehmen.«

»Nein, dafür hat sie dich zu sehr verletzt. Ich versuche nur, ihr verändertes Verhalten zu verstehen.«

»Wenn man wenigstens mit Enrico reden könnte.«

»Irgendwann wird das möglich sein. Dein Anwalt kümmert sich doch darum.«

»Und inzwischen geht mein Leben in die Brüche – zum Ruhm der Familie.«

»Nein, Lorenzo, niemals, dafür bist du viel zu stark.«

»Ach – Viola!«

»Doch, mein Lieber, du bist ein Mann, an dem man sich die Zähne ausbeißt. Ich habe das gemerkt, als ich dich das erste Mal sah.«

»Nein, ich war nur unendlich verlegen und schämte mich, weil mir so etwas noch nie passiert war.«

»Das glaube ich dir nicht. Du warst versnobt und in höchstem Maße verärgert. Aber mich hat das nicht gestört.«

»Nein?«

»Nein! Du siehst doch, was daraus geworden ist.«

»Du bist ein kluges Mädchen. Was hast du heute gemacht? Ich habe dich vermisst.«

»Ich habe gearbeitet. Nachdem mein Notebook Strom hatte, habe ich meine Reportage über das Erdbeben geschrieben. Sie muss unbedingt abgeschickt werden.«

»Machst du das per Telefax?«

»Nein, die Filme müssen ja auch mit. Ich muss jemanden bitten, die Post in Rom aufzugeben.«

»Morgen kommt Tirabosco, der kann den Umschlag mitnehmen.«

»Das wäre gut. Bittest du ihn darum? Mich kennt er ja nicht.«

»Morgen mache ich euch bekannt.«

Die Sonne war untergegangen und es wurde kühl. Wir drehten um. Ich legte ihr den Arm um die Taille und küsste sie. Ihr Mund war warm und schon so vertraut. Sie schloss die Augen und lehnte sich an mich.

»Morgen rufe ich meine Eltern an und sage ihnen, dass ich in den nächsten Tagen nach Berlin komme. Sie können schon mal die Papiere für mich besorgen.«

»Und ich bitte einen Freund, sich nach einer Kapelle für die Trauung umzusehen. Mit dem zuständigen Standesamt kann Tirabosco die Verbindung aufnehmen.«

»Und du meinst, er macht das alles für uns?«

»Er hat seine Leute dafür und ich bezahle sie. Liebling, wir werden in der nächsten Zeit von der Hand in den Mund leben, aber du bist mir das wert.«

»Was meinst du mit ›von der Hand in den Mund leben‹?«

»Ich verkaufe den Inhalt eines Weinfasses und kann den Anwalt bezahlen, und dann verkaufe ich wieder ein Fass und kann die Stromrechnung bezahlen, und dann Lebensmittel, Gehälter, die Telefonrechnung und so weiter.«

»Das wird ja richtig abenteuerlich. Wie viele solcher Fässer hast du denn da unten in der Cantina?«

»Ich hoffe, es reicht fürs Erste.«

»Ach, Lorenzo, es macht mir überhaupt nichts aus, mit dir am Hungertuch zu nagen, Hauptsache ist, wir beißen am gleichen Stück Stoff herum.«

Wir küssten uns noch einmal, leicht, fröhlich und die

depressive Stimmung war verschwunden, als wir zurück ins Castello gingen und unsere getrennten Zimmer aufsuchten.

Am nächsten Tag gegen Mittag, Rodolfo Tirabosco war gerade abgeflogen, kam der Tankwagen mit dem ersten Treibstoff für unsere kleine Tankstelle. Es war nur ein mittelgroßer Wagen, wir trauten dem Weg noch nicht, aber er brachte genug Treibstoff für die Traktoren, Geländewagen und verschiedene Motoren; und man versprach uns eine zweite Lieferung für die nächsten Tage.

Im Schatten des Tankwagens war ein Landrover auf den Hof gekommen, den keiner gesehen hatte. Erst als Gina ausstieg, merkten wir, dass wir nicht wachsam genug waren. Sie lief über den Hof, winkte und tat, als sei das die normalste Sache der Welt. Sie war sehr elegant gekleidet und sah aus, als käme sie direkt vom Einkaufsbummel in der Via Condotti. Hoch erhobenen Hauptes kam sie über den Hof.

Viola, die neben mir in der Tür zu den Wirtschaftsräumen stand, sah mich fragend an.

»Ich denke, jetzt werden wir Ärger bekommen. Willst du hier bleiben oder lieber gehen?«

»Ich bleibe natürlich, ich bin viel zu neugierig, um diesen Auftritt zu verpassen.«

Ich sah, wie Neno und Sandro auf Gina zugingen und ihr den Weg verstellten, aber sie scheuchte sie mit einer Handbewegung weg wie lästige Insekten und kam zum Haus herüber. Ich spürte, dass die beiden Männer verärgert waren. Ich musste einschreiten, damit sie vor den anderen Arbeitern nicht ihr Gesicht verloren. Gina verzog den Mund zu einem unangenehmen Lächeln, als ich ihr den Weg abschnitt.

»Danke für den freundlichen Empfang. Man sagte mir, ich dürfe hier nicht landen, also bin ich gefahren. Zum Glück kam der Laster und hat mir den neuen Weg gezeigt. Ich brauchte mich nur anzuhängen.«

»Was willst du?«

»Mit dir reden, was sonst?«

»Wir haben nichts zu besprechen, das solltest du inzwischen wissen.«

»Du irrst dich, wir müssen eine Menge bereden. Ich schlage vor, unter vier Augen, es wäre sonst zu peinlich für dich.«

»Ich weiß allein, was gut für mich ist. Viola bleibt.«

»Müssen wir hier in einer zugigen Türöffnung stehen?«

»Wir werden nirgends stehen, denn du fährst jetzt wieder ab.«

Sie zuckte nur mit den Schultern. »Du wiederholst dich, mein Lieber«, damit drehte sie sich um und ging zu den Bänken im Garten. »Nun komm schon, meine Zeit ist begrenzt.«

Ich drehte mich um, nahm Violas Hand und ging mit ihr ins Haus. Aber Viola war damit nicht einverstanden. »Vielleicht könnte sie alles aufklären, Lorenzo, sie weiß auf jeden Fall mehr als du.«

»Du könntest Recht haben.«

Während wir noch in der Halle überlegten, kam Gina uns nach. »Ich denke, ich muss dir mal die Augen öffnen, Lorenzo. Zunächst einmal, das Castello gehört jetzt mir. Mein Vater hat es gekauft. Rechtmäßig. Er hat alle Schulden bei euren Banken getilgt, die dein Bruder in den letzten Jahren durch Fehlspekulationen gemacht hat. Diese Verhandlungen laufen seit Wochen und dein Vater hat ihnen zugestimmt, lange bevor er krank wurde.«

Ich wollte sie unterbrechen, aber sie hob die Hand und schrie: »Lass mich gefälligst ausreden. Und jetzt zum zweiten Punkt: Ich bin nämlich nicht die schamlose Person, für die du mich hältst, die du in deinem Hochmut verachtest und in den Schmutz zu ziehen versuchst. Ich bin eine Frau, die liebt und die geliebt wird und die nun die Folgen dieser Liebe in ihrem Bauch herumschleppt – den ersehnten Stammhalter der Beneventis.«

Als ich mit wütenden Schritten auf sie losging, hielt Viola mich fest. »Lass sie ausreden.« Und ohne Rücksicht auf die Männer, die sich, von dem Geschrei angelockt, in der Halle versammelten und mit offenen Mündern Ginas Geschwätz anhörten, fuhr sie fort: »Nein, du bist nicht der Vater, sondern dein Bruder hat dieses Kind gezeugt, dein Bruder, der nun ein hilfloser Krüppel ist und der vor fünf Jahren meine unscheinbare, dümmliche Schwester heiraten musste, weil sie vergessen hatte, die Pille zu nehmen und ihre Liaison mit der Geburt von Zwillingen krönte. Dass es nie zu einer Trennung kommen wird, dafür sorgt mein Vater. Und Enrico, der immer nur mich geliebt hat, muss damit leben – von jetzt an auch noch im Rollstuhl. Und nun, und weil ich es in diesem Sommer so wollte, erwarte ich sein Kind. Er ist der leibliche Vater, aber der offizielle Vater wirst du sein, Lorenzo. Und wenn du dich weigerst, werde ich mit der Behauptung, von den Beneventi-Brüdern vergewaltigt worden zu sein, an die Öffentlichkeit gehen. Und das, mein Lieber, wird den Beneventis das Genick brechen. Eine entsprechende Notiz für die Presse liegt bei meinem Rechtsanwalt, nur für den Fall, dass du dich sträubst oder dass mir etwas passieren sollte.«

In mir staute sich ein solcher Zorn auf, dass ich Angst hatte, handgreiflich zu werden. Viola, die mich beobachtete, hielt mich am Arm fest. Gleichzeitig spürte ich, wie sie sich, wahrscheinlich unbewusst, von mir entfernte, erst innerlich, dann auch äußerlich. Sie ließ meinen Arm wieder los und ging zur Seite. Mit einem Schritt war ich neben ihr. Ich legte ihr den Arm um die Schultern und brüllte Gina zu: »Raus, verlass sofort mein Haus und lass dich hier nie wieder sehen! Geh an die Öffentlichkeit und erzähl der Presse deine Lügen, aber komm mir niemals wieder unter die Augen. Nichts und niemand wird meine Ehre in den Dreck ziehen, am allerwenigsten du.«

Aber sie lachte nur und rief: »Hast du vergessen, dass dieses Castello jetzt mir gehört?«

Ich drehte ihr den Rücken zu und sah zu den Männern hinüber, die mit Wut, Erstaunen und Entzücken die Szene beobachtet hatten. Ich nickte ihnen zu: »Bringt sie weg, sofort und so weit wie möglich.«

Das ließen sie sich nicht zweimal sagen. Sie nahmen Gina in die Mitte und brachten sie zu ihrem Wagen. Sie wehrte sich nicht, aber im Hinausgehen rief sie über ihre Schulter: »Es wird dir noch Leid tun!«

Viola war tief verletzt und total verwirrt, das sah ich sofort. Ich nahm ihre Hand und brachte sie hinauf in mein Zimmer, in dem sie jetzt wohnte, und setzte sie in meinen geliebten alten Ledersessel. »Bitte beruhige dich und vergiss die Worte dieser rachsüchtigen Frau.«

Aber Viola schüttelte den Kopf. »Lorenzo, sie hat Recht, du kennst mich doch wirklich nicht.«

»Liebling, ich kenne dich besser als irgendeinen anderen Menschen auf der Welt. Ich habe dich als liebenswürdigen, bescheidenen, geselligen Gast gesehen und als eine fleißige Frau, die ihre Arbeit mit Händen und Füßen verteidigt. Ich habe dich in Todesangst erlebt und als einen Menschen, der sich durch einen ganzen Berg wühlte, um mir zu helfen und um zu überleben. Ich habe gesehen, wie du geholfen, geheilt, getröstet und gebetet hast. Und ich durfte dich als glückliche, lachende Frau in meinen Armen erleben, als starke und doch sensible Frau, die mich liebt, die zu mir steht, die mit mir kämpft und mir vertraut. Was meinst du denn, Viola, muss ich noch erleben, um dich zu kennen?«

Ich zog einen Stuhl heran, setzte mich vor sie und nahm ihre Hände: »Viola, ich brauche dich. Ich kann und möchte ohne dich nicht mehr leben. Nur weil ich dich an meiner Seite weiß, habe ich die Kraft, aus diesem Sumpf herauszukommen. Meine ganze Welt ist in die Brüche gegangen, du siehst es ja täglich vor dir, und eigentlich dürfte ich dich gar nicht in dieses Chaos hineinziehen, aber ich kann nicht anders, ich brauche dich so sehr. Nichts, Viola, nicht die Loyalität einem guten Namen gegenüber, nicht einmal die Verantwortung meinen Leuten gegenüber kann mich dazu bringen, auf dich zu verzichten. Ich bin immer mit meinem Ehrgeiz und mit meinem Fleiß gut gefahren, beide haben mich auf der kirchlichen Karriereleiter weit nach oben gebracht und schließlich, wenn auch spät, mein Ansehen, ein guter Weinbauer zu sein, gefestigt. Ehrgeiz und Fleiß haben mein Leben geprägt, es interessant und sinnvoll gemacht und mich gefordert, und jetzt, Viola, werden sie mir helfen, dieses Chaos in den Griff zu bekommen. Aber das geht nur mit deiner Hand in meiner Hand.«

Ich streichelte ihre Hände und sah, dass sie weinte. Da nahm ich sie in die Arme und legte sie aufs Bett, und dann liebte ich sie – sehr langsam und sehr zärtlich.

Als ich sie leise verließ, lag der stille Raum im Zwielicht, das bald in die Dunkelheit übergehen würde. Viola war eingeschlafen. Behutsam schloss ich die Tür. Die ganze Belastung war von mir gewichen. Die körperliche Entspannung in Violas Armen hatte mich von einem ungeheuren Druck befreit.

Auf dem Hof lief ich Leandro über den Weg. Er sah mich fragend an, dann grinste er und erklärte: »Man sieht's dir an, es geht bergauf, stimmt's?«

»Ich könnte Berge versetzen.«

»Dann tu' es, es wird höchste Zeit.«

Ich klopfte ihm auf die Schulter: »Mach mit der Weinernte weiter, das ist und bleibt unsere Basis. Lass die Cantina in Ordnung bringen, damit wir wieder richtig arbeiten können, und halte die Leute bei Laune. Ich kümmere mich um einen Marketing-Berater, der den Betrieb hier auf Vordermann bringt und der uns bei der Suche nach einem fachlich versierten Geschäftsführer hilft.«

»Und Enrico?«

»Er war nie mit dem Herzen bei der Sache. Ihm war Olivenöl immer wichtiger. Er soll sich in Zukunft um Gaetanos Plantagen kümmern. Ich denke, das ist es, was er schon immer wollte. Und das kann er auch vom Rollstuhl aus, wenn ihm der nicht erspart bleiben sollte.«

»Und die Besitzverhältnisse hier? Gina hat ja laut genug herumgeschrien.«

»Kein Problem für meinen Anwalt, verlass dich darauf.«

»Na, auf jeden Fall weißt du jetzt, woran du bist und wo das Geld geblieben ist.«

»Ja«, erwiderte ich leise, »das hat mich schwer getroffen. Nicht einmal so sehr der Verlust als vielmehr die Tatsache des Vertrauensbruchs in einer Familie, die ich für so stabil gehalten habe.«

»Wirst du zurechtkommen? Ich meine mit den immensen Schulden?«

»Ja, das schaffen wir, natürlich nur mit deiner Hilfe.«

»Dann weht hier also ein ganz frischer Wind?«

»Ja, Leandro, hier wird ein Orkan für frische Luft sorgen. Aber verlass dich drauf, deine Arbeit ist davon nicht betroffen. Ich weiß, dass ich keinen kompetenteren Kellermeister finden könnte. Und keinen besseren Freund.«

Kapitel 25

Nur wenige Tage später hatten wir das Familiendrama zum größten Teil überstanden. Tirabosco hatte Recht gehabt, als er sagte: »Kopf hoch, in drei Tagen ist alles vorbei.« Nur, die inneren Schäden, die, die meine Seele betrafen, würden vielleicht nie heilen. Unter dem Druck Tiraboscos und dann auch ihrer eigenen Anwälte erklärten Gaetano und meine Mutter die Verträge für ungültig. Meine Mutter musste die Banken bewegen, die Gelder an Gaetano zurückzuzahlen, und Gaetano musste sich vor dem Finanzamt offenbaren und mit Untersuchungen rechnen.

Tirabosco erzählte auch, dass Gina nach Brasilien abgereist sei und für längere Zeit bei Freunden in Recife bleiben wolle.

Für uns ging die Arbeit im Castello weiter, aber die chaotische Hektik der vergangenen Wochen und die ständige Angst vor der kommenden Nacht und dem nächsten Tag gab es nicht mehr. Vieles normalisierte sich. David und Linda reisten nach England zurück und Laura bat darum, bei uns arbeiten zu dürfen. Sie wollte nicht nach Terni in das Büro von Enrico. Sandro richtete mit zusammengesuchten, nicht zerstörten Möbeln einen Wohnraum für uns ein, und mit den engsten Mitarbeitern verbrachten wir die kühlen Abende am Kaminfeuer und diskutierten die Zukunft.

Mein Vater war zur Rehabilitation in eine Klinik nach Velletri verlegt worden und meine Mutter wohnte dort in einem benachbarten Hotel. Ich wusste, dass ich hinfahren, mit ihnen sprechen und die Hand zur Versöhnung ausstrecken musste, ich wusste aber auch, dass ich meiner Mutter noch nicht begegnen konnte, zu sehr hatte sie mich verletzt.

Und dann kam Francesco. Den wohlbekannten Krach des alten Motors hörte ich zuerst. Ich lief nach draußen und sah die Scheinwerfer des klapprigen Jeeps, die sich langsam die Allee heraufstastete. Ich stand bereits neben ihm, als er ausstieg, und dann nahm ich ihn in die Arme. Mein Sohn war wieder da! Ich winkte Viola zu, die mir gefolgt, aber in der Tür stehen geblieben war, und dann ging ich, den Arm um die Schultern meines Sohnes gelegt, mit ihm hinein in die Dunkelheit, in der wir allein sein konnten.

»Unsere Einheit hat zwei Tage Urlaub bekommen«, erklärte er. »Gott, bin ich froh, hier zu sein! Wie geht es euch? Was gibt es Neues?«

Ich erklärte ihm den Zustand des Castellos und unsere Situation mit den Fremden, die wir beherbergten, und dann so emotionslos und schonend wie möglich die Probleme in der Familie.

Er hörte zu und unterbrach mich nicht. Schließlich sagte er: »Du hast viel durchgemacht. Ich habe das sofort gesehen, als du da im Licht der Scheinwerfer gestanden hast. Aber dass es so schlimm ist, hätte ich nicht gedacht. Vater, wir bringen das in Ordnung, wir beide schaffen das.« Und plötzlich war nicht ich es, der ihm besorgt und liebevoll den Arm um die Schulter legte, sondern Francesco legte seinen Arm tröstend um mich. Welch ein wunderbares Gefühl! »Wir fahren zusammen nach Velletri, Vater, wir reichen den Großeltern die Hände. Wir verzeihen, und irgendwann vergessen wir auch, was gewesen ist. Sie haben etwas Furchtbares erlebt, und damit meine ich nicht nur das Erdbeben und die Krankheit, damit meine ich vor allem das finanzielle und rufschädigende Desaster der letzten Monate.« Ich schüttelte den Kopf. »Du hast ja Recht, Francesco, aber warum haben sie mich ausgeschlossen, warum haben sie mir nicht vertraut?«

»Vielleicht aus Scham, Vater, vielleicht hat Gaetano sie erpresst, vielleicht verlangte er dieses Schweigen, weil er wusste, dass man mit dir nicht feilschen kann. Großmutter ist eine liebevolle Frau, sie muss sehr gelitten haben, um so hart zu werden.«

»Francesco, du darfst mich nicht für gefühllos halten, irgendwann wird es mir gelingen zu verstehen und zu verzeihen, aber im Augenblick ist es mir unmöglich, ihr meine Hand zu reichen.«

»Vater, wozu so viel Zeit vergeuden? Hast du schon vergessen, wie schnell das Unglück hereinbrechen kann? Nein, wir werden nicht warten, wir werden morgen nach Velletri fahren und von dort aus nach Terni. Du musst dich auch um Enrico kümmern, er ist dein Bruder und er braucht dich jetzt.«

Am schönsten war, dass er immer von ›wir‹ sprach, dass er sich mit einbezog, dass er einfach in meiner Nähe sein und mir helfen wollte. Es war ein unbeschreibliches, stärkendes Gefühl.

Auf dem Weg zurück zum Haus erzählte ich ihm von Viola. Er kannte sie vom Sehen und ich musste kaum etwas erklären. Er stieß mich in die Seite und grinste. »Wurde aber auch langsam Zeit für meinen alten Herrn, dass er sich auf seine Männlichkeit besinnt. Ich befürchtete schon, du ziehst das Zölibat dem Glück an der Seite einer Frau vor. Mal ehrlich, Vater, gibt es etwas Schöneres als die Umarmung einer Frau?«

Überrascht blieb ich stehen. »Sprichst du etwa aus Erfahrung?«

»Na klar«, lachte er, »aus Söhnen werden auch mal Männer.«

Verblüfft und auch ein wenig erschrocken schwieg ich, aber er verstand mich auch ohne Worte. »Keine Angst, Vater, Lella und ich, wir haben alle Zeit der Welt. Wir studieren zusammen und wir mögen uns. Später sehen wir weiter. Schließlich muss man Erfahrungen sammeln.«

Ich nickte. Er hatte Recht. Mir fehlten damals die Erfahrungen und mein Liebesleben endete in einer Verzweiflung, die mir fast das Herz gebrochen hat. Ich drückte ihn an mich und sagte nur: »Ich wünsche dir alles Glück der Erde.« Dann gingen wir zurück ins Haus und ich stellte ihn Viola vor.

Noch in dieser Nacht zog ich um. Ich bewohnte wieder mein altes Zimmer und ich bewohnte es zusammen mit der Frau, die ich liebte.

In dieser Nacht schliefen wir nicht. Viola lag in meinen Armen und gemeinsam träumten wir von der Zukunft. Und unsere Sätze waren nicht mehr von Worten wie ›vielleicht‹ oder ›wenn‹ geprägt und sie endeten nicht mit einem Fragezeichen. Sie waren klar und sicher und zielbetont.

Am nächsten Morgen fuhren wir nach Velletri. Wir nahmen Viola bis nach Rom mit, damit sie etwas einkaufen, mit ihren Eltern und der Hamburger Redaktion telefonieren und sich nach Abflugzeiten für Berlin-Flüge erkundigen konnte. Später würden wir sie in einem kleinen Restaurant an der Piazza Barberini treffen.

In Velletri suchten wir zunächst meine Mutter im Hotel Belvedere auf und hatten ein langes, klärendes Gespräch. Als ich ihr von meiner geplanten Hochzeit mit Viola erzählte, nickte sie zustimmend, und als ich ihr sagte, dass ich fest damit rechnete, dass sie und Vater wieder im Castello wohnen würden, weinte sie vor Erleichterung.

Dann besuchten wir den alten Herrn, der gepflegt und sorgsam in einen eleganten Hausmantel gehüllt in einem kleinen Salon den täglichen Besuch meiner Mutter erwartete und sich sehr freute, Francesco und mich zu sehen. Und als er meine Hand zum Abschied drückte, wusste ich: Alles wird gut!

Der Besuch in Terni verlief nicht so positiv. Der alte Gaetano war noch immer sehr verärgert und aufgebracht und wollte uns verbieten, sein Haus zu betreten. Aber Enrico, der unsere Ankunft beobachtet hatte, bestand darauf, uns zu sehen. So wurden wir schließlich in die Bibliothek gebeten und konnten den Mann im Rollstuhl begrüßen, der sehr niedergeschlagen und krank aussah. Ich lud ihn ein, wieder nach Hause zu kommen, aber er lehnte ab. »Ich habe zu viel vermasselt, Lorenzo, ich kann mich im Castello nicht mehr wohl fühlen«, erwiderte er und drehte den Stuhl so, dass wir sein Gesicht nicht sehen konnten. Aber die zuckenden Schultern verrieten, dass er weinte. Wir störten ihn nicht. Als er sich gefangen hatte, meinte er: »Ich gehöre jetzt hierher. Auch dieser Familie habe ich viel Kummer bereitet, du weißt, weshalb Gina abgereist ist, jetzt habe ich meiner Frau und meinen Kindern gegenüber viel gut zu machen. Lass mich hier, es ist besser so.«

Tirabosco drängte auf Klärung der Eigentumsverhältnisse. »Sie wissen, die Versicherung zahlt erst, wenn die Rechtslage klar ist. Sorgen Sie dafür, dass die Familie Ihnen den gesamten Besitz überschreibt. Die Formalitäten erledige ich, aber die familieninternen Fragen müssen Sie lösen, und zwar bald. Ich kann mir gut vorstellen, wie dringend Sie Geld brauchen, da helfen ein paar verkaufte Weinkisten nicht viel.«

Ich wusste, wie Recht er hatte. Allein der Kauf Tausender neuer Flaschen hatte mein restliches Geld fast aufgebraucht. Aber wir mussten den Wein abfüllen und verkaufen, um wenigstens etwas Bargeld in die Hände zu bekommen. Zum Glück lief der Versand der Kisten, die wir in Ancona gelagert hatten, langsam an, aber es würde Wochen dauern, bis die ersten Rechnungen beglichen wurden.

In dieser Zeit saß ich oft nächtelang vor dem Computer und den Listen mit all den Ausgaben, die in kürzester Zeit auf uns zukamen. Und dabei wollte ich Viola so gern eine kleine positive Bilanz vorlegen, bevor sie zu ihren Eltern reiste.

Um das Castello herum hatte sich das Leben weitgehend normalisiert. Es gab zwar immer noch Erdstöße, aber wir hatten uns daran gewöhnt. Die Flüchtlinge hatten sich in den Großraumzelten wohnlich eingerichtet und durch das Aufhängen von Planen abgetrennte Räume geschaffen. Der Speisesaal und das Kaminzimmer sowie die ehemaligen Gästezimmer oben im Haus dienten nach wie vor als Schlafräume für meine Arbeiter und ihre Familien und die privaten Zimmer der Familie hatte ich bis auf mein Zimmer und das Schlafzimmer meiner Eltern den Hausangestellten und engsten Mitarbeitern abgetreten.

Nur für die Tiere, die nach wie vor auf den längst abgegrasten Wiesen vor dem Haus standen, hatten wir kein Dach über dem Kopf. Wir würden sie im Winter in den Kastanienhain treiben, wo sie wenigstens etwas Schutz hatten. Zur Zeit waren ihre Besitzer täglich mit Sensen und Sicheln unterwegs, um in den Hügeln vertrocknetes Gras und Unkraut zu mähen und an die hungrigen Tiere zu verteilen.

Auch die Futterfrage für den Winter wurde zu einem finanziellen Problem.

Einige der früheren Hausgäste waren gekommen und hatten ihre Autos abgeholt. Die Verleihfirma schickte einen Mitarbeiter, der ihre Wagen zurückholte, und die restlichen Autos brachten wir wieder in die Tiefgarage, bis geklärt war, wohin meine Leute sie bringen sollten. Das hatte ich versprochen.

Mitte Oktober brachte ich Viola zum Flughafen in Fiumicino. Sie wollte nun zu ihren Eltern nach Berlin fliegen, anschließend ihre Redaktion und ihre Wohnung in Hamburg aufsuchen und dann in das französische Skigebiet von Tignes weiterreisen, wo sie ihren Verlobten zu treffen hoffte. Keine leichte Reise für sie; und ich wünschte, ich hätte sie begleiten und ihr helfen können. Aber sie sagte: »Weißt du, da muss ich allein durch. Ich bin Alexander dieses Gespräch schuldig. Wir kennen uns schon so lange und so gut, da sollte man ehrlich und offen miteinander umgehen. Ich weiß längst, dass unsere Beziehung Risse hat, die zum Schluss nur noch mit großen Anstrengungen gekittet werden konnten, trotzdem bin ich nun diejenige, die sie beendet, und das will ich auf eine saubere Weise tun.«

Ich konnte sie gut verstehen. Es war so typisch für sie, offen und ehrlich mit anderen Menschen umzugehen. Ich spürte aber auch, wie ungern sie abreiste. Sie war längst nicht so optimistisch und unbeschwert, wie sie nach außen zeigte. Und auch für mich war es schwer, ihr Fehlen zu verkraften. Ich hatte mich so sehr an sie gewöhnt. Aber sie hatte versprochen, so schnell wie möglich wiederzukommen, und darauf wartete ich. Von Berlin aus rief sie mich am ersten Abend an. Ich spürte sofort, dass sie sehr bedrückt war, aber sie überspielte es geschickt, und bevor ich nachfragen konnte, beendete sie das Gespräch mit ein paar lieben Worten. Kurz darauf rief sie von

Hamburg aus an, und ich hatte den Eindruck, dass sie enttäuscht und traurig war. Aber sie erklärte, alles sei in Ordnung, sie müsste nur zwei Tage länger bleiben und ich sollte mir keine Sorgen machen. Und dann flog sie nach Frankreich und dann hörte ich nichts mehr von ihr –

Viola

Kapitel 26

Dicht und grau verhangen war der Himmel über Deutschland, nachdem die Maschine die Alpen überquert hatte. Wir flogen zwar im Sonnenschein über den weißen Wattemeeren, aber der Pilot kündigte uns für die Landung in Berlin Regen und kühle Herbsttemperaturen an. Dann tauchte die Maschine beim Landeanflug in das rüttelnde Grau der Schlechtwetterfront und bei der Landung in Tegel goss es in Strömen.

Ich fror in meinem leichten Sommerkostüm. Nur gut, dass ich Lorenzos Stola bei mir hatte. Eng schlug ich das Tuch um die Schultern und fragte mich, ob nur das Wetter an meinem Frösteln Schuld war. Da ich nur eine Reisetasche bei mir hatte, brauchte ich nicht am Gepäckband zu warten und kam als einer der ersten Passagiere in die Ankunftshalle. Auf der Suche nach meinen Eltern, die mich immer abholten, sah ich mich zögernd um. Waren sie gekommen? Wie würden sie mich empfangen? Ich hatte kein sehr gutes Gefühl, wenn ich an unser Telefongespräch dachte. Sie hatten sehr zurückhaltend reagiert, als ich von meinen Plänen berichtete und um die Besorgung der Papiere bat. Und nun, hier im verregneten Berlin, war mein vom italienischen ›dolce far niente‹ geprägter Optimismus leicht gedämpft. Und dann sah ich Michael, meinen älteren Bruder, groß, braun gebrannt, dunkelhaarig und elegant stand er etwas abseits und winkte sparsam zu mir herüber. Sein ernstes Gesicht verriet nicht viel Freude über das Wiedersehen. Ich fragte mich, was er in Berlin machte. Was hatte ihn bewogen, aus Stockholm hierher zu kommen und Firma, Familie und Sportsfreunde zu verlassen? Er machte das höchst ungern, das wusste ich genau.

»Hallo, Kleines«, er umarmte mich kurz, wie es seine zurückhaltende Art war, und sah sich um. »Wo ist dein Gepäck?«

»Ich habe nur diese Tasche. Danke, dass du mich abholst.«

»Ist doch selbstverständlich.«

»Aber was machst du in Berlin?«

»Man hat mich herbeordert.«

»Wer?«

»Na, Vater natürlich.«

»Und weshalb?«

»Ich würde sagen, es gibt so etwas wie ein Familiengericht.«

»Warum das denn?«

»Soviel ich weiß, steht deine Zukunft auf dem Spiel.«

»Du meine Güte, dafür musstest du herkommen?«

»Ich sag's dir lieber gleich, sehr rosig wird dein Empfang zu Hause nicht ausfallen.«

»Das hat mir gerade noch gefehlt.«

Wir fuhren im Taxi quer durch die Stadt nach Zehlendorf. In dicken Tränen rann der Regen über die Scheiben, die ersten Lampen spiegelten sich im nassen Asphalt, die Scheibenwischer klappten in rhythmischer Monotonie von einer Fensterseite zur anderen und mit jedem Kilometer verwandelte sich mein sowieso gedämpfter Optimismus in Missmut und Bedauern, hergekommen zu sein.

Wir sprachen wenig. Ich erkundigte mich nach Christiane, Michaels schwedischer Frau und nach seinen beiden Söhnen, nach seiner Arbeit und schließlich nach dem Grund der schlechten Stimmung in meinem Elternhaus.

»Du wirst es nicht leicht haben, Viola. Du musst sie verstehen, sie wollen dich einfach hier in der Nähe behalten.«

»Aber aus dem Alter bin ich doch längst raus. Sie sehen mich doch jetzt auch nur in großen Abständen.«

»Du bist nun mal ihre einzige Tochter, die lässt man nicht so leicht laufen.«

»Auf welcher Seite stehst du?«

»Auf der Seite der Vernunft, Schwesterchen, und nach allem, was ich da so höre, machst du einen großen Fehler. Viola, du bist doch sonst so vernünftig.«

»Also stehst du nicht auf meiner Seite.«

Wir hatten die stillen Straßen am Rande des Grunewalds erreicht. Der Garten am Abhang, ein paar Steinstufen hinunter zum Eingang, die schwere braune Eichentür, daneben im Windschatten die große Vase mit dem bunten Herbstlaub. Michael hatte den Fahrer bezahlt und kam mit meiner Tasche die Stufen herunter. Ich wartete, bis er neben mir stand, dann klingelte ich. Hella, unser Mädchen seit Jahren und wie immer adrett mit Häubchen und Schürze gekleidet, öffnete und ließ uns ein.

Leicht und schwungvoll, wie es ihre Art war, kam meine Mutter auf uns zu. Ihre siebzig Jahre sah man ihr nicht an. Sie nahm mich in die Arme. »Gott sei Dank, da bist du ja.«

»Hallo, Mutter, schön, euch wiederzusehen.«

»Das waren Wochen voller Angst und Schrecken, mein Liebling.«

»Jetzt sind sie überstanden.«

»Hoffentlich, die Erde soll ja immer noch beben.«

»Ja, aber es ist nicht mehr so schlimm.«

»Komm herein, leg die nassen Sachen ab, der Tee ist fertig.«

Ich musste lächeln, bei meiner Mutter konnte die Welt untergehen, Tee würde es immer geben. Sie drückte mich noch einmal, dann ging sie vor mir her in den Wintergarten, wo inmitten ihrer geliebten Grünpflanzen der Tisch auf echt englische Art mit kleinen Köstlichkeiten gedeckt war.

»Wo ist Vater?«

»Er telefoniert, aber er kommt sofort.«

Mein ungutes Gefühl nahm zu. Es sah ihm gar nicht ähnlich, mich warten zu lassen, dazu war er ein viel zu spontaner Mann. Ich freute mich einerseits, zu Hause zu sein, denn ich liebte meine Eltern, andererseits hatte ich den Eindruck, langsam auf eine Anklagebank geschoben zu werden, ohne zu wissen, weshalb.

Dann kam mein Vater herein: etwas kleiner als meine Mutter, mit leichtem Übergewicht, wie ich jetzt feststellte, und mit der kerzengeraden Haltung eines alten Gardeoffiziers, die mir schon immer imponiert hatte. Lächelnd ging ich auf ihn zu, er sollte nicht denken, er habe es mit einer ängstlichen oder gar reuevollen Person zu tun.

»Vater, wie schön, dich zu sehen.«

Ein kurzer Händedruck, mehr gab es nie zur Begrüßung, dann nahmen wir Platz. Die weiß gestrichenen Korbstühle knarrten, ein Geräusch, das ich nicht mochte. Niemals würde ich mir solche Möbel anschaffen, die die kleinste Unruhe durch knistern und quietschen verrieten.

Die Unterhaltung war etwas mühsam. Alles drehte sich um das Erdbeben und um meine Arbeit. Aber ich wusste, das war nur ein Vorgeplänkel; und bevor es sich noch länger hinzog, beendete ich das Hin und Her mit der Frage: »Habt ihr meine Papiere besorgen können?«

Meine Mutter schwieg, Michael rutschte unruhig im Stuhl herum und mein Vater räusperte sich: »Darüber wollten wir erst einmal mit dir sprechen.«

»Über meine Papiere?«

»Über deine geplante Hochzeit, Viola.«

»Was gibt es da zu besprechen? Ich habe einen Mann kennen gelernt, wir lieben uns und wir werden heiraten.«

»Du musst verstehen, dass wir besorgt sind«, warf meine Mutter ein, und Vater fuhr fort: »Es gibt eine Menge Gründe, deinen Entschluss zu überdenken.«

»Vater, ich bin zweiunddreißig Jahre alt. Ich weiß, was ich will.«

»Du bist aber auch ein Teil dieser Familie, die dich liebt und beschützt, ganz gleich, wie alt du bist.«

»Und ihr meint, ich brauche Schutz, wenn ich nach Italien gehe?«

»Ja, schon dieser ganz anderen Mentalität wegen.«

»Und Michael, musste da auch eine Mentalität berücksichtigt werden, als er nach Schweden ging?«

»Das kann man nicht vergleichen.«

»Vater, wo lebst du eigentlich? Ich dachte, du seiest ein Weltbürger, allein dein Dienst als Diplomat hat doch geholfen, innere Grenzen zu beseitigen, und nun richtest du sie in deiner Familie wieder auf? Mentalität! Welch ein an den Haaren herbeigezogener Grund.«

»Viola, lass mich ausreden. Es ist nicht nur die andere Mentalität. Du willst in eine Familie einheiraten, die du kaum kennst. Wer sagt dir denn, dass du willkommen bist?«

»Ich glaube nicht, dass ich mich oder die Familie Beneventi hier rechtfertigen muss, Vater.«

»Diese Familie steht vor dem Bankrott, ist bis aufs Blut zerstritten, hat Schulden in kaum errechenbarer Höhe, Weinberge, die zu zwei Dritteln zerstört sind, und ein Haus, das innen ein Trümmerfeld ist und von mehr als hundert Obdachlosen bewohnt wird. Das, Viola, ist der Rahmen, in dem du leben willst. Und da sollen wir nicht überaus besorgt sein?«

Mir fehlten die Worte. Ich starrte von einem zum anderen. Ich konnte es nicht fassen. »Habt ihr mir nachspioniert? Habt ihr Spürhunde eingesetzt?«

»Viola, wir lieben dich, wir wollen dich schützen«, beschwichtigte meine Mutter. »Vater hat Freunde in Rom, ein paar Telefongespräche, und vor uns entfaltete sich dieses schockierende Bild.«

»Und diesen Telefongesprächen messt ihr größere Bedeutung bei als meiner Menschenkenntnis, als meinen Gefühlen?«

»Eben, mein Kind, wegen deiner Gefühle. Du darfst dich nicht nur vom Herzen leiten lassen, du musst deinen Verstand gebrauchen, bevor du einen solchen Schritt erwägst.«

Meine Mutter nahm meine Hand, sie hatte Tränen in den Augen. »Glaub mir, mein Liebling, wir meinen es gut mit dir. Überdenke alles noch einmal, mehr wollen wir doch gar nicht. Und dass du die Realität berücksichtigst. Sie ist nun einmal so, wie dein Vater sie beschrieben hat.«

Ich hatte das Gefühl, meine ganze Welt geriete ins Wanken. Ich war nicht in der Lage zu antworten. Ich wusste natürlich, dass sie Recht hatten, ich wusste aber auch, dass ich unabänderlich zu Lorenzo gehörte und damit zu dem ganzen Chaos dieser Familie und dem zerstörten Besitz in der abgelegensten Region Umbriens.

Ich saß da und schaute stumm vor mich hin – lange. Keiner sagte ein Wort. Ab und zu klirrte das feine weiße Porzellan des Teegeschirrs. Irgendjemand nahm hin und wieder einen Schluck. Ich sah auf die Terrakottafliesen zu meinen Füßen, die mit ihrem zartgrünen Muster so gut in diesen Raum passten.

Dann sagte ich leise: »Ich weiß, dass ihr Recht habt, aber ich bin zutiefst enttäuscht über euer fehlendes Vertrauen. Ich kenne das Chaos und die finanziellen Probleme dort unten, ich habe darüber nachgedacht, lange, bevor ich euch meinen Wunsch mitgeteilt habe, und ich kann eure Bedenken verstehen. Trotzdem weiß ich, dass ich dorthin gehöre, an die Seite dieses starken, ehrlichen, fleißigen Mannes, der mich liebt und den ich liebe. Nichts und niemand wird uns trennen. Wir werden heiraten, so schnell wie möglich, und dann werden wir um unsere Zukunft kämpfen, Schritt für Schritt. Und jetzt entschuldigt mich bitte, ich bin müde.«

Ich stand auf und bat, ein kurzes Telefongespräch führen zu dürfen. Ich wusste, dass Lorenzo darauf wartete, aber ich wusste nicht, was ich ihm sagen sollte. Ich war so deprimiert und so enttäuscht von der Einstellung meiner Eltern, dass ich kaum ein paar liebe Worte für ihn fand. Und sehr schnell, bevor er viel fragen konnte, beendete ich das Gespräch.

In grauen Strähnen lief das Regenwasser über die Scheiben. Ich ging hinauf in das Zimmer, das immer für mich reserviert war, und wusste, dass die Familie unten noch stundenlang diskutieren würde. Meine Eltern machten es sich nie leicht, wenn es um das Wohl ihrer Kinder ging, umso ernster musste ich ihre begründeten Bedenken nehmen. Aber heute war ich dazu nicht mehr in der Lage. Ich zog mich aus, nahm ein Bad und legte mich hin. Ich hatte einen langen Tag hinter mir, einen sehr langen Tag, und Lorenzo war so weit fort – zu weit, um mich zu trösten und meine Ängste zu vertreiben.

Am nächsten Morgen schien die Sonne. Ich stand auf und machte mich fertig. Unten im Esszimmer war der Frühstückstisch gedeckt, Hella hantierte in der Küche. Von der Familie war noch niemand zu sehen. Ich bummelte durch das Haus, schob die Terrassentür auf und ging in den regenfeuchten Garten. In großen Stauden standen Herbstblumen in den Rabatten, aber die bunten Blüten ließen die wasserschweren Köpfchen hängen. Nur ein paar späte Rosen an der geschützten Hauswand prahlten mit ihren leuchtenden Farben im Morgensonnenlicht. Ich hatte keine echte Beziehung zu diesem Haus. Meine Eltern hatten es gekauft, als Vater pensioniert wurde und ich längst eine eigene Wohnung in Hamburg hatte. Es war kein Haus, das für mich Geborgenheit ausstrahlte oder Erinnerungen beherbergte, es war ein modernes, hübsches und praktisches Gebäude, in dem sich meine Eltern wohl fühlten.

Dann kam meine Mutter in den Garten und hakte sich bei mir unter. Einen Augenblick sahen wir hinüber zu den dichten grünen Kronen der Grunewaldbäume, dann fragte sie: »Was wirst du jetzt machen?«

»Ich fahre nach Hamburg, ich muss mich in der Redaktion zeigen und in der Wohnung nach dem Rechten sehen. Dann fliege ich nach Süd-Frankreich, um mit Alexander zu sprechen. Danach geht's zurück nach Italien. Mutter, ich wünsche mir so sehr, dass du mich verstehst.«

»Aber ich verstehe dich doch. Wir haben eben Angst um dich.«

»Du hättest keine Angst mehr, wenn du Lorenzo kennen würdest. Man kann ihn kaum beschreiben, er ist stark und fair, ein Mann mit großem Charisma.«

»Begibst du dich da nicht in eine starke Abhängigkeit?«

»Nein«, ich lachte, »Mutter, ich bin stärker, das habe ich längst ausprobiert, Lorenzo weiß es nur noch nicht.«

»Kleine, leise Machtkämpfe also?«

»Aber nein, wir lieben uns, wir brauchen uns, ohne den anderen geht da gar nichts mehr. Verstehst du das?«

»Nun ja, ich gebe mir jedenfalls Mühe.«

»Und Vater? Was denkt er? Ihr habt doch noch lange über mich gesprochen.«

»Weißt du, im Grunde ist er ungeheuer stolz auf dich, vor

allem, weil du dich ihm gegenüber durchgesetzt hast. Er schätzt es, wenn du die Zähne zusammenbeißt und dich nicht unterkriegen lässt weder von ihm noch von schwierigen Ereignissen oder von Menschen, die eine andere Meinung haben.«

»Werdet ihr zu meiner Hochzeit kommen?«

»Ja, meine Kleine, aber du musst damit rechnen, dass Vater deinen Lorenzo auseinandernimmt und wie ein Löwe um dich kämpfen wird, wenn ihm etwas nicht gefällt.«

Wir mussten beide lachen bei dem Gedanken, umarmten uns und gingen zurück zum Haus.

»Was ist mit meinen Papieren?«

»Die Geburtsurkunde haben wir. Aber ein polizeiliches Führungszeugnis und eine – ich glaube, so heißt das Papier – ›Ehe-Unbedenklichkeits-Bescheinigung‹, musst du in Hamburg besorgen, wo du deinen Wohnsitz hast und polizeilich gemeldet bist.«

»Meine Güte, welch ein Umstand.«

»Du heiratest ins Ausland, und jedes Land hat seine Bestimmungen. Was wird aus deiner Wohnung?«

»Das hat alles Zeit, Mutter. Ich muss erst einmal mit Alex sprechen, vielleicht übernimmt er das Appartement.«

»Verrätst du mir etwas?«

»Ja, was denn?«

»Warum habt ihr es so eilig mit der Hochzeit? Erwartest du ein Baby?«

»Nein, Mutter, aber wir halten nichts von einer unnötigen Wartezeit. Wir sind uns einig und wir wollen zusammenleben.«

»Und wie sieht es nun wirklich aus in diesem Castello? Ich weiß ja nur das, was dein Vater erzählte.«

»Es ist ein großes, kultiviertes, wunderschönes Haus voller Menschen, die kein Heim mehr haben. Sie helfen uns jetzt beim Wiederaufbau und bei der Weinernte und wir helfen ihnen im Frühjahr, wenn sie in ihre Dörfer zurückgehen und ihre Häuser neu bauen.«

»Und die Familie Beneventi?«

»Es ist eine alte und angesehene Familie in Italien. Eine Familie, die eine kurze Zeit zerstritten war und nun wieder versöhnt ist. So etwas kann überall vorkommen. Bis auf den Bruder, der bei den Schwiegereltern wohnt, werden wir alle wieder im Castello leben. Sobald die Flüchtlinge in ihre Dörfer zurückkehren, wird unser Leben in geordneten Bahnen verlaufen.«

»Und du? Wirst du weiterarbeiten?«

»Ich weiß es noch nicht. Es hängt von meinen Gesprächen in Hamburg ab.«

»Und die finanzielle Situation? Entschuldige meine Neugier, aber ich mache mir halt Sorgen.«

»Das verstehe ich doch. Die Erdbebenschäden sind durch Versicherungen gedeckt. Und die Familienschulden wird Lorenzo abarbeiten. Enrico wird da nur wenig helfen können, seit dem Unfall ist er an den Rollstuhl gefesselt und nur noch eingeschränkt arbeitsfähig. Wir müssen arbeiten und rechnen, Mutter, aber wir schaffen das. Und wenn ein Baby unterwegs ist, erfährst du es als erste.«

Ich drückte ihr einen Kuss auf die Wange und dann setzten wir uns an den Frühstückstisch.

Mittags brachte mich Michael zum Flughafen. »Du hast ganz schön Glück gehabt, Schwesterchen. Du hättest Vater sehen sollen, bevor du kamst. Der war regelrecht außer sich. Aber du konntest ihn ja schon immer um den Finger wickeln.«

Kapitel 27

Zwei Stunden später war ich in Hamburg. Ein frischer Nord-ost-Wind schob kleine weiße Wolkenbündel über den Himmel und versprach gutes Wetter. Die für Hamburg so typischen Kastanienbäume am Straßenrand hatten schon ihr braunes Herbstkleid an und hin und wieder prallte eine glänzende Frucht auf das Taxidach. Es war keine lange Fahrt bis zu meiner Wohnung und ich legte ein gutes Trinkgeld auf den Fahrpreis, damit der Fahrer nicht enttäuscht war. Meine Maisonettewohnung in der fünften und sechsten Etage eines Neubaus empfing mich im hellen Licht dieses schönen Tages, und als ich die Tür zur Dachterrasse öffnete, verschwand auch der leicht staubige Geruch, der sich über Wochen in den ungelüfteten Räumen eingenistet hatte.

Hier war ich zu Hause. Diese achtzig Quadratmeter gehörten mir, hier fühlte ich mich wohl. Ich setzte die Kaffeemaschine in Gang, suchte die neue Dose mit den Keksen, wischte Tisch und Stühle auf der Terrasse ab und machte es mir draußen in der Sonne gemütlich. Heute Abend würde ich in der Nähe in einem China-Restaurant essen, morgen die Redaktion aufsuchen, danach bei Alexanders Kollegen seine Anschrift in Tignes erfragen und dann so schnell wie möglich weiterreisen. Es lohnte sich nicht, Lebensmittel zu kaufen, ich würde mich nur wenige Stunden in der Wohnung aufhalten.

Allerdings musste ich packen. Ich rief eine Speditionsfirma an und bestellte Kleiderkisten, die dann direkt ins Castello geschickt werden sollten. Ich selbst würde nur einen Koffer mit warmer Kleidung mitnehmen, immerhin begann in den französischen Alpen die Ski-Saison.

Ich rief meine Eltern an, vereinbarte einen Termin am nächsten Vormittag in der Redaktion, einen zweiten bei Alexanders Sender und einen dritten bei meinem Friseur. Abends würde ich meine vier Freundinnen ins »Borsalino« zum Essen einladen – italienisch natürlich. Dann kam auch schon der Lieferwagen mit den Kleiderkisten, und das Faulenzen auf der Terrasse war zu Ende.

Während oben in Alexanders Zimmer absolute Ordnung herrschte – seine Pedanterie ging mir manchmal richtig auf die Nerven –, sah es in meinem Schlafzimmer bald aus wie in Sodom und Gomorrha. Ich sortierte, probierte, packte ein und packte aus und war bis zum Abend voll beschäftigt.

Mein Besuch in der Redaktion verlief frustrierend und enttäuschend. Auf den ersten Blick sah ich, dass es kein guter Tag war. Genau genommen war es sogar ein außerordentlich schlechter Tag. Überall traf ich auf lustlose Gesichter und übellaunige Leute. Irgendetwas war hier falsch gelaufen und ich platzte mitten hinein. Man war zwar begeistert von meiner Erdbeben-Reportage und anhand der Belegexemplare konnte ich sehen, dass ich gute Arbeit geleistet hatte und auch die Fotos sehr bewegend und gut ausgewählt worden waren, aber meine zukünftige Arbeit bei »Reisen und Genießen« war absolut in Frage gestellt.

Martin Kessler, der zuständige Ressortleiter war mürrisch, kramte angestrengt in irgendwelchen Papieren auf seinem Schreibtisch und sah mich kaum an. Als ich ihm meine persönlichen Pläne geschildert hatte, sagte er: »Da sehe ich leider für unsere Zusammenarbeit sehr schwarz.«

»Das verstehe ich nicht. Ich bin doch freie Mitarbeiterin, es ist doch völlig egal, ob ich von Hamburg oder von Umbrien aus meine Reisen mache.«

»Sie sind freie Journalistin, aber mit einer engen Bindung an diesen Verlag. Das steht auch in Ihrem Vertrag.«

»Aber bisher haben Sie doch immer akzeptiert, was ich vorgeschlagen und gemacht habe.«

»Frau Wagner, wir schätzen Ihre Arbeit, das wissen Sie, aber wir wollen Sie auch in Zukunft hier haben. Wir wollen, dass Sie an Konferenzen teilnehmen, ihre Reportagen gemeinsam und im persönlichen Gespräch mit uns planen und vorbereiten. Wir wollen einen Gedankenaustausch über Texte, Fotos, Seitengestaltung, Überschriften und Zwischentitel. Ich will eine Zusammenarbeit am runden Tisch und dann erst die Ausführung einer Reportage. Ich will den Redakteuren in die Augen sehen, wenn ich mit ihnen rede und bevor ich sie losschicke.«

»Ich wäre bereit, einmal im Monat nach Hamburg zu kommen.«

»Das genügt nicht, manchmal geht es um Stunden. Ein gutes Projekt ist sehr begehrt, darum reißen sich die Redaktionen, da kann man nicht auf einen monatlich festgelegten Termin warten, da kann man nicht einmal die Reisedauer von Umbrien nach Hamburg abwarten, Frau Wagner. Sie wissen doch, wie das läuft: ein Anruf, ein Flugticket, eine Beschreibung von Reiseroute und Ziel, und ab geht es.«

»Sie widersprechen sich, Herr Kessler, wo bleiben bei dieser Darstellung Ihr runder Tisch und Ihre ausgeklügelte Planung? Und außerdem, das war noch nie mein Stil. Bisher habe ich die Reisen ausgesucht und durchgeführt.«

»Das eben ändert sich in Zukunft, und wenn Sie diese Änderung nicht akzeptieren, sehe ich keine Chancen mehr für Ihre Reportagen.«

»Dann, Herr Kessler, fürchte ich, ist unsere Zusammenarbeit hiermit beendet.«

Ich war tief enttäuscht und sehr niedergeschlagen. Ich liebte meine Arbeit, ich hatte nicht vorgehabt, sie aufzugeben. Ich hätte auch vom Castello aus meine Reisen planen und durchführen können, nicht so viele wie bisher, aber doch die eine oder andere, die sich lohnen würde und die mir Spaß machte. Aber das wollte man nun nicht mehr. Natürlich zeigte ich meine Enttäuschung nicht. Ich stand auf, nahm meinen Aktenkoffer und hob meinen Kopf so hoch wie möglich.

»Sie werden verstehen, Herr Kessler, dass ich, natürlich nach Rücksprache mit der Verlagsleitung, meine Mitarbeit anderweitig zur Verfügung stelle. Guten Tag.«

Er sollte ruhig wissen, dass ich nicht aufgeben würde. Das hier war ein großer Verlag mit zahlreichen Zeitschriften und ich hatte einen guten, anerkannten Namen, irgendwo würde man meine Mitarbeit schätzen und mein Talent gebrauchen können.

Ich winkte auf der Straße ein Taxi herbei und ließ mich ins Verwaltungsgebäude in der Innenstadt fahren. Ohne viel zu überlegen, ging ich in das Hauptsekretariat und ließ mir einen Termin beim Verlagsdirektor für den nächsten Tag geben.

Bevor ich mich abends mit meinen Freundinnen traf, rief ich Lorenzo an. Ich spürte sofort, dass er sich Sorgen um mich machte. Aber ich beruhigte ihn, bestätigte, dass es mir gut ging, und sagte nur, dass ich zwei Tage länger in Hamburg brauchen würde, um berufliche Fragen zu klären. Ich wusste, dass er von meinem Wunsch, weiterzuarbeiten, nicht begeistert sein würde, aber das waren Probleme, die wir später lösen konnten. Deshalb fiel auch dieses Gespräch kürzer und distanzierter aus, als mir lieb war. Ich sagte ihm, wie sehr ich ihn vermisse und wie sehr ich mich auf die Rückkehr freute, und legte auf. Er war so furchtbar weit weg!

Dann setzte ich mich hin und kündigte in einem Stapel von Einschreibebriefen laufende Verpflichtungen: Abonnements, Strom-, Wasser- und Telefonanschlüsse. Sollte Alex die Wohnung übernehmen, musste sowieso alles unter seinem Namen laufen. Danach ging ich zur Bank und stornierte Abbuchungen und Daueraufträge und bat, meine Konten auf den Geldtransfer nach Italien vorzubereiten, sobald ich von dort ein neues Konto angeben konnte. Und dann endlich ging ich zum Friseur, ließ mich verwöhnen und schüttelte für ein paar Stunden alle Probleme einfach ab.

Abends traf ich meine vier Freundinnen im ›Borsalino‹. Wir kannten uns seit Jahren und waren eine eingeschworene Truppe, die Freud und Leid miteinander teilte. Sie waren natürlich neugierig, wie es mir in Italien ergangen war, und hörten mit offenen Mündern meine Erlebniss an; und erst, als ich Lorenzo erwähnte, teilten sich ihre Meinungen. Während zwei begeistert waren und meine Freude teilten, waren die anderen beiden entsetzt, fragten, ob ich jede Vernunft über Bord geworfen hätte.

Wie erwartet gab es heiße Diskussionen unter den vier Frauen, in die ich mich gar nicht einmischen musste. Sie machten das Pro und Kontra unter sich aus, entschieden allein für und gegen mich, während ich dasaß und mich amüsierte. Als ich nach etlichen Flaschen Prosecco später fragte, ob sie denn zu meiner Hochzeit kommen würden, nickten alle vier mit Begeisterung, und das Thema war erledigt.

Am nächsten Tag bestellte ich meine Papiere im Bezirksamt und man versprach mir, sie bis nachmittags fertig zu haben. Mein Gespräch mit dem Verlagsdirektor fiel nicht so aus, wie ich erhofft hatte. Dr. Möller, ein hagerer, grauhaariger Mann mit gepflegtem Bart, war sehr freundlich und sehr reserviert. Ich hatte einen Teil meiner Arbeiten als Belegexemplare mitgebracht, denn ich konnte nicht erwarten, dass er bei mehr als hundert Redakteuren im Verlag die Arbeiten jedes Einzelnen kannte, sah aber gleich, dass er sich nicht zu irgendeiner Zusage entschließen würde. Das Gespräch war fast beendet, als er fragte: »Was haben Sie in der nächsten Zeit vor?«

Ich schilderte ihm kurz meine Situation, betonte, dass ich auch in Umbrien jederzeit erreichbar sei und, wenn nötig, zu Gesprächen nach Hamburg kommen würde.

»Jetzt fliege ich von hier aus aber erst einmal nach Frankreich. Eine private Reise in das Skigebiet von Tignes.«

»Was ist los in Tignes?«

»Die deutsche Damenmannschaft startet von dort aus in die Ski-Saison.«

Seine Augen bekamen jenen ganz besonderen Glanz, den ich schon oft bei Reportern erlebt hatte, wenn sie meinten, einer ganz besonderen Geschichte auf die Spur zu kommen. »Na bitte, das wäre doch was. Bringen Sie uns eine gute Story mit, interessante Fotos, nette Geschichten vom Rande der Piste, ach, Sie wissen schon, was der Leser erwartet.« Bevor ich sagen konnte, dass ich mich dort überhaupt nicht aufhalten wollte, dass ich nur ein Gespräch führen und dann weiterreisen würde, winkte er ab.

»Schreiben Sie eine gute Reportage und dann sehen wir weiter. Eine Probe aufs Exempel sozusagen. Nicht, weil ich Ihren Stil oder die Qualität Ihrer Fotos prüfen will, die kennen ich ja durch Ihre bisherigen Arbeiten, ich will sehen, wie schnell sie reagieren, wie selbständig Sie arbeiten, wie die Dinge laufen, wenn wir Ihnen telefonische Aufträge erteilen.«

Ich nickte. Zu Wort ließ er mich nicht kommen.

»Machen Sie sich auf den Weg in die Sportredaktion. Ich

benachrichtige den Chefredakteur. Wenn Sie dort ankommen, weiß er schon, um was es geht. Einzelheiten erfahren Sie von ihm. Wir sehen uns, wenn Sie die Arbeit abliefern. Dann entscheiden wir über eine weitere Zusammenarbeit. Guten Tag.«

Er stand auf, gab mir die Hand, bat seine Sekretärin, mir die Anschrift der Sportredaktion zu geben und ein Taxi zu rufen, und schon stand ich vor der Tür.

Da hatte ich mir ja etwas Schönes eingebrockt. Ich wollte zurück nach Italien, lieber heute als morgen, und ich mochte den Umweg über Tignes überhaupt nicht, und nun diese Geschichte. Ich musste recherchieren, ich brauchte Hintergrundmaterial, Lebensläufe der Ski-Damen, Ortsbeschreibungen, Terminpläne und jede Menge bereits veröffentlichter Geschichten über das Ski-Team. Und all das musste ich lesen, in meinem Kopf speichern, Interviews vorbereiten, Stichpunkte festlegen, Termine absprechen. Und alles in der vagen Hoffnung einer weiteren Mitarbeit in diesem Verlag. Einer sehr vagen Hoffnung!

Ich musste mich ernsthaft fragen, was mir wichtiger war: das Leben mit Lorenzo im Castello, der Aufbau dort, bei dem ich so gern helfen wollte, die Betreuung der Obdachlosen und das Zusammensein mit guten Freunden, die auf mich warteten; oder meine Karriere, die kurz vor dem Aus stand, meine Arbeit, die ich liebte, die mir Spaß machte, für die ich wirklich jahrelang gelernt und geschuftet hatte.

Vom Herzen her wusste ich, wohin ich gehörte, und mein Verstand sagte mir, dass ich mich immer für Lorenzo entscheiden würde. Aber mein Ehrgeiz ließ nicht locker und eine von Enttäuschung geprägte Stimme flüsterte mir zu, diese eine Reportage zu machen, nur diese eine, und dann wäre ich bei Lorenzo und nur noch hin und wieder unterwegs. Aber was würde Lorenzo sagen, wie würde er reagieren, wenn ich immer wieder meine Arbeit in den Vordergrund stellte und ihn allein ließ, diesen introvertierten Mann, der mit Sicherheit zu stolz sein würde, seine Enttäuschung zu zeigen.

Nach den Gesprächen in der Sportredaktion fuhr ich, ausgestattet mit Flugtickets für die Strecke Hamburg-Frankfurt-Turin und zurück, mit dem Buchungsbeleg für einen Geländewagen am Flughafen von Turin und mit der Hotelreservierung für Tignes in der Hand nach Hause. Mir reichte es für diesen Tag.

Ich packte meinen Koffer, versorgte meine Wohnung, indem ich alle Geräte abstellte und die Alarmanlage einschaltete – morgen früh hatte ich bestimmt keine Zeit dafür und würde die Hälfte vergessen –, stellte meinen Wecker auf vier Uhr, aktivierte zusätzlich den telefonischen Weckdienst und ging ins Bett. Ich musste morgens die erste Maschine nehmen, um die Anschlüsse nach Mailand und Turin zu erreichen. Lorenzo rief ich nicht an, ich hätte nicht gewusst, was ich ihm sagen sollte.

Vierundzwanzig Stunden später lag ich in einem eleganten Sporthotel in 2000 Meter Höhe in einem anderen Bett und dachte zurück an diesen verrückten Tag.

Die drei Flüge verliefen planmäßig, ich war mittags in Turin und der geländegängige Wagen, auf einen solchen hatte ich wegen der Bergstrecken bestanden, stand für mich bereit. In dem kleinen Tignes mit seinen knapp 1500 Einwohnern hatte ich mich schnell orientiert und fand ohne Probleme das Hotel, in dem ein Zimmer für mich reserviert war. Es war ein elegantes, im alpinen Stil eingerichtetes Haus und Wintersportgästen vorbehalten, während die Skiläuferinnen mit ihren Betreuern in einem nur für sie reservierten Hotelkomplex und die Medienvertreter in einem dritten Hotel untergebracht waren. Mir war es sehr recht, nicht mit Alex unter einem Dach zu wohnen. Ich musste mich auf meine Arbeit konzentrieren und hatte nicht vor, ihm nach unserem Gespräch ständig über den Weg zu laufen. Ich war, nachdem ich mich in meinem Zimmer eingerichtet hatte, hinüber in sein Hotel gegangen, um ihn zu suchen. Aber er war mit seinem Kamera-Team noch oben am Lac de Tignes unterwegs, wo in 3500 Meter Höhe das eigentliche Skigebiet lag. So hinterließ ich an der Rezeption nur die Mitteilung für ihn, mich anzurufen, sobald er zurück sei.

Ich war gerade im Begriff, ins Bett zu gehen, als sein Anruf kam. Wir verabredeten uns zum Frühstück in meinem Hotel und ich legte mich schlafen, seine wohlbekannte, leicht atemlose Stimme im Ohr und im Kopf die Gedanken an unser Gespräch am nächsten Tag. Lorenzo rief ich wieder nicht an, ich war einfach zu befangen nach diesem Telefonat mit Alex. Ich musste jetzt erst einmal und unbeeinflusst die Trennung von Alex hinter mich bringen.

Ein sonniger, freundlicher Tag weckte mich. Irgendwie war es ein helleres, sauberes Licht, das hier von den Bergen herunterkam. Ich stand schnell auf, ich war begierig, die Berge im Sonnenschein zu sehen, die sich gestern, als ich ankam, nur im Grau der Dämmerung gezeigt hatten. Ein Weißbirkenwäldchen mit leuchtenden Stämmen, das mir die Aussicht auf den Ort unten verdeckte, lag noch im Dunkel. Innerhalb einer Stunde würde die höher steigende Sonne auch den Birkenblättern ihr leuchtendes Herbstgold zurückgeben. Über dem Ort aber erhoben sich majestätisch die Spitzen der Berge im prallen Sonnenlicht, weiß und rein und so verlockend. Ich öffnete die Balkontür und ließ die kühle Morgenluft herein. Sie kam direkt von den Schneefeldern herunter zu mir und umspielte mein dünnes Nachthemd. Schnell trat ich zurück und zog mich an: dunkelblaue Hose, weiße Bluse, hellblauer Pulli, ich wollte natürlich gut aussehen, wenn ich Alex traf. Wir hatten uns länger als ein halbes Jahr nicht gesehen. Die modisch geschnittenen Haare – nicht umsonst hatte ich ein paar Stunden bei meinem Friseur verbracht –, ein Hauch von Make-up, ich war mit mir zufrieden.

Als ich den Frühstücksraum betrat, sah ich Alex am Fenster. Er blickte nach draußen und hatte mich noch nicht bemerkt. Einen Augenblick beobachtete ich ihn, wie er dort stand: groß, schlank, mit den Händen in den Taschen und dem hellblonden Haarschopf, der kaum zu bändigen war und fast bis auf die Schultern reichte. Auf eine attraktive Weise wirkte er sensibel und leicht schwermütig, eine gefährliche Kombination für Frauen. Dabei war er absolut sportlich, durchtrainiert und extrovertiert in seinem Wesen.

Ich ging auf ihn zu und sprach ihn an, bevor ich ihn erreicht hatte. Er drehte sich rasch um und wie immer tat er so, als habe er keine Ahnung, wie gut er aussah und welchen Aufruhr er beim weiblichen Geschlecht verursachte.

»Viola, da bist du ja.« Er umarmte mich, küsste mich auf beide Wangen und schob mich wieder zurück, um mich anzusehen. »Gut siehst du aus. Schön, dass du da bist. Was machst du hier?«

»Komm, setzen wir uns. Ich bin natürlich hier, um dich zu sehen, aber ich habe auch dienstlich hier zu tun. Vor allem aber wollte ich mit dir sprechen.«

»Muss ich ein schlechtes Gewissen haben?«

»Aber nein.«

Wir setzten uns und bestellten Kaffee. Zum Glück hatte man sich auch hier an internationalen Gepflogenheiten orientiert und ein reichhaltiges Büfett aufgebaut. Das obligatorische französische Frühstück mit Croissant und Milchkaffee hätte mich wenig gereizt. Wir bedienten uns und nahmen wieder Platz.

»Jetzt schieß mal los.«

Ich erzählte von meinen Gesprächen in der Redaktion und von meinem Auftrag hier in Tignes. »Ich hoffe, du kannst mir etwas helfen und mich mit ein paar Leuten bekannt machen.«

»Selbstverständlich, gar kein Problem. Wir können schon heute damit anfangen. Wir treffen uns alle gegen ein Uhr oben im Skigebiet. Aber zieh dich warm an, da oben pfeift ein unangenehmer Wind.«

»Danke.«

»Aber du wolltest noch mehr sagen.«

»Ja, Alex, ich wollte über uns und unsere Beziehung sprechen.«

»Ja?«

»Ich denke, sie geht zu Ende.«

Als er nichts sagte, fuhr ich fort: »Weißt du, wir kennen uns schon so lange und so gut, da spürt man, woran man ist, und ich finde, wir sollten uns nichts vormachen. Unsere Wege führen einfach auseinander.«

»Findest du?«

»Ja.«

»Wir sind beide beruflich sehr eingespannt, Viola.«

»Das ist es nicht. Wenn wir wirklich wollten, würden wir Wege finden, um uns öfter zu sehen.«

»Und du meinst, wir wollen das gar nicht mehr?«

»So ist es. Wir haben unsere gemeinsame Basis verloren, Alex.«

»Was meinst du damit?«

»Wir lieben uns nicht mehr genug. Da ist etwas abgestorben, was nicht mehr zu reparieren ist.«

»Sprichst du von dir oder von mir?«

»Von uns beiden. Ich mag dich sehr, ich war glücklich mit dir, eine lange Zeit hindurch, aber das ist nun vorbei, und ich weiß, dir geht es ebenso.«

»Du hast wahrscheinlich Recht. Irgendwann ist mir die Energie abhanden gekommen, die mich früher so sehr zu dir hinzog. Aber ich weiß überhaupt nicht, weshalb.«

»Siehst du, das meine ich, mir geht es doch auch so. Ich würde sagen, unsere Gefühle sind einfach müde geworden. Wir sind Partner, wir sind Freunde, aber wir sind keine Liebenden mehr, die ein ganzes Leben miteinander teilen wollen. Lass uns Freunde sein, aber in Zukunft getrennte Wege gehen. Um dir das zu sagen, bin ich hergekommen, und um dich um Verständnis zu bitten.«

»Gibt es einen anderen Mann, Viola?«

»Ja, Alex.«

»Und das sagst du mir so einfach ins Gesicht?«

»Ja, einem Freund kann man das sagen.«

»Ich kann es kaum glauben, aber ich kenne deine Ehrlichkeit und deine bewundernswerte Fairness. Ich danke dir. Du hast eine gute Lösung für uns gefunden, und ich akzeptiere sie. Auch in meinem Leben gibt es ein Mädchen, dem ich sehr nahe stehe.«

Es klang auf fast jungenhafte Art erleichtert, als er fortfuhr: »Sie sitzt in der Halle und wartet auf mich.«

»Dann geh und hole sie.«

Während er aufstand und hinausging, sah ich ihm nach und verglich ihn mit Lorenzo: Alexander war ein liebenswerter Junge und Lorenzo war ein begehrenswerter Mann – das sagte alles.

Mittags fuhren wir auf über 3000 Meter Höhe. Seilbahnen und Sessellifte beförderten die Rennläuferinnen, die Betreuer, Kameraleute, Sportredakteure und auch mich bis hinauf in die Schneeregion. Im Hotel hatte man mir einen wattierten Skianzug zur Verfügung gestellt, als man hörte, wohin ich wollte, und ich fühlte mich sehr wohl in der warmen Verpackung.

Nach der gemeinsamen Rückkehr bei Einbruch der Dunkelheit blieb ich mit den Sportredakteuren zusammen in ihrem Domizil und es war fast Mitternacht, als ich wieder in meinem Hotel ankam, umringt von einer Gruppe fröhlicher Männer, die mich alle begleiten wollten. Für einen Anruf bei Lorenzo war es leider zu spät.

Auch der nächste Tag verging wie im Flug. Vormittags Interviews, Gespräche, Fotos, nachmittags wieder Stunden im Schnee mit eisernem Training und auch mit viel Spaß. Es waren wunderschöne Stunden und ich war Dr. Möller dankbar, dass er mich hergeschickt hatte. Ich würde gut eine Woche bleiben, dann zog der Ski-Zirkus weiter, und ich würde mit meiner Arbeit fertig sein.

Gleich nach dem Abendessen ging ich in mein Zimmer. Ich musste endlich Lorenzo anrufen. Aber im Castello erreichte ich nur Laura, und sie sagte mir, dass Lorenzo für ein paar Tage verreist sei. »Er ist heute Mittag weggefahren, aber ich weiß nicht, wohin.«

Wir tauschten ein paar höfliche Redensarten aus und ich bedankte mich für ihre Auskunft. Vermutlich war Lorenzo nach Velletri gefahren und nach Rom. Er musste dringend mit den Eltern sprechen, mit Banken und Versicherungen verhandeln und mit seinem Anwalt reden. Ich wusste, dass er diese Fahrt schon lange vor sich herschob. Gut, dass er endlich die Zeit dafür hatte und im Castello abkömmlich war. Müde von der ungewohnten Höhenluft und enttäuscht, weil ich Lorenzo nicht erreicht hatte, ging ich zeitig schlafen.

Der nächste Tag präsentierte sich mit einem grauen Morgen und die Wolken reichten bis in die Täler hinein. Da würden mit Sicherheit keine Slalomläufe stattfinden. So hatte ich Zeit, meine Filme zum Entwickeln in den Ort zu bringen und meine

Notizen zu ordnen. Nach dem Mittagessen setzte ich mich in den mit den modernsten technischen Geräten ausgestatteten Schreibraum des Hotels und begann meinen Bericht in den Computer einzugeben. In der Redaktion brauchte man dann nur noch die Diskette abzuspielen. Ich hatte fast drei Stunden durchgearbeitet, als ich spürte, dass der Schwung verloren ging und es immer mühsamer wurde, passende Worte, spritzige Bonmots oder treffende Beispiele zu finden. Ich hatte eine Pause und einen Café Crème verdient. Ich speicherte meinen Text auf der Diskette, druckte die Seiten als Beleg aus und schaltete den Computer aus. Morgen war auch noch ein Tag!

In der Hotelhalle suchte ich mir einen gemütlichen Platz, von dem aus ich das Entree und die Rezeption sehen konnte – ich gebe zu, es macht mir Spaß, an- und abreisende Gäste zu beobachten –, und bestellte mein Getränk. Es ging lebhaft zu in diesem Foyer, es war die Zeit der ankommenden Gäste, die alle eine lange Anreise hinter sich hatten und froh waren, kurz vor Eintritt der Dunkelheit ihr Ziel zu erreichen.

Ich hatte mir gerade einen zweiten Café bestellt, als ich wieder hinüber zum Eingang sah. An der Rezeption stand ein Mann und drehte mir den Rücken zu: Er war groß, schlank, dunkelblond und zeigte die überlegene Contenance eines Menschen, den ich nur zu gut kannte. Ich musste überhaupt nicht nachdenken oder überlegen. Ein Gefühl unglaublichen Glücks durchströmte meinen Körper, alles in mir bebte und mir wurde fast schwarz vor Augen. Ich war nicht in der Lage, aufzustehen und hinzugehen. Lorenzo war gekommen!

Ein Angestellter zeigte ihm meinen etwas versteckten Platz und er kam auf mich zu. Mühsam erhob ich mich und dann standen wir uns gegenüber und ich sah in seinen Augen Angst. Vor allem Angst, aber auch Freude, Unsicherheit und viele kleine Fragezeichen. Ich fiel ihm wortlos in die Arme und seine Hände hielten mich ganz fest, während er flüsterte: »Was hast du mir angetan?«

Ich befreite mich aus seiner Umarmung, setzte mich und zog ihn herunter zu mir auf das kleine Sofa. Wir hielten uns an den Händen und sahen uns an. Und alles, was ich jetzt in seinen Augen sah, gefiel mir: Freude, Glück, Verlangen und Zufriedenheit; sie spiegelten so sehr seine Empfindungen wider, dass wir keine Worte brauchten.

Schließlich fragte ich: »Wie hast du mich gefunden?«

»Viola, für einen Mann, der vor Liebe beinahe den Verstand verliert, gibt es keine Hindernisse. Als kein Anruf mehr von dir kam, habe ich telefoniert, und nach einer knappen Stunde wusste ich, wo du bist. Ich habe mich ins Auto gesetzt und bin hergefahren. So einfach war das. Wie geht es dir, mein Liebling?«

»Jetzt wunderbar.«

»Wann können wir zurückfahren?«

Ich zögerte kurz. Er spürte es sofort und drückte meine Hände. »Was ist los?«

»Ich muss hier eine Arbeit beenden, ich habe es versprochen, Lorenzo. In zwei Tagen bin ich fertig.«

»Aber das ist doch schön. Wir haben zwei Tage ganz für uns allein in diesem kleinen Paradies. Weshalb bist du besorgt? Denn das bist du, du kannst dich nämlich nicht verstellen.«

»Willst du die Wahrheit hören?«

»Natürlich.«

»Ich hatte Angst, dass du mit meiner zusätzlichen Arbeit nicht einverstanden bist.«

Erschrocken sah er mich an. »Wie kannst du davor Angst haben? Ich liebe dich doch, ich will alles Glück der Welt für dich, und wenn zu diesem Glück deine Arbeit gehört, dann ist mir auch das recht. Wie kannst du vor mir Angst haben? Wir gehören doch zusammen. Du wirst auch vieles akzeptieren müssen, was mich betrifft, aber mit Liebe ist das doch zu schaffen.«

Er stand auf. »Komm, ich muss ein Zimmer buchen und dann möchte ich endlich irgendwo allein mit dir sein.«

Wir gingen zur Rezeption, wählten ein Zimmer auf meiner Etage und holten sein Gepäck aus dem Wagen. Gemeinsam packten wir seine Sachen aus. Dann nahm ich seinen Morgenrock, seinen Pyjama und den Kulturbeutel und erklärte: »Diese Dinge werden bei mir deponiert. Ich habe ein riesiges Kingsize-Bett.«

Lachend nahm er mich in die Arme. Es war so wunderbar, diesen vitalen, starken Mann an meiner Seite zu haben. Er strahlte so viel Glück und so viel Sicherheit aus, dass ich mich vollkommen geborgen fühlte. Vergessen waren die leichten Zweifel, die beim Gespräch mit meinen Eltern an mir nagten, die kleinen Bedenken, als ich meinte, eine Wahl zwischen Karriere und diesem Mann treffen zu müssen, die Angst, den Boden unter den Füßen zu verlieren. Alles, aber auch alles war vergessen. Ich war glücklich und ich wusste, dass ich auf dem richtigen Weg in die Zukunft war.

Lorenzo nahm meine Hand. »Komm, lass uns ein Stück laufen, ich habe stundenlang im Wagen gesessen.«

Wir zogen uns warm an und gingen hinaus. Die Wolken hatten sich verzogen, klar und ganz nah blinkten die Sterne. Vom Schneegebirge kam die eisige Kühle der Nacht herunter, und wir schmiegten uns aneinander, während unsere Schritte auf dem gefrorenen Boden knirschten. Ab und zu schob Lorenzo meine Kapuze zur Seite, drückte mir einen Kuss ins Haar und flüsterte: »Ich bin so froh, dass ich dich gefunden habe.«

»Wie bist du überhaupt hergekommen?«

»Ich bin bei Perugia auf die Schnellstraße und dann auf der

Autostrada über Firenze und Milano nach Torino gefahren. Da habe ich bei Freunden übernachtet und den Aufenthalt gestern Abend und heute Morgen zu geschäftlichen Besprechungen genutzt. Wir verkaufen ziemlich viel Wein in diese Region. Mittags bin ich dann aufgebrochen und hergefahren.«

»Schön, dass du da bist.«

»Hast du mit Alexander gesprochen?«

»Ja. Es war genauso, wie ich vermutet hatte. Auch er hat eine neue Beziehung und wir haben uns in Freundschaft getrennt.«

»Endgültig?«

Spürte ich da noch eine leichte Sorge? »Ja, endgültig. Er hat mir hier noch geholfen, Leute kennen zu lernen, und das war alles.«

Lorenzo legte mir den Arm um die Schultern. »Komm, drehen wir um. Weißt du was? Ich habe Hunger.«

»Ich auch.«

Wir gingen zurück, wir hatten uns doch ein ganzes Stück vom Ort entfernt. Niemand begegnete uns. Es war ganz still. Einmal blieben wir stehen, atmeten die saubere Frische dieser Bergluft und sahen hinauf zu dem sternenübersäten Himmel.

»Weißt du noch? Eine andere Nacht, ein anderes Land. Du hast den Gesang der Sterne gehört.«

»Wir lagen zwischen Brennnesseln und Disteln –«

»– es roch nach wilder Minze und trockenem Gras.«

»Und die Erde hat gebebt.«

»Und ich wagte nicht, dich zu berühren –«

»– und ich hatte es mir so gewünscht.«

»Komm, lass uns gehen.«

Wir zogen uns zum Abendessen um. Der Speisesaal war gut besucht, aber wir bekamen einen Tisch am Fenster mit einem hübschen Blick hinunter auf den beleuchteten Ort. Lorenzo bestellte für uns beide und ich bewunderte ihn, er sprach perfekt Französisch und kannte sich in Speisen und Getränken bestens aus.

»Wie viele Sprachen sprichst du eigentlich?«

»Mit Griechisch, Hebräisch und Latein, die brauchte ich für mein Studium, sind es sechs. Deutsch ist leider nicht dabei.«

Und dann begann er wieder, liebevoll mein Essen für mich anzurichten. Mein Gott, wie lange war es her, dass er das zum ersten Mal gemacht hatte, dort in dieser Fischerhütte an der Adria, damals, als wir uns noch so fremd gewesen waren, als wir unseren schrecklichen Streit hatten, damals vor dem Chaos, das uns dann überrollte. Ich dachte nach. Es waren noch nicht einmal fünf Wochen vergangen, mir kam es vor wie eine Ewigkeit.

»Woran denkst du? Ich sehe Wolken und Sonne über dein Gesicht huschen.« Wie genau mich dieser Mann kannte!

»Ich denke an unser erstes Essen damals in Fano.«

Er lächelte. »Meine Hände zitterten so, dass ich kaum das Besteck halten konnte. Ich habe dich so geliebt und ich wusste nicht, wie ich es verbergen sollte.«

»Damals schon?«

»Vom ersten Augenblick an, und dabei war ich so wütend auf dich und auf mich selbst.«

»Und jetzt?«

»Jetzt bin ich nicht mehr wütend«, er lachte, »aber meine Hände zittern wieder.« Er hob sie hoch und ließ sie absichtlich zittern.

»Aber Lorenzo, weshalb denn jetzt?« Ich lachte, hörte aber wieder auf, als ich in seine Augen sah. Da nahm ich seine Hände und streichelte sie und beruhigte diesen sensiblen Mann.

»Ich danke dir, Lorenzo, denn du hast mir meine Entscheidung sehr leicht gemacht: Morgen schicke ich die letzte Reportage und meine Kündigung nach Hamburg.«

Erschrocken sah er mich an. Aber ich fuhr fort: »Ich habe meinen Weg an deiner Seite gefunden. Wir werden gemeinsam unsere Zukunft aufbauen, Lorenzo. Ich will helfen, die Schäden zu reparieren, und dann, denke ich, werde ich dafür sorgen, dass deine Eltern wieder ihr Heim im Castello haben, dass Francesco weiß, wo sein Zuhause ist, und unsere Freunde, wo sie jederzeit willkommen sind. Wir werden keine fremden Gäste mehr bedienen und keine Touristen bewirten. Ich respektiere deinen Wunsch und ich werde deine Mutter davon überzeugen. Und wenn wir das alles geschafft haben, Lorenzo, werden wir unser ganz privates Leben genießen.«

Er lachte fröhlich, nahm mich in die Arme und erklärte: »Ich denke nicht daran, so lange zu warten. Ich will ab sofort mein Leben mit dir genießen und alles andere muss warten.«

Nach einem kleinen Drink an der Bar gingen wir hinauf. Ich beobachtete, wie andere Frauen stehen blieben, Lorenzo nachschauten und miteinander flüsterten. Ich fühlte mich großartig: Dieser Mann gehörte mir! Dieser außerordentliche, Aufsehen erregende Mann hatte den Arm um meine Schulter gelegt. Ich muss gestehen, ich genoss den Neid der anderen!

Wir hatten kaum die Tür geschlossen, als Lorenzo mich in die Arme nahm. Zärtlich küsste er mein Gesicht. Wie ein Hauch streiften seine Lippen über meine Haut, während er meinen Kopf hielt und mit den Händen in meinem Haar spielte. Dann streifte seine Zunge meinen Mund, schmeichelte und lockte, und während er meinen Mund liebkoste, begannen seine Hände meine Kleidung abzustreifen. Wir ließen uns Zeit, gehorchten unseren Gefühlen, wir spielten zärtlich mit dem anderen und genossen diese innige Vertrautheit. Es waren wunderbare, wonnevolle Stunden, die wir uns schenkten.

Die morgendliche Dämmerung breitete sich schon aus. Als wir schließlich eng aneinander geschmiegt einschliefen, ermattet, besiegt von unbeschreiblichen Gefühlen und über alle Maßen glücklich.

Als ich ein paar Stunden später erwachte, war Lorenzo fort. Er hatte mich zugedeckt, die Balkontür etwas geöffnet und seine Kleidung mitgenommen. Ich reckte und streckte mich in dem behaglichen Gefühl, geliebt zu werden, und überlegte, ob ich aufstehen oder noch etwas faulenzen sollte. Bevor ich mich entschlossen hatte, klopfte es und Lorenzo kam herein, zusammen mit einem Schwall kühler Winterluft, die in seiner Kleidung hing.

»Wo warst du?«

»Ich brauchte unbedingt etwas Bewegung«, und lächelnd fügte er hinzu, »und eine gewisse Abkühlung.« Er legte den Mantel ab und setzte sich zu mir. Ich stellte fest, dass ich noch immer nackt war, und zog mir die Decke bis unters Kinn.

»Versteckst du dich etwa vor mir?«

Ich nickte und er lachte. Dann zog er ein Päckchen aus der Tasche, öffnete es und streifte mir einen schlichten goldenen Ring über den Finger.

»Viola, ich ernenne dich hiermit zu meiner Frau«, sagte er fröhlich und ich vergaß diese lästige Bettdecke und schlang meine Arme um ihn; und wir besiegelten seine Worte mit einem langen, innigen Kuss. Dann besah ich mir den kleinen Ring. Eigentlich waren es zwei Ringe, die ineinander verschlungen eine feste Einheit bildeten.

»Lies, was drinnen steht.«

Ich streifte den Ring ab und fand die Worte ›Viola und Lorenzo‹ und dazu das Datum: 22. Oktober 1997.

»Aber woher und wieso –?«

»Ich habe ihn gestern vor meiner Ankunft unten im Ort bei einem Juwelier bestellt und jetzt abgeholt.«

»Und du wusstest, du würdest ihn genau heute brauchen.«

»Genau heute! Ich war mir ganz sicher, mein Liebling, so sicher wie ein Mann nur sein kann.«

»Lorenzo, ich liebe dich.« Ich umarmte ihn noch einmal und er streifte den Ring wieder über. Er passte sehr gut und es war genauso ein Ring, wie ich ihn mochte, ein Ring, den man immer tragen kann. Tag und Nacht.

Lorenzo streichelte mein Gesicht. »Weißt du, Viola, für Brillanten reicht das Geld dann später einmal.«

»Um Himmels willen, nein, Lorenzo, niemals. Ich brauche keine Brillanten. Sie liegen bloß im Safe herum, und wenn man sie wirklich einmal trägt, stören sie bloß. Versprich mir: niemals Brillanten.«

Er lachte laut, umarmte mich noch einmal, stand auf und erklärte: »Ich habe Hunger. Wenn wir noch frühstücken wollen, müssen wir uns beeilen.«

Nach dem Frühstück überredete ich ihn, hinauf ins Skigebiet zu fahren und bei den ersten Abfahrtsläufen zuzusehen.

Ich konnte dann in Ruhe meine Arbeit beenden und wir hatten den restlichen Tag für uns.

Am nächsten Morgen reisten wir sehr früh ab. Zunächst in zwei Autos, denn ich musste meinen Leihwagen nach Turin zurückbringen, und dann in Lorenzos Rover. Von Turin aus schickte ich auch meinen Bericht, die Fotografien und das Rückflugticket nach Hamburg – sehr erleichtert, das alles hinter mir zu haben. Dann machte ich es mir neben Lorenzo bequem. Die lange Strecke durch die Po-Ebene verschlief ich und später löste ich ihn für ein paar Stunden ab. Wir wollten alles, Freude und Leid, Glück und Sorgen, Arbeit und Freizeit miteinander teilen, warum sollten wir nicht auf dieser langen Autofahrt damit beginnen?

Am 28. Dezember heirateten wir in Rom, morgens standesamtlich, mittags in einer kleinen Kapelle nahe der Engelsburg. Und während uns die Geistlichen beider Konfessionen ihren Segen erteilten, sahen wir uns an. Wir hatten unseren ganz persönlichen Segen in der Nacht des 22. Oktobers empfangen, denn seit genau siebenundsechzig Tagen wuchs ein Wunschkind in mir heran.

Unsere Eltern waren zur Hochzeit gekommen, Francesco, Lorenzos Sohn, führte mich in seiner sehr feschen Uniform zum Altar, Enrico und Isabella mit den Kindern waren dabei, meine vier Freundinnen kamen aus Hamburg und mein Bruder mit seiner Familie war aus Stockholm angereist. Marisa und Leandro waren unsere Trauzeugen. Roberto hatte mit Angela und Carla das anschließende kleine Fest organisiert, und Rodolfo Tirabosco war unser Ehrengast. Außerdem waren ein paar Freunde von Lorenzo gekommen, und die beiden Pfarrer, die uns getraut hatten, feierten auch mit uns. Es war ein schöner, harmonischer Tag, dieser Beginn unserer gemeinsamen Zukunft. Noch in der gleichen Nacht fuhren wir beide zurück zum Castello. Wir wollten nach Hause.

Die Sonne ging auf, als wir auf dem provisorischen Weg an der zerstörten Siedlung vorbeikamen und Rauch aus einem Kamin in die kalte Winterluft stieg. Wir sahen uns an, wir konnten nicht einfach vorbeifahren. Wir hupten und stiegen aus und wurden überaus freundlich empfangen. Aus kleinen Höhlen und brüchigen Hütten kamen die Leute hervor, lachten, winkten, gratulierten und luden uns zum Frühstück ein. Und wieder einmal gab es heißen Reisbrei mit Kräutern und irgendwo in einem Schuppen wieherte Testardo, als er meine Stimme hörte. Wir waren angekommen, lange bevor wir das Castello erreichten.

MEINE BACKET-LIST

Dieses Buch gehört

Franziska Sorgenfrei
BACKet List
50 Backrezepte, die du in deinem Leben ausprobieren solltest

Inhaltsverzeichnis

Hallo liebe Freunde einer guten

Schwarzwälder Kirschtorte!

Wenn man einen Kuchenfetischisten, wie ich es einer bin, fragt, was auf einer Backet-List* unbedingt auftauchen soll, dann schießen die Gedanken nur so quer: ein saftiger Marmorkuchen … oder ein köstlicher Erdbeerkuchen … ach ja, Donauwellen sollten dabei sein … und eine echt wienerische Sachertorte … und, und, und. In dieser Manier geht das dann erst einmal eine Weile so weiter.

Damit du nicht in ein solches Gedankenchaos gestürzt wirst, habe ich dir die Arbeit abgenommen. In diesem Buch findest du die 50 Backrezepte, die du unbedingt einmal ausprobiert haben solltest, wenn du zum echten Profi-Hobby-Bäcker aufsteigen möchtest.

Du hörst nur Buttercreme und schon wird dir schwindelig und du musst dich setzen? Bloß keine Panik! Dieses Buch ist zwar dazu angelegt, dich herauszufordern, aber es gibt dir auch gleichzeitig die nötige Hilfe an die Hand, um das Unterfangen zu meistern. Die Kapitel sind nach Schwierigkeitsgrad geordnet. Wenn du also vorne anfängst und dich langsam durcharbeitest, gibt es nichts zu befürchten. Die Rezepte führen dich außerdem Schritt für Schritt zum Ergebnis und lassen dich nicht in der Luft hängen. Zahlreiche Tipps weisen dich zusätzlich auf mögliche Stolperfallen hin, die es zu vermeiden gilt.

Du bist bereit und stellst dich der Aufgabe, die Backet-List vollständig durchzubacken? Ausgezeichnet, das wollte ich hören! Natürlich ist es ein bisschen utopisch, wirklich jedes Rezept zu backen (wobei, ein Leben sollte dafür locker ausreichen). Für den Anfang wäre es schon spitzenklasse, wenn du pro Rezept fleißig Punkte sammelst und die Challenges im Buch meisterst (siehe Seite 6–7). Dann kannst du dich zum Schluss völlig zu Recht Tortenflüsterin oder Tortenflüsterer nennen.

Viel Erfolg, viel Spaß und natürlich guten Appetit!

Deine

Franziska Sorgenfrei

* Backet-List, die: (abgeleitet von engl. bucketlist) eine Liste an Dingen, die man vor seinem Tod auf jeden Fall einmal gemacht haben sollte; in diesem Fall leckere Backrezepte.

Ring frei, Mixer an, volle Umluft voraus!

Du stellst dich also der Herausforderung und willst dein Können in der Backstube beweisen? Dieses Buch wird dich in deine Schranken weisen, oder, falls du wirklich was auf dem Kasten hast, mit vielen Punkten belohnen und am Ende mit dem Titel der Tortenflüsterin bzw. des Tortenflüsterers ehren.

Vom blutigen Anfänger zum Backcrack

Wenn du dieses Buch aufschlägst, musst du dich zunächst in Bescheidenheit üben, denn du bist **Backnovizin** bzw. **Backnovize.** Und das ganz unabhängig davon, wo du deine Back-Skills selbst einstufst. Bist du blutiger Anfänger? Umso besser.

BACK-NOVIZIN

Kapitel 1:

Hier benötigst du stolze **25 Punkte** (von insgesamt 47 möglichen Punkten).

MIXER-DOMPTEURIN

Kapitel 2:

Gerade einmal **20 Punkte** (von insgesamt 49 möglichen Punkten) trennen dich vom nächsten Titel.

Mit den Rezepten im ersten Kapitel bekommst du eine ungefähre Ahnung vom Backen und das nötige Know-how an die Hand. Bist du schon geübt, sieh es als Lockerungsübung und sei dir nicht zu schade, einen einfachen Rührkuchen zu fabrizieren. Hast du das erste Kapitel bezwungen, steigst du auf zur **Mixer-Dompteurin** bzw. zum **Mixer-Dompteur.**

Weiter geht's mit der nächsten Herausforderung: Die ersten Rezepte waren noch easy peasy, im zweiten Kapitel wird das Niveau etwas angehoben. Bekommst du den perfekten Mürbeteig gebacken? Ist eine fluffige Buttercreme deine Spezialität? Im Laufschritt geht es so weiter, und ehe du dich versiehst, wirst du zur **Kuchenqueen** bzw. zum **Kuchenking**.

Punkt für Punkt zum Tortenglück

Es geht also darum, dass du dich Kapitel für Kapitel vorarbeitest. In jedem Kapitel sammelst du für gebackene Rezepte Punkte – je nach Rezept können das ein bis drei Punkte sein.

Außerdem kannst du dir zusätzliche Punkte durch das Absolvieren von Challenges erarbeiten. Diese variieren von Kapitel zu Kapitel, geben aber immer jeweils fünf ordentliche Pünktchen. Du findest jeweils drei davon in jedem Kapitel. Um ein Kapitel weitergehen zu dürfen, brauchst du insgesamt eine gewisse Punktzahl:

Dabei ist es vollkommen egal, ob du einen Großteil der Punkte durch Rezepte oder Challenges anhäufst. Damit du den Überblick nicht verlierst, findest du hinten im Buch einen Stickerbogen, bei dem du dich bedienen darfst, wenn du das entsprechende Rezept gemeistert hast. Die Sticker sammelst du dann jeweils am Ende des Kapitels auf der Übersichtsseite. So behältst du den Überblick. Schummeln ist selbstverständlich nicht gestattet!

KUCHEN-QUEEN

Kapitel 3:

Auch hier sind es **20 Punkte** (von insgesamt 49 möglichen Punkten), die du sammeln sollst.

TORTENFLÜSTERIN

Jetzt bloß nicht auf den letzten Metern schlapp machen. Ein klitzekleines Kapitel liegt noch vor dir. Aber das hat es in sich! Mehrstöckige Torten, selbst gemachter Blätterteig oder hauchdünner Strudelteig werden abverlangt. Auch das ist kein Problem für dich? Dann hast du es redlich verdient, dich stolz **Tortenflüsterin** bzw. **Tortenflüsterer** zu nennen.

Gratulation!

BACK-NOVIZIN

Wenn du zur Mixer-Dompteurin bzw. zum Mixer-Dompteur aufsteigen möchtest, brauchst du am Ende dieses Kapitels 25 Punkte. Die Punkte kannst du entweder durch das Nachbacken der Rezepte sammeln oder durch die Challenges, die du in diesem Kapitel findest.

Viel Erfolg!

Welche Rezepte aus dem nachfolgenden Kapitel willst du auf jeden Fall backen? Trage Sie hier ein.

MEINE BACKET-LIST

Eigene Ideen & Notizen

Punkte

Einfacher SANDKUCHEN

Der absolute Klassiker, für den wir schon früh im Sandkasten geübt haben. In diesem Rezept kommt zwar kein Sand vor, dennoch ist er kinderleicht zu meistern. Eine kleine Fingerübung zum Warmwerden.

Für 12 Stücke

- 250 g weiche Butter plus etwas für die Form
- 200 g Puderzucker plus etwas zum Bestäuben
- 1 Prise Salz
- 3 Eier (M)
- 375 g Weizenmehl (Type 405)
- 1 Pck. Backpulver
- 75 ml Milch

1 Den Backofen auf 180 °C Ober-/Unterhitze vorheizen und eine Kastenform (25 cm Länge) fetten. Die Butter mit dem Puderzucker und dem Salz in etwa 2 Minuten cremig schlagen. Die Eier nacheinander unterrühren. In einer zweiten Schüssel das Mehl mit dem Backpulver vermengen und zusammen mit der Milch unter die Masse rühren.

2 Die Masse in die Form füllen und im Backofen auf der mittleren Schiene in etwa 60 Minuten goldbraun backen (Stäbchenprobe!). Herausnehmen und in der Form auskühlen lassen. Vorsichtig auf eine Kuchenplatte heben und mit Puderzucker bestäubt servieren.

Tipp:

Kein Kuchen ohne Stäbchenprobe! Naja, zumindest fast. Ausgenommen sind etwa gefüllte Kuchen (Apfelkuchen) oder Brownies. So funktioniert's: Wenn dein Kuchen fertig aussieht, stecke ein Holzstäbchen in die Mitte. Wenn es sauber wieder herauskommt (ohne feuchten Teig daran), ist der Kuchen durch.

Deine Challenges!

1. Backe vier Wochen lang jede Woche für einen anderen Freund, für deine Mama oder einen Nachbarn eine andere süße Leckerei. Das bringt dir nicht nur Punkte ein, sondern macht dich auch zum gern gesehenen Gast.

Eigene Ideen & Notizen

Punkte

AMERIKANER

Der weiche Teig, der klebrige Guss – das versetzt so manchen in seine Kindertage zurück.
Noch bevor Muffins die Kindergeburtstagstafeln eroberten,
war der Amerikaner der süße Held bei Groß und Klein.
Make Amerikaner great again!

Für 15 Stück

- 125 g Butter
- 175 g Zucker
- 1 Prise Salz
- 3 Eier (M)
- 500 g Weizenmehl (Type 405)
- 1 Pck. Backpulver
- 250 ml Milch
- 250 g Puderzucker

1 Den Backofen auf 200 °C Ober-/Unterhitze vorheizen und zwei Backbleche mit Backpapier belegen. Die Butter mit dem Zucker und dem Salz in etwa 2 Minuten cremig schlagen. Die Eier nacheinander unterrühren. In einer zweiten Schüssel das Mehl mit dem Backpulver vermengen und zusammen mit der Milch unter die Masse rühren.

2 Mithilfe von zwei Esslöffeln Häufchen von der Masse abstechen und mit Abstand zueinander auf die Bleche setzen (sie laufen noch gut auseinander). Etwas glatt streichen und nacheinander im Backofen auf der mittleren Schiene in etwa 17 Minuten goldgelb backen (je nach Farbe schon früher herausnehmen). Auf den Blechen abkühlen lassen.

3 Aus dem Puderzucker und 3 EL heißem Wasser einen Guss anrühren. Die Amerikaner wenden und auf der flachen Seite am besten mit einem Backpinsel aus Silikon mit dem Guss bestreichen.

Eigene Ideen & Notizen

Tipp:

Dieser klassische Geburtstagskuchen kann nach Herzenslaune verziert werden. Immer wieder beliebt sind Schokolinsen und Gummibärchen.

Kalter HUND

Keine Angst, der will nur spielen! Der wohl älteste Kühlschrankkuchen seit Anbeginn unserer Zeitrechnung wurde im frühen 20. Jahrhundert von einer berühmten Keksfamilie entwickelt, um ihren Bestseller mit den 52 Zähnen im besten Licht zu präsentieren.

Für 15 Stücke

- 300 g Kokosfett
- 2 Eier (M)
- 300 g Puderzucker
- 120 g Kakao
- 4 EL Orangensaft
- 50 g Butterkekse
- 50 g weiße Kuvertüre

1 Das Kokosfett unter Rühren bei schwacher Hitze schmelzen. Vom Herd nehmen und etwas abkühlen lassen. Eine Kastenform (25 cm Länge) mit Backpapier auslegen.

2 Die Eier mit dem Puderzucker in etwa 2 Minuten schaumig schlagen. Den Kakao darübersieben und unterrühren. Anschließend das kalte, aber noch flüssige Kokosöl und den Orangensaft unterrühren. Zuletzt mit 8 EL heißem Wasser glatt rühren.

3 Eine dünne Schicht der Masse in die Form füllen. Die Form mit einer Schicht Butterkeksen auslegen (diese ggf. kleiner brechen). Wieder mit Kakaomasse bedecken und so weiter schichten, bis Kekse und Masse aufgebraucht sind. Mit einer Kakaoschicht abschließen. Den Kalten Hund für mindestens 30 Minuten in den Kühlschrank stellen.

4 Die weiße Kuvertüre über dem Wasserbad schmelzen. Den Kalten Hund auf eine Tortenplatte stürzen und die Kuvertüre mit einem Löffel darüber verteilen, sodass Streifen entstehen. Direkt aufschneiden oder bis zum Servieren kalt stellen.

Punkte

Zucchini-KUCHEN

Dir werden deine Rührkuchen immer zu trocken? Das kann dir bei diesem saftigen Gesellen nicht passieren, denn die Zucchini ist ein Garant für saftige Fluffigkeit. Außerdem kann man sich einreden, etwas Gesundes zu naschen. Auch wenn's Quatsch ist.

Für 12 Stücke

- 300 g Zucchini
- 200 g weiche Butter plus etwas für die Form
- 150 g Zucker
- 1 Prise Salz
- 4 Eier (M)
- 350 g Weizenmehl (Type 405)
- 1 Pck. Backpulver

1 Den Backofen auf 180 °C Ober-/Unterhitze vorheizen und eine Kastenform (25 cm Länge) fetten. Die Zucchini waschen, Enden abschneiden und die Zucchini grob raspeln. Etwas Flüssigkeit herausdrücken und die Zucchiniraspel beiseitestellen.

2 Die Butter mit dem Zucker und dem Salz in etwa 2 Minuten cremig schlagen. Die Eier nacheinander unterrühren und die Zucchiniraspel unterheben. In einer zweiten Schüssel das Mehl mit dem Backpulver vermengen und unter die Masse rühren.

3 Die Masse in die Form füllen und im Backofen auf der mittleren Schiene in etwa 60 Minuten goldbraun backen (Stäbchenprobe!). Herausnehmen und in der Form auskühlen lassen. Vorsichtig auf eine Kuchenplatte heben und servieren.

Chocolate BROWNIES

Punkte 🍰🍰🍰

Der Brownie wurde im 19. Jahrhundert für die Damen der High Society erfunden, denen ein plumpes Stück Kuchen nicht fein genug war. Recht hatten sie. Was gibt es Eleganteres als eine saftige Schokoladenbombe mit einer dicken Kugel Eis und viiiiel Karamellsauce?!

Für 16 Stück

- 300 g Zartbitterschokolade
- 250 g weiche Butter plus etwas für die Form
- 200 g Zucker
- 1 Pck. Vanillezucker
- 1/2 TL Salz
- 4 Eier (M)
- 150 g Weizenmehl (Type 405)
- 50 g Kakao
- 1 TL Backpulver
- 1 Handvoll Walnusskerne, grob gehackt
- Vanilleeis zum Servieren (nach Belieben)
- Karamellsauce zum Servieren (nach Belieben)

1 Den Backofen auf 180 °C Ober-/Unterhitze vorheizen. Ein kleines Blech oder eine Auflaufform (etwa 25 × 25 cm) fetten und mit Backpapier auslegen, sodass dieses etwas übersteht. Die Schokolade grob hacken und unter Rühren über dem Wasserbad schmelzen. Vom Herd nehmen.

2 Butter, Zucker, Vanillezucker und Salz in etwa 2 Minuten cremig schlagen. Die Eier nacheinander unterrühren. Dann unter Rühren die geschmolzene Schokolade zugeben. In einer zweiten Schüssel Mehl, Kakao und Backpulver sorgfältig miteinander vermengen und kurz unter die Eiermasse rühren.

3 Die Brownie-Masse in der Form verstreichen, die Walnusskerne darauf verteilen und den Kuchen im Backofen auf der mittleren Schiene in 25 Minuten nicht ganz durchbacken. Herausnehmen, auskühlen lassen und in Stücke schneiden. Nach Belieben mit Vanilleeis und Karamellsauce als Topping servieren.

Tipp:

Bei Kuchen rate ich oft zur Stäbchenprobe (siehe Seite 11), um zu prüfen, ob sie durchgebacken sind. Hier aber nicht! Denn Brownies leben von ihrem leicht feuchten Kern, der köstlich schokoladig auf der Zunge zergeht. Hole die Brownies im Zweifel also lieber früher aus dem Ofen.

Tipp:

Hier heißt es fleißig fetten! Ist die Form nicht ausgiebig gebuttert, bekommst du den Kuchen nicht unter zwei Teilen herausgelöst. Falls das doch passieren sollte, kannst du ihn immer noch für Cakepops verwenden (siehe Seite 40).

Gewürz-
GUGELHUPF

Punkte

Unnützes Wissen: Früher wurden auch Irrenanstalten als „Gugelhupf“ bezeichnet.
Vermutlich, weil der Kuchen so irre lecker ist?
Spaß beiseite. Wenn du ein Rezept beherrschen solltest,
bevor du eine Schwierigkeitsstufe weitergehst, dann dieses.

Für 16 Stücke

- 150 g weiche Butter plus etwas für die Form
- 200 g Zucker
- 1 Prise Salz
- 4 Eier (M)
- 350 g Weizenmehl (Type 405)
- 1 Pck. Backpulver
- 1/2 TL gemahlene Gewürznelken
- 1/2 TL gemahlener Kardamom
- 1/2 TL gemahlener Zimt
- 1 TL Kakao
- 250 ml Milch
- 50 g fein gemahlene Mandeln
- 30 g Puderzucker zum Bestäuben

1 Den Backofen auf 180 °C Ober-/Unterhitze vorheizen und eine Gugelhupfform sorgfältig fetten. Die Butter mit dem Zucker und dem Salz in etwa 2 Minuten cremig schlagen. Die Eier nacheinander unterrühren. In einer zweiten Schüssel das Mehl mit dem Backpulver, den Gewürzen und dem Kakao vermengen und zusammen mit der Milch und den Mandeln unter die Masse rühren.

2 Die Masse in die Form füllen und im Backofen auf der mittleren Schiene in etwa 60 Minuten durchbacken (Stäbchenprobe!). Herausnehmen und in der Form auskühlen lassen. Sehr vorsichtig auf eine Kuchenplatte stürzen und mit Puderzucker bestäubt servieren.

Eigene Ideen & Notizen

Zitronen-Muffins

Auch dieses Rezept zählt zu den absoluten Basics, die du beherrschen solltest.
Es eröffnet dir den Weg ins magische Cupcake-Land.
Dieses liegt übrigens auf Seite 36 verborgen.

Für 12 Stück

Für die Muffins:
- 1 unbehandelte Zitrone
- 200 g weiche Butter
- 150 g Zucker
- 1 Prise Salz
- 3 Eier (M)
- 175 g Weizenmehl (Type 405)
- 1 TL Backpulver

Für die Garnierung:
- 1 unbehandelte Zitrone
- 100 g Puderzucker

Außerdem:
- 12 Papierförmchen

1 Den Backofen auf 200 °C Ober-/Unterhitze vorheizen. Die Mulden einer 12er-Muffinform mit Papierförmchen auslegen. Die Zitrone heiß abwaschen, trockentupfen und die Schale mit einem Zestenreißer dünn abziehen. Den Saft auspressen.

2 Butter, Zucker und Salz in etwa 2 Minuten cremig schlagen. Die Eier nacheinander unterrühren. In einer zweiten Schüssel Mehl und Backpulver miteinander vermengen und unter die Eiermasse rühren. Zuletzt Zitronensaft und -abrieb unterrühren.

3 Die Muffinmasse auf die Förmchen verteilen und im Backofen auf der mittleren Schiene in etwa 20 Minuten goldgelb backen. Die Muffins mit den Papierförmchen aus der Form heben und auf einem Kuchengitter auskühlen lassen.

4 Die Zitrone für die Garnierung heiß abwaschen, trockentupfen und die Schale mit einem Zestenreißer dünn abziehen. Den Saft auspressen. Den Puderzucker mit 1 EL Zitronensaft verrühren und auf die Muffins streichen. Den Abrieb darauf verteilen. Alternativ die Muffins einfach mit Puderzucker bestäuben.

Punkte

Nuss-KUCHEN

Einfacher Nusskuchen kann jeder! Dieses Rezept wurde durch Marzipan und Schokolade gepimpt. Die Haselnusskerne on top rösten beim Backen und geben ein herrliches Aroma ab. Klingt kompliziert? Ist es aber nicht. Ein Rezept zum Angeben für Anfänger.

Für 12 Stücke

200 g Marzipan
50 g Zartbitterschokolade
50 g Haselnusskerne
150 g weiche Butter plus etwas für die Form
150 g Zucker
1 Pck. Vanillezucker
3 Eier (M)
250 g Weizenmehl (Type 405)
2 TL Backpulver
200 g gemahlene blanchierte Mandeln
50 ml Milch

1 Den Backofen auf 180 °C Ober-/Unterhitze vorheizen und eine Kastenform (27 cm Länge) fetten. Das Marzipan in Würfel schneiden und die Schokolade und die Haselnusskerne grob hacken.

2 Die Marzipanwürfel zusammen mit der Butter, dem Zucker und dem Vanillezucker in etwa 2 Minuten cremig schlagen. Die Eier nacheinander unterrühren. In einer zweiten Schüssel das Mehl mit dem Backpulver und den Mandeln vermengen und zusammen mit der Milch unter die Masse rühren. Zuletzt die gehackte Schokolade unterziehen.

3 Die Masse in die Form füllen und die Haselnusskerne darauf verteilen. Im Backofen auf der mittleren Schiene etwa 60 Minuten backen (Stäbchenprobe!). Herausnehmen und in der Form auskühlen lassen.

Eigene Ideen & Notizen

Punkte

Bananen-BROT

Ein klassisches Reste-Verwerter-Rezept. Überreife Bananen haben in diesem leckeren Frühstückskuchen ihre Bestimmung gefunden. Einfacher geht es kaum noch. Wenn dir das zu schwierig ist, gehe bitte zurück zum Sandkuchen auf Seite 10.

Für 12 Stücke

- 4 reife Bananen
- 200 g Weizenmehl (Type 405)
- 50 g Vollkornmehl
- 1 TL Backpulver
- 125 ml neutrales Speiseöl (z.B. Sonnenblumenöl)
- 2 EL weiche Butter, plus etwas für die Form
- 150 g Rohrohrzucker
- 2 Eier (M)
- 100 g grob gehackte Walnüsse

1 Den Backofen auf 175 °C Ober-/Unterhitze vorheizen und eine Kastenform (27 cm Länge) fetten. Die Bananen schälen, eine längs halbieren, die übrigen mit einer Gabel zerdrücken.

2 Mehl, Backpulver, Öl, Butter, Zucker und Eier sorgfältig miteinander verrühren. Zum Schluss die Walnüsse und die zerdrückten Bananen unterziehen. Die Masse in die Form füllen und die halbierte Banane mit der Schnittfläche nach oben darauflegen.

3 Den Kuchen im Backofen auf der mittleren Schiene 60 Minuten backen (Stäbchenprobe!). Herausnehmen und etwas abkühlen lassen. Dann aus der Form stürzen und auf einem Kuchengitter auskühlen lassen.

Tipp:

Zum Frühstück schmeckt dieser Kuchen superlecker. Vor allem, wenn du ihn vorher in der Mikrowelle oder auf dem Toaster ein wenig anwärmst.

Eigene Ideen & Notizen

Tipp:

Jeder Backofen ist individuell. Wenn du bereits weißt, dass dein Backofen ordentlich Power hat, dann behalte vor allem Kleingebäck immer gut im Auge! Oder reduziere die Temperatur vorsorglich ein wenig. Kuchen kannst du auch einfach locker mit einem Stück Alufolie abdecken.

Chocolate CHIP COOKIES

Punkte

Ein weiteres Gebäck, das wir von Übersee adaptiert und lieben gelernt haben. Kein Wunder, diese schokoladigen Kekse sind nämlich in Windeseile fertig und bereit zum Verkrümeln. Dieses Rezept solltest du in dein Effeff-Repertoire aufnehmen.

Für 30-40 Stück

- 250 g Zartbitterschokolade
- 250 g weiche Butter
- 250 g brauner Zucker
- Mark von 1 Vanilleschote
- 1 Prise Salz
- 2 Eier
- 360 g Weizenmehl (Type 405)
- 1 gestr. TL Backpulver
- 1/4 TL Natron
- 1 EL Kakao

1 Den Backofen auf 175 ° Ober-/Unterhitze vorheizen und zwei Backbleche mit Backpapier belegen. Die Schokolade grob hacken. Die Butter mit dem Zucker, dem Vanillemark und dem Salz in etwa 2 Minuten cremig schlagen. Die Eier nacheinander unterrühren. In einer zweiten Schüssel das Mehl mit dem Backpulver, dem Natron und dem Kakao vermengen und unter die Masse rühren. Die gehackte Schokolade unterheben.

2 Mithilfe eines angefeuchteten Esslöffels kleine Häufchen der Keksmasse mit Abstand zueinander auf die Bleche setzen (sie werden stark auseinanderlaufen). Im Backofen auf der mittleren Schiene 10 Minuten backen. Die Cookies sollten noch weich sein, wenn sie aus dem Ofen kommen. Auf einem Kuchengitter abkühlen lassen. Trocken und luftdicht verschlossen aufbewahren.

Eigene Ideen & Notizen

Tipp:

Für einen großen Käsekuchen (ø 28 cm) einfach die Mengen verdoppeln und den Kuchen 20 Minuten länger backen.

Punkte

Kleiner KÄSEKUCHEN

Ein weiterer Klassiker, um den du nicht herumkommst. Denn zu den Kuchen, die du gebacken haben sollest, bevor du das Zeitige segnest, zählt definitiv, unbedingt und ganz ohne jede Frage natürlich, selbstverständlich und sowieso der Käsekuchen!

Für 8 Stücke

Für den Mürbeteig:

75 g weiche Butter plus etwas für die Form

50 g Zucker

1 Prise Salz

150 g Weizenmehl (Type 405) plus etwas zum Arbeiten

1 Ei (S)

Für die Käsecreme:

1 Ei (M)

1 Prise Salz

500 g Quark (40 % Fett)

1 Pck. Vanillepuddingpulver

100 g Zucker

Abrieb von 1/2 unbehandelten Zitrone

1 Für den Teig die Butter mit dem Zucker und dem Salz in etwa 2 Minuten cremig schlagen. Dann das Mehl und das Ei mit den Knethaken des Handrührgeräts rasch unterrühren, bis ein recht weicher Mürbeteig entstanden ist. Diesen in Frischhaltefolie wickeln und für 30 Minuten in den Kühlschrank legen.

2 Den Backofen auf 175 °C Ober-/Unterhitze vorheizen und eine kleine Springform (ø 18 cm) fetten. Den Teig auswickeln, auf der bemehlten Arbeitsfläche rund ausrollen und die Form damit auslegen. An den Rändern hochziehen, sodass ein Rand entsteht.

3 Für die Käsecreme das Ei trennen und das Eiweiß mit dem Salz steif schlagen. Den Quark zusammen mit dem Eigelb, dem Puddingpulver, dem Zucker und dem Zitronenabrieb verrühren. Zuletzt den Eischnee vorsichtig unterheben. Die Creme auf den Boden in die Form geben und glatt streichen.

4 Den Käsekuchen im Backofen auf der mittleren bis unteren Schiene (je nachdem, wie dunkel er werden soll) 60 Minuten backen. Herausnehmen und in der Form auf einem Kuchengitter auskühlen lassen. Er wird erst mit dem Abkühlen ganz fest. Bis zum Servieren im Kühlschrank aufbewahren.

Punkte

Marmor-KUCHEN

Ich wette, du unterschätzt den guten alten Marmorkuchen! Um die Marmorierung so perfekt und gleichmäßig wie bei Oma hinzubekommen, ist einiges an Übung erforderlich.

Für 16 Stücke

- 200 g weiche Butter plus etwas für die Form
- 200 g Puderzucker plus etwas zum Bestäuben
- 1 Prise Salz
- 4 Eier (M)
- 375 g Weizenmehl (Type 405)
- 1 Pck. Backpulver
- 240 ml Milch
- 2 EL Kakao

1 Den Backofen auf 180 °C Ober-/Unterhitze vorheizen und eine Gugelhupfform sorgfältig fetten. Die Butter mit dem Puderzucker und dem Salz in etwa 2 Minuten cremig schlagen. Die Eier nacheinander unterrühren. In einer zweiten Schüssel das Mehl mit dem Backpulver vermengen und zusammen mit 200 ml Milch unter die Masse rühren.

2 Drei Viertel der Masse in die Form füllen. Den Kakao mit der restlichen Milch unter die verbleibende Masse rühren und auf der hellen Masse verteilen. Dann mehrmals mit einer Gabel durch die Schichten gehen und die Gabel dabei immer etwas hin- und herdrehen, sodass das typische Marmormuster entsteht.

3 Den Kuchen im Backofen auf der mittleren Schiene in etwa 60 Minuten durchbacken (Stäbchenprobe!). Herausnehmen und in der Form auskühlen lassen. Sehr vorsichtig auf eine Kuchenplatte stürzen und mit Puderzucker bestäubt servieren.

Eigene Ideen & Notizen

Deine Challenges!

2. Es kommen mehr Gäste als erwartet? Jetzt nur nicht die Nerven verlieren! Schaffst du es, ohne ins Schwitzen zu kommen, ein Rezept deiner Wahl in doppelter Ausgabe zu zaubern? Alle zwei Versionen sollten möglichst identisch aussehen. Wenn du das hinbekommst, verdienst du Respekt und fünf Extrapunkte.

Eigene Ideen & Notizen

Russischer ZUPFKUCHEN

Punkte

Was gibt es Köstlicheres als eine Mischung aus den beiden besten Kuchen, die die Küche zu bieten hat? Käse- und Schokokuchen vereinen sich zu einem grandiosen Leckerbissen. Was dieser mit Russland zu tun hat? Ehrlich, ich habe keine Ahnung.

Für 20 Stücke

Für den Teig:

- 500 g Weizenmehl (Type 405) plus etwas zum Arbeiten
- 1 Pck. Backpulver
- 2 EL Kakao
- 150 g Zucker
- 2 Eier (L)
- 1 Prise Salz
- 280 g weiche Butter plus etwas für das Blech

Für die Füllung:

- 5 Eier (M)
- 1 Prise Salz
- 800 g Speisequark
- 200 g Zucker
- 200 ml Öl
- 2 Pck. Vanillepuddingpulver

1 Für den Teig Mehl, Backpulver und Kakao miteinander vermengen. Restliche Zutaten hinzufügen und mit den Knethaken des Handrührgerätes zu einem geschmeidigen Teig kneten. Diesen in Frischhaltefolie wickeln und für 30 Minuten in den Kühlschrank legen.

2 Ein tiefes Backblech (etwa 30 × 40 cm) fetten. Zwei Drittel des Teiges auf der bemehlten Arbeitsfläche etwas größer als das Blech ausrollen und dieses damit auslegen. An den Rändern etwas hochziehen.

3 Den Backofen auf 170 °C Ober-/Unterhitze vorheizen. Für die Füllung die Eier trennen. Die Eiweiße mit dem Salz steif schlagen. Den Quark mit dem Zucker, den Eigelben und dem Öl in einer großen Schüssel verrühren. Das Puddingpulver sorgfältig untermengen und zuletzt den Eischnee vorsichtig unterheben.

4 Die Masse auf den Boden streichen. Den restlichen Teig mit den Fingern zu Streuseln zerzupfen und auf dem Kuchen verteilen. Diesen im Backofen auf der mittleren Schiene 50 Minuten backen. Wenn er zu dunkel wird, ein Stück Alufolie locker darauflegen. Herausnehmen und auf dem Blech auskühlen lassen. Er wird erst mit dem Abkühlen ganz fest. Bis zum Servieren im Kühlschrank aufbewahren.

Deine Challenges!

3. Ist hier ein Rezept dabei, das deine Oma, deine Mama oder dein Schwiegerpapa immer backt? Wie wäre es, selbst einen Versuch zu starten: Schmeckt vielleicht sogar noch besser.

Für 12 Stück

Für die Cupcakes:
- 4 Karotten
- 1 walnussgroßes Stück Ingwer
- 1/2 unbehandelte Orange
- 3 Eier (L)
- 1 Prise Salz
- 160 g weiche Butter
- 150 g Zucker
- 60 g Vollkornmehl
- 40 g Weizenmehl (Type 405)
- 1/2 TL Backpulver
- 70 g gemahlene blanchierte Mandeln
- 70 g grob gehackte Walnüsse

Für das Topping:
- 100 g weiche Butter
- 100 g Puderzucker
- 1/2 TL gemahlener Zimt
- 200 g Frischkäse (natur)
- 2 EL Haselnusskrokant

Außerdem:
- 12 Papierförmchen
- Spritzbeutel mit Sterntülle (1,5 cm)

Punkte

Karotten-Cupcakes

Cupcakes klingt einfach viel netter als Tassenkuchen. Daher blieb es wohl auch in der deutschen Sprache dabei. Die Törtchen sind sehr vielfältig: tobe dich ruhig aus, was die Aromen und Toppings angeht. Das heißt, wenn du dich traust!

1 Für die Cupcakes die Karotten waschen, schälen und grob raspeln. Den Ingwer schälen und fein reiben. Die Orange heiß abwaschen, trockentupfen und die Schale mit einem Zestenreißer dünn abziehen. Den Saft auspressen. Die Eier trennen. Den Backofen auf 200 °C Ober-/Unterhitze vorheizen. Die Mulden einer 12er-Muffinform mit Papierförmchen auslegen.

2 Die Eiweiße mit dem Salz steif schlagen. Die Butter mit dem Zucker in etwa 2 Minuten cremig schlagen. Die Eigelbe nacheinander unterrühren. In einer zweiten Schüssel das Mehl mit dem Backpulver vermengen und unter die Masse rühren. Mandeln, Walnüsse, Ingwer, Orangenschale und -saft kurz unterrühren. Zuletzt den Eischnee vorsichtig unterheben.

3 Die Cupcake-Masse auf die Förmchen verteilen und im Backofen auf der mittleren Schiene in etwa 30 Minuten goldgelb backen (Stäbchenprobe!). Die Muffins mit den Papierförmchen aus der Form heben und auf einem Kuchengitter auskühlen lassen.

4 Für das Topping die Butter mit dem Puderzucker in etwa 2 Minuten cremig schlagen. Zum Schluss den Zimt einrieseln lassen. Den Frischkäse mit der Hand behutsam, aber zügig unterrühren. Die Creme für 15 Minuten in den Kühlschrank stellen.

5 Anschließend die Creme in den Spritzbeutel geben und damit die Cupcakes verzieren. Dazu den Spritzbeutel senkrecht halten und unter Druck einmal am Rand herumfahren, dann in derselben Bewegung nach innen gehen, sodass sich die Lagen überlappen, und in der Mitte angekommen nach oben wegziehen, dabei immer weniger Druck ausüben. Die Cupcakes mit Haselnusskrokant garniert servieren.

Tipp:

Keine Spritztülle zur Hand oder eine zittrige Hand? Kein Problem! Streiche einfach das Topping mithilfe eines Spatels auf die Cupcakes. Das sieht dann wilder aus, kann aber auch reizvoll sein. Selbst gemacht eben.

Eigene Ideen & Notizen

Frischkäse-
LIMETTEN-TORTE

Punkte

Das ist etwas für die heißen Tage, denn du brauchst keinen Backofen, der die Bude unnötig aufheizt. Zum Runterkühlen kommt der Kuchen in den Kühlschrank und du ins Freibad. Wenn du wiederkommst, wartet die sahnigste Erfrischung auf dich.

Für 8 Stücke

Für den Boden:

150 g Löffelbiskuits

75 g Butter

Für die Creme:

1 kleine unbehandelte Limette

250 g Frischkäse (natur)

100 g Zucker

1 Pck. Gelatinepulver

400 g Sahne

Zum Garnieren:

einige Minzeblätter

1 Für den Boden die Löffelbiskuits in der Küchenmaschine grob zerkleinern. Alternativ in einen Gefrierbeutel geben und mit dem Nudelholz auf der Arbeitsfläche zerklopfen. Die Butter in einem kleinen Topf schmelzen und die Biskuitbrösel untermischen. Eine Springform (ø 24 cm) mit Backpapier auslegen. Die Buttermasse darin verteilen und mit einem Löffel etwas fest drücken. Kühl stellen.

2 Für die Creme die Limette heiß abwaschen, trockentupfen und die Schale mit einem Zestenreißer dünn abziehen. Die Limette halbieren und den Saft auspressen. Den Frischkäse mit Zucker, Limettensaft- und schale verrühren. In einem kleinen Topf die Gelatine mit 150 ml Wasser anrühren und 10 Minuten quellen lassen. Dann unter Rühren erhitzen, aber nicht kochen, bis die Gelatine sich aufgelöst hat. Vom Herd nehmen und etwas abkühlen lassen, dann unter die Frischkäsecreme ziehen. Diese kalt stellen, bis sie zu gelieren beginnt (das dauert etwa 10 Minuten). Dann die Sahne steif schlagen und unter die Frischkäsecreme heben.

3 Die Frischkäsecreme auf dem Biskuitboden in der Springform verteilen und glatt streichen. Für mindestens 2 Stunden kalt stellen. Zum Servieren mit Minzeblättern garnieren.

Eigene Ideen & Notizen

Schoko-Cakepops

Punkte

Zugegeben, dieses Gebäck ist eine kleine Spielerei. Aber eine leckere! Hast du Kuchenreste vom Den-perfekten-Marmorkuchen-Üben herumliegen? Hier bekommen sie eine zweite Chance!

Für 20 Stück

Für den Schokokuchen:
- 150 g weiche Butter plus etwas für die Form
- 100 g Zucker
- 1 Prise Salz
- 2 Eier (M)
- 100 g Weizenmehl (Type 405)
- 30 g Speisestärke
- 2 EL Kakao
- 2 TL Backpulver
- 50 ml Milch

Für die Cakepops:
- 150 g Frischkäse (natur)
- 100 g Puderzucker

Für die Garnierung:
- 300 g Zartbitterschokolade
- 3 EL Sahne
- Zuckerstreusel und/oder -perlen, gefärbter Zucker, gemahlene Nüsse, Kokosraspel (nach Belieben)

Außerdem:
- 20 Cakepop-Stiele oder Holzspieße

1 Den Backofen auf 180 °C Ober-/Unterhitze vorheizen und eine Kastenform (20 cm Länge) fetten. Die Butter mit dem Zucker und dem Salz in etwa 2 Minuten cremig schlagen. Die Eier nacheinander unterrühren. In einer zweiten Schüssel das Mehl mit der Stärke, dem Kakao und dem Backpulver vermengen und zusammen mit der Milch unter die Masse rühren.

2 Die Masse in die Form füllen und im Backofen auf der mittleren Schiene in etwa 60 Minuten goldbraun backen (Stäbchenprobe!). Herausnehmen und in der Form auskühlen lassen.

3 Den Kuchen in einer Schüssel zerbröseln. Frischkäse und Puderzucker unterrühren und alles mit den Händen zu einer glatten Masse kneten. Kleine Kugeln formen (ø 3 cm) und auf die Cakepop-Stiele oder Holzspieße stecken.

4 Für die Garnierung die Schokolade grob hacken und unter Rühren über dem Wasserbad schmelzen. Vom Herd nehmen und die Sahne unterrühren. Die gewünschten Toppings auf separate kleine Teller verteilen. Die Cakepops vollständig in den Guss tauchen, gut abtropfen lassen, etwas antrocknen lassen und jeweils in einem Topping wälzen. Dann zum Trocknen in Gläser stellen oder in einen Styroporblock stecken.

Dein Fortschritt!

Um dieses Kapitel erfolgreich abzuschließen und zur Mixer-Dompteurin bzw. zum Mixer-Dompteur aufzusteigen, brauchst du 25 Punkte.

Unter den Kapitelseiten verstecken sich drei verschiedene Challenges. Finde sie und löse die Aufgaben, um Extra-Punkte zu erhalten.

Auf dieser Doppelseite kannst du deinen Fortschritt tracken. Klebe dazu einfach die Sticker auf.

Einfacher Sandkuchen 

Amerikaner  

Kalter Hund 

Zucchinikuchen 

Chocolate Brownies   

Gewürz-Gugelhupf  

Zitronenmuffins 

Nusskuchen  

Bananenbrot 

Chocolate Chip Cookies

Kleiner Käsekuchen

Marmorkuchen

Russischer Zupfkuchen

Karotten-Cupcakes

Frischkäse-Limetten-Torte

Schoko-Cakepops

Challenge 1

Challenge 2

Challenge 3

PUNKTE GESAMT: ____________________

MIXER-DOMPTEURIN

Den ersten Teil hast du gemeistert, doch es geht noch weiter!
Am Ende dieses Kapitels brauchst du 20 Punkte,
um eine wirkliche Kuchenqueen (oder auch Kuchenking) zu werden.
Die Punkte kannst du entweder durch
das Nachbacken der Rezepte sammeln oder durch die Challanges,
die du in diesem Kapitel findest.

Viel Erfolg!

Welche Rezepte aus dem nachfolgenden Kapitel willst du auf jeden Fall backen? Trage Sie hier ein.

MEINE BACKET-LIST

Tipp:

Das Baiser läuft gerne Gefahr, an der Form anzuhaften und sich dann nach dem Backen schwer zu lösen. Um dies zu verhindern, lasse beim Auftragen der Baisermasse ein wenig Luft hin zum Rand.

Deine Challenges!

1. Wand'e ein „Grundrezept" zu deiner ganz persönlichen Backkreation ab. Das kann ein Aroma sein, das du einem normalen Rührteig hinzufügst. Oder du funktionierst einen Donut zu einem Krapfen um.

Eigene Ideen & Notizen

Punkte

Rhabarberkuchen mit BAISERHAUBE

April, April, es ist Rhabarberzeit! Dass Rhabarber ein Gemüse und kein Obst ist, hast du vermutlich schon einmal gehört. Aber wusstest du, dass er zu den Knöterichgewächsen zählt und damit mit dem Buchweizen verwandt ist? Wieder was gelernt …

Für 12 Stücke

- 400 g Rhabarber
- 150 g weiche Butter plus etwas für die Form
- 250 g Zucker
- 1 Pck. Vanillezucker
- 5 Eier
- 150 g Weizenmehl (Type 405)
- 75 g Speisestärke
- 1 TL Backpulver
- 1 Prise Salz
- 30 g Mandelblättchen

1 Den Backofen auf 180 °C Ober-/Unterhitze vorheizen und eine Springform fetten. Den Rhabarber putzen, waschen und in 3 cm lange Stücke schneiden.

2 Die Butter mit 100 g Zucker und dem Vanillezucker in etwa 2 Minuten cremig schlagen. Drei Eier trennen und die Eigelbe sowie die beiden ganzen Eier nacheinander unterrühren. In einer zweiten Schüssel das Mehl mit der Stärke und dem Backpulver vermengen und unter die Masse rühren. Diese in die Form füllen und mit dem Rhabarber belegen. Den Kuchen im Backofen auf der mittleren Schiene in 35 Minuten goldgelb backen.

3 Während der Kuchen noch im Ofen ist, die Eiweiße mit dem Salz steif schlagen. Den restlichen Zucker unter weiterem Schlagen einrieseln lassen. Die Baisermasse auf den heißen Kuchen streichen und mit Mandelblättchen bestreuen. Den Kuchen im Backofen in 20 Minuten fertig backen. Herausnehmen, den Rand vorsichtig lösen und den Kuchen vor dem Servieren auskühlen lassen.

Tipp:

Gemahlenen Mohn bekommt man nicht in allen Supermärkten. Wenn du keinen gemahlenen findest, kannst du auch ganzen kaufen und in einer Kaffeemühle mahlen. Manche Reformhäuser bieten auch den Service an, dir deinen Mohn vor Ort zu mahlen.

Punkte

Mohn KUCHEN

Dieser Kuchen kommt in Gefängnissen nicht auf den Tisch. Nicht, weil man den Sträflingen nichts gönnt, sondern da das in geringen Mengen enthaltene Morphin zu positiven Drogentestergebnissen führen kann. Die Feile muss also in einem anderen Kuchen eingebacken werden …

Für 25 Stücke

Für den Biskuit:
- Butter für das Blech
- 4 Eier (M)
- 100 g Zucker
- 1 Prise Salz
- 80 g Weizenmehl (Type 405)
- 1/2 TL Backpulver

Für die Mohnmasse:
- 400 g gemahlener Mohn
- 150 g Zucker
- 1 l Milch
- 200 g Grieß
- 2 Eier (M)

Für die Garnierung:
- 100 g Mandelblättchen

1 Den Backofen auf 180 °C Ober-/Unterhitze vorheizen, ein tiefes Backblech (etwa 30 × 40 cm) fetten. Für den Biskuit Eier, Zucker und Salz in etwa 2 Minuten schaumig schlagen. In einer zweiten Schüssel Mehl und Backpulver sorgfältig miteinander vermengen und unter die Eiermasse rühren. Die Masse auf das Backblech streichen und im Backofen auf der mittleren Schiene 10 Minuten backen. Herausnehmen.

2 Für die Füllung den Mohn mit dem Zucker vermengen. Die Milch in einem Topf zum Kochen bringen, die Mohnmischung einrühren. Dann den Grieß hinzugeben und das Ganze unter Rühren erneut aufkochen, die Hitze reduzieren und alles unter Rühren etwa 2 Minuten köcheln lassen. Vom Herd nehmen und in eine Schüssel umfüllen und auskühlen lassen.

3 Den Backofen erneut auf 180 °C Ober-/Unterhitze vorheizen. Die Eier unter die Mohnmasse rühren. Die Mischung auf den Biskuitboden geben und im Backofen auf der mittleren Schiene 45 Minuten backen. 15 Minuten vor Ende der Backzeit die Mandelblättchen über den Kuchen streuen. Herausnehmen und auf dem Blech auskühlen lassen.

Eigene Ideen & Notizen

Butter KUCHEN

Punkte

Der Name wird dem Kuchen nicht gerecht. Butterkuchen klingt so langweilig und angestaubt. Dabei ist die knusprige, leicht karamellisierte Mandel-Kruste ein Traum und der fluffige Hefeteig einfach himmlisch. Muss man probiert haben!

Für 12 Stücke

Für den Teig:

- 125 ml Milch
- 30 g Butter plus etwas für die Form
- 20 g frische Hefe
- 50 g Zucker
- 200 g Weizenmehl (Type 405) plus etwas zum Arbeiten
- 1 Prise Salz
- 1 Ei (S)

Für die Mandelschicht:

- 75 g Butter
- 50 g Zucker
- 150 g Mandelblättchen

1 Für den Teig die Milch mit der Butter in einem kleinen Topf lauwarm erhitzen (nicht zu warm!). Vom Herd nehmen und die Hefe sowie den Zucker darin auflösen. Mehl, Salz, Ei und Hefemischung mit den Knethaken des Handrührgerätes in etwa 5 Minuten zu einem geschmeidigen Teig kneten. Diesen mit einem feuchten Küchentuch abdecken und an einem warmen Ort mindestens 30 Minuten gehen lassen, bis er sein Volumen verdoppelt hat.

2 Eine Springform (ø 28 cm) fetten. Den Teig mit den Händen auf der bemehlten Arbeitsfläche durchkneten, zu einer Kugel formen und diese mit dem Nudelholz auf Größe der Springform ausrollen. In die Form setzen und nochmals abgedeckt 10 Minuten gehen lassen.

3 Den Backofen auf 200 °C Ober-/Unterhitze vorheizen. Die Butter in Flöckchen auf dem Kuchen verteilen, dann den Zucker darüberstreuen und die Mandelblättchen darauf verteilen. Den Kuchen im Backofen auf der mittleren Schiene etwa 20 Minuten backen, bis er schön goldbraun ist. Herausnehmen und auskühlen lassen. Anschließend den Rand vorsichtig lösen und den Kuchen servieren.

Tipp:

Es stimmt, Hefeteig ist etwas empfindlich. Aber mit frischer Hefe gelingt er meist einwandfrei. Du musst nur darauf achten, dass er keinen Zug abbekommt. Also immer schön abdecken.

Tipp:

Für einen klassischen Mürbeteig wird eigentlich sehr kalte Butter in kleine Würfel geschnitten, zum Mehl und Zucker gegeben und mit zwei Messern darin „gehackt", also immer kleiner geschnitten, bis sich alles zu einem Teig verbindet. Ein Schluck eiskaltes Wasser wird meist auch eingearbeitet. So wird der Teig supermürbe, läuft aber auch Gefahr, vollständig zu zerbröseln.

Erdbeer KUCHEN

Punkte

Mit diesem aufgemotzten Rezept kannst jeden beeindrucken, dennoch ist es relativ einfach zu bewerkstelligen. Vorausgesetzt, du traust dich an den Mürbeteig heran. Dieser ist aber auch kein Hexenwerk, wenn du dich an die Anleitung hältst.

Für 12 Stücke

Für den Teig:

180 g weiche Butter plus etwas für die Form
80 g Puderzucker
1 Prise Salz
225 g Weizenmehl (Type 405) plus etwas zum Arbeiten

Für den Belag:

500 g Erdbeeren
100 g weiße Schokolade
500 ml Milch
1 Pck. Vanillepuddingpulver
3 EL Zucker
1 Pck. klarer Tortenguss

Außerdem:

500 g getrocknete Hülsenfrüchte zum Blindbacken

1 Für den Teig die Butter mit dem Zucker und dem Salz in etwa 2 Minuten cremig schlagen. Das Mehl mit den Knethaken des Handrührgeräts rasch unterrühren, bis ein weicher Mürbeteig entstanden ist. Diesen in Frischhaltefolie wickeln und für 30 Minuten in den Kühlschrank legen.

2 Den Backofen auf 180 °C Ober-/Unterhitze vorheizen und eine Tarteform (ø 26 cm) fetten und mit Mehl ausstäuben. Den Teig auswickeln, auf der bemehlten Arbeitsfläche rund ausrollen und die Form damit auslegen. An den Rändern einen Rand hochziehen. Den Boden mehrmals mit einer Gabel einstechen. Einen Bogen Backpapier darauflegen und mit den Hülsenfrüchten beschweren. Den Boden im Backofen auf der mittleren Schiene in 20 Minuten durchbacken. Herausnehmen, die Hülsenfrüchte mit dem Backpapier entfernen (sie können immer wieder verwendet werden!) und in der Form auf einem Kuchengitter auskühlen lassen.

3 Für den Belag die Erdbeeren waschen, trockentupfen, den Stielansatz entfernen und die Früchte halbieren. Die Schokolade grob hacken. 4 EL Milch mit dem Puddingpulver und 1 EL Zucker verquirlen. Die restliche Milch in einem Topf zum Kochen bringen und die Puddingmischung mit einem Schneebesen unterrühren. Unter weiterem Rühren aufkochen, vom Herd nehmen, die Schokolade hinzugeben und unter Rühren etwas abkühlen lassen.

4 Den Pudding auf dem Boden verstreichen und mit Erdbeeren belegen. 250 ml Wasser mit dem Tortenguss und dem restlichen Zucker unter Rühren zum Kochen bringen. Vom Herd nehmen, kurz abkühlen lassen, bis er beginnt, anzudicken. Sofort über die Erdbeeren gießen, festwerden lassen und direkt oder gekühlt servieren.

Eigene Ideen & Notizen

Punkte

Lava-CAKES

Darüber haben sich wohl schon viele Hobbybäcker den Kopf zerbrochen: Wie bekommt man nur diesen verflixten flüssigen Kern hin? Die Lösung ist simpel, braucht aber seine Zeit. Nämlich eine Nacht im Kühlschrank.

Für 6 Stück

- 140 g Zartbitterschokolade
- 120 g Butter plus etwas für die Förmchen
- 4 Eier (M)
- 125 g Zucker
- 80 g Mehl
- 1 EL Kakao plus etwas zum Bestäuben

1 Die Schokolade grob hacken und mit der Butter unter Rühren über dem Wasserbad schmelzen. Vom Herd nehmen.

2 Die Eier mit dem Zucker schaumig schlagen, die Schokolade unterrühren und zuletzt Mehl und Kakao unterheben. Die Masse über Nacht in den Kühlschrank stellen oder, wenn es schnell gehen soll, für 30 Minuten ins Gefrierfach geben.

3 Anschließend den Backofen auf 180 °C Ober-/Unterhitze vorheizen und sechs Backförmchen (ø 8 cm) fetten. Die kalte Schokomasse in die Förmchen füllen und im Backofen auf der mittleren Schiene 11 Minuten backen. Herausholen, direkt auf Teller stürzen, mit Kakao überstäuben und sofort servieren.

Eigene Ideen & Notizen

Maulwurf-KUCHEN

Punkte

Dieser Kuchen macht glücklich, das ist wissenschaftlich bewiesen.
Ähm … ehrlich gesagt habe ich keine Studie dazu gefunden.
Es ist also höchste Zeit, das nachzuholen. Lade Testesser ein und befrage sie nach dem Genuss zu ihrem Glücksempfinden.

Für 8 Stücke

Für den Boden:
- 100 g weiche Butter plus etwas für die Form
- 100 g Zucker
- 3 Eier (M)
- 150 g Weizenmehl
- 2 EL Kakao
- 1 TL Backpulver
- 50 ml Milch

Für die Füllung:
- 200 g Sahne
- 1 EL Zucker
- 1 Pck. Sahnefestiger
- 30 g Schokoraspel
- 2 Bananen

1 Den Backofen auf 180 °C Ober-/Unterhitze vorheizen und eine Springform (ø 24 cm) fetten. Die Butter mit dem Zucker in etwa 2 Minuten cremig schlagen. Die Eier nacheinander unterrühren. In einer zweiten Schüssel das Mehl mit dem Kakao und dem Backpulver vermengen und unter die Masse rühren. Zuletzt die Milch unterrühren.

2 Die Masse in die Form füllen und im Backofen auf der mittleren Schiene 30 Minuten backen (Stäbchenprobe!). Herausnehmen und in der Form auskühlen lassen. Vorsichtig den Rand der Form mithilfe eines schmalen Messers lösen und entfernen. Mit einem Esslöffel den Boden in der Mitte etwa 1 cm tief aushöhlen und die Brösel beiseitestellen.

3 Für die Füllung die Sahne steif schlagen. Zum Schluss den mit Zucker gemischten Sahnefestiger einrieseln lassen. Nicht zu lange schlagen! Die Schokoraspel unterheben. Die Bananen schälen, in Scheiben schneiden und auf dem ausgehöhlten Kuchenboden verteilen. Die Sahne kuppelförmig darauf schichten und die Schokobrösel darüberstreuen. Bis zum Servieren kalt stellen.

Punkte

Linzer TORTE

Das älteste überlieferte Tortenrezept stammt aus dem 17. Jahrhundert und beschreibt, wie eine Linzer Torte gebacken wird.
Als Mutter aller Torten hat sie definitiv einen Platz unter den Rezepten verdient, die man zumindest einmal gebacken haben sollte.

Für 12 Stücke

Für den Teig:

250 g weiche Butter plus etwas für die Form

100 g Puderzucker

1 Prise Salz

200 g Weizenmehl (Type 405) plus etwas zum Arbeiten

100 g gemahlene blanchierte Mandeln

Für den Belag:

200 g Himbeerkonfitüre

1 Für den Teig die Butter mit dem Zucker und dem Salz etwa 2 Minuten lang cremig schlagen. Dann das Mehl und die Mandeln mit den Knethaken des Handrührgeräts rasch unterrühren, bis ein recht weicher Mürbeteig entstanden ist. Diesen in Frischhaltefolie wickeln und für 30 Minuten in den Kühlschrank legen.

2 Den Backofen auf 180 °C Ober-/Unterhitze vorheizen und eine Springform (ø 26 cm) fetten. Den Teig auswickeln, zwei Drittel davon auf der bemehlten Arbeitsfläche rund ausrollen und damit die Form auslegen. An den Rändern nur etwas hochziehen, sodass ein niedriger Rand entsteht. Die Konfitüre daraufstreichen.

3 Den restlichen Teig auf der bemehlten Arbeitsfläche 5 mm dünn ausrollen und in etwa 2 cm breite Streifen schneiden. Mit diesen ein Netz auf den Kuchen legen und am Rand andrücken. Überstehenden Teig abschneiden.

4 Den Kuchen im Backofen auf der mittleren Schiene in 30 Minuten goldgelb backen. Herausnehmen, etwas abkühlen lassen. Vorsichtig den Rand der Form mithilfe eines schmalen Messers lösen und entfernen. Den Kuchen auf einem Kuchengitter vollständig auskühlen lassen.

Tipp:

Wenn es schnell gehen soll, kannst du das Blindbacken überspringen und den rohen Teigboden direkt mit der Kürbismasse füllen. Evtl. muss die Tarte dann etwas länger backen. Achtung: Das funktioniert nur bei Tartes, bei denen die Füllung mitgebacken wird. Bei anderen (z. B. der Erdbeerkuchen auf Seite 52) würde der Boden ohne Füllung Blasen werfen und der Rand in sich zusammenfallen.

Kürbis-TARTE

Punkte

Tartes gibt es schon sein vielen Jahrhunderten,
ursprünglich waren sie ausschließlich herzhaft mit Fleisch und Gemüse gefüllt.
Gemüse spielt auch bei dieser Füllung die Hauptrolle,
den Speck lassen wir aber lieber weg.

Für 12 Stücke

Für den Teig:

180 g weiche Butter plus etwas für die Form

80 g Puderzucker

1 Prise Salz

225 g Weizenmehl (Type 405) plus etwas zum Arbeiten

Für die Füllung:

400 g Muskatkürbis

3 Eier (M)

100 g brauner Zucker

100 g Crème fraîche

1 Prise frisch geriebene Muskatnuss

1/2 TL gemahlener Zimt

Außerdem:

500 g getrocknete Hülsenfrüchte zum Blindbacken

1 Für den Teig die Butter mit dem Zucker und dem Salz in etwa 2 Minuten cremig schlagen. Das Mehl mit den Knethaken des Handrührgeräts rasch unterrühren, bis ein weicher Mürbeteig entstanden ist. Diesen in Frischhaltefolie wickeln und für 30 Minuten in den Kühlschrank legen.

2 Den Backofen auf 180 °C Ober-/Unterhitze vorheizen und eine Tarteform (ø 26 cm) fetten und mit Mehl ausstäuben. Den Teig auswickeln, auf der bemehlten Arbeitsfläche rund ausrollen und die Form damit auslegen. Dabei einen Rand hochziehen. Den Boden mehrmals mit einer Gabel einstechen. Einen Bogen Backpapier darauflegen und mit den Hülsenfrüchten beschweren. Den Boden im Backofen auf der mittleren Schiene 15 Minuten backen. Herausnehmen, die Hülsenfrüchte mit dem Backpapier entfernen.

3 Inzwischen für die Füllung den Kürbis schälen, entkernen und in grobe Stücke schneiden. Wasser in einem Topf zum Kochen bringen und den Kürbis darin in etwa 10 Minuten weich kochen. Das Wasser abgießen und mit dem Pürierstab fein pürieren. In einer Schüssel Eier, Zucker, Crème fraîche, Muskatnuss und Zimt verquirlen. Dann das Kürbispüree unterrühren.

4 Die Kürbismasse auf den vorgebackenen Boden streichen und im Backofen 45 Minuten backen. Herausnehmen und in der Form auf einem Kuchengitter auskühlen lassen.

Punkte

Donau-WELLEN

Drei Schichten, die unterschiedlicher nicht sein könnten, vereinen sich zu einem köstlichen Gespann: ein fluffiger zweifarbiger Teig mit fruchtigen Kirschen gefolgt von einer samtigen Creme und getoppt mit einer knackigen Schokodecke. Hmmm!

Für 15 Stücke

Für den Boden:
- 250 g weiche Butter plus etwas für das Blech
- 200 g Zucker
- 6 Eier (M)
- 350 g Weizenmehl (Type 405)
- 1 Pck. Backpulver
- 3 EL Kakao
- 1 Glas Sauerkirschen (Abtropfgewicht 350 g)

Für die Creme:
- 500 ml Milch
- 1 Pck. Vanillepuddingpulver
- 100 g Zucker
- 250 g weiche Butter

Für den Guss:
- 200 g Zartbitterschokolade
- 75 g Butter

1 Den Backofen auf 175 °C Ober-/Unterhitze vorheizen und ein Backblech (30 × 40 cm; am besten mit hohem Rand oder Backrahmen darumlegen) fetten. Für den Boden die Butter mit dem Zucker in etwa 2 Minuten cremig schlagen. Die Eier nacheinander unterrühren. In einer zweiten Schüssel Mehl und Backpulver miteinander vermengen und unter die Eiermasse rühren. Die Hälfte der Masse auf dem Blech verteilen. Unter die zweite Hälfte den Kakao rühren und auf die helle Masse geben. Die Sauerkirschen abtropfen lassen und auf dem Boden verteilen. Den Boden im Backofen auf der mittleren Schiene 35 Minuten backen (Stäbchenprobe!). Herausnehmen und auskühlen lassen.

2 Für die Creme 100 ml Milch mit dem Puddingpulver und dem Zucker verquirlen. Die restliche Milch in einem Topf aufkochen und die Puddingmasse unterrühren. Nochmals aufwallen lassen, vom Herd nehmen und bei Zimmertemperatur auskühlen lassen. Die Butter cremig schlagen und den Pudding nach und nach unterrühren. Die Buttercreme auf dem Kuchen verstreichen und für 30 Minuten in den Kühlschrank stellen.

3 Für den Guss die Schokolade grob hacken und mit der Butter unter Rühren über dem Wasserbad schmelzen. Den Kuchen aus dem Kühlschrank nehmen, den Guss darüber verteilen und glatt streichen. Kuchen in einzelne „Wellen“ schneiden und servieren.

Eigene Ideen & Notizen

Eigene Ideen & Notizen

Franz-BRÖTCHEN

Punkte

Hamburg, meine Perle … zur Hansestadt gehören nicht nur der Kultstadtteil Sankt Pauli und der Elbstrand, sondern auch dieses besonders leckere Gebäck. Mit ein bisschen Übung bekommst du die kleinen Schlingel hin wie ein ausgefuchster Hamburger Bäckermeister.

Für 12 Stück

Für den Teig:
250 ml Milch
70 g Butter
40 g frische Hefe
50 g Zucker
500 g Weizenmehl (Type 405) plus etwas zum Arbeiten
1 Prise Salz
2 Eigelb (M)

Für die Füllung:
75 g weiche Butter
100 g Zucker
3 TL gemahlener Zimt

Zum Bestreichen:
50 ml Milch

1 Für den Teig die Milch mit der Butter in einem kleinen Topf lauwarm erhitzen (nicht zu warm!). Vom Herd nehmen und die Hefe sowie den Zucker darin auflösen. Mehl, Salz, Eigelbe und Hefemischung mit den Knethaken des Handrührgeräts etwa 5 Minuten zu einem geschmeidigen Teig kneten. Diesen mit einem feuchten Küchentuch abdecken und an einem warmen Ort mindestens 30 Minuten gehen lassen, bis er sein Volumen verdoppelt hat.

2 Für die Füllung alle Zutaten cremig aufschlagen. Ein Backblech mit Backpapier belegen. Den Teig mit den Händen auf der bemehlten Arbeitsfläche durchkneten und zu einem Rechteck (50 × 30 cm) ausrollen. Dieses mit der Füllung bestreichen und von der langen Seite zu einer kompakten Rolle aufrollen. Diese in 12 gleich große Stücke schneiden und auf das Backblech legen. Dann in der Mitte quer mit dem Stiel eines Hochlöffels fest eindrücken. Mit einem Küchentuch abdecken und 20 Minuten gehen lassen.

3 Den Backofen auf 180 °C Ober-/Unterhitze vorheizen. Die Franzbrötchen mit der Milch bestreichen und im Backofen auf der mittleren Schiene in etwa 20 Minuten backen, bis sie goldbraun sind. Herausnehmen und auf dem Blech auskühlen lassen.

Punkte

Nuss-Ecken

Die allerbesten Nussecken kennt vermutlich auch jeder von seiner Oma. Wieder so ein Rezept, an dem man im direkten Vergleich also nur scheitern kann. Bloß nicht den Mut verlieren. Mit diesem Rezept bekommst auch du respektable Eckchen zuwege.

Für 24 Stück

Für den Teig:

- 150 g weiche Butter plus etwas für das Blech
- 100 g Zucker
- 1 Prise Salz
- 300 g Weizenmehl (Type 405) plus etwas zum Arbeiten
- 1 Ei (S)

Für den Belag:

- 200 g Butter
- 200 g Zucker
- 400 g grob gehackte Haselnüsse
- 100 g Aprikosenkonfitüre

Für den Guss:

- 200 g Zartbitterschokolade
- 75 g Butter

1 Für den Teig die Butter mit dem Zucker und dem Salz in etwa 2 Minuten cremig schlagen. Dann das Mehl und das Ei mit den Knethaken des Handrührgeräts rasch unterrühren, bis ein recht weicher Mürbeteig entstanden ist. Diesen in Frischhaltefolie wickeln und für 30 Minuten in den Kühlschrank legen.

2 In einem Topf für den Belag die Butter, den Zucker und 60 ml Wasser unter Rühren erhitzen, bis der Zucker sich aufgelöst hat. Dann die Haselnüsse unterrühren, vom Herd nehmen und etwas abkühlen lassen. Den Backofen auf 180 °C Ober-/Unterhitze vorheizen und ein Backblech (30 × 40 cm) fetten. Den Teig auf der bemehlten Arbeitsfläche auf Größe des Backblechs ausrollen und vorsichtig auf das Blech legen. Mit der Aprikosenkonfitüre bestreichen.

3 Die Haselnussmasse auf dem Teigboden verteilen und vorsichtig glatt streichen. Den Kuchen im Backofen auf der mittleren Schiene in etwa 25 Minuten goldbraun backen. Herausnehmen und auf dem Blech auskühlen lassen.

4 Für den Guss die Schokolade hacken und mit der Butter über dem Wasserbad schmelzen. Den Kuchen in Dreiecke schneiden und die Ränder mit dem Schokoladenguss bestreichen. Die Nussecken auf einem Kuchengitter trocknen lassen.

Eigene Ideen & Notizen

HEFEZOPF in zwei Varianten

Punkte

Der Graben ist tief zwischen Mohnzopfbefürwortern auf der einen und Nusszopffanatikern auf der anderen Seite. Um nicht zwischen die Fronten zu geraten, habe ich mich vorsichtshalber für beide Varianten entschieden. Hauptsache Zopf!

Für 15 Stücke

Für den Grundteig:

- 200 ml Milch
- 100 g Butter plus etwas für die Form
- 20 g frische Hefe
- 60 g Zucker
- 500 g Weizenmehl (Type 405) plus etwas zum Arbeiten
- 1 Prise Salz
- 1 Ei (M)

Für einen Mohnzopf:

- 200 g gemahlener Mohn
- 50 g Zucker
- 80 ml Milch
- 30 g Butter

Für einen Nusszopf:

- 200 g gemahlene Haselnüsse
- 50 g Zucker
- 100 g Sahne

1 Für den Teig die Milch mit der Butter in einem kleinen Topf lauwarm erhitzen (nicht zu warm!). Vom Herd nehmen und die Hefe sowie den Zucker darin auflösen. Mehl, Salz, Ei und Hefemischung mit den Knethaken des Handrührgerätes in etwa 5 Minuten zu einem geschmeidigen und glatten Teig kneten. Diesen mit einem feuchten Küchentuch sorgfältig abdecken und an einem warmen Ort mindestens 30 Minuten gehen lassen, bis er sein Volumen verdoppelt hat.

2 Für einen Mohnzopf den Mohn mit dem Zucker verrühren. In einem kleinen Topf die Milch mit der Butter aufkochen und den Mohn unterrühren. Unter Rühren 1 Minute erhitzen, vom Herd nehmen und 10 Minuten quellen lassen.

3 Für einen Nusszopf die Haselnüsse mit dem Zucker verrühren. In einem kleinen Topf die Sahne aufkochen, vom Herd nehmen und die Nussmischung unterrühren. 10 Minuten quellen lassen.

4 Eine lange Kastenform (30 cm Länge) fetten. Den Teig mit den Händen auf der bemehlten Arbeitsfläche durchkneten, zu einer Kugel formen und diese zu einem Quadrat mit einer Seitenlänge von 30 cm ausrollen. Die Mischung nach Wahl darauf verstreichen und den Teig zu einer Rolle aufrollen. Diese längs halbieren und die zwei Stränge umeinanderwickeln, sodass ein Zopf entsteht. Diesen vorsichtig in die Kastenform heben und erneut abgedeckt 15 Minuten gehen lassen. Den Backofen auf 180 °C Ober-/Unterhitze vorheizen.

5 Den Zopf im Backofen auf der mittleren Schiene in etwa 40 Minuten goldgelb backen. Herausholen, aus der Form stürzen und auf einem Kuchengitter auskühlen lassen.

Deine Challenges!

2. Um deiner Linzer Torte (S. 58) eine persönlichere Note zu geben, koch doch deine eigenen Himbeerkonfitüre ein. Das schmeckt nicht nur besser, sondern gibt auch satte Punkte!

Elisen-Lebkuchen

Punkte

Wer ist diese Elise und warum isst sie so gerne Lebkuchen?
Wer hat sich das nicht schon gefragt? Genau weiß man es nicht, aber vermutlich hat ein Nürnberger Lebkuchenfabrikant sein Produkt nach seiner Tochter Elisabeth benannt.

Für etwa 30 Stück

Für die Lebkuchen:
- 25 g Zitronat
- 25 g Orangeat
- 250 g Zucker
- 3 Eier (M)
- 1 TL gemahlener Zimt
- 1/2 TL gemahlene Gewürznelken
- 1/2 TL gemahlener Kardamom
- Abrieb von 1 unbehandelten Zitrone
- 200 g gemahlene Haselnüsse
- 50 g gemahlene blanchierte Mandeln
- 1/2 EL Weizenmehl (Type 405; nach Bedarf)
- große runde Oblaten

Für den Guss:
- 100 g Puderzucker
- 1/2 EL Rum
- 100 g Zartbitterschokolade
- 30 g Kokosfett

1 Das Zitronat und Orangeat ganz fein hacken. Zucker und Eier über dem Wasserbad in 1 Minute schaumig schlagen. Die Eiermasse vom Wasserbad nehmen und Gewürze, Zitronenabrieb, Zitronat und Orangeat unterrühren. Haselnüsse und Mandeln unterheben. Sollte der Teig sehr flüssig sein, noch das Mehl unterheben, sodass er streichfähig wird.

2 Den Backofen auf 140 °C vorheizen und zwei Bleche mit Backpapier belegen. Die Oblaten mit der Lebkuchenmasse bestreichen. Das funktioniert am besten mit einem angefeuchteten Spatel oder Messer. In der Mitte sollten sie 1,5 cm hoch sein und zum Rand hin abflachen. Die Lebkuchen auf die Bleche verteilen und im Backofen nacheinander auf der zweiten Schiene von oben 20 Minuten backen. Sie sollten nach dem Backen noch etwas weich sein. Herausnehmen und etwas abkühlen lassen.

3 Für den Zuckerguss den Puderzucker mit dem Rum und 1 EL heißem Wasser glatt rühren und damit ein Drittel der Lebkuchen bestreichen. Für den Schokoladenguss die Schokolade grob hacken und über dem Wasserbad schmelzen. Das Kokosfett unterrühren und mit dem Guss ein weiteres Drittel der Lebkuchen glasieren. Ein Drittel bleibt ohne Glasur. Nach Belieben können natürlich auch alle mit der Lieblingsglasur überzogen werden. Die getrockneten Lebkuchen in einem Gefrierbeutel aufbewahren, so halten sie sich lange frisch und bleiben weich.

Eigene Ideen & Notizen

Zimt-SCHNECKEN

Punkte

Zimtschnecken sind quasi das Nationalgebäck Schwedens (genauer ganz Skandinaviens). In Anlehnung daran habe ich dem Rezept noch einen Hauch Kardamom beigefügt, ebenfalls ein Klassiker der schwedischen Küche und Bestandteil jeder schwedischen Zimtschnecke.

Für 25 Stück

Für den Teig:

- 250 ml Milch
- 70 g Butter
- 40 g frische Hefe
- 50 g Zucker
- 500 g Weizenmehl (Type 405) plus etwas zum Arbeiten
- 1 Prise Salz
- 1/2 TL gemahlener Kardamom (nach Belieben)
- 2 Eigelb (M)

Für die Füllung:

- 75 g weiche Butter
- 150 g Zucker
- 4 TL gemahlener Zimt

Zum Bestreichen:

- 1 Ei (M)

Für den Guss:

- 125 g Puderzucker

1 Für den Teig die Milch mit der Butter in einem kleinen Topf lauwarm erhitzen (nicht zu warm!). Vom Herd nehmen und die Hefe sowie den Zucker darin auflösen. Mehl, Salz, Kardamom (falls verwendet), Eigelbe und Hefemischung mit den Knethaken des Handrührgerätes in etwa 5 Minuten zu einem geschmeidigen Teig kneten. Diesen mit einem feuchten Küchentuch abdecken und an einem warmen Ort mindestens 30 Minuten gehen lassen, bis er sein Volumen verdoppelt hat.

2 Für die Füllung alle Zutaten cremig aufschlagen. Ein Backblech mit Backpapier belegen. Den Teig mit den Händen auf der bemehlten Arbeitsfläche durchkneten und zu einem Rechteck (50 × 30 cm) ausrollen. Dieses mit der Füllung bestreichen und von der langen Seite zu einer kompakten Rolle aufrollen. Diese in 2 cm dicke Scheiben schneiden und mit Abstand zueinander auf das Backblech legen. Mit einem Küchentuch abdecken und 20 Minuten gehen lassen.

3 Den Backofen auf 180 °C Ober-/Unterhitze vorheizen. Das Ei verquirlen und die Zimtschnecken damit einstreichen. Anschließend im Backofen auf der mittleren Schiene in etwa 20 Minuten goldbraun backen. Danach auf dem Blech auskühlen lassen.

4 Für den Guss den Puderzucker mit 1 EL Wasser verrühren. An einem Gefrierbeutel ein kleines Eck abschneiden, den Zuckerguss hineinfüllen und damit Streifen auf die Zimtschnecken spritzen.

Gedeckter APFELKUCHEN

Punkte

Apfelkuchen gibt es gefühlt in Tausenden und Abertausenden Varianten. Ob feiner Apfelkuchen, Apfelstreuselkuchen, Schweizer Apfelkuchen, Apfelblechkuchen, Apfel-Schmand-Kuchen, Apfel-Apfel-Kuchen … ach ja, und gedeckter Apfelkuchen!

Für 12 Stücke

Für den Teig:

250 g weiche Butter plus etwas für die Form

100 g Puderzucker

1 Prise Salz

300 g Weizenmehl (Type 405) plus etwas zum Arbeiten

Für die Füllung:

1 kg Äpfel (z.B. Boskop)

Saft von 1/2 Zitrone

100 g Rohrohrzucker

1 EL Weizenmehl (Type 405)

1 Prise frisch geriebene Muskatnuss

1 Für den Teig die Butter mit dem Zucker und dem Salz in etwa 2 Minuten cremig schlagen. Dann das Mehl mit den Knethaken des Handrührgeräts rasch unterrühren, bis ein recht weicher Mürbeteig entstanden ist. Diesen in Frischhaltefolie wickeln und für 30 Minuten in den Kühlschrank legen.

2 Inzwischen die Äpfel für die Füllung schälen, vierteln und das Kerngehäuse entfernen. Die Apfelviertel längs in dünne Spalten schneiden und mit dem Zitronensaft überträufeln, sodass sie nicht braun werden. Die Apfelspalten mit dem Zucker, dem Mehl und der Muskatnuss vermengen.

3 Den Backofen auf 180 °C Ober-/Unterhitze vorheizen und eine hohe Tarte- oder Springform (ø 28 cm) fetten. Zwei Drittel des Teiges auf der bemehlten Arbeitsfläche rund ausrollen und damit die Form auslegen. An den Rändern hochziehen, sodass ein Rand entsteht. Den Boden mit einer Gabel mehrmals einstechen und die Apfelspalten darauf schichten.

4 Den restlichen Teig auf der bemehlten Arbeitsfläche 5 mm dünn ausrollen und in etwa 2 cm breite Streifen schneiden. Mit diesen ein Netz auf den Apfelkuchen legen und am Rand andrücken. Überstehenden Teig abschneiden.

5 Den Kuchen im Backofen auf der mittleren Schiene in 45 Minuten goldbraun backen. Herausnehmen, etwas abkühlen lassen und warm oder vollständig ausgekühlt servieren.

Eigene Ideen & Notizen

DONUTS

Punkte

Hier haben wir die amerikanische Variante des beliebten Teigkringels, doch die britische Schreibweise lässt eher Rückschlüsse auf die Herkunft des Wortes zu: Doughnut heißt wörtlich übersetzt „Teignuss" oder auch „Teigkuchen". Klar soweit, oder?

Für 16 Stück

Für die Donuts:
250 ml Milch
80 g Butter
25 g frische Hefe
50 g Zucker
500 g Weizenmehl (Type 405) plus etwas zum Arbeiten
1 Prise Salz
2 Eier (M)
1 l neutrales Speiseöl zum Frittieren

Für die Garnierung:
200 g Zartbitterschokolade
30 g Kokosfett
bunte Zuckerperlen (nach Belieben)

1 Für den Teig die Milch mit der Butter in einem kleinen Topf lauwarm erhitzen (nicht zu warm!). Vom Herd nehmen und die Hefe sowie den Zucker darin auflösen. Mehl, Salz, Eier und Hefemischung mit den Knethaken des Handrührgerätes in etwa 5 Minuten zu einem geschmeidigen und glatten Teig kneten. Diesen mit einem feuchten Küchentuch sorgfältig abdecken und an einem warmen Ort mindestens 30 Minuten gehen lassen, bis er sein Volumen verdoppelt hat.

2 Den Teig mit den Händen auf der bemehlten Arbeitsfläche durchkneten und 1,5 cm dick ausrollen. Dann mit einem Glas (ø 8 cm) Kreise ausstechen. Aus der Mitte jeweils einen kleineren Kreis ausstechen, zum Beispiel mit einem kleinen Dessertring. Erneut mit einem sauberen Küchentuch abdecken und 20 Minuten gehen lassen.

3 Inzwischen das Speiseöl in einem großen Topf auf 170 °C erhitzen (die Temperatur mit einem Küchenthermometer nachmessen; alternativ den Stiel eines Holzkochlöffels hineinhalten, wenn daran Bläschen aufsteigen, ist das Fett heiß genug). Nun die Donuts portionsweise im heißen Fett ausbacken. Dazu vorsichtig mit einer Schaumkelle hineinlegen und von jeder Seite etwa 2 Minuten frittieren, bis sie schön goldbraun sind. Herausnehmen und auf Küchenpapier abtropfen lassen.

4 Für die Garnierung die Schokolade grob hacken und mit dem Kokosfett unter Rühren über dem Wasserbad schmelzen. Die Oberseite der Donuts damit bestreichen und nach Belieben mit bunten Zuckerperlen bestreuen.

Tipp:

Für selbst gemachten Eierlikör 4 Eigelbe mit 125 g Puderzucker cremig schlagen. 200 g Sahne hinzufügen und kurz weiterschlagen. Zuletzt 100 ml Korn unterrühren und kalt stellen. Klar, ist mehr, als du für das Rezept brauchst. Aber kann ja nicht schaden, ein Likörchen parat zu haben, wenn unerwartet Besuch vorbeischaut.

Deine Challenges!

3. Hoch die Hände, Wochenende? Wohl kaum! Vielleicht ist nächstes Wochenende sowieso Regen angesagt, dann halte dir dieses für eine exzessive Backsession frei. Schaffst du drei Kuchen an zwei Tagen?

Eigene Ideen & Notizen

Punkte

Eierlikör-TORTE

Was darf auf keinem Kuchenbüfett fehlen? Also heißt es üben, üben, üben, sodass du beim nächsten Familienfest die perfekte Eierlikörtorte präsentieren kannst. Denn machen wir uns nichts vor, das ist ein knallharter Wettbewerb. Tante Erna kann einpacken!

Für 12 Stücke

Für den Boden:
100 g Zartbitterschokolade
4 Eier
100 g Zucker
1 Pck. Vanillezucker
30 g Weizenmehl (Type 405)
1 TL Backpulver
200 g geröstete gemahlene Haselnüsse
80 g weiche Butter plus etwas für die Form

Für die Garnierung:
50 g Preiselbeerkompott
500 g Sahne
1 EL Zucker
2 Pck. Sahnefestiger
50 g Schokoladenraspel
3 EL Eierlikör

1 Den Backofen auf 180 °C Ober-/Unterhitze vorheizen und eine Springform (ø 26 cm) fetten. Die Schokolade grob hacken und beiseitestellen. Die Eier in 2 Minuten schaumig aufschlagen. Zum Schluss den Zucker und den Vanillezucker einrieseln lassen und kurz weiterschlagen. In einer zweiten Schüssel das Mehl mit dem Backpulver vermengen und unter die Masse rühren. Schokolade und Haselnüsse unterheben und zuletzt die Butter einrühren.

2 Die Masse in die Form füllen und im Backofen auf der mittleren Schiene 45 Minuten backen (Stäbchenprobe!). Herausnehmen und in der Form auskühlen lassen. Vorsichtig den Rand der Form mithilfe eines schmalen Messers lösen und entfernen.

3 Den Boden auf eine Tortenplatte setzen und mit Preiselbeerkompott bestreichen. Die Sahne steif schlagen. Zum Schluss den mit Zucker gemischten Sahnefestiger einrieseln lassen. Nicht zu lange schlagen! Die Torte mit zwei Dritteln der Sahne überziehen, den Rand mit einem Palettmesser glatt streichen. Die restliche Sahne in einen Spritzbeutel mit Sterntülle füllen und kleine Tupfer am Rand der Torte dicht an dicht spritzen. Nur die Tupfer mit den Schokoraspeln bestreuen.

4 Die Torte bis zum Servieren kalt stellen und kurz vorher den Eierlikör in die Mitte geben.

Dein Fortschritt!

Um dieses Kapitel erfolgreich abzuschließen und zur Mixer-Dompteurin bzw. zum Mixer-Dompteur aufzusteigen, brauchst du 25 Punkte.

Unter den Kapitelseiten verstecken sich drei verschiedene Challenges. Finde sie und löse die Aufgaben, um Extra-Punkte zu erhalten.

Auf dieser Doppelseite kannst du deinen Fortschritt tracken. Klebe dazu einfach die Sticker auf.

Rhabarberkuchen mit Baiserhaube

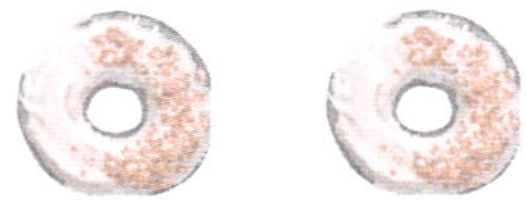

Mohnkuchen

Butterkuchen

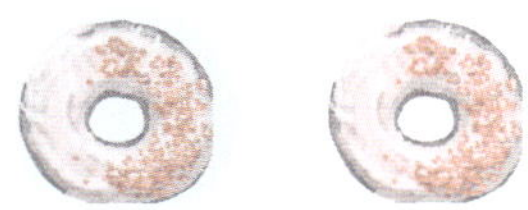

Erdbeerkuchen

Lava Cake

Maulwurfkuchen

Linzer Torte

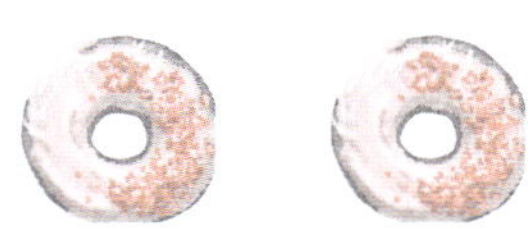

Kürbistarte

Donauwellen

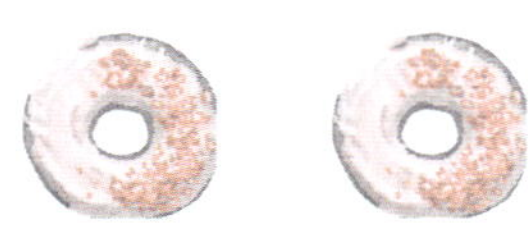

Franzbrötchen

Nussecken

Hefezopf in zwei Varianten

Elisenlebkuchen

Zimtschnecken

Gedeckter Apfelkuchen

Donuts

Eierlikörtorte

Challenge 1

Challenge 2

Challenge 3

PUNKTE GESAMT: ____________________

KUCHEN-KAMIKAZE

Fast hast du es geschafft! Nur noch wenige Punkte trennen dich vom Rang einer Tortenflüsterin bzw. eines Tortenflüsteres. Wenn du am Ende des Kapitels 20 Punkte geholt hast, scheint für dich nichts mehr unmöglich. Die Punkte kannst du entweder durch das Nachbacken der Rezepte sammeln oder durch die Challenges, die du in diesem Kapitel findest.

Viel Erfolg!

Welche Rezepte aus dem nachfolgenden Kapitel willst du auf jeden Fall backen? Trage Sie hier ein.

MEINE BACKET-LIST

Punkte

New York CHEESECAKE

Gefährliches Terrain, auf dem wir uns hier bewegen. Kaum ein Rezept ist so umstritten wie das für den einzig wahren New York Cheesecake. Aber wir versuchen einmal unser Glück und werfen unseren Hut in den Ring mit dem fast originalen New York Cheesecake.

Für 8 Stücke

Für den Boden:

100 g Karamellkekse

75 g Butter plus etwas für die Form

Für die Käsecreme:

1 kg Frischkäse (natur)

250 g Zucker

1 Pck. Vanillezucker

2 EL Weizenmehl (Type 405)

200 g Sauerrahm

5 Eier (L)

Für die Garnierung:

gemischte Beeren, geputzt und verlesen

1 Für den Boden die Kekse in der Küchenmaschine grob zerkleinern. Alternativ in einen Gefrierbeutel geben und mit dem Nudelholz auf der Arbeitsfläche zerklopfen. Die Butter in einem kleinen Topf schmelzen und die Keksbrösel untermischen. Eine Springform (ø 24 cm) fetten. Die Buttermasse darin verteilen und mit einem Löffel etwas fest drücken. Den Boden für 30 Minuten in den Kühlschrank stellen.

2 Für die Käsecreme den Frischkäse in etwa 1 Minute cremig schlagen. Nach und nach Zucker, Vanillezucker und Mehl unterrühren. Dann den Sauerrahm unterziehen, bis eine cremige Masse entstanden ist. Zuletzt die Eier nacheinander unterrühren.

3 Den Backofen auf 175 °C Ober-/Unterhitze vorheizen. Die Springform aus dem Kühlschrank holen und von unten fest in Alufolie einschlagen. Die Käsemasse in die Form füllen. Eine Fettpfanne mit Wasser füllen, die Springform in das Wasserbad stellen und das Ganze in den Ofen auf die unterste Schiene schieben. Den Kuchen 60 Minuten backen (während des Backens auf keinen Fall die Ofentüre öffnen, sonst fällt der Kuchen zusammen!).

4 Den Ofen ausschalten, die Türe einen Spalt weit öffnen und den Kuchen 1 Stunde im Ofen ruhen lassen. Dann herausholen und auf einem Kuchengitter auskühlen lassen. Den Springformrand mit einem schmalen Messer lösen und entfernen. Den fertigen Kuchen auf eine Tortenplatte geben und mit Beeren nach Geschmack garnieren.

Tipp:

Ich gebe zu, der legendäre New York Cheesecake ist die Mimose unter den Käsekuchen. Er braucht unbedingt ein Wasserbad, damit seine empfindliche Oberfläche nicht reißt. Und öffnet man den Ofen zu früh, fällt er in sich zusammen. Aber der Aufwand lohnt sich!

Eigene Ideen & Notizen

Sacher-TORTE

Punkte

Der Begriff ist nicht geschützt, so darf auch dieses Schätzchen den Namen Sachertorte tragen. Bevor du dich aber ans Backen machst, empfehle ich eine Reise nach Wien, um das Original zu testen. Sonst weiß man ja nicht, wie es schmecken soll …

Für 12 Stücke

Für den Kuchen:

- 150 g Zartbitterschokolade
- 6 Eier (M)
- 1 Prise Salz
- 100 g Puderzucker
- 150 g weiche Butter plus etwas für die Form
- 150 g Zucker
- 150 g Weizenmehl (Type 405) plus etwas für die Form

Für die Füllung:

- 350 g Aprikosenkonfitüre

Für den Guss:

- 200 g Zartbitterschokolade
- 200 g Sahne
- 20 g Butter

1 Den Backofen auf 175 °C Ober-/Unterhitze vorheizen und eine Springform (ø 26 cm) fetten und mit Mehl ausstäuben. Die Schokolade für den Kuchen grob hacken und unter Rühren über dem Wasserbad schmelzen. Vom Herd nehmen. Die Eier trennen und die Eiweiße mit dem Salz sehr steif schlagen. Den Puderzucker unter weiterem Schlagen einrieseln lassen. Die Butter mit dem Zucker in etwa 2 Minuten cremig schlagen. Die Eigelbe nacheinander unterrühren, dann portionsweise die flüssige Schokolade unterziehen. Den Eischnee abwechselnd mit dem Mehl nach und nach behutsam unterheben.

2 Die Masse in die Form füllen und im Backofen auf der mittleren Schiene etwa 50 Minuten backen (Stäbchenprobe!). Herausnehmen und in der Form auskühlen lassen. Dann aus der Form lösen und mit einem langen Messer längs halbieren.

3 Die Konfitüre in einem Topf unter Rühren erwärmen. Den unteren Tortenboden auf ein Kuchengitter setzen und die Hälfte der Konfitüre darauf streichen. Den oberen Boden darauf setzen und ebenfalls mit Konfitüre bestreichen.

4 Für den Guss die Schokolade grob hacken. Die Sahne mit der Butter in einem Topf zum Kochen bringen, die Schokolade unterrühren, vom Herd nehmen und 5 Minuten stehen lassen. Erneut durchrühren und den Guss auf der Torte verteilen. Mit einem Palettmesser glatt streichen, etwas trocknen lassen und die Torte zum Servieren auf eine Kuchenplatte setzen.

Punkte

Kleine KÄSESAHNETORTE

Die fluffige Creme und dieser Biskuit: ein Hauch von nichts! Da könnte man sich glatt vergucken … Doch vor dem Genuss steht die Arbeit und dann die Kühlzeit. Also erst einmal warten und von den Strapazen in der Küche erholen. Aber es lohnt sich!

Für 8 Stücke

Für den Biskuit:
- 2 Eier (M)
- 75 g Zucker
- 1 Prise Salz
- 60 g Weizenmehl (Type 405)
- 1/2 TL Backpulver

Für die Füllung:
- 5 Blatt Gelatine
- 500 g Sahnequark
- 100 g Zucker
- 1 Pck. Vanillezucker
- Abrieb von 1/2 unbehandelten Zitrone
- 300 g Sahne

Für die Garnierung:
- frische Beeren nach Saison, geputzt und verlesen

1 Den Backofen auf 180 °C Ober-/Unterhitze vorheizen und eine kleine Springform (ø 18 cm) mit Backpapier auslegen. Für den Biskuit Eier, Zucker und Salz in 2 Minuten sehr schaumig schlagen. In einer zweiten Schüssel Mehl und Backpulver sorgfältig miteinander vermengen und unter die Eiermasse rühren. Die Masse in die Form geben und im Backofen auf der mittleren Schiene 25 Minuten backen. Herausnehmen, den Rand entfernen, den Boden auf einem Kuchengitter auskühlen lassen und mit einem langen Messer längs halbieren.

2 Für die Füllung die Gelatine in kaltem Wasser einweichen. Inzwischen den Quark mit dem Zucker, dem Vanillezucker und dem Zitronenabrieb verrühren. Die Gelatine ausdrücken, mit 1 EL Wasser in einem kleinen Topf unter Rühren bei schwacher Hitze auflösen. 1 EL der Quarkmasse abnehmen und die Gelatine klumpenfrei unterrühren. Dann sorgfältig unter die restliche Quarkmasse rühren. Die Sahne steif schlagen (nicht zu lange!) und vorsichtig unterheben.

3 Den unteren Biskuitboden auf eine Tortenplatte setzen und einen Tortenring darumlegen. Zwei Drittel der Käse-Sahne-Creme daraufstreichen und mit dem zweiten Boden belegen. Die restliche Creme daraufstreichen und die Torte für mindestens 3 Stunden in den Kühlschrank stellen. Vor dem Servieren mit frischen Beeren garnieren.

Tipp:

Für eine große Käsesahnetorte (ø 28 cm) einfach die Mengen verdoppeln und den Biskuit 30 Minuten backen. Aus der Creme kannst du übrigens auch ein erfrischendes Dessert zaubern. Die Creme dazu einfach in Dessertschalen geben, kalt stellen und vor dem Servieren mit Beeren toppen. Ein Hit!

Eigene Ideen & Notizen

Wind-BEUTEL

Punkte 🍪🍪

Okay, keine Panik. Wenn du es bis hier geschafft hast, bekommst du das auch hin. Das Problem ist nicht das Fertigen des Brandteiges (das kann jedes Kind), die Kunst liegt darin, dass alles nach dem Backen nicht wieder zusammenfällt. Glück auf!

Für 15 Stück

- 50 g Butter
- 1 Prise Salz
- 150 g Weizenmehl (Type 405)
- 4 Eier
- 1/2 TL Backpulver
- 200 g Sahne
- 50 g Puderzucker

1 In einem Topf 250 ml Wasser mit der Butter und dem Salz aufkochen. Die Temperatur reduzieren und das Mehl mit einem Kochlöffel unterrühren, bis ein Teigkloß entsteht. Diesen unter Rühren etwa 2 Minuten bei schwacher Hitze abbrennen. Dabei wird die Oberfläche des Kloßes schön glatt.

2 Den Teig in eine Schüssel geben, kurz abkühlen lassen. Dann die Eier mit den Knethaken des Handrührgerätes nach und nach unterrühren, bis der Teig schön glänzt. Zuletzt das Backpulver unterrühren.

3 Den Backofen auf 200 °C Ober-/Unterhitze vorheizen und zwei Backbleche mit Backpapier belegen. Den Teig in einen Spritzbeutel mit Sterntülle (1,5 cm) füllen und 15 Windbeutel auf die Bleche spritzen. Diese nacheinander im Backofen auf der unteren Schiene in etwa 25 Minuten goldgelb backen. Die Backofentüre nicht öffnen, da sonst die Windbeutel zusammenfallen!

4 Die Windbeutel herausnehmen, abkühlen lassen und die Deckel abschneiden. Die Sahne steif schlagen, 30 g Puderzucker unter weiterem Schlagen einrieseln lassen. Die Sahne in einen Spritzbeutel mit Sterntülle (1,5 cm) geben und jeden Windbeutel damit kreisförmig füllen. Mit den Deckeln abschließen und mit dem restlichen Puderzucker bestäubt servieren.

Deine Challenges!

1. Suche dir eines der Gebäckrezepte aus, die es auch bei deiner Stammbäckerei um die Ecke gibt und backe es. Nun müssen deine Freunde herausfinden: Was ist von dir, was vom Bäcker?

Eigene Ideen & Notizen

Bienen-STICH

Punkte

Der wohl deutscheste aller Kuchen. Den Landsmännern und -frauen anderer Nationalitäten nicht süß, bunt oder chic genug, drückt er – unprätentiös wie er eben ist – das deutsche Naturell am treffendsten aus. Und die nussige Kruste kann doch auch entzücken, oder?

Für 24 Stücke

Für die Buttercreme:
- 800 ml Milch
- 2 Pck. Vanillepuddingpulver
- 2 EL Zucker
- 500 g weiche Butter
- 150 g Puderzucker

Für den Teig:
- 250 ml Milch
- 60 g Butter plus etwas für das Blech
- 40 g frische Hefe
- 50 g Zucker
- 500 g Weizenmehl (Type 405) plus etwas zum Arbeiten
- 1 Prise Salz
- 1 Ei (M)

Für den Belag:
- 100 g Butter
- 50 g Zucker
- 100 g Sahne
- 1 EL Honig
- 200 g Mandelblättchen

1 Für die Buttercreme 8 EL Milch mit Puddingpulver und Zucker verquirlen. Die restliche Milch zum Kochen bringen und die Puddingmischung unterrühren. Unter Rühren aufkochen, vom Herd nehmen, ein Stück Frischhaltefolie auf die Oberfläche legen, damit sich keine Haut bildet, und auf Zimmertemperatur abkühlen lassen.

2 Für den Teig die Milch mit der Butter in einem kleinen Topf lauwarm erhitzen (nicht zu warm!). Vom Herd nehmen und die Hefe sowie den Zucker darin auflösen. Mehl, Salz, Ei und Hefemischung mit den Knethaken des Handrührgerätes in etwa 5 Minuten zu einem geschmeidigen Teig kneten. Mit einem feuchten Küchentuch abdecken und an einem warmen Ort mindestens 30 Minuten gehen lassen, bis er sein Volumen verdoppelt hat.

3 Ein tiefes Backblech (etwa 30 × 40 cm) fetten. Den Teig mit den Händen auf der bemehlten Arbeitsfläche durchkneten und mit dem Nudelholz auf Größe des Blechs ausrollen. Auf das Blech legen und abgedeckt 10 Minuten gehen lassen. Den Backofen auf 200 °C Ober-/Unterhitze vorheizen.

4 Für den Belag alle Zutaten bis auf die Mandelblättchen unter ständigem Rühren zum Kochen bringen. Vom Herd nehmen und die Mandelblättchen unterrühren.

5 Den Teig mehrmals mit einer Gabel einstechen, mit dem Belag bestreichen und im Backofen auf der mittleren Schiene 20 Minuten backen. Danach und auf dem Blech auskühlen lassen. Mit einem langen Messer längs halbieren.

6 Für die Buttercreme die Butter (sie muss Zimmertemperatur haben!) mit dem Puderzucker in etwa 2 Minuten cremig schlagen. Nach und nach den Vanillepudding unterrühren. Die Buttercreme auf den unteren Boden streichen und den oberen Boden darauflegen. Den Kuchen bis zum Servieren kalt stellen.

Punkte

Zimt-STERNE

Ein Stern, der deinen Namen … Wo waren wir?
Wir sind bei der Meisterklasse des Weihnachtsgebäcks angelangt. Lecker sind sie ja, die kleinen Zuckerstückchen. Aber das Ausrollen des klebrigen Teiges ist nicht ohne, und das Baiser sollte auf keinen Fall bräunen!

Für 40 Stück

- 4 Eiweiß (M)
- 1 Prise Salz
- 300 g Puderzucker plus etwas zum Arbeiten
- Abrieb von 1 unbehandelten Zitrone
- 2 TL gemahlener Zimt
- 200 g gemahlene blanchierte Mandeln
- 200 g geröstete gemahlene Haselnüsse

1 Die Eiweiße mit dem Salz sehr steif schlagen. Den Zucker unter weiterem Schlagen einrieseln lassen. Etwa eine Tasse Eischnee abnehmen und beiseitestellen. Zitronenabrieb zusammen mit dem Zimt, den Mandeln und den Haselnüssen nur kurz unter den übrigen Eischnee ziehen.

2 Die Arbeitsfläche mit Puderzucker bestäuben und darauf die Hälfte des Teiges 1 cm dick ausrollen. Mit einer Form Sterne ausstechen. Falls der Teig an der Form kleben bleibt, diese immer wieder mit etwas Wasser anfeuchten. Den Teig zusammenkneten, ausrollen und erneut Sterne ausstechen, bis der Teig aufgebraucht ist. Mit der zweiten Hälfte des Teiges auf die gleiche Weise fortfahren.

3 Den Backofen auf 150 °C Ober-/Unterhitze vorheizen und zwei Bleche mit Backpapier belegen. Die Sterne mit dem beiseitegestellten Eischnee mithilfe eines Backpinsels bestreichen und auf die Bleche setzen. Die Zimtsterne nacheinander im Backofen auf der untersten Schiene 15–20 Minuten backen. Sie sollten sich nach dem Backen von unten noch etwas eindrücken lassen. Herausnehmen, auf den Blechen auskühlen lassen und in Blechdosen mit einem Apfelschnitz aufbewahren. So bleiben sie länger frisch und werden nicht trocken. Den Apfelschnitz regelmäßig gegen einen frischen austauschen.

Punkte

Schokoladen-Biskuitrolle

Oft gesehen ist dieser Tortenklassiker mit hellem Biskuit und frischen Früchtchen in der Creme. Diese Variante ist an die französische Bûche de Noël angelehnt. Ein Kuchen, der traditionell zu Weihnachten serviert wird und an einen Baumstamm erinnern soll.

Für 12 Stücke

Für den Biskuit:

- Butter für das Blech
- 4 Eier (M)
- 1 Eigelb (M)
- 100 g Zucker
- 1 Prise Salz
- 80 g Speisestärke
- 20 g Weizenmehl (Type 405)
- 1/2 TL Backpulver
- 2 EL Kakao

Für die Creme:

- 200 g Sahne
- 2 Pck. Vanillezucker
- 1 Pck. Sahnefestiger

Für die Garnierung:

- 80 g Mandelblättchen
- 200 g Zartbitterschokolade
- 75 g Butter

1 Den Backofen auf 200 °C Ober-/Unterhitze vorheizen, ein Backblech fetten und mit Backpapier belegen. Für den Biskuit Eier, Eigelb, Zucker und Salz in 2 Minuten sehr schaumig schlagen. In einer zweiten Schüssel Stärke, Mehl, Backpulver und Kakao sorgfältig miteinander vermengen und unter die Eiermasse rühren. Die Masse auf das Backblech streichen und im Backofen auf der mittleren Schiene 10 Minuten backen. Herausnehmen, mit dem Backpapier auf ein sauberes Küchentuch stürzen und das Papier mit kaltem Wasser bepinseln. Dann abziehen und den Biskuit mit dem Küchentuch vorsichtig aufrollen. Mit einem weiteren feuchten Küchentuch bedecken und auskühlen lassen.

2 Für die Creme die Sahne steif schlagen. Zum Schluss den mit Vanillezucker gemischten Sahnefestiger einrieseln lassen. Nicht zu lange schlagen! Die Biskuitrolle vorsichtig etwas entrollen. Aufpassen, dass sie nicht reißt! Mit der Creme füllen und wieder fest aufrollen. Bis zum Servieren kalt stellen.

3 Die Rolle erst kurz vor dem Servieren garnieren. Dazu die Mandelblättchen in einer Pfanne ohne Fett bei mittlerer Hitze in etwa 2 Minuten goldgelb rösten. Vom Herd nehmen und abkühlen lassen. Die Schokolade grob hacken und mit der Butter unter Rühren über dem Wasserbad schmelzen. Den Kuchen aus dem Kühlschrank nehmen und den Schokoladenguss darüber verteilen. Mit Mandelblättchen bestreut servieren.

Tipp:

Es gibt zahlreiche Tipps und Tricks, die einem das Rollen des Biskuits erleichtern sollen, ohne dass dieser bricht. Hier ist nur ein Weg aufgeführt. Trau dich und probiere, was für dich am besten funktioniert!

Schoko-Baumkuchen-HÄPPCHEN

Punkte

„Pah, so ein einfacher Rührkuchen. Das kann ich ja im Schlaf", denkst du vielleicht. Tja, was in der Theorie einfach erscheint, kann den besten Bäcker bei der Umsetzung ins Schwitzen bringen. Hier sind Timing und Organisation gefragt!

Für 45 Stück

- 9 Eier (M)
- 1 Prise Salz
- 200 g weiche Butter plus etwas für die Form
- 175 g Puderzucker
- 2 EL Sahne
- 2 EL Rum
- 1/2 TL gemahlener Kardamom
- 175 g Weizenmehl (Type 405)
- 1 EL Kakao
- 1/2 EL Milch
- 200 g Aprikosenkonfitüre
- 1 Handvoll Pistazienkerne, ganz grob gehackt

1 Die Eier trennen und die Eiweiße mit dem Salz steif schlagen. Die Butter mit dem Puderzucker in etwa 2 Minuten cremig schlagen. Die Eigelbe nacheinander unterrühren. Die Sahne, den Rum und den Kardamom unterschlagen. Das Mehl darübersieben und zusammen mit dem Eischnee vorsichtig und locker unterheben. Die Hälfte der Masse in eine zweite Schüssel geben und den Kakao sowie die Milch unterrühren.

2 Den Backofen auf 225 °C Ober-/Unterhitze vorheizen oder einfach den Backofengrill einschalten. Eine Auflaufform (etwa 20 × 25 cm) fetten und mit Backpapier auslegen, sodass dieses etwas übersteht. So viel von der hellen Masse einfüllen, dass der Boden der Form gerade eben bedeckt ist. Die Masse im Backofen auf der oberen Schiene in etwa 2 Minuten goldbraun backen. Herausnehmen und eine dünne Schicht der Kakaomasse darauf verteilen. Erneut im Backofen 2 Minuten backen und auf diese Weise abwechselnd mit hellen und dunklen Schichten fortfahren, bis die Masse aufgebraucht ist. Bei Ober-/ Unterhitze eventuell ein leeres Backblech in die unterste Schiene einschieben, sodass der Kuchen von unten nicht zu durch wird.

3 Den Kuchen mit dem Backpapier aus der Form lösen, auf ein Kuchengitter heben und dort auskühlen lassen. Die Konfitüre in einem kleinen Topf unter Rühren erwärmen und durch ein feines Sieb streichen. Den Baumkuchen in kleine Quadrate schneiden und mit der flüssigen Konfitüre übergießen. Mit gehackten Pistazien garniert servieren.

Tipp:

Unbedingt nach Sicht backen! Jeder Ofen ist anders, daher sind die 2 Minuten nur ein ungefährer Hinweis. Bei manchen geht es schneller und bei manchen dauert es etwas länger, bis der Teig schön goldbraun ist. Aber eines gilt immer: Einmal nicht hingesehen, und der schöne Kuchen ist verbrannt.

Eigene Ideen & Notizen

Schwarzwälder KIRSCHTORTE

Punkte

Man könnte meinen, es gibt sie schon ewig. Tatsächlich ist die Schwarzwälder Kirsch gar nicht so alt. Gerade einmal gute 70 Jahre hat sie auf dem Buckel. Der Grund: Sahnetorten waren vor der Erfindung des Kühlschranks einfach nicht sehr praktisch.

Für 16 Stücke

Für die Böden:

- 6 Eier (M)
- 1 Prise Salz
- 200 g Zucker
- 80 g Weizenmehl (Type 405)
- 60 g Speisestärke
- 1 TL Backpulver
- 60 g Kakao

Für die Kirschen:

- 1 Glas Sauerkirschen (Abtropfgewicht 350 g)
- 30 g Speisestärke
- 20 g Zucker
- 50 ml KirschwasserFür die Creme:
- 900 g Sahne
- 2 TL Puderzucker
- Mark von 1 Vanilleschote

Für die Garnierung:

- 100 g Raspelschokolade
- 8 Amarenakirschen

1 Den Backofen auf 180 °C Ober-/Unterhitze vorheizen und eine Springform (ø 28 cm) mit Backpapier auslegen. Die Eier trennen. Die Eiweiße mit dem Salz steif schlagen. Eigelbe mit dem Zucker schaumig schlagen. Mehl, Stärke, Backpulver und Kakao miteinander vermengen und unter die Eigelbmasse rühren. Zuletzt den Eischnee unterheben.

2 Die Masse in die Springform füllen und im Backofen auf der mittleren Schiene etwa 30 Minuten backen (Stäbchenprobe!). Herausnehmen und auskühlen lassen. Anschließend aus der Form lösen und zweimal waagerecht durchschneiden, sodass drei Böden entstehen.

3 Die Kirschen in einem Sieb abtropfen lassen und den Saft auffangen. Stärke und Zucker in einer kleinen Schüssel mit etwas Saft verrühren. Den restlichen Saft in einem Topf aufkochen, die Stärke einrühren und einmal aufwallen lassen. Vom Herd nehmen und die Kirschen sowie die Hälfte des Kirschwassers unterrühren. Zwei Tortenböden mit dem restlichen Kirschwasser beträufeln und die Kirschen darauf verteilen.

4 Die Sahne mit dem Puderzucker sehr steif schlagen (aber nicht überschlagen!). Das Vanillemark unterrühren. Einen Kirschboden auf eine Tortenplatte setzen und mit etwas Sahne bestreichen. Den zweiten Kirschboden daraufsetzen und ebenfalls mit etwas Sahne bestreichen. Den letzten Boden obenauf legen und die Torte mit der restlichen Sahne (bis auf einen Rest zum Garnieren) bestreichen, mit einem Palettmesser glatt streichen.

5 Die Torte mit Raspelschokolade verzieren. Restliche Sahne in einen Spritzbeutel mit Lochtülle füllen und kleine Tupfer auf die Torte spritzen. Auf jeden zweiten eine Amarenakirsche setzen. Die Torte bis zum Servieren kalt stellen.

Punkte

Apfel-Strudel

Klar, guten Strudelteig kann man auch fertig kaufen. Aber wo wäre da der Spaß, die Challenge, der Nervenkitzel!? Der Teig sollte hauchdünn gezogen werden. Die Feuerprobe: Stelle dich mit deinem Teig vor ein Fenster. Scheint das Sonnenlicht hindurch, ist er perfekt.

Für 1 Strudel

Für den Teig:
- 300 g Weizenmehl (Type 550) plus etwas zum Arbeiten
- 1 Ei (M)
- 2 Prisen Salz
- 40 ml Sonnenblumenöl plus etwas zum Bestreichen

Für die Füllung:
- 1 kg Äpfel (z. B. Boskop)
- 2 EL Rum
- 1 EL Zitronensaft
- 100 g Zucker
- Mark von 1 Vanilleschote
- 1 TL Zimt
- 50 g grob gehackte Mandeln

Außerdem:
- 75 g Butter
- 100 g Paniermehl
- 75 g Puderzucker
- Vanilleeis oder Vanillesauce zum Servieren

1 Für den Teig das Mehl in eine Schüssel sieben und eine Vertiefung hineindrücken. Das Ei, das Salz, das Öl und 80 ml lauwarmes Wasser miteinander verquirlen und in die Mulde geben. Nach und nach vom Rand Mehl untermengen und mit den Händen zu einem Teig verkneten. Weitere 5 Minuten (dafür können auch die Knethaken des Handrührgerätes verwendet werden) kneten, bis der Teig sich vom Schüsselrand löst. Mit etwas Öl bestreichen und mit einem Küchentuch bedeckt 1 Stunde ruhen lassen.

2 Inzwischen die Äpfel für die Füllung schälen, vierteln und das Kerngehäuse entfernen. Die Apfelviertel in große Würfel schneiden. Mit Rum und Zitronensaft mischen. Zucker, Vanillemark, Zimt und Mandeln unter die Äpfel heben.

3 Den Backofen auf 200 °C Ober-/Unterhitze vorheizen und ein Backblech mit Backpapier belegen. Ein sauberes und trockenes Küchentuch mit Mehl bestäuben und den Teig darauf ausrollen. Dann mit den Händen an den Ecken hochnehmen und zu einem sehr dünnen Rechteck (50 × 70 cm) ziehen.

4 Die Butter in einem kleinen Topf schmelzen und die Hälfte auf den Teig streichen. Die Mitte des Teiges mit Paniermehl bestreuen, die Ränder freilassen. Die Füllung auf das Paniermehl geben und die Teigränder darüberschlagen. Alles mithilfe des Tuches längs zu einem Strudel rollen und an den Enden festdrücken. Den Strudel mit der Naht nach unten vorsichtig auf das Backblech heben. Mit der restlichen Butter bestreichen und im Backofen auf der mittleren Schiene 40 Minuten backen. Wenn er zu dunkel wird, ein Stück Alufolie locker darauflegen.

5 Den Strudel herausholen, noch warm mit Puderzucker bestreuen und nach Belieben mit Vanilleeis oder -sauce servieren.

Deine Challenges!

2. Dein Partner oder deine Partnerin ist die absolute Niete in der Backstube? Das ist perfekt. Ihr tut euch nun zusammen, um einen Kuchen eurer Wahl zu backen. Du hast die Aufgabe, ihn oder sie so gut wie möglich zu instruieren und so wenig wie möglich selbst zu machen. Lässt sich das Ergebnis sehen (und essen), bekommst du als Back-Coach fünf Extrapunkte.

Eigene Ideen & Notizen

Punkte

Eclairs mit SALZKARAMELLCREME

Die gehen ja weg wie warme Semmeln! Daher kommt auch ihr Name. Die süßen „Blitze“ sind blitzschnell verputzt. Leider dauert die Zubereitung ein wenig länger. Aber mit ein wenig Übung (z. B. anhand der Windbeutel auf Seite 90) bekommst du das sicher gebacken.

Für 20 Stück

Für die Creme:

500 g Sahne
100 g Zucker
2 Pck. Sahnefestiger
1 TL Meersalzflocken

Für die Eclairs:

50 g Butter
1 Prise Salz
150 g Weizenmehl (Type 405)
4 Eier
1/2 TL Backpulver

Für den Guss:

200 g Puderzucker
(nach Belieben)

1 Die Creme am besten am Vortag zubereiten. Dazu die Sahne in einem Topf aufkochen und warm beiseitestellen. Den Zucker in einen zweiten Topf geben, sodass der ganze Boden bedeckt ist. Bei mittlerer Temperatur erhitzen, nicht rühren. Sobald der Zucker karamellisiert und schön goldfarben ist, die warme Sahne darübergießen. Aufkochen und unter Rühren köcheln lassen, bis sich der Karamell aufgelöst hat. Vom Herd nehmen, komplett auskühlen lassen, dann für mindestens 2 Stunden kalt stellen.

2 Für die Eclairs in einem Topf 250 ml Wasser mit der Butter und dem Salz aufkochen. Die Temperatur reduzieren und das Mehl mit einem Kochlöffel unterrühren, bis ein Teigkloß entsteht. Diesen unter Rühren etwa 2 Minuten bei schwacher Hitze abbrennen. Den Teig in eine Schüssel geben. Die Eier mit den Knethaken des Handrührgerätes nach und nach unterrühren, bis der Teig schön glänzt. Zuletzt das Backpulver unterrühren.

3 Den Backofen auf 200 °C Ober-/Unterhitze vorheizen und zwei Backbleche mit Backpapier belegen. Den Teig in einen Spritzbeutel mit Sterntülle (1,5 cm) füllen und damit 10 cm lange Streifen mit auf die Bleche spritzen. Nacheinander im Backofen auf der unteren Schiene in etwa 20 Minuten goldgelb backen. Die Türe nicht öffnen, da sie sonst zusammenfallen! Herausnehmen und auskühlen lassen.

4 Die eiskalte Karamellsahne steif schlagen, dabei den Sahnefestiger einrieseln lassen (nicht zu lange schlagen!). Zuletzt die Meersalzflocken unterheben.

5 Die Eclairs waagerecht aufschneiden. Die Karamellsahne in einen Spritzbeutel mit Sterntülle geben und damit die Eclairs füllen. Nach Belieben aus dem Puderzucker und 1 EL heißem Wasser einen Guss anrühren und damit die Eclairs bestreichen.

Eigene Ideen & Notizen

Eigene Ideen & Notizen

Marzipan-STOLLEN

Punkte

Ja, so muss ein Stollen aussehen: schneeweiß von einer dicken Puderzuckerschicht umhüllt. Wusstest du, dass dieses Gewand an das umwickelte Christuskind erinnern soll? Aber wofür steht dann der köstliche Marzipankern?

Für 1 Stollen

Für die Rumrosinen:
- 150 g Rosinen
- 3 EL Rum

Für den Teig:
- 500 g Weizenmehl (Type 405) plus etwas zum Arbeiten
- 40 g frische Hefe
- 100 g Zucker
- 125 ml Milch
- 125 g fein gemahlene Mandeln
- 50 g Zitronat
- 50 g Orangeat
- 200 g Butter
- 75 g Butterschmalz
- 200 g Marzipan

Für die Garnierung:
- 75 g Butter
- 150 g Puderzucker zum Bestäuben

1 Die Rosinen über Nacht im Rum einlegen.

2 Für den Teig das Mehl in eine Schüssel sieben, in die Mitte eine Mulde drücken und die zerkrümelte Hefe und den Zucker hineingeben. Die Milch in einem kleinen Topf lauwarm erhitzen (nicht zu warm!). Über die Hefe geben. Mit der Gabel etwas vom Mehl unterrühren und das Ganze abgedeckt an einem warmen Ort 10 Minuten gehen lassen.

3 Mandeln, Zitronat, Orangeat und Rosinen mit den Knethaken des Handrührgerätes etwa 3 Minuten unterkneten. Butter und Schmalz in einem kleinen Topf schmelzen, vom Herd nehmen, etwas abkühlen lassen und unter den Teig kneten. Diesen mit einem feuchten Küchentuch abdecken und an einem warmen Ort 1 Stunde gehen lassen. Anschließend mit den Händen auf der bemehlten Arbeitsfläche durchkneten und erneut zugedeckt 1 Stunde gehen lassen.

4 Ein Backblech mit Backpapier belegen. Den Teig zu einem 3 cm dicken Rechteck ausrollen und dieses auf das Backblech heben. Das Marzipan zu einer Rolle mit derselben Länge formen und längs in die Mitte des Teiges legen. Erst die eine Seite des Teiges über das Marzipan schlagen, dann die andere, sodass sich die Teigschichten überlappen. Die Enden abrunden. Erneut abgedeckt 30 Minuten gehen lassen. Den Backofen auf 180 °C Ober-/Unterhitze vorheizen. Den Stollen im Backofen auf der zweiten Schiene von unten 1 Stunde backen. Wenn er zu dunkel wird, ein Stück Alufolie locker darauflegen. Den Stollen herausholen.

5 Für die Garnierung die Butter in einem kleinen Topf schmelzen und mit einem Teil davon den warmen Stollen einpinseln und mit der Hälfte des Puderzuckers bestäuben. Etwas abkühlen lassen und erneut mit Butter bestreichen und mit Puderzucker überstäuben.

6 Am besten schmeckt der Stollen, wenn man ihn 2 Wochen durchziehen lässt. Einfach luftdicht in Alufolie verpacken und an einem kühlen Ort aufbewahren. So verpackt hält er mindestens 2 Monate.

Tipp:

Nichts überhasten, die Ruhezeiten solltest du einhalten. Dadurch kann sich der Teig von den Strapazen erholen, sodass er bei der nächsten Tour wieder leichter ausgerollt werden kann. Wickle für leckere Schokocroissants einen Riegel Schokolade vor dem Backen in deine Croissants ein.

Deine Challenges!

3. Um kostbare Punkte zu sammeln, versuche dich an einer dreistöckigen Schoko-Torte (S. 116). Dazu musst du ein bisschen rechnen – wie viel Teigmasse benötigst du, um eine dritte, größere Basis für die Torte zu schaffen? Mein Hinweis: Du musst die benötigte Fläche mit denen der beiden angegebenen Böden vergleichen und die Mengen dementsprechend umrechnen. Mehr verrate ich aber nicht!

Eigene Ideen & Notizen

Butter-Mandel-CROISSANTS

Punkte

Du bist schon auf der Zielgeraden, noch ein paar Schritte, und du kannst dich Meister-Hobbybäcker nennen. Aber nicht zu früh schlappmachen! Den perfekten Blätterteig solltest du für diesen Titel schon vorweisen können.

Für 8 Stück

Für den Blätterteig:

- 390 g Weizenmehl (Type 405) plus etwas zum Arbeiten
- 350 g weiche Butter
- 1/2 TL Salz
- 30 g Zucker

Außerdem:

- 1 Eigelb, verquirlt
- 100 g Mandelblättchen
- 75 g Puderzucker

1 Für den Teig 375 g Mehl, 50 g Butter, Salz, Zucker und etwa 175 ml lauwarmes Wasser mit den Knethaken des Handrührgerätes in etwa 5 Minuten zu einem glatten Teig kneten. In Frischhaltefolie wickeln und für 30 Minuten in den Kühlschrank legen.

2 Inzwischen die restliche Butter mit dem restlichen Mehl verkneten, zu einem Rechteck (etwa 10 × 15 cm) platt drücken, in Frischhaltefolie einschlagen und kalt stellen.

3 Den Teig auf der bemehlten Arbeitsfläche zu einem Rechteck (etwa 12 × 30 cm) ausrollen. Die Butter auf eine Seite legen, den Teig darüberschlagen und rundum sehr gut festdrücken. Auf der bemehlten Arbeitsfläche vorsichtig (damit die Butter nicht austritt) zu einem großen Rechteck ausrollen. Eine kurze Seite zur Mitte einschlagen, die andere Seite darüberschlagen. In Frischhaltefolie wickeln und 30 Minuten kalt stellen.

4 Den Teig auf der bemehlten Arbeitsfläche erneut zu einem großen Rechteck ausrollen. Eine kurze Seite zu einem Drittel, die andere Seite zu zwei Dritteln einschlagen, sodass sich die Ränder treffen. Dann einen neu entstandenen kurzen Rand einmal über die gesamte Länge schlagen. Erneut für 30 Minuten kalt stellen.

5 Die erste Tour wiederholen (einen Rand zur Mitte, die andere Seite darüberschlagen) und für 30 Minuten kalt stellen. Dann etwas größer als ursprünglich ausrollen und die zweite Tour wiederholen (eine Seite zu einem Drittel, andere zu zwei Dritteln einschlagen, über die Mitte zusammenklappen).

6 Den Backofen auf 200 °C Ober-/Unterhitze vorheizen und ein Backblech mit Backpapier auslegen. Den Teig schmal (etwa 15 x 60 cm) ausrollen, in vier Quadrate und diese diagonal zu acht Dreiecken schneiden. Zu Hörnchen aufrollen, auf das Backblech setzen, mit Eigelb einstreichen, mit Mandelblättchen bestreuen und im Ofen auf der mittleren Schiene 18 Minuten backen. Herausnehmen, auskühlen lassen und mit Puderzucker bestäuben.

Tipp:

Der klassische Frankfurter Kranz wird mit Haselnusskrokant vollendet. Aber selbst in der Zuckerbäckerei muss es nicht immer extrasüß hergehen. Daher hier die Variante mit einfachen gehackten Walnüssen.

Frankfurter KRANZ

Punkte

Die Assoziation zu einer Krone kommt bei diesem kaiserlichen Vertreter der Buttercremetorten nicht von ungefähr. Er soll an die Krone der deutschen Kaiser erinnern, die einst in Frankfurt gekrönt wurden. Diese Krone hier schmückt sich aber nicht mit Rubinen, sondern mit knallroten Cocktailkirschen.

Für 16 Stücke

Für die Buttercreme:

- 400 ml Milch
- 1 Pck. Vanillepuddingpulver
- 1 EL Zucker
- 250 g weiche Butter
- 75 g Puderzucker

Für die Böden:

- 250 g weiche Butter plus etwas für die Form
- 150 g Zucker
- 1 Prise Salz
- 6 Eier (M)
- 300 g Weizenmehl (Type 405) plus etwas zum Ausstäuben
- 3 TL Backpulver

Außerdem:

- 200 g Johannisbeerkonfitüre
- 100 g grob gehackte Walnüsse, alternativ Haselnusskrokant
- 16 Cocktailkirschen

1 Für die Buttercreme 4 EL Milch mit Puddingpulver und Zucker verquirlen. Die restliche Milch in einem Topf zum Kochen bringen und die Puddingmischung mit einem Schneebesen unterrühren. Unter weiterem Rühren aufkochen, vom Herd nehmen, ein Stück Frischhaltefolie auf die Puddingoberfläche legen, damit sich keine Haut bildet, und den Pudding auf Zimmertemperatur abkühlen lassen.

2 Den Backofen auf 175 °C Ober-/Unterhitze vorheizen und eine Form für Frankfurter Kranz fetten. Für die Böden die Butter mit dem Zucker und dem Salz in etwa 2 Minuten cremig schlagen. Die Eier nacheinander unterrühren. In einer zweiten Schüssel das Mehl mit dem Backpulver vermengen und unter die Masse rühren. Die Masse in die Form füllen und im Backofen auf der mittleren Schiene etwa 40 Minuten backen (Stäbchenprobe!). Herausnehmen, etwas abkühlen lassen, aus der Form lösen und auf ein Kuchengitter stürzen. Vollständig auskühlen lassen.

3 Für die Buttercreme die Butter (sie muss Zimmertemperatur haben!) mit dem Puderzucker in etwa 2 Minuten cremig schlagen. Dann nach und nach den Vanillepudding unterrühren.

4 Den Kuchen zweimal längs durchschneiden, sodass drei Böden entstehen. Den untersten Boden auf eine Tortenplatte setzen und mit der Konfitüre bestreichen, dann etwa ein Viertel der Buttercreme darauf verteilen. Den zweiten Boden daraufsetzen und erneut mit einem Viertel der Creme bestreichen. Den letzten Boden obenauf setzen und den Kuchen mit der restlichen Buttercreme (bis auf einen Rest zum Garnieren) überziehen. Den Kuchen mit gehackten Walnüssen oder, wer es süß mag, mit Krokant bestreuen. Restliche Creme in einen Spritzbeutel mit Sterntülle füllen und kleine Tupfer auf den Kuchen spritzen. Auf jeden eine Kirsche setzen. Den Kuchen bis zum Servieren kalt stellen.

Punkte

Petits FOURS

Mit diesem Rezept tauchen wir ganz tief ein in die klassische Patissier-Kunst. Die kleinen pralinenhaften Küchlein erfordern äußerstes Geschick und Präzision bei der Zubereitung. Jeder kleinste Patzer würde sich im Ergebnis bemerkbar machen.

Für 30 Stück

Für die Böden:
- 200 g Marzipan
- 6 Eier (M)
- 1 Prise Salz
- 150 g Zucker
- 100 g Weizenmehl (Type 405)
- 100 g Speisestärke
- 1 TL Backpulver

Für die Füllung:
- 200 g Johannisbeergelee
- 70 g Puderzucker plus etwas zum Arbeiten
- 150 g Marzipan

Für die Glasur:
- 100 g dunkle Kuvertüre
- 200 g weiße Kuvertüre
- 60 g Butter
- Zuckerperlen (nach Belieben)

1 Den Backofen auf 220 °C Ober-/Unterhitze vorheizen und ein Backblech mit Backpapier belegen. Das Marzipan mit 2 EL lauwarmem Wasser glatt rühren. Die Eier trennen und die Eiweiße mit dem Salz steif schlagen. Die Eigelbe mit dem Zucker schaumig schlagen. Zum Schluss das weiche Marzipan unterrühren. Mehl, Stärke und Backpulver miteinander vermengen, über die Eigelbmasse sieben und unterrühren. Zuletzt den Eischnee vorsichtig unterheben.

2 Die Masse auf das Backblech geben und im Backofen auf der mittleren Schiene 10 Minuten backen. Herausnehmen, auf ein Kuchengitter stürzen, auskühlen lassen und das Backpapier abziehen. Dann in drei gleich große Rechtecke schneiden.

3 Ein Rechteck mit der Hälfte des Gelees bestreichen und einen zweiten Boden darauflegen. Erneut mit Gelee bestreichen und mit dem obersten Boden abschließen. 20 g Puderzucker mit ein wenig Wasser zu einem flüssigen Guss anrühren. Das Marzipan mit dem restlichen Puderzucker verkneten. Auf der mit Puderzucker bestäubten Arbeitsfläche dünn ausrollen und auf Größe der Böden zurechtschneiden. Die geschichteten Böden mit dem Guss bestreichen, die Marzipanplatte darauflegen und andrücken. Dann in Würfel schneiden.

4 Für die Glasur die Kuvertüre separat grob hacken. Dunkle Kuvertüre mit 20 g Butter über dem Wasserbad schmelzen. Die Würfel von oben mit einer Pralinengabel aufspießen und nur einen Teil in die Kuvertüre tauchen. Auf ein Kuchengitter setzen. Die weiße Kuvertüre mit der restlichen Butter über dem Wasserbad schmelzen. Die Würfel nun von der anderen Seite aufspießen und zu zwei Dritteln in die Kuvertüre tauchen, gut abtropfen lassen und auf dem Kuchengitter trocknen lassen.

5 Restliche geschmolzene dunkle Kuvertüre in einen Gefrierbeutel füllen, ein kleines Loch hineinstechen und die Petits Fours mit zarten Linien verzieren. Nach Belieben je eine Zuckerperle daraufsetzen.

Punkte

Schokoladen- und HIMBEERMACARONS

Immer eine Sünde wert, dennoch sind diese kleinen Zuckerschäumchen bei der Zubereitung eine Klasse für sich: Perfekt gelungen sollten sie weich, aber nicht zäh sein und direkt auf der Zunge schmelzen. Außerdem fallen sie nach dem Backen auch gerne in sich zusammen. Traust du dich, die Biester zu bändigen?

Für 30 Stück

Für die Macarons:

70 g Eiweiß (von etwa 2 Eiern)

20 g Zucker

130 g Puderzucker

90 g Mandelmehl (sehr fein gemahlene Mandeln)

20 g Kakao

pinke Lebensmittelfarbe (Pulver)

Für die Füllung:

50 g Zartbitterschokolade

50 g Sahne

75 g Himbeerkonfitüre

1 Für die Macarons die Eiweiße schaumig schlagen. Den Zucker unter weiterem Schlagen einrieseln lassen, bis der Eischnee sehr fest ist. Den Eischnee halbieren. Den Puderzucker mit dem Mandelmehl vermengen, ebenfalls halbieren und den Kakao unter eine Hälfte heben. Portionsweise die Mandelmehlmischung über eine Eischneehälfte sieben und vorsichtig unterheben. Die Kakao-Mandelmehl-Mischung portionsweise über die andere Eischneehälfte sieben und unterheben. Die Helle Baisermasse mit der Lebensmittelfarbe zartrosa einfärben. Die fertigen Massen sollten zäh über den Löffel laufen, aber nicht zu flüssig sein.

2 Ein Backblech mit Backpapier auslegen und die Massen in zwei Spritzbeutel mit Lochtülle (ø 8 mm) füllen. Senkrecht von oben kleine gleich große Kreise auf das Backblech spritzen. Das Blech dann mehrmals vorsichtig auf die Arbeitsfläche klopfen, sodass Luftbläschen aus der Masse entweichen. Die Macarons bei Zimmertemperatur etwa 45 Minuten trocknen lassen.

3 Den Backofen auf 160 °C Ober-/Unterhitze vorheizen und die Macarons auf der mittleren Schiene 13–14 Minuten backen. Herausnehmen und auf dem Blech auskühlen lassen.

4 Für die Schokoladenfüllung die Schokolade hacken und über dem Wasserbad schmelzen. Vom Herd nehmen, die Sahne unterrühren. An einem Gefrierbeutel ein kleines Eck abschneiden, die Ganache hineinfüllen und jeweils einen kleinen Tuff auf die Unterseite der Hälfte der Schokoladenmacarons spritzen. Mit jeweils einem zweiten Schokomacaron bedecken und leicht festdrücken. Die Himbeermacarons auf die gleiche Weise mit der Himbeerkonfitüre füllen.

Tipp:

Achtung: Es gibt Mandelmehl, das aus den Resten der Mandelölproduktion hergestellt wird. Was wir hier aber brauchen, sind ganz fein gemahlene blanchierte Mandeln. Du kannst auch gekaufte gemahlene Mandeln in einer Küchenmaschine feiner mahlen und anschließend durch ein Sieb geben.

Tipp:

Die Masse für die Böden kann auch portionsweise zubereitet werden. Das ist vor allem dann praktisch, wenn man keine Küchenmaschine hat und nur mit dem Handrührgerät arbeitet.

Festliche SCHOKOTORTE

Punkte

Ob Geburtstag, Schulabschluss oder Hochzeit. Mit dieser dicken Torte lässt sich jedes große Ereignis gebührend feiern. Und genügend Mäuler wären auch gestopft. Immerhin werden hier über 1 Kilogramm Schokolade und fast 1,5 kg Butter verbacken.

Für 30 Stücke

Für die Böden:

500 g Zartbitterschokolade

500 g Butter plus etwas für die Formen

16 Eier (M)

400 g Zucker

1/2 TL Salz

500 g Weizenmehl (Type 405)

75 g Kakao

1 1/2 Pck. Backpulver

Für die Füllung:

750 g Vollmilchschokolade

400 g Sahne

900 g weiche Butter

150 g Puderzucker

Für die Garnierung:

150 g Zartbitterschokolade

2,5 EL Sahne

gemischte Waffel- und Keksstückchen (nach Belieben)

1 Die Schokolade hacken und mit der Butter über dem Wasserbad schmelzen. Den Backofen auf 180 °C Ober-/Unterhitze vorheizen, vier Springformen (zwei mit ø 15 cm, zwei mit 24 cm) fetten. Die Eier trennen und die Eiweiße steif schlagen. Die Eigelbe mit dem Zucker und dem Salz in 2 Minuten schaumig schlagen. Die geschmolzene Schokolade unterrühren. Das Mehl mit dem Kakao und dem Backpulver vermengen und unter die Schokomasse rühren. Eischnee unterheben.

2 Die Masse auf die Formen verteilen und jeweils zwei im Backofen auf der mittleren Schiene 35–50 Minuten backen. Die kleineren Böden brauchen kürzer, die größeren länger (Stäbchenprobe!). Herausnehmen, den Rand vorsichtig mit einem Messer lösen und entfernen. Die Böden auf einem Kuchengitter auskühlen lassen. Die kleinen mit einem langen Messer jeweils zweimal längs halbieren, die großen nur einmal.

3 Für die Füllung die Schokolade hacken. Die Sahne aufkochen, vom Herd nehmen und die Schokolade unterrühren, bis sie geschmolzen ist. Auf Zimmertemperatur abkühlen lassen. Die Butter mit dem Puderzucker in etwa 2 Minuten cremig schlagen. Dann mit der Schokolade zu einer Buttercreme schlagen.

4 Alle großen Böden auf einer Tortenplatte mit jeweils etwas Creme dazwischen aufeinanderstapeln. Mit den kleinen Böden ebenso verfahren. Beide Bodenstapel für 1 Stunde kalt stellen. Den unteren Stock mit Buttercreme überziehen und diese mit einem Palettmesser glatt streichen. Die kleinen Böden mittig daraufsetzen, mit der restlichen Buttercreme überziehen und ebenfalls glatt streichen. Für 1 Stunde kalt stellen.

5 Für die Garnierung die Schokolade hacken und über dem Wasserbad schmelzen. Vom Herd nehmen, die Sahne unterrühren. Einen Großteil des Gusses auf die Oberflächen der Torte streichen, sodass etwas am Rand hinabläuft. Die Waffeln und Kekse auf der Torte verteilen. Den restlichen Guss darüberträufeln. Bis zum Servieren kalt stellen.

Dein Fortschritt!

Um dieses Kapitel erfolgreich abzuschließen und zur Mixer-Dompteurin bzw. zum Mixer-Dompteur aufzusteigen, brauchst du 25 Punkte.

Unter den Kapitelseiten verstecken sich drei verschiedene Challenges. Finde sie und löse die Aufgaben, um Extra-Punkte zu erhalten.

Auf dieser Doppelseite kannst du deinen Fortschritt tracken. Klebe dazu einfach die Sticker auf.

New York Cheesecake

Sachertorte

Kleine Käsesahnetorte

Windbeutel

Bienenstich

Zimtsterne

Schokoladen-Biskuitrolle

Schoko-Baumkuchen-Häppchen

Schwarzwälder Kirschtorte

Apfelstrudel

Eclairs mit Salzkaramellcreme

Marzipanstollen

Butter-Mandel-Croissants

Frankfurter Kranz

Petits Fours

Schokoladen- und Himbeermacarons

Festliche Schokotorte

Challenge 1

Challenge 2

Challenge 3

PUNKTE GESAMT: ____________________

ENDLICH – DU HAST ES GESCHAFFT!

Herzlichen Glückwunsch!

Von nun an ist kein Rezept mehr
zu schwer für dich!

TORTENFLÜSTERIN

PLATZ FÜR MEINE FOTOS:

BUCHEMPFEHLUNGEN FÜR DICH

Noch mehr kreative Bücher zum gleichen Thema gesucht?

ISBN 978-3-7724-8051-5

ISBN 978-3-7724-8043-0

ISBN 978-3-7724-8034-8

ISBN 978-3-7724-8012-6

ISBN 978-3-7724-8051-5

ISBN 978-3-7724-8035-5

ISBN 978-3-7724-8040-9

ISBN 978-3-7724-8047-8

ISBN 978-3-7724-8060-7

ISBN 978-3-7724-8058-4

ISBN 978-3-7724-8062-1

ISBN 978-3-7724-8055-3

ISBN 978-3-7724-8048-5

ISBN 978-3-7724-8063-8

ISBN 978-3-7724-7468-2

ISBN 978-3-7724-8052-2

Immer informiert, immer inspiriert – die ganze Welt von TOPP auch im Netz

Webseite

Die neuesten Trends, die schönsten Kreativbücher und die aktuellsten Informationen auf unserer Webseite
Schau mal vorbei und stöbere Sie in unserem riesigen Angebot von mehr als 1000 Kreativbüchern, Sets und mehr:

www.TOPP-kreativ.de

Newsletter

Bunt, überraschend und immer aktuell – immer auf dem Laufenden mit unserem Newsletter
Noch heute anmelden und regelmäßig Informationen, Tipps und Neuheiten erhalten:

www.TOPP-kreativ.de/Newsletter

Facebook

Werde Teil unserer Communitys Mitstrickzentrale fürs Handarbeiten und Bastelzentrale für die Themen Basteln, Bauen, Dekorieren & DIY. Du findest uns unter:

www.facebook.com/Mitstrickzentrale
www.facebook.com/Bastelzentrale

Digitale Bibliothek

Tutorial-Videos, Plotter-Dateien, Vorlagen zum Ausdrucken, Übungsblätter etc.
Zu vielen TOPP-Büchern gibt es digitale Extras. Schau im Impressum nach (die letzte Seite des Buches): Wenn dort ein Freischaltcode abgedruckt ist, dann besuche die Digitale Bibliothek auf unserer Webseite, registriere Dich einmalig und schalten Sie Ihre Zusatzmaterialien frei:

www.TOPP-kreativ.de/DigiBib

Instagram

Live dabei mit ständig aktuellen News aus dem frechverlag
Willst Du wissen, was bei uns gerade passiert und woran wir arbeiten? Dann folge uns auf Instagram. Möchtest Du uns an Deinen Kreativprojekten teilhaben lassen? Dann poste doch gleich ein Foto mit dem Hashtag **#frechverlag** und wir stellen Dein Werk gerne der Community vor:

www.Instagram.com/frechverlag

Pinterest

Neue Bücher, neue Ideen und die Menschen, die sie machen
Du bist auf der Jagd nach den neuesten Ideen und aktuellen Trends im DIY-Bereich? All das gibt es auf den Pinnwänden des frechverlags unter:

www.Pinterest.com/frechverlag

Youtube

Ein Video sagt oft mehr als tausend Worte
Du möchtest neue Techniken ausprobieren, Autoren kennenlernen oder einmal hinter die Kulissen unserer Buchproduktionen schauen? Dann abonniere den Kanal des frechverlags unter:

www.YouTube.com/frechverlag

Wer wir sind,
wie wir arbeiten,
was wir lieben ...

Folge uns auf Instagram, Facebook und Pinterest, um mehr über uns und unsere Arbeit zu erfahren und immer mit den neuesten Informationen versorgt zu sein.

Alle News, alle Infos und alle Links findest Du auf www.TOPP-kreativ.de

Die freiberufliche Autorin und Redakteurin Franziska Sorgenfrei kommt aus der kulturwissenschaftlichen Ecke. Seit dem Studium beschäftigt sie sich vornehmlich mit der Essenskultur und tobt sich im Kochbuchbereich aus. Ihr Name ist immer Programm, und so widmet sie sich am liebsten nur den schönsten Dingen im Leben. Ganz vorne mit dabei ist da natürlich süßer Naschkram aus der eigenen Küche. Schon als Kind liebte die Augsburgerin es, ihren Eltern beim Backen nicht nur über die Schulter zu gucken, sondern auch fleißig Teig zu naschen. Und dabei hat sie auch das ein oder andere Rezept aufgesogen.

Dank

Was wäre ein Backbuch ohne Rezepte? Und so danke ich als erstes und vor allem meinen lieben Eltern, die mich wie so oft mit Rat und Tat unterstützten und fleißig unsere Familienrezepte durchstöberten, um die beliebtesten hier festhalten zu können. Ohne euch wäre dieses Buch nicht entstanden! Außerdem danke ich meinem Mann, meinem Bären und liebsten Menschen. Danke, dass du immer für mich da bist. Ich danke allen anderen lieben Menschen in meinem Leben, die immer für einen Spaß zu haben sind. Ihr wisst, wer gemeint ist. Zu guter Letzt danke ich dem Team vom frechverlag um Sandra Aichele für die Motivation und den kreativen Input. Es hat mir viel Freue bereitet, dieses Projekt mit ihnen gemeinsam zu verwirklichen.

KREATIV-HOTLINE

Hilfestellung zu allen Fragen, die Materialien und Bücher zu kreativen Hobbys betreffen: Frau **Erika Noll** berät Sie. Rufen Sie an oder schreiben Sie eine E-Mail!

Telefon: 0 50 52 / 91 18 58*

*normale Telefongebühren

E-Mail: mail@kreativ-service.info

Fotos: frechverlag GmbH, 70499 Stuttgart;Shutterstock: MShev (S. 10), DenisProduction.com (S. 12), Irina Meliukh (S. 18), bernashafo (S. 20), Fascinadora (S. 26), Foxys Forest Manufacture (S. 32), Bildagentur Zoonar GmbH (S. 34), BEATA PAWLAK (S. 36), Maria Medvedeva (S. 38), NoirChocolate (S. 40, 48), kitty (S. 50), Anna Shepulova (S. 52, 58), Elena Elizarova (S. 54), Katerina Hrobar (S. 56), Joanna Stolowicz (S. 62), MariaKovaleva (S. 64), beanimages (S. 66), Maslova Valentina (S. 68), Natasha Breen (S. 72), Elena Veselova (S. 84), Max D Photography (S. 90), LALS STOCK (S. 100), hryshai olena (S. 106), Tobias Arhelger (S. 110), ronnythebaker (S. 112), Photo_Savchenko (S. 116); iStock: Arthur_Dent (S. 14), Anastasia Dobrusina (S. 28), beats3 (S. 30), RyanJLane (S. 60), serezniy (S. 74), buddyb76 (S. 76), Janna Danilova (S. 88), NataBene (S. 102), stroicavali (S. 104), Lena_Zajchikova (S. 108); Depositphotos: manyakotic (S. 16), lenyvavsha (S. 22), Shebeko (S. 94); fotosearch: csp_JulyPl (S. 24), csp_Karaidel (S. 98); 123rf: rainbow33 (S. 46, 92), 8vfanrf (S. 78), Eva Zia□ková (S. 86), Elena Maltenieks (S. 96); Photocase: Przemekklos (S. 70), marshi (S. 114); Rest inkl. Cover: Freepik.com

Produktmanagement und Lektorat: Sandra Aichele

Layout und Satz: Katrin Röhlig

Druck und Bindung: Neografia, Slowakei

1. Auflage 2019

ISBN: 978-3-7724-8065-2 Best.-Nr. 8065